Le baiser d'un cardiologue

*

Le rival des urgences

*

Leur amour impossible

MARION LENNOX

Le baiser d'un cardiologue

Traduction française de
C. DUTEIL

BLANCHE

HARLEQUIN

Collection : Blanche

Titre original :
MISTLETOE KISS WITH THE HEART DOCTOR

HARPERCOLLINS FRANCE
83-85, boulevard Vincent-Auriol, 75646 PARIS CEDEX 13
Service Lectrices — Tél. : 01 45 82 47 47 - www.harlequin.fr
ISBN 978-2-2804-6158-0 — ISSN 0223-5056

Composé et édité par HarperCollins France.
Imprimé en septembre 2021 par CPI Black Print (Barcelone)
en utilisant 100% d'électricité renouvelable.
Dépôt légal : octobre 2021.

FSC www.fsc.org MIXTE Papier issu de sources responsables FSC® C159065

Pour limiter l'empreinte environnementale de ses livres, HarperCollins France s'engage à n'utiliser que du papier fabriqué à partir de bois provenant de forêts gérées durablement et de manière responsable.

1.

Si le Dr Marcus Pierce ne se dépêchait pas, il allait rater son avion.

Il était sous pression depuis son arrivée à Gannet Island ; la promesse que sa mère lui avait arrachée trois semaines avant sa mort l'aiguillonnait.

« Marc, j'aimerais que tu disperses mes cendres au sommet de Lightning Peak. C'est le plus bel endroit du monde, et c'est là que j'ai trouvé la paix après avoir dû dire adieu à ton père. Tu étais en pension, toi, et assez grand pour affronter cette épreuve, mais c'était dur pour moi. Le premier Noël sans lui, je suis montée voir le soleil se coucher de là-haut, et je ne m'étais pas trompée, c'était la chose à faire. Je voudrais m'éteindre en sachant qu'à Noël prochain, c'est là que je reposerai… »

Marcus n'était pas sûr d'avoir jamais entretenu de vraie relation avec elle, lui qui avait appris l'indépendance très jeune, mais, malgré leurs rapports difficiles, il n'avait décemment pas pu refuser. Sa mère aurait simplement pu trouver un sommet plus accessible, s'était-il dit en peinant sur le chemin accidenté. La région de Sydney ne manquait pas d'endroits pittoresques qui lui auraient évité un long vol dans un coucou inconfortable, une randonnée pénible sur un sentier envahi d'herbes folles, puis de courir pour attraper son vol retour.

Comme les cendres de sa mère se posaient en douceur sur les taillis, il offrit son visage à la brise marine, et observa la ville minuscule en contrebas qui se détachait sur l'océan. Le site était d'une rare beauté, il fallait bien le reconnaître.

Lightning Peak était presque au sommet de la montagne, une cascade se déversait dans un bassin d'eau cristalline, augmentant encore l'humidité ambiante. Seul le clapotement de l'eau rompait le silence.

Assis sur un rocher, Marcus pensa aux animaux qui venaient s'abreuver en ce lieu paisible. Il était heureux de partager leur point de vue sur le monde.

Gannet était la plus grande des six superbes îles semi-tropicales de l'archipel des Birding Isles, éparpillées dans l'océan Pacifique bien au large des côtes. C'était là que son alpiniste de mère avait trouvé la paix. Louise, brillante médecin et chercheuse à l'université, avait fait une tentative de mariage et de maternité qui s'était révélée désastreuse ; il comprenait pourquoi cette solitaire avait tant aimé cet endroit.

Mais le moment n'était pas à la méditation. Son vol pour Sydney décollait dans trois heures. On était un mardi, et le jeudi il s'envolerait pour la Suisse. De retour chez lui, il avait des détails à régler à l'hôpital et devait rendre visite à ses vieilles tantes pour leur souhaiter de bonnes fêtes. Il fallait qu'il descende maintenant.

Il se leva… et hésita.

Trois pistes partaient de la plate-forme rocheuse où il se trouvait. Ce n'étaient pas de vrais sentiers, plutôt les traces laissées par les animaux qui venaient étancher leur soif au bassin. À la montée, Marcus avait suivi l'itinéraire décrit par sa mère.

« Le site balisé est magnifique, mais je préfère l'endroit avec un bassin d'eau claire, de l'autre côté de la montagne. On y accède par un sentier broussailleux que personne ne connaît, mais je te dessinerai un plan. Tu ne pourras pas le manquer. »

Il avait suivi à la lettre ses indications rédigées d'une main tremblante.

« Contourne le grand rocher fendu par la foudre, tu verras que le chemin continue. Cinq cents mètres plus loin, au pin de Norfolk, la piste se divise en deux. Prends à gauche… »

Il avait atteint le rocher avec un tel soulagement qu'il n'avait pas prêté attention au chemin qu'il avait suivi.

Il scruta de nouveau la carte de Louise. Même à l'agonie,

elle avait l'esprit vif, et ses indications pour monter au sommet étaient très précises. Pour descendre, en revanche…

Il aurait dû faire attention. En éminent chirurgien, il savait l'importance du flair et du sang-froid dans son travail.

Il n'était plus sûr de rien maintenant, et il ne pouvait pas perdre de temps s'il voulait attraper son avion de retour.

Il réfléchit. Logiquement, toutes les pistes devaient descendre. S'il choisissait celle du milieu, elle rejoindrait sûrement le chemin principal un peu plus bas.

Il consulta son téléphone. Il était officiellement en congé mais il avait reçu des appels. Ses amis et lui avaient réservé des places sur un vol à destination de la Suisse pour le jeudi soir. Projetant d'arriver samedi, soir de Noël, ils comptaient passer leurs deux semaines de vacances à skier à St. Moritz.

Par égard pour sa mère, il avait mis son téléphone en mode silencieux depuis le début de son excursion, et il avait un tas de messages. Pris de scrupules, il hésita à rappeler Kayla, une collègue radiologue. Elle faisait partie de la bande d'amis avec qui il partait en Suisse, et ils sortaient ensemble depuis quelques mois.

Mais leur relation était plus distrayante que sérieuse. Kayla était très pragmatique, et l'aurait sans doute trouvé sentimental si elle avait su ce qu'il était en train de faire. Avec raison, peut-être. L'enfance solitaire de Marcus lui avait enseigné que l'émotion faisait souvent obstacle au bon sens, et il ne voyait pas l'utilité d'appeler Kayla.

Il perdait du temps. Le sentier du milieu paraissait plus emprunté que les deux autres.

C'est parti.

Lightning Peak était le lieu préféré du Dr Elsa McCrae. Elle y était heureuse. En paix. Un bon prétexte pour échapper à ses patients. *Désolée, je suis à Lightning Peak, vous devez contacter Grand-père.*

Elle utilisait moins souvent cette excuse, dernièrement. À soixante-dix-huit ans, son aïeul était moins vif. Robert McCrae était incapable de faire seul face aux exigences de leur patientèle, et elle l'épargnait le plus possible, mais elle avait aussi besoin de temps pour elle.

Pour une fois, ses consultations de l'après-midi s'étaient terminées tôt. C'était un mercredi, quatre jours avant Noël. Elle allait être débordée de travail, avec ceux qui voudraient soigner leurs petits bobos avant les fêtes. Puis il y aurait le Boxing Day, le lendemain de Noël, avec l'afflux habituel de patients blessés par de nouveaux jouets ou souffrant d'indigestions diverses après leurs agapes. Elle avait éprouvé le besoin de s'éloigner un peu pour recharger ses batteries avant l'affluence des fêtes.

Arrivée au sommet après une escalade solitaire de deux heures, elle consulta son téléphone pour s'assurer qu'il n'y avait pas eu de catastrophe, puis s'assit sur la plate-forme rocheuse dominant la mer et laissa son esprit vagabonder librement.

Au loin, les cinq autres îles des Birding Isles étaient de minuscules petits points. À cinq cents kilomètres de là, invisible à l'œil nu, il y avait l'Australie avec Sydney, où était stationnée l'équipe d'évacuation sanitaire ; elle y envoyait ses patients quand elle ne pouvait pas les soigner sur place. Il n'y avait pas de médecin dans les autres îles. Les bateaux de pêche transportaient les patients à la demande – ou leur amenaient Elsa – mais en dehors de son grand-père, Sydney était son plus proche soutien médical.

La semaine précédente, un touriste avait eu une grave crise cardiaque. Elle avait pu faire repartir son cœur, mais il s'était de nouveau arrêté, et l'homme était mort avant l'arrivée des secours. S'il y avait eu un service de soins cardiaques plus près… Si elle avait eu des collègues pour l'aider…

— Arrête.

Sans elle, il n'y aurait eu personne pour soigner les habitants des îles. Son grand-père vieillissait, et aucun brillant jeune médecin ne souhaitait reprendre une patientèle aussi isolée et dispersée. L'archipel avait besoin d'une infrastructure médicale intégrée dotée de moyens pour transférer les patients entre les îles, mais le coût était prohibitif.

Une heure de bateau pour gagner une île, deux heures pour soigner un patient et organiser son évacuation, nouvelle traversée d'une heure pour rentrer, comment facturer aux insulaires ne fût-ce que le tiers de ce que tout cela coûtait ? Impossible. Elle exerçait sa profession en manquant constamment de fonds, et il n'y avait aucune incitation financière pour attirer un confrère susceptible de la seconder.

Elle adorait l'île et ses habitants, et jamais elle n'avait envisagé d'en partir. Cela aurait brisé le cœur de son grand-père, comme le sien, mais parfois, comme aujourd'hui, elle avait envie de s'éloigner. De faire des achats de Noël dans les grands magasins. De se fondre dans une foule d'inconnus. Envie d'agitation, de tumulte, de plaisir.

D'un petit ami qui ne soit pas Tony ?

Tony n'était assurément pas le bon. Dès leur premier rendez-vous, il lui avait expliqué pourquoi ils devaient se marier et s'était montré possessif. Bien sûr, elle avait refusé, mais le nombre de célibataires sur l'île était très limité.

Au point qu'il lui arrivait de songer qu'elle pourrait bien – devrait ? – finir avec Tony. Ou quelqu'un comme lui.

— Qu'est-ce que je raconte ! Depuis que je suis là, aucun homme ne m'a fait vibrer, grommela-t-elle, attirant l'attention de Sherlock, son beagle, qui trottina vers elle.

Elle prit le petit chien dans ses bras pour le câliner. Elle en avait besoin. Le décès de la semaine précédente l'avait ébranlée, peut-être parce que son grand-père souffrait du cœur. Et de problèmes rénaux. Elle se sentait… seule.

— Je ne suis pas seule, fit-elle d'un ton farouche, lâchant Sherlock qui partit flairer de nouvelles pistes. J'ai grand-père. Toi. Et les Birding Isles, qui dépendent de moi.

Elle soupira.

— Ouais. Mais je rêvasse alors qu'on a besoin de moi en ville. Quels drames suis-je en train de manquer ?

Elle se leva et contempla une dernière fois la vue, jouissant de la sérénité des lieux. Puis elle se détourna pour partir.

— Sherlock ?

Un aboiement frénétique lui répondit. Le chien s'était enfoncé dans les taillis en suivant des traces et avait dû coincer une pauvre bête… Wombat, varan… ou serpent ?

Elle ne s'inquiétait pas outre mesure. Sherlock gardait ses distances avec les reptiles et ne s'attaquait jamais à une bête acculée. Il n'était que flair, mais quand il avait trouvé l'origine d'une odeur, il ne lâchait rien. Avec un soupir, Elsa sortit sa laisse de sa poche et se mit en quête de son chien.

Elle avançait avec précaution. Le pays était truffé de cavernes. Les eaux de ruissellement avaient rongé le calcaire, et les crevasses et les rivières souterraines étaient un piège redoutable pour les imprudents. Son grand-père lui avait dès son plus jeune âge montré les chemins sûrs ; Sherlock semblait s'être aventuré hors du sentier habituel.

Mais il n'était pas loin, et elle connaissait les risques. Elle marchait prudemment, posant les pieds sur des rochers plutôt que dans les broussailles, testant le sol avec précaution avant d'y mettre son poids.

Les jappements de Sherlock étaient de plus en plus véhéments. Il avait dû faire une trouvaille inhabituelle.

— Sherlock ? cria-t-elle pour le faire taire.

La réponse la laissa abasourdie. Une voix grave, masculine, étouffée, désespérée :

— À l'aide… Au secours, je vous en prie…

Marcus était coincé. Souffrant. Impuissant.

Il s'était cassé la jambe et luxé l'épaule. Mais sa situation désespérée lui faisait presque oublier l'effroyable douleur.

Il leva les yeux pour la centième fois. La millième ? Il gisait à environ quatre mètres cinquante du puits de lumière marquant l'entrée de la cavité souterraine où il était tombé. Le trou avait dû être recouvert de branchages et de feuilles mortes qui n'avaient pas résisté à son poids.

Il marchait trop vite. Il avait senti une secousse, sa botte avait traversé la fragile couche d'humus, puis le sol s'était dérobé sous lui. La chute libre. La torture de sa jambe tordue sous lui. Une douleur cuisante à l'épaule.

Et puis la peur.

Il était étendu sur le sol, entouré de pierres et de poussière. Il ne voyait rien en dehors de la lumière provenant du trou. La grotte était plongée dans l'obscurité.

En tombant, il avait essayé de se retenir et lâché son téléphone. Impossible de le chercher, dès qu'il bougeait il manquait s'évanouir de douleur. Il ne pouvait prévenir personne.

Pas de téléphone. Pas de lumière. Seulement la souffrance.

D'après le cadran lumineux de sa montre, il était là-dessous depuis vingt-sept heures. Abruti de douleur, il avait sombré dans un sommeil agité durant la nuit. Et la deuxième journée s'était étirée interminablement pendant qu'il se battait contre la souffrance, l'épuisement, la panique.

Il était mort de soif.

Il luttait de toutes ses forces pour ne pas s'assoupir.

Il devenait fou.

Il criait parfois, conscient qu'il avait peu de chances d'être entendu dans ce lieu isolé. Et cet effort lui donnait le vertige, la nausée. Il devait économiser ses forces. Mais quelles forces ? Il n'avait plus d'énergie.

Pouvait-il seulement espérer de l'aide ?

Première règle du randonneur : donner à quelqu'un la date et le plan de son itinéraire. Mais il avait seulement dit à Kayla qu'il avait des affaires de famille à régler et coupé son téléphone durant vingt-quatre heures. Personne ne savait qu'il avait pris un vol pour Gannet Island.

Il était au bord de la panique…

Soudain, à travers le brouillard de souffrance et d'épuisement dans lequel il se débattait, il entendit aboyer.

Puis, plus incroyable encore, il perçut une voix féminine.

— Sherlock !

Il rassembla ses dernières forces pour crier :

— Au secours… Ne vous approchez pas du trou… le sol est instable… Allez chercher de l'aide, je vous en prie…

Elsa se figea.

Elle comprit immédiatement ce qui s'était passé. Quelqu'un était tombé dans une galerie souterraine.

Instinctivement, elle voulut ramper vers le trou, mais sa formation médicale lui avait appris à assurer d'abord sa propre sécurité. Sherlock était dans un endroit dangereux, mais il ne pesait pas plus qu'une plume. Contrairement à elle. Elle devait se montrer prudente.

Elle cria aussi fort qu'elle put :

— Hé ! Je suis là ! Où êtes-vous ?

Sherlock se tut, et la voix masculine lui parvint.

— Je suis tombé dans une cavité souterraine… Faites attention. Le terrain est très instable.

— Je sais, je suis d'ici. Je suis médecin. Vous êtes blessé ?

— Oui, dit-il d'une voix brisée par la souffrance. J'ai une jambe cassée… et une épaule luxée. Je suis tombé… hier.

Il gisait blessé dans le noir depuis la veille. Un cauchemar.

— On va s'occuper de vous, dit-elle pour le rassurer. J'appelle les secours et on va vous sortir de là. Ça risque de prendre un moment, mais ils vont venir.

— Merci… Merci.

Il semblait avoir épuisé ses dernières forces et elle l'entendait à peine.

— Vous respirez bien ? Vous saignez ? Vous avez de l'eau ?

Pas de réponse.

— Vous m'entendez ?

Silence.

S'était-il évanoui ? Était-il mourant ? Elle se reprit. Elle ne lui serait d'aucune utilité si elle s'affolait.

Ouvrant le téléphone satellite qui l'accompagnait partout dans cette région reculée, elle appela Macka, l'unique policier de Gannet Island.

— Qu'est-ce qui se passe, Elsa ? demanda le solide sexagénaire d'une voix rassurante.

— Je suis au sommet de Lightning Peak, par l'est. Sherlock a trouvé quelqu'un tombé dans une caverne souterraine.

— En vie ? demanda Macka après un instant.

— Je l'ai entendu crier, il est coincé au fond depuis hier.

— Et toi, tu es en sécurité ?

— Oui, mais je dois descendre. Il ne répond plus. J'ai le matériel nécessaire dans mon sac à dos.

— Elsa…

— Ça va. J'ai une bonne corde, et c'est toi qui m'as appris à descendre en rappel.

— Attends-nous.

— Je ne peux pas. Il vous faut deux bonnes heures pour nous atteindre. Le jour tombera avant votre arrivée et je ne sais pas dans quel état il est. Je vais activer le partage de localisation sur mon téléphone. Peux-tu faire une capture d'écran pour savoir exactement où je me trouve ? J'ignore si cet appareil fonctionnera sous terre.

— Il devrait, mais Elsa…

— Je n'ai pas le choix. Mais je serai prudente, tu le sais. Sherlock sera près du trou, il aboiera en vous entendant.

— Elsa, s'il te plaît, attends-nous.

— Il semble avoir perdu connaissance, dit-elle avec douceur, consciente que Macka voulait la protéger, comme si elle était toujours la gamine délaissée de sept ans qui avait débarqué sur l'île tant d'années auparavant. Je dois aller voir ce qui se passe, Macka, mais je ferai très attention. Peux-tu prévenir grand-père ? Dis-lui que je sais ce que je fais, ne l'effraie pas.

— Dieu m'en garde, dit-il avec humour. À tes ordres, capitaine Elsa.

— Hé, je ne suis pas si autoritaire.

— Si, mais c'est la vie qui t'y force… Sois prudente.

— Toi aussi. Prends des pompiers avec toi.

Elle l'entendit ricaner.

— Tony est pompier volontaire, il voudra venir.

Comme si Tony avait besoin d'encouragements pour se montrer possessif avec elle !

— Rends-moi service, Macka. Ne lui dis rien.

— On est sur Gannet, ma puce. La nouvelle aura fait le tour de l'île avant même que tu aies raccroché.

— Très bien, dit-elle avec lassitude. Amène la cavalerie, alors. Mais prudence à tous. L'endroit est dangereux.

— Comme si je l'ignorais. Bon, je fais cette capture d'écran pour savoir précisément où tu te trouves, et les secours se mettent en route.

2.

Elsa était revenue sur l'île comme médecin depuis maintenant cinq ans, et elle avait appris à être autonome. Les Birding Isles formaient un minuscule archipel de six îles au milieu de l'océan Pacifique. Un paradis pour les touristes, souvent imprudents. La population normale de Gannet, composée de sept cents âmes, triplait les mois d'été, et tout le monde avait vite identifié Elsa.

Elle était *Doc*, une proie idéale. Comme le matin même au magasin général, lors d'un rare moment de pause entre deux patients. Elle choisissait du papier cadeau de Noël quand un pêcheur s'était approché, avait ôté sa botte et, en équilibre sur une jambe, lui avait mis son pied crasseux sous le nez.

— Mon orteil est pourri, Doc, avait-il fait alors que les clients dégoûtés s'écartaient. Il y a du pus depuis deux jours.

De fait, l'orteil était infecté. Elle avait ordonné au pêcheur de se rechausser et de la suivre au centre médical. Et une heure plus tard la vendeuse lui avait livré une douzaine de rouleaux de papier cadeau rouge vif.

Les habitants de l'île étaient formidables, mais ce genre d'incident arrivait en permanence. Quand elle se baignait, il y avait toujours quelqu'un pour crier « hé, Doc, une dame s'est enfoncé un hameçon dans le bras » ou « Doc, un gamin a piqué une tête dans un banc de sable et s'est tordu le cou »…

Les infirmières du minuscule hôpital de Gannet et des îles environnantes étaient des professionnelles qualifiées, et son grand-père faisait encore ce qu'il pouvait, mais elle était toujours en première ligne. Comme maintenant. Elle avait pu s'éclipser pour souffler un peu avant le rush de Noël, et voilà qu'elle devait secourir un homme tombé dans une crevasse !

Mais elle était toujours prête. Habituée aux appels d'urgence, elle transportait constamment un sac à dos avec le matériel indispensable. Un téléphone satellite. Une bouteille d'eau. Et des bandages, de l'antiseptique, de l'adrénaline, de l'antihistaminique, du glucagon et de la morphine.

Pour descendre dans la cavité souterraine, elle disposait des fournitures nécessaires, dont une corde. L'île était le paradis des grimpeurs. La plupart étaient aguerris, mais l'endroit était aussi fabuleux pour des vacances en famille. Et elle devait parfois intervenir auprès d'enfants blessés coincés sur une corniche à plusieurs mètres de hauteur.

Durant son enfance sur l'île, elle avait appris l'escalade, et il était souvent plus rapide et moins risqué de grimper jusqu'à un lieu d'accident que d'attendre l'équipe de Macka. Elle avait donc toujours une corde légère et solide accrochée à son sac à dos.

Avec des pierres, elle dessina une flèche sur le sol pour indiquer sa position aux sauveteurs. Puis elle s'enfonça dans les broussailles en direction des aboiements de Sherlock, se déplaçant d'un rocher à l'autre et testant leur solidité avant d'y poser le pied. Quand le sol devint meuble, à environ trois mètres de l'endroit où patientait Sherlock, elle enroula la corde autour d'un gros eucalyptus. Puis elle progressa lentement, testant le sol encore et encore, jusqu'à la trouée.

De part et d'autre du trou béant, il y avait un épais tapis de feuilles auquel la victime avait dû tenter de s'agripper avant de tomber. La couche d'humus avait résisté au passage des animaux légers habitués des lieux. Pas au poids d'un homme.

À plat ventre, elle s'approcha du vide avec précaution. Elle dirigea la torche de son téléphone vers la cavité obscure, en vain. Détachant la lampe puissante attachée à sa ceinture par un mousqueton, elle regarda de nouveau.

Elle distinguait le sol de la grotte, environ quatre mètres cinquante plus bas. Mais elle ne voyait pas le blessé.

— Ohé !

Rien.

Sherlock, couché sur le ventre et tremblant d'excitation, lui lécha la figure pendant qu'elle sondait la caverne.

— Tu l'as trouvé. C'est bien, mon chien. Mais il va falloir que tu restes ici pour attendre la cavalerie.

Elle allait devoir descendre en rappel, et sans baudrier, cela ne l'emballait pas outre mesure. D'abord parce que la corde avec laquelle elle bricolerait un siège de fortune lui labourerait la taille et l'aine. Avec de la chance, les sauveteurs lui enverraient un harnais pour remonter.

En attendant, elle revint vers l'eucalyptus, prit les deux extrémités de la corde qu'elle arrima autour de sa taille, puis la passa entre ses jambes pour former une assise sécurisée qui lui permettrait de contrôler sa descente.

Elle attacha ensuite Sherlock dépité au tronc de l'arbre.

— Pas bouger, ordonna-t-elle.

Une dernière caresse, et elle revint vers le puits à reculons, penchée en arrière pour éprouver la solidité de la corde.

— Pas le choix, dit-elle avec une gaieté forcée. Tu fais des trucs stupides de chien. Et moi qui suis médecin, je dois faire des choses encore plus stupides.

Sur ce, elle enjamba prudemment le bord du trou et commença sa descente.

Il était relativement facile de descendre en rappel avec une corde épaisse. Mais la corde fine d'Elsa s'enfonçait dans sa chair, et elle avait du mal à assurer sa prise dessus.

Elle avait examiné tous les accès de la cavité et choisi de descendre du côté le plus stable. Elle n'avait pas envie que le trou s'élargisse soudain et projette de la poussière et des pierres sur le blessé. Elle se déplaçait avec une extrême prudence, centimètre par centimètre. Elle aurait eu moins mal en allant plus vite, mais le risque était trop grand.

Elle jeta un dernier coup d'œil à Sherlock angoissé et s'enfonça dans l'obscurité de la caverne. Les deux mains prises, elle ne pouvait pas tenir son téléphone, et elle avait dû fixer sa torche dont le faisceau lumineux se balançait dans tous les sens. Il lui aurait fallu une lampe frontale. Ses jambes cherchaient une prise et n'en trouvaient pas.

Un mètre cinquante. Trois mètres.

À quatre mètres cinquante, elle sentit la roche solide sous ses pieds, mais garda la corde en tension. Suspendue dans son baudrier de fortune, elle serra les dents sous la douleur et attrapa sa lampe torche.

Sous elle, il y avait un monticule de feuilles mortes qui avaient dû tomber en même temps que l'homme, mais la caverne se perdait dans l'obscurité. Le sol était jonché de pierres et de poussière grise mais semblait solide.

Le blessé gisait légèrement sur le côté, inerte. À sa vue, le cœur d'Elsa manqua un battement, mais quand le faisceau de la lampe éclaira son visage, il grimaça et leva la main pour se protéger les yeux.

Il était grand et bien bâti, mince mais musclé, à l'image des grimpeurs qui fréquentaient la région. Mais il ne ressemblait pas à un alpiniste, avec son pantalon fauve et sa chemise à manches courtes. Il avait de courts cheveux bruns, et un filet de sang séché traversait son front jusqu'à sa joue. Pourtant il dégageait une impression de force.

Il regarda Elsa et cette impression s'accrut. Ses yeux perçants la scrutèrent, comme si elle était la patiente. À l'évidence, il avait repris connaissance.

Elle étudia rapidement la grotte. Posant les pieds sur le sol, elle défit son baudrier de fortune, qu'elle fixa à sa ceinture, et se pencha pour examiner son patient.

Il ouvrit la bouche pour parler, échoua, puis bredouilla :

— Vous n'êtes pas réelle… Êtes-vous… un ange ?

— Un ange en jean miteux et anorak déchiré accompagné d'un chien cinglé qui aboie à s'en arracher la tête. Donnez-moi une minute que je décide où mettre mes ailes…

Il parvint presque à sourire.

— Je suis Elsa McCrae, le *Dr* Elsa McCrae, dit-elle, consciente qu'il avait besoin d'être rassuré. Et vous ?

Elle lui prit le poignet et constata avec soulagement que son pouls était régulier. Juste un peu rapide.

— Marcus Pierce, fit-il d'une voix rauque avec un effort manifeste. M… Marc. Je suis aussi… médecin.

— Sans blague ? Un confrère ! Vous avez mal au cou ? Au dos ?

— Non. Juste… à la jambe. Et à l'épaule.

Elle avait déjà remarqué sa jambe, tordue sous lui. Son épaule avait un angle bizarre. Probablement démise. Aïe.

— Et la tête ? demanda-t-elle en examinant le sang séché.

— Je l'ai cognée en tombant, dit-il avec une grimace. Ce n'est rien. Je n'ai pas perdu connaissance.

— Vous vous êtes évanoui à l'instant.

— Je ne m'évanouis… jamais.

Elle le regarda fixement.

— Faux. Ça arrive à tout le monde. En tout cas, vous avez perdu conscience après m'avoir parlé.

— J'ai essayé de ramper sous le trou pour que vous me voyiez, dit-il, l'air sombre. C'était stupide.

— Oui, parce que si vous aviez réussi, j'aurais pu vous tomber dessus en descendant, répondit-elle d'un ton faussement enjoué. Votre évanouissement a été providentiel. Votre corps paraît plus sensé que votre tête. Restez tranquille pendant que je vous ausculte.

Il ferma les yeux et elle se demanda à quel point il souffrait. Mais chaque chose en son temps. Avec douceur, elle palpa son cou, vérifia sa mobilité, sa vision. Elle regarda ses mains : « serrez, je vous prie ». Ausculta sa bonne jambe : « remuez les orteils ». Examina son bras indemne : « serrez mes doigts ».

Il serra, plus longtemps que nécessaire. Il avait dû être terrifié, seul au fond de ce trou.

Mais l'examen était rassurant. Pas de blessure apparente à la tête. Pas de lésion vertébrale. Juste une jambe cassée et une épaule luxée.

Elle sortit la bouteille d'eau de son sac et lui souleva doucement la tête. Il ouvrit les yeux et lui jeta un regard débordant de gratitude. Elle approcha la bouteille de ses lèvres, et il en but la moitié avant de retomber avec un grognement reconnaissant.

— Vous n'imaginez pas comme c'était bon…

— Je m'en doute. Vous êtes tombé hier ? Vous n'avez rien bu depuis ?

— J'avais une bouteille dans mon sac… Il a dû tomber avec moi, mais je ne le vois pas. J'ai essayé de le chercher…

Se traîner dans le noir sur ce sol couvert de cailloux avec une jambe cassée avait dû être une épreuve atroce dont son visage portait les douloureux stigmates.

— S'il est là, je le trouverai, dit-elle calmement. Mais je vais d'abord vous donner un antalgique. Des allergies ?

— Vous n'avez pas de morphine ? s'écria-t-il, incrédule.

Elle eut un sourire modeste qu'il ne vit pas car la lampe torche était dirigée vers lui. Pour lui, elle n'était qu'une ombre rassurante.

— J'ai été formée au scoutisme et je suis toujours prête. Hibou Brun serait fier de moi.

— Je suis fier de vous, murmura-t-il en se laissant aller sur le sol dur. Pas d'allergie. Donnez-moi tout ce que vous avez.

Une fois, elle avait été coincée sur une corniche où elle était descendue en rappel secourir un enfant blessé, et avait attendu l'évacuation en hélicoptère cinq heures durant. Le garçon avait besoin de morphine, et elle avait dû en garder en réserve. Elle allait peut-être devoir en faire autant maintenant car ils risquaient d'être bloqués dans ce trou pendant un moment.

Logiquement, ils ne sortiraient pas avant le matin. Il leur faudrait une civière, et du matériel sécurisé en haut. Le terrain le plus stable était à dix mètres de la fosse. Le risque d'effondrement serait plus important s'ils travaillaient de nuit. Elle avait besoin de réserves de morphine.

Mais elle ne dit rien. Elle désinfecta la cuisse du blessé et lui injecta l'antalgique, puis déchira avec précaution le tissu de son jean pour voir à quoi elle avait affaire.

La cassure de la jambe était évidente. Il avait dû atterrir sur les pierres et l'impact avait fait éclater l'os. Elle palpa la cheville et constata avec soulagement qu'elle était tiède et qu'il y avait un pouls.

— Bonne nouvelle, votre pied respire encore, annonça-t-elle, consciente qu'en tant que médecin il savait qu'une fracture pouvait bloquer la circulation sanguine et qu'au bout de vingt-quatre heures les conséquences étaient dramatiques. Mais la jambe semble bien fracturée.

— Bien sûr qu'elle l'est, fit-il. Je ne souffrirais pas autant si ce n'était pas le cas. À quel point ?

— Ça n'a pas l'air trop grave. Quand la morphine agira, je vérifierai vos orteils.

— Vérifiez-les maintenant.

— Non. Si vous pouvez le supporter, restez allongé et essayez de vous détendre en attendant que l'antalgique fasse effet. Alors je découperai votre botte et j'examinerai votre épaule. Elle paraît déboîtée, peut-être même fracturée…

— Déboîtée, je pense.

— Peut-être, mais je n'irai pas plus loin tant que la morphine n'aura pas agi. En attendant, je dois appeler les secours. Reposez-vous pendant que je rassemble une équipe.

— Une équipe ? répéta-t-il après un silence. Vous voulez dire que vous êtes toute seule ici ?

— Avec mon chien Sherlock.

— Mais vous êtes descendue ici sans soutien.

— Je ne suis pas idiote. J'ai sécurisé ma corde de rappel pour pouvoir remonter quand je veux. Peut-être pas en vous portant, mais c'est prévu, car j'ai prévenu de l'endroit où je me trouvais. Pas vous, j'imagine ?

— Non, admit-il, contrit. Je sais que c'était incroyablement stupide, mais il est trop tard pour y remédier.

— Ne vous inquiétez pas pour ça, dit-elle puisqu'en vingt-quatre heures il avait eu tout le temps de se le reprocher. Notre charmant sergent de police et ses troupes sont probablement déjà en route. Je dois juste les informer de nos besoins.

— Alors… Vous ne faites pas partie d'une équipe à ma recherche ?

— Je crains que non. Quelqu'un risque-t-il de s'inquiéter pour vous ?

— Non, répondit-il, coupant.

— Voilà le résultat quand on ne prévient personne. On ne sait pas où vous êtes.

— Vous me trouvez idiot.

— Ce n'est pas à moi de juger. Je gère les trucs comme ils se présentent.

— Et je suis… un truc ?

— Je suis sûre que vous êtes un truc très gentil.

— Mais idiot.

Elle sourit, elle le sentait mortifié.

— Donc… vous parcouriez la montagne avec votre chien à la recherche d'un… *truc* blessé ?

— Nous avons trouvé un wallaby orphelin la semaine dernière, alors j'imagine que oui. Comme les saint-bernard dans la neige… Pardon si j'ai oublié d'attacher un tonneau de cognac au cou de Sherlock. Le wallaby n'en a pas eu besoin, mais là… On va être rayés de la liste des Beagle Sauveteurs.

Il la regardait d'un air hébété, peinant à suivre son bavardage désinvolte destiné à le distraire de sa douleur.

— Sherlock est… un beagle ?

— Oui, et il vous a trouvé. Vous lui devez un mois de friandises pour chien.

— Qui diable êtes-vous ? demanda-t-il brutalement.

— C'est plutôt à moi de vous le demander, répondit-elle, estimant qu'elle se débrouillait plutôt bien côté distraction. Au cabinet, mes nouveaux patients doivent tous remplir un questionnaire… Je vous ai déjà dit qui j'étais. Elsa McCrae, membre du Royal Australasian College of General Practitioners, médecin généraliste. Et vous ?

— Marcus Pierce. Membre du Royal Australasian College of Surgeons et du Royal College of Physicians. Cardiologue.

— Chirurgien cardiaque, dit-elle avec respect, notant au

passage que les gens intelligents avaient le chic pour s'attirer des ennuis sur l'île. Très bien. Dès que la morphine fera effet, je vous demanderai de surveiller votre pouls pendant que j'examine votre épaule et retire votre botte. Est-ce que quelqu'un va vous chercher, Marcus ?

— Non.

Froid et direct.

— Vous n'avez pas d'amis dans l'île ?

— Je suis venu ici répandre les cendres de ma mère, dit-il avec raideur. En privé.

— Je suis désolée, dit-elle doucement. Votre mère vivait ici ?

— Elle y venait très souvent. Elle adorait cet endroit.

Elsa, sourcils froncés, s'assit sur les talons. Pierce. Ce nom lui était familier. Elle se rappelait la petite dame passionnée d'escalade qui était venue la consulter lors de son dernier séjour dans l'île parce qu'elle n'arrêtait pas de tousser.

« Je sais ce qui ne va pas chez moi, ma fille, avait-elle dit quand Elsa l'avait auscultée. Je suis moi-même médecin. Vous ne pouvez rien pour moi. Je veux juste quelque chose qui soulage mes symptômes pour pouvoir gravir une dernière fois Lightning Peak. »

— Louise Pierce ? demanda Elsa d'une voix douce. C'était votre mère ?

— Je… Oui.

— Je la connaissais. Elle passait beaucoup de temps ici, à la pension des demoiselles Harnett ; nous avons été navrés d'apprendre son décès, dit-elle avec un soupir. Rhonda et Marg étaient ses amies. Elles auraient sûrement aimé vous accompagner ici.

— Je ne voulais pas de complications. Je suis arrivé hier par l'avion du matin et comptais repartir par celui du soir.

— Et vous êtes dans la mouise jusqu'au cou. Je regrette, sincèrement. Mais je vais vous demander de vous taire pendant que j'essaie de voir si j'ai du réseau.

Elle appela Macka avec le téléphone satellite. Il y avait de la friture sur la ligne, mais il l'entendit.

— À toi de décider, dit-elle, mais il serait risqué de le remonter avant l'aube. Peux-tu nous apporter une bonne lampe, des oreillers, des couvertures et, si possible, deux matelas gonflables ? Ma corde de rappel est en place, vous pourrez l'utiliser pour descendre le matériel. Oh… Et peux-tu prendre des croquettes pour Sherlock ?

Après avoir coupé la communication, elle se tourna vers Marcus qui semblait défait.

— Demain matin ? fit-il dans une sorte de grognement.

— Navrée, il serait imprudent de vous remonter de nuit.

Il jura.

— Il n'est pas nécessaire que vous restiez avec moi.

— Vous savez bien que si. Vous êtes médecin. Vous connaissez les règles.

— Je n'aurai pas de caillots. Je ne m'évanouirai plus.

— Sauf que je n'ai pas apporté les papiers d'assurance. Mais pas de problème. J'ai fait une formation de médecin urgentiste. Ma descente en rappel et ce séjour forcé dans une grotte souterraine seront un gros atout sur mon CV.

Tout en parlant, elle déplaçait le faisceau de sa lampe autour d'elle. Elle tomba d'abord sur le téléphone de Marcus, brisé dans la chute. Elle bénit l'instinct de chasseur de Sherlock. Sans son portable, Marcus n'aurait pas survécu longtemps au fond de ce trou…

Elle trouva aussi une mallette en cuir souple qui contenait un portefeuille et une bouteille d'eau. Elle en offrit à Marcus qui but avec gratitude. Malgré sa pâleur, il semblait s'être adouci. La morphine devait commencer à agir.

— Bon, déclara soudain Elsa, je n'ai pas besoin de vos compétences de cardiologue, mais pouvez-vous surveiller votre pouls pendant que je vous retire votre botte ?

Il eut un petit rire grave. Merci la morphine.

Elle commença par la jambe. Il était vital que le sang irrigue le pied. La cheville avait un pouls, mais Elsa voulait voir des orteils roses. Le pied était enflé, et la botte pouvait empêcher le sang de circuler.

— Votre job consiste à patrouiller dans le coin ? demanda-t-il d'une voix tendue pendant qu'elle découpait l'épais cuir de qualité. Vous vivez grâce aux dons des égarés reconnaissants ? Combien de randonneurs retrouvez-vous ?

— Plus qu'on ne pourrait croire, répondit-elle au souvenir des nombreuses promenades interrompues par des blessures, des foulures, des morsures d'insectes et, plus récemment et plus effrayant, un grave arrêt cardiaque.

Elle aurait eu bien besoin d'un chirurgien cardiaque, ce jour-là. Elle ne s'était jamais sentie aussi seule ni aussi impuissante.

— Et le reste du temps ?

— J'ai un cabinet près de la jetée, dit-elle, arrachée à ses tristes pensées. On a aussi un hôpital qui dessert toutes les îles et est surtout utilisé par nos anciens, six lits sur dix leur sont réservés. Le reste de mon travail consiste en problèmes simples, infections mineures, patients en attente d'évacuation sur Sydney ou en convalescence à leur domicile. C'est un service médical basique mais on ne peut pas faire mieux, conclut-elle en finissant l'examen de ses orteils. C'est bon, Marcus. Le sang circule normalement dans votre pied.

— J'ai *juste* une jambe cassée et une épaule luxée…

— Marcus…

— Mes amis m'appellent Marc.

— Vous ne me qualifierez peut-être plus d'amie dans un instant… Je dois poser une attelle à cette jambe pour que le sang circule. Vous avez des contusions, mais la peau n'a pas été percée. Si j'augmente un peu la morphine et que vous serrez les dents, je peux redresser votre jambe et l'immobiliser. Il faudra le faire avant de vous déplacer, alors autant m'y mettre maintenant. Et je vais voir si je peux positionner votre épaule de façon plus confortable. Ça vous évitera de passer une nuit blanche à appréhender une manipulation demain.

— Trop gentil, grogna-t-il, résigné, en fermant les yeux. Vous êtes douée pour remboîter les épaules ?

— Sans radio ? Normalement, je ne m'y risquerais pas.

— Et en situation d'urgence ? Je me suis palpé l'épaule. Il n'y a pas de fracture.

— Vous ne pouvez pas le savoir.

— Je l'ai senti en tombant. Elle s'est juste méchamment tordue. C'est une simple luxation. Je souffre beaucoup, Elsa. J'ai même tenté de la remettre en place moi-même.

— Vraiment ? Avec quel résultat ?

— J'ai perdu connaissance, dit-il avec une petite moue. Mais vous pourriez essayer. Vous arrêterez si ça prend trop de temps.

— Vous êtes prêt à courir le risque ?

— Oui.

Il avait confiance en elle et la jugeait assez compétente pour ne pas le faire souffrir inutilement.

— En plus de la morphine, je peux vous donner un myorelaxant.

— Merci, dit-il simplement. Pour ma jambe, vous allez utiliser quoi, comme attelle ?

— Nous disposons d'un grand choix de débris végétaux. Je vois au moins trois branches que je peux tailler avec mon couteau suisse pour fabriquer une belle éclisse. Mais préparez-vous à avoir mal, Marc.

Il ferma les yeux, puis les rouvrit, l'air résolu.

— Aidez-moi à m'asseoir. Je veux d'abord voir ma jambe.

— Non, répondit-elle, le forçant à s'étendre. La chute a été rude et une lésion à la colonne vertébrale n'est pas exclue. Vous connaissez les règles. Il faut faire une radio avant de vous bouger.

— Mais…

— Inutile de protester. Vous savez que j'ai raison.

Il ferma les yeux avec une expression sinistre.

— Dire que je devais m'envoler demain pour passer Noël à St. Moritz et skier pendant deux semaines…

— Vraiment ? fit-elle, pince-sans-rire. Ça peut encore se faire. Vous skiez bien sur une jambe ?

Pas de réponse. Mais elle n'en attendait pas. Il avait une

sacrée chance de pouvoir aller skier à St. Moritz quand il en avait envie. Elle l'imaginait bon skieur. Il avait un corps athlétique, musclé où il le fallait.

Pour l'immobiliser, elle avait passé un bras autour de sa bonne épaule et le tenait toujours pour l'aider à se détendre. Il avait froid et elle avait chaud. Il avait besoin de contact. De réconfort. Elle aussi. Cette grotte souterraine était angoissante. Dehors, il faisait presque nuit.

Elle avait la lampe de son téléphone et une torche électrique ainsi qu'une batterie de rechange pour son téléphone. Les secours étaient en route. Elle n'avait pas vraiment besoin d'être réconfortée.

Néanmoins, le contact du grand corps puissant appuyé au sien lui faisait du bien. Comme l'aide professionnelle de son grand-père le cas échéant, même si le vieil homme était de plus en plus fragile. Et puis elle avait Sherlock, mais…

Mais souvent dans sa vie de médecin, le Dr Elsa McCrae se sentait bien seule. Elle se laissa un moment aller contre cet homme en imaginant que peut-être elle pouvait se reposer sur lui… Ridicule, alors qu'il était clairement focalisé sur ses blessures.

— Très bien, dit-il d'un ton bref, finissons-en.

Elle hésita. Elle pouvait peut-être attendre le jour. Ou les secours, mais ils n'arriveraient pas avant deux heures. Macka était un bon flic mais manquait d'exercice. Il avait dû faire appel aux pompiers, plus sportifs et entraînés que lui, mais qui ne connaissaient pas le chemin jusqu'ici.

Deux heures. Lâchant Marcus, elle scruta sa jambe et décida de s'en occuper maintenant. S'il s'agissait d'une fracture complexe… Elle n'avait aucun moyen de le savoir et devait envisager le pire scénario.

— On le fait maintenant, dit Marcus, comme s'il lisait en elle. Et l'épaule, si vous pouvez. Allons-y.

C'était parti.

3.

Elsa aurait aimé être chirurgien orthopédiste, avoir un équipement radio et bénéficier d'une assistance. Mais hélas, elle ne pouvait compter que sur son instinct.

Première règle, éviter de faire du mal au patient. Le sang circulait dans la jambe de Marcus, elle pouvait la laisser en l'état. L'épaule devait être radiographiée pour voir si elle n'était pas cassée, et il valait peut-être mieux ne pas y toucher.

Mais la douleur à l'épaule empêcherait Marcus de dormir, même sous morphine. Une longue nuit les attendait. Elle préférait ne pas y penser.

Aucun miracle ne se produirait. Elle était seule.

Elle aurait pu attendre l'arrivée de Macka avec un bon éclairage, mais ce qu'elle s'apprêtait à faire dépendait surtout de son toucher. Et de la coopération du patient. À l'hôpital, elle l'aurait mis sous anesthésie générale. C'était impossible ici, mais, de par sa formation médicale, Marcus savait qu'il devait rester parfaitement immobile quand elle opérerait.

Entre l'épaule plus douloureuse et la circulation sanguine qui risquait d'être coupée au niveau du pied, il fallait trancher. Elle opta pour la jambe. Elle trouva un morceau de bois et le montra à Marc qui ironisa sur ses talents de sculptrice avant de la regarder le tailler en silence. Sans doute se préparait-il mentalement à ce qui allait suivre. La morphine ne faisait pas tout.

Avec délicatesse, elle glissa l'attelle sous sa jambe, centimètre par centimètre. Ses mains la palpèrent avec douceur pour sentir l'os et, très lentement, elle redressa le genou puis toute la jambe qu'elle posa délicatement sur l'éclisse de fortune.

Elle nettoya, désinfecta, banda et fixa la jambe aussi serrée qu'elle put sur le bâton taillé. Marc ne dit pas un mot pendant toute l'opération et elle lui en fut reconnaissante.

Enfin, elle s'assit sur les talons et soupira. Il faisait frais et humide sous terre, mais elle transpirait abondamment.

— Bravo, dit tout bas Marcus d'une voix rauque.

— À vous aussi… Votre pouls est plus fort. Sous morphine, vous devriez pouvoir dormir cette nuit sans craindre de remuer.

— À l'épaule maintenant.

Ce fut plus dur.

La technique la plus simple et la plus sûre pour réduire une luxation d'épaule était la technique de Stimson, où le patient laissait pendre son bras, au bout duquel on fixait du poids. Impossible ici. Une lésion dorsale étant possible, Elsa ne pouvait pas retourner Marc dans la position requise.

Avec le patient sur le dos, la rotation externe restait la seule option. Elle expliqua à Marcus ce qu'elle allait faire.

— Allez-y, dit-il.

Plaçant son bras aussi près que possible de son torse, elle commença lentement la rotation, laissant la gravité – et la douleur – limiter l'amplitude du mouvement. Elle scrutait le visage de Marcus, notant sa pâleur, sa bouche pincée, sa farouche détermination à en finir. Son bras se tendit malgré lui sous l'effet de la souffrance, et elle le laissa souffler un peu, avant de reprendre doucement la rotation.

Et ô miracle, l'épaule reprit sa place. Le visage crispé de Marc se détendit.

— Merci, dit-il, les yeux clos. Oh ! mon Dieu, merci…

— De rien, répondit-elle d'une voix un peu tremblante. Je vais l'immobiliser. Elle doit rester sanglée jusqu'à ce qu'on soit sûrs qu'il n'y a pas de problème avec la coiffe du rotateur. J'espère que vous vous sentirez assez bien pour dormir maintenant.

— Dormir…, fit-il en grimaçant. À présent que tout est fixé, je peux sûrement être remonté à la surface.

— Vous avez entendu ce que j'ai dit à Macka, répondit-elle

fermement. Je ne prendrai pas le risque de vous sortir dans l'obscurité, et il va nous apporter de quoi passer une nuit plus confortable.

— Mais si ma jambe est maintenue…

— Il ne s'agit pas de vous, répliqua-t-elle. Je pense au terrain instable et aux secouristes, qui ne sont pas des spéléologues chevronnés. À cet effondrement, et aux sapeurs-pompiers qui pourraient atterrir sur nos têtes… Et j'ai utilisé mes derniers bandages. Si un groupe de pompiers nous tombe dessus, je n'aurai pas de quoi les soigner. Non. Nous attendrons le matin, que Macka puisse faire une reconnaissance approfondie du terrain.

— Très bien, dit Marcus du bout des lèvres. Mais vous pouvez remonter. Inutile que nous restions là tous les deux.

— Ben voyons, dit-elle en songeant aux complications possibles, caillots, commotion cérébrale différée…

— Je peux réaliser mes propres observations.

— Ah ? dit-elle avec un sourire ironique. Quand l'avez-vous fait la dernière fois ? Les cardiologues n'ont pas des infirmières pour ça ?

— Vous n'êtes pas infirmière.

— Non, je suis médecin généraliste dans une communauté isolée, et j'ai même pris les constantes d'une tortue enceinte. Certes, c'était une tortue spéciale que j'avais dans un vivarium sous mon porche, mais nécessité fait loi.

— Et ça s'est bien terminé ?

— Très bien, avec l'arrivée de soixante-treize bébés en pleine forme. Ne doutez pas de mes compétences, docteur Pierce. Je peux prendre vos constantes, inutile d'avoir peur.

— Je n'ai pas peur. Pas depuis que je vous ai vue descendre en rappel.

— Alors j'ai fait mon boulot, jusqu'ici, répondit-elle gaiement. Et je vais continuer, si vous n'y voyez pas d'inconvénient. Essayez de dormir pendant que je vérifie où en sont les secours.

— Elsa…

— Oui ?

— Si un secouriste tombe et se casse une jambe ou s'il y a une urgence en ville ce soir… Une tortue par exemple ?

— Grand-père s'en occupera. C'est un bon médecin.

— Quel âge il a ?

— Soixante-dix-huit ans. Et si vous émettez des réserves quant à son âge, je vous dénoncerai au conseil de l'ordre pour discrimination. Grand-père peut très bien faire face.

— Mais à part lui…

— Il s'appelle Robert.

— Robert excepté, vous êtes le seul médecin sur l'île ?

— Oui, dit-elle. Et vétérinaire, infirmière, cuisinière et gardienne. Bonne à tout faire, en somme. À nous trois, grand-père, Sherlock et moi, nous gérons toute l'île. À présent, taisez-vous, je rappelle Macka.

— Elsa…

— Chut. Cantonnez-vous à votre rôle de patient, Marcus Pierce, et laissez-moi celui de médecin traitant.

L'équipe de Macka arriva une demi-heure plus tard, précédée par les jappements hystériques de Sherlock.

Somnolant sous l'effet de la morphine, Marcus ouvrit les yeux, et la voix autoritaire de Macka se fit entendre.

— La ferme, Sherlock… Doc ?

Le chien se tut. Macka faisait la loi sur l'île.

— On est là ! N'approche pas. Le sol est instable. Tu vois où j'ai attaché la corde ? Ne viens pas plus près. Je ne veux pas sortir Marc au prix d'un autre accident. Qui est avec toi ?

— Denise et Graham. On demandera des renforts si c'est nécessaire. Comment ça se passe, en bas ?

— Marc est stable. Inutile de se précipiter. Restez à distance, le terrain est dangereux.

— Tu es hors de danger ?

— On l'est tous les deux. Marc a une jambe cassée et une épaule déboîtée mais on tiendra jusqu'à ce que vous puissiez nous sortir en toute sécurité. Il nous faudra une civière.

— On a celle de l'équipe de secours.

— Génial, dit-elle en pensant à leur nouvelle acquisition, un brancard pliant muni de courroies immobilisant complètement le patient qu'on pouvait ainsi déplacer.

— Vous tiendrez jusqu'au matin ? demanda Macka.

— Il le faut, dit-elle, consciente que l'ascension de Marcus ne serait parfaitement sécurisée que s'ils opéraient de jour.

— Alors on attendra, dit Macka, soulagé. Comment c'est arrivé ?

Elle lui raconta la mésaventure de Marcus.

— Très bien, fit Macka après un silence. Nous allons vous descendre le matériel et camper ici. Le blessé… Marc, il veut qu'on prévienne quelqu'un ?

— Je ne manquerai à personne avant demain, dit sombrement Marcus.

— Il dit que non, répondit Elsa.

— Tu veux qu'on appelle ton grand-père ? Et Tony ?

— J'appellerai grand-père. Et ne t'avise pas d'avertir Tony.

Macka gloussa, puis les choses sérieuses commencèrent.

— Bon, on utilisera ta corde comme poulie pour vous descendre de quoi rendre votre nuit aussi confortable que possible, annonça Macka. On a apporté le matériel médical dont tu as besoin, ainsi que des matelas gonflables et des couvertures. Nous resterons là-haut et dès les premières lueurs du jour, nous fixerons une corde au-dessus du trou pour sécuriser le dispositif, nous descendrons le brancard, et nous vous hisserons dehors.

— Peux-tu prévenir le continent de se tenir prêt pour une évacuation en hélicoptère ? demanda-t-elle, car un chirurgien orthopédiste devait s'occuper de la jambe de Marcus le plus tôt possible. Nous devrions pouvoir le conduire à l'aéroport en fin de matinée.

— Ce sera difficile. Il y a des feux de broussailles sur le continent et la fumée envahit les principaux aéroports. Les vols d'évacuation sont déviés vers le nord, et seulement en cas d'urgence vitale. Tous les vols commerciaux sont annulés pour demain. Mae s'arrache les cheveux, elle a reçu une commande de quarante dindes pour Noël, et elle aura de la chance si elles arrivent le lendemain de Noël.

— Non ! Il y en avait cinq pour nous, fit-elle d'un ton léger devant la mine sombre de Marcus.

Il était contrarié de ne pas aller à St. Moritz, mais cela n'allait pas être facile pour elle non plus. Elle devrait faire les radios et s'occuper elle-même de sa jambe. Son grand-père l'aiderait, mais cet étranger aurait sûrement du mal à accepter les limites médicales causées par leur isolement… Bah, elle s'en soucierait en temps voulu.

Il y eut un appel, et un ballot soigneusement enveloppé fut descendu, attaché à la corde de rappel. Première livraison.

Elle s'en saisit avant qu'il touche le sol. Une lanterne était fixée sur le côté. Elle l'alluma, et vit pour la première fois la taille de la caverne. Ou plutôt son immensité. De tous les côtés elle plongeait dans l'obscurité, et Marc avait eu de la chance d'atterrir sur une partie presque stable. Elle défit le paquet en silence. Deux matelas autogonflables.

— Regardez ça, dit-elle, tenant le premier pendant qu'il se gonflait. Qui a besoin d'aller à St. Moritz pour connaître le luxe ? Vous avez apporté des couvertures, les gars ?

— Elles arrivent, répondit Macka.

Dix minutes plus tard, Elsa et Marcus avaient tout ce dont ils avaient besoin pour être sinon confortables, du moins être relativement à l'aise et ne pas souffrir du froid. Elle mit un peu de temps à déplacer Marcus sur la civière posée sur le matelas, mais enfin, il fut installé.

— C'est fait, cria-t-elle aux secouristes.

— Au dîner maintenant, dit Macka en leur descendant un sac isotherme. Soupe de poule et petits pains de Deirdre. Ça devrait être encore tiède.

— Merci, répondit-elle en réceptionnant le colis qu'elle posa près d'un Marcus interloqué.

— Un repas chaud aussi !

— Gannet Island ne lésine pas sur les services. Vous croyez pouvoir avaler un peu de bouillon ? Je vais vous aider.

N'essayez pas de vous redresser. Je soutiendrai vos épaules pendant que vous buvez.

— Je peux…

— Vous pouvez vous asseoir, mais vous risquez de bouger votre jambe, c'est trop dangereux, le coupa-t-elle sévèrement.

— Alors vous m'ordonnez de rester couché, de la fermer et de faire ce qu'on me dit, dit-il d'un air sinistre.

— Exactement, docteur Pierce. Vous n'imaginez pas depuis combien de temps je rêve de dire ça à un spécialiste, fit-elle avec un sourire malicieux.

4.

Marcus accepta le soutien d'Elsa pendant qu'il avalait sa soupe avec une gratitude pathétique. Il avait été à l'agonie les dernières vingt-sept heures, et rongé par la peur, la soif et la douleur qui martyrisaient son corps blessé.

Telle une magicienne, Elsa avait apaisé sa peur, étanché sa soif et calmé en grande partie sa souffrance. Et maintenant, elle lui donnait la soupe la plus exquise qu'il ait goûtée.

Assise par terre et calée contre lui, elle offrait à sa tête un coussin chaud et douillet.

Elle l'aidait à porter la tasse de bouillon à ses lèvres, et au contact de sa main chaude il songea qu'il n'avait jamais rencontré une personne aussi merveilleuse.

— Épousez-moi, murmura-t-il quand le bol fut vide.

— Pas très original, répondit-elle en pouffant. Tony me le demande une fois par semaine, sans compter tous ceux qui me sont reconnaissants. Rien qu'hier, j'ai été demandée en mariage par le vieux Roger Havelock dont j'ai percé l'abcès. J'aurais pu exiger la moitié de sa fortune.

Reculant un peu, elle baissa doucement l'oreiller où reposait sa tête, et il éprouva une sensation aiguë de perte quand elle se retira.

— Roger possède quinze truies, deux verrats et une poignée de poules. Vous avez mieux à m'offrir ?

— Mieux que Tony ?

— Évitons les comparaisons.

— Cela veut dire que vous êtes disponible ?

— Je suis toujours disponible, répondit-elle, moqueuse.

Et vous ? Je suppose que vous demandez la main de tous les médecins qui descendent dans des grottes pour vous sauver la vie, mais sérieusement… vous êtes sûr qu'il n'y a pas en ce moment une personne qui s'inquiète pour vous ?

— Absolument, dit-il d'un ton sec. Je n'ai pas de proche parent et je suis censé être en congé. Je devais prendre un vol pour la Suisse demain soir avec un groupe de collègues, dont Kayla qui s'étonnera de ne pas me voir à l'aéroport, mais je l'appellerai demain pour la rassurer. Notre relation n'est pas sérieuse, elle s'amusera très bien sans moi à St. Moritz.

— Tant mieux… Vous avez sommeil ?

— J'imagine. Vous avez besoin de repos, vous aussi.

— En effet, et, votre surveillance mise à part, je pourrais passer toute la nuit à dormir sans interruption, dit-elle en installant son matelas près du sien et en étendant les couvertures. Je devrais peut-être sauter dans un trou plus souvent pour avoir une bonne nuit de sommeil.

— Vous avez tant de mal à dormir ?

— Oui, répondit-elle en bordant ses couvertures autour d'elle. Essayez d'être l'unique docteur d'un archipel où chaque touriste prend un malin plaisir à se mettre en danger.

— Comme moi.

— Je ne vous le fais pas dire.

Elle vérifia les couvertures de Marcus, en prit une autre pour le couvrir, et hocha la tête.

— Vous voilà donc installé. À combien estimez-vous la douleur ?

— Deux sur dix.

— Ça devra aller.

— Ça me va. Merci, Elsa.

— De rien. Réveillez-moi si elle dépasse trois. Vous ne gagnerez pas de médaille à jouer les martyrs.

— On en gagne quand on est à la fois le seul médecin de la région et une héroïne ?

— Je ne suis pas tout à fait seule, protesta-t-elle. J'ai grand-père. Il travaillerait à plein temps si je le laissais faire, mais il a des problèmes rénaux et le cœur malade.

— Des problèmes rénaux ?

— Du diabète. Pas si grave.

— Et le cœur fragile ?

— C'est le diagnostic, acquiesça-t-elle d'un ton léger. Je ne suis qu'un modeste médecin de famille.

— Je suppose qu'il est allé sur le continent pour savoir précisément ce qui n'allait pas ?

— Oui, répondit-elle, s'allongeant et remontant les couvertures jusqu'à son menton. Mais il déteste quitter l'île. C'est la principale raison de ma présence ici, mais je ne discuterai pas de la santé de grand-père avec un patient.

— Je suis cardiologue.

— C'est vous qui le dites. Pour l'heure, vous êtes mon patient. Vous avez subi un gros choc, docteur Pierce, et je vous suggère d'essayer de dormir avant que les effets de la morphine s'estompent. Comme je compte le faire dès maintenant. Si je traîne, vous allez commencer à geindre, et c'en sera fini de mon sommeil réparateur.

Marcus somnola un moment, puis se réveilla et ne put se rendormir. Couché dans le noir, il songea aux répercussions de sa jambe cassée. À ses amis en route pour St. Moritz. À Kayla, qui ne changerait pas ses plans et irait en Suisse sans lui. Leur relation était légère, elle n'avait pas besoin de rester lui tenir la main.

Cela faisait six ans que ses amis et lui passaient leurs vacances de Noël à faire du ski. Kayla faisait partie de la bande, et ils sortaient ensemble depuis peu. Tous deux aimaient les défis physiques, la beauté des pentes enneigées, les bars bondés, les restaurants gastronomiques.

Fuir Noël. Sauf qu'ils n'y échappaient pas vraiment dans l'élégant complexe touristique somptueusement décoré pour l'occasion, où la cuisine était divine et où chaque invité se voyait offrir un cadeau de créateur. Ils arrivaient le soir de Noël, quand les festivités battaient leur plein. Dans ce décor de carte postale, on faisait la fête dans la plus parfaite tradition de la magie de Noël.

Tout le contraire des Noëls de son enfance, durant lesquels ses parents s'efforçaient vainement de dissimuler leurs différends. La joie factice et guindée dans leur manoir donnant sur le port. Les cadeaux ambitieux, éducatifs et ruineux de son père, écologiques et hors de prix de sa mère.

Il avait presque été soulagé le Noël où sa mère était partie. À dix ans, il était assez grand pour comprendre qu'il n'aurait plus à prétendre ne pas entendre leurs disputes. Le dernier cadeau de sa mère avait été un certificat attestant qu'il avait fait un don à l'école d'un village d'Afrique. Un cadeau de Noël rêvé pour un gamin… Mais il n'avait plus jamais eu à supporter les cadeaux tordus de ses parents.

Pendant leur vie de famille, Noël était un cauchemar protocolaire et rigide. Noël à St. Moritz était drôle, sympathique, animé… Impersonnel, comme il voulait que soit sa vie.

Il ne manquerait guère au petit groupe qui se retrouverait à l'aéroport le lendemain. Et il était assez lucide pour soupçonner son aventure avec Kayla d'arriver à son terme.

Son esprit las dériva vers la femme allongée près de lui.

Son engagement envers les autochtones et son grand-père la retenait sur cette île. Elle avait refusé de s'appesantir sur les problèmes de santé de son aïeul alors que tout praticien digne de ce nom aurait sauté sur l'occasion de discuter d'un cas préoccupant avec un confrère.

Pas Elsa. Derrière ses paroles, il avait perçu de la souffrance. Quelque chose de sombre. Elle devait savoir que rester sur place mettait les jours de son grand-père en danger.

Marcus soupira. Elle lui avait sauvé la vie, il pouvait peut-être l'aider à son tour.

— Vous voulez des antalgiques ? demanda-t-elle en murmurant.

Leurs matelas se touchaient, elle avait fait en sorte de pouvoir le surveiller de près durant la nuit.

— C'est ma seconde nuit ici. Si j'avais dû mourir d'une hémorragie interne, ce serait fait. Inutile de rester éveillée.

— C'est pour ça que je dors.

— Vous êtes réveillée, là…

— Je somnole. Alors, où en est votre douleur ?

— Supportable.

— Et votre vessie ?

— Ça va, grommela-t-il.

— Alors buvez davantage. Ne vous retenez pas de boire parce que vous êtes trop fier pour accepter mon aide. Vous êtes mon patient, je vous le rappelle.

— Je ne suis pas forcé d'aimer ça.

— Vous connaissez la citation : « Donnez-moi la sérénité d'accepter les choses que je ne peux pas changer, le courage de modifier celles que je peux changer, et la sagesse de différencier les deux. » Si vous avez envie de boire, buvez.

— Je n'en ai pas envie, dit-il, narquois.

— Vous êtes têtu comme une mule, restons-en là.

Le silence retomba. Il croyait qu'elle s'était assoupie quand sa voix résonna prudemment dans le noir.

— Parlez-moi de St. Moritz.

— Vous n'y êtes jamais allée ?

— Il y a un monde au-delà de Sydney ? demanda-t-elle, railleuse.

— Vous n'êtes jamais partie plus loin ?

— Pas d'argent, répondit-elle d'un ton léger. Grand-père m'a aidée à financer mes études de médecine, et pendant les vacances, je rentrais travailler à l'hôpital pour payer mon gîte et mon couvert. En fait, je travaille à l'hôpital depuis mes sept ans. J'y ai écossé une montagne de petits pois, mais mon job officiel était de remonter le moral des patients. Avec Loopy le Basset, Peanut le Fox-terrier et enfin Sherlock le Beagle, j'allais leur tenir compagnie. Quelle meilleure formation pour un futur médecin de famille ?

— Et vos parents ?

— Ma mère était hippie, dit-elle froidement. Elle a perdu sa mère à treize ans, et reprochait à son père médecin de ne pas l'avoir sauvée. Elle s'est liée avec des surfeurs qui venaient ici chaque été, et, à dix-sept ans, elle s'est enfuie avec l'un d'eux, un sale con. Elle n'est jamais revenue et est morte d'une overdose quand j'avais sept ans. Mon père avait disparu de la circulation, et, après le décès de ma mère, grand-père m'a ramenée ici. En dehors de mes années d'études, je n'en suis plus partie… Alors, St. Moritz ?

Il garda le silence, songeant à la fillette négligée par sa mère toxicomane, à toute cette souffrance. Lui qui pensait avoir eu une enfance difficile…

— Vous connaissez ces cartes de Noël avec des vallées enneigées, des lumières scintillantes, des rennes… ?

— Ne me dites pas qu'il y a des rennes en Suisse !

— Pas sur les pistes de ski où je passe mon temps.

— C'est vraiment tout blanc ? Pas boueux et sale ?

— Ça peut l'être, mais à cette époque de l'année, surtout après une chute de neige, c'est immaculé.

— J'adorerais voir ça. Il paraît que chaque flocon est différent. J'aimerais sentir le goût de la neige sur ma langue.

— Me permettrez-vous de vous y emmener… pour vous remercier de m'avoir sauvé la vie ?

Il sut immédiatement qu'il n'aurait pas dû dire ça. Il la sentit se raidir contre son bras.

— Je n'ai pas besoin de cadeaux de mes patients, dit-elle d'un ton sans appel. Des touristes ont constamment des accidents sur l'île et c'est mon travail de les soigner. Vous recevrez une facture pour vos soins. Visite médicale en dehors des heures ouvrables, consultation de longue durée, chirurgie mineure. Ça vous coûtera cher. Mais moins que des vacances à St. Moritz… Dormez maintenant.

Elle roula sur le côté et lui tourna le dos.

Des vacances à St. Moritz, franchement ! Des patients reconnaissants lui offraient des chocolats, du vin, ou de gentilles cartes qu'elle partageait avec ses collaborateurs.

Mais des vacances à St. Moritz ? !

Elle se surprit à imaginer à quoi cela ressemblerait. D'abord l'avion pour Sydney, puis un vol transatlantique pour la Suisse. En business class, tant qu'à faire. Et peut-être un trajet en limousine vers la station de ski.

Sa réceptionniste vouait une passion aux magazines people sur papier glacé, qui échouaient ensuite dans la salle d'attente. Elsa les feuilletait parfois entre deux patients, et elle se prit à rêver. Il y aurait un chalet, elle en avait vu en photo. Des paysages somptueux. Peut-être un sauna et un spa. Des leçons de ski avec un Suisse canon. Elle se voyait skier sur les pentes enneigées, dîner avec de sympathiques amis devant un bon feu de cheminée…

Le rêve s'arrêtait là. Elle n'avait pas d'amis. Elle était seule.

Elle s'en voulut. Les habitants de l'île étaient ses amis. Mais combien l'appelaient Elsa ? Depuis son retour, elle était la fille du docteur. Les gens l'avaient prise sous leur aile pour que son grand-père puisse exercer. Mais c'était surtout lui qui tenait à elle. Elle était son ombre, et on avait pris l'habitude de l'appeler le Petit Doc.

Le surnom lui était resté jusqu'à son retour de l'université, où elle était devenue simplement Doc pour les îliens qui avaient généreusement participé au financement de ses études pour aider leur vieux docteur.

Seul Tony l'appelait Elsa. Dès leur premier rendez-vous, il s'était montré possessif, l'usage de son prénom n'étant qu'une façon d'affirmer son droit sur elle. Elle était sortie avec lui pendant un moment de faiblesse. Parce qu'elle se sentait seule !

Près d'elle, Marcus s'agita. Elle aurait voulu lui remonter le moral, mais les mots ne vinrent pas.

Pensive, elle ouvrit les yeux sur la nuit. Pourquoi l'offre ridicule de Marcus la perturbait-elle autant ? Pourquoi était-elle aussi troublée par son sourire ? Ce n'était qu'un patient. Un touriste. Il partirait d'ici dès que les vols reprendraient.

Elle réfléchit à la situation sur le continent. Ce qui avait commencé par de petits feux isolés deux jours plus tôt était devenu un incendie incontrôlable. Ses collègues médecins devaient crouler sous les brûlures, les inhalations de fumée, les états de choc…

— Quelles sont les dernières nouvelles concernant les feux sur le continent ? demanda Marcus, comme s'il suivait le cours de ses pensées.

— Les derniers rapports parlent d'une pluie légère qui intensifie encore la fumée. Heureusement, pas de victimes. Les cardiologues soignent ce genre de traumatisme ?

— Tous les praticiens interviennent en cas de problème majeur. Mais si l'incendie perd en intensité, on n'aura pas besoin de moi. D'ailleurs, je suis en congé.

— Veinard.

— Vous croyez que je ne préférerais pas aider les autres ?

— On a tous besoin d'un break de temps en temps. Vous avez de la chance de pouvoir en faire. Dormez, Marc, ou laissez-moi dormir. Je ne suis pas en vacances et j'ai besoin de sommeil, si ce n'est pas votre cas.

5.

L'évacuation commença tôt le lendemain matin. Marcus supportait très mal le rôle de la victime, de l'écervelé qui s'était mis dans le pétrin par son inconscience. Mais il dut assumer.

Il se résigna pendant qu'on s'affairait autour de lui. Le brancard gonflable était une invention fabuleuse. Elsa l'avait installé sur le matelas la veille, et pendant que l'équipe de secours préparait le matériel pour l'extraction, elle gonfla les côtés pour le protéger des chocs pendant l'ascension. L'équipement disposait d'un soutien pour la tête, le cou et la colonne vertébrale, permettant de maintenir chaque partie du corps sans point de pression. Il était aussi pourvu de fixations croisées et de dix poignées.

— Il n'apparaît pas aux rayons X et peut porter jusqu'à deux cent cinquante kilos, dit fièrement Elsa en ajustant les sangles autour de Marcus. Si vous aviez pesé autant, on aurait dû réquisitionner une armée pour vous sortir de là…

Il ne sourit pas. Il était complètement immobilisé et ne s'était jamais senti aussi impuissant.

Au-dessus, l'équipe de secours installait des câbles de part et d'autre du terrain instable. Ils pourraient ainsi fixer des ancrages sécurisés au-dessus du trou, et descendre en rappel si nécessaire. Elsa expliquait tout cela à Marcus en s'affairant.

— La civière est fantastique, dit-elle en lui donnant sa dose d'antidouleur, mais vous serez secoué en redescendant de la montagne. Je suis désolée, Marc, il faudra serrer les dents.

— Vous me sauvez, je ne vais pas me plaindre… Vous en doutez ? demanda-t-il devant son sourire sarcastique.

— On verra, répondit-elle d'un ton neutre. Il y a peu, nous avons remonté un touriste d'une falaise. Il voulait se photographier et, alors qu'il avait escaladé la rambarde de sécurité, il s'est un peu trop penché au-dessus du vide, quinze mètres plus bas. Il a eu la chance d'être arrêté par une saillie et de s'en sortir avec juste un bras cassé et des ecchymoses. Nos gars ont mis des heures à le remonter, mais croyez-vous qu'il aurait été reconnaissant ? Les sauveteurs n'ont pas risqué leur vie pour récupérer son appareil-photo, il les a injuriés jusqu'à son évacuation en hélicoptère !

— Les gens se comportent comme des imbéciles, répondit-il, chagriné d'en faire partie.

— Au moins vous avez montré de la gratitude, dit-elle en souriant. À propos, j'ai réfléchi à votre offre concernant St. Moritz. Je devrais refuser, mais si vous êtes sérieux…

— Je le suis.

— À la place, pourrais-je avoir un fauteuil orthopédique inclinable pour mes patients âgés ? Voire deux, si vous êtes généreux. Certains de nos anciens ne peuvent pas se relever sans aide et deviennent dépendants.

— Je comprends, répondit-il sombrement.

— Je n'ai ni papier ni stylo pour vous faire signer cela avant qu'on vous remonte à la surface et que vous redeveniez obnubilé par St. Moritz…

— Je ne le serai plus. J'ai dit adieu à tout ça.

— Vous y retournerez l'an prochain. Et nous profiterons de deux magnifiques fauteuils orthopédiques.

— Non.

— Vous pariez ? Je veux voir Marigold Peterson se lever sans aide et marcher jusqu'à la véranda… Savourez votre St. Moritz, docteur Pierce. Je choisis le plaisir de Marigold.

Il regarda avec curiosité cette jeune femme sans filtre. Il la voyait mieux à la lumière naturelle. Elle semblait compétente. Déterminée. Son jean et son coupe-vent étaient sales, ses cheveux maculés de poussière. Menue, elle ne mesurait guère plus d'un mètre soixante mais respirait l'énergie et l'efficacité. Sa chevelure paraissait rousse sous la poussière, et ses boucles étaient ramassées en une queue-de-cheval pratique.

La regardant serrer les sangles de la civière, il éprouva une envie irrationnelle de lui détacher les cheveux, il aurait voulu les voir crouler librement sur ses épaules. Mais il sentait qu'il ne fallait pas plaisanter avec le Dr Elsa McCrae.

Elle avait des principes. Elle avait troqué des vacances de rêve contre des fauteuils pour ses vieux patients. Ses yeux avaient brillé quand il avait fait son offre, puis le regret les avait envahis quand son bon sens l'avait emporté.

— Vous aimez la médecine générale ? demanda-t-il en la scrutant.

— J'aime aider les gens à se sentir mieux.

— Eh bien, vous m'avez fait me sentir mieux, répondit-il.

À son grand étonnement, elle rougit.

— Alors, j'ai fait mon travail… Vous voulez dire adieu à cette chambre tout confort avant de partir ?

— J'ai cru que j'allais mourir dans cette chambre tout confort. Je hais cette chambre tout confort !

— Très bien. C'est bon, les gars, vous pouvez le remonter !

Elsa devait le reconnaître, cet homme était stoïque.

Si descendre de la montagne fut une épreuve pour les porteurs du brancard, ce fut encore plus dur pour le blessé. Le chemin accidenté était déformé par des racines et ils étaient forcés de contourner les gros rochers. Avec le jour, cinq autres personnes les avaient rejoints, et deux équipes de quatre se relayaient pour porter Marcus. Elsa suivait la civière, Macka lui ayant interdit de la porter.

— Si tu glisses, qui te soignera ? avait-il grogné.

— Grand-père ?

— Ouais, et il devra s'occuper seul des touristes venus pour

Noël quand ce type et toi serez hors service. Tu as fait une bêtise en t'aventurant seule dans ce trou, Doc. Plus question de te laisser prendre des risques inconsidérés.

Elle cheminait donc prudemment derrière, bavardant avec les porteurs tout en gardant un œil sur le blessé. Les secousses le faisaient manifestement souffrir ; s'il ne se plaignait pas, il avait en revanche les traits crispés par la tension.

Et la honte.

Chirurgien cardiaque en ville, il appartenait à l'élite de la profession médicale. Il lui avait offert sans sourciller des vacances à St. Moritz et devait gagner une fortune.

Âgé de trente-cinq ans environ, il était brun et mince, bronzé sous la poussière qui maculait son visage. Même attaché à cette civière, il dégageait une autorité certaine. Il devait avoir l'habitude de contrôler son monde.

Mais il ne contrôlait plus rien, il était intégralement à la merci des gens qui portaient le brancard. Macka, le robuste policier sexagénaire. Denise, la garagiste sexagénaire de l'île, petite et replète, toujours tachée de cambouis et meilleure danseuse de quadrille de Gannet. Graham, le comptable, la cinquantaine, en costume trois-pièces cinq jours par semaine, qui enfilait sa tenue de bûcheron dès qu'il quittait son bureau. Mike, un gamin encore boutonneux féru d'escalade, qui entrerait à la fac à l'automne. L'autre équipe se composait de personnages aussi disparates mais compétents, qui connaissaient bien l'île.

Marcus n'avait d'autre choix que leur faire confiance.

— Niveau de douleur ? demanda-t-elle en se plaçant à côté du brancard. Vous voulez une nouvelle dose d'antalgique ?

— Je suis déjà dans les vapes. Je veux rester attentif.

— Au cas où on vous lâcherait ? Ça n'arrivera pas. On n'a encore jamais laissé tomber un client.

Il grommela et regarda devant lui, et elle reprit sa place derrière la civière pour le surveiller.

— C'est un médecin, tu m'as dit, fit Macka dans un murmure au changement d'équipe suivant. Tu crois qu'on pourrait immobiliser sa jambe et l'installer quelques semaines à la réception de la clinique ? Ça vous permettrait de faire un break, toi et ton grand-père.

— Pourquoi tu dis ça ?

— Je suis passé à la clinique avant de venir te chercher, le vieux Doc avait une sale tête.

— Il était probablement inquiet pour moi.

— Sans doute, répondit Macka sans conviction.

Elsa grimaça. Son grand-père avait des problèmes rénaux et une faiblesse cardiaque. Il lui avait promis qu'il vivrait toujours et, enfant, elle l'avait cru, mais aujourd'hui… elle avait l'estomac retourné rien que d'y songer.

Après plusieurs heures de trajet, ils arrivèrent en bas. Le véhicule de police de Macka, qui faisait aussi office de fourgon sanitaire, les attendait. Le patient fut chargé à bord, et Elsa monta avec Sherlock dans sa voiture pour regagner l'hôpital. Son grand-père vint l'accueillir et elle l'étudia à la dérobée pendant qu'il se penchait pour caresser l'exubérant Beagle.

Il semblait très fatigué. Médecin de l'île depuis cinquante ans, il détestait lever le pied ; elle allait devoir insister.

Au début de la carrière de son grand-père, la population de l'île ne dépassait pas trois cents âmes. Avec l'afflux des touristes, elle était montée à sept cents habitants, et cela augmentait de façon exponentielle durant les vacances. Et dans les autres îles aussi, avec pour seuls médecins Robert et elle.

Cela n'aurait pas prêté à conséquence si les touristes n'avaient pas été aussi imprudents. Comme Marcus Pierce, parti seul faire du trek dans un massif inconnu sans prévenir personne. Si Sherlock ne l'avait pas trouvé…

Durant les vingt-quatre heures passées au fond de la crevasse, il avait dû réfléchir aux conséquences de ses actes et envisager le pire. Il aurait probablement besoin d'un soutien psychologique. Et comme elle n'avait pas de psychologue dans l'équipe, elle allait devoir endosser ce rôle.

Mais pour l'heure, elle était en retard pour ses consultations de la matinée, et son grand-père avait besoin de repos.

Et puis il y avait Noël… sans dinde ? Elle vit la cuisinière de l'hôpital lui faire signe. Elle comptait sur elle pour régler le problème.

Chaque chose en son temps. D'abord une douche. Elle était dégoûtante et devait empester.

— Grand-père, tu connais la situation ? Le blessé a besoin de fluides et d'antibiotiques en intraveineuse, il a quelques écorchures, et il faudrait le nettoyer avant toute chose. Qu'en est-il de son évacuation vers le continent ?

— Impossible. Le nuage de fumée dérive encore vers nous. Sauf cas de vie ou de mort, nous sommes seuls.

— Alors il faut lui faire une échographie de l'épaule et une radio de la jambe en espérant qu'on peut la réparer ici. Tu sais qu'il est médecin ?

— Ce sont les pires patients.

— Tu es bien placé pour le savoir, dit-elle avec un sourire en coin. Si je t'ordonnais de dormir huit heures, là ? Je parie que tu n'as pas fermé l'œil la nuit dernière.

— Je dormirai quand je serai mort. On a du travail à faire. Commence par aller te laver, ma petite fille.

L'apparition qui surgit devant Marcus une heure plus tard lui causa un choc. Il avait trouvé Elsa séduisante en tenue d'escalade poussiéreuse dans l'obscurité de la grotte. Mais là… il cligna des yeux.

En pantalon bleu ciel et chemise légère sous sa blouse blanche, elle était chaussée de ballerines rose vif assorties au ruban qui retenait ses cheveux. Elle était à peine maquillée et n'en avait pas besoin. Avec ses boucles flamboyantes et ses yeux verts étincelants, elle aurait illuminé la journée de n'importe qui.

Mais il se sentait déjà mieux, bien au chaud dans ce lit confortable pourvu d'oreillers douillets, et somnolant doucement à cause des antalgiques.

— Je dois être mort et monté au paradis…

Elle esquissa un sourire à damner un saint.

— Alors vous vous sentez mieux ? demanda-t-elle.

— Vous n'imaginez pas combien. Vous vouliez deux fauteuils orthopédiques ? Vous pouvez en commander cent !

— Je le croirai quand je les verrai, répondit-elle en souriant pour adoucir ses propos. Bien des touristes sauvés par nos soins ont quitté l'île en nous promettant monts et merveilles, et n'ont plus jamais donné signe de vie.

— Je tiens mes promesses.

Elle le considéra un long moment, puis inclina la tête.

— Je vous crois. Merci. Mais vous n'aurez pas à tenir parole. Je n'avais pas à vous demander ça.

— Et je n'avais pas à attendre que vous me sauviez la vie.

— Toute notre équipe est là pour ça, Sherlock compris. Avez-vous besoin de prévenir quelqu'un ?

— Une infirmière m'a prêté un téléphone.

— Vous avez pu téléphoner ? Génial. Personne ne pourra venir à votre chevet tant que la fumée ne sera pas dissipée, mais j'espère que vous avez rassuré vos proches.

Il songea à la réaction de Kayla quand il l'avait jointe. Il lui avait simplement dit qu'il avait fait une chute en allant disperser les cendres de sa mère, mais elle ne s'était pas montrée très compatissante. Elle l'avait questionné sur son état et, une fois rassurée, lui avait fait part de sa décision d'aller quand même à St. Moritz. Elle préviendrait leurs amis de l'accident, mais elle était pressée car elle devait préparer ses bagages. Quelques mots de réconfort, et elle avait raccroché.

— Personne ne veut être rassuré, dit-il d'un ton brusque.

— Très bien. Vous voulez voir vos radios ? Elles sont rassurantes, elles, au moins.

— Elles le seraient si elles ne montraient aucune fracture.

— Vous rêvez encore de St. Moritz ? Pensez à autre chose.

La radio affichait une cassure nette du tibia et du péroné, sans fragmentation des os. Cela aurait pu être bien pire.

— Je peux réparer ça, dit-elle. Grand-père est d'accord. On aurait préféré vous envoyer chez un orthopédiste du continent, mais les incendies nous en empêchent. Avant de venir ici, j'ai fait une formation spécifique de médecine en zone rurale isolée, notamment en orthopédie, et grand-père aussi. Nous avons déjà réduit ce genre de fracture. Grand-père est formé en anesthésie, et je réaliserai l'intervention. Sinon, vous pouvez rester avec la jambe en attelle jusqu'à votre évacuation, mais tout mouvement étant impossible, la circulation sanguine peut être coupée. Alors je vous demande de nous faire confiance.

— Je vous fais confiance.

Elle inclina la tête.

— La bonne nouvelle, c'est que l'échographie ne révèle aucune déchirure à l'épaule. Elle sera douloureuse quelque temps, mais il n'y a aucune lésion durable.

— Votre grand-père me l'a dit.

— Bon. Vous n'avez rien avalé depuis les barres de céréales de ce matin. On va attendre encore deux heures, puis on procédera à la réduction de votre fracture. D'ici là, j'ai un tas de consultations, et vous ne me verrez plus avant le bloc opératoire. Les infirmières s'occuperont de vous.

Il la scruta et perçut la tension derrière son ton désinvolte. Elle avait dû passer une nuit affreuse à surveiller ses constantes et n'avait sans doute pas fermé l'œil.

— Vous aussi avez eu une mauvaise nuit. Votre grand-père ne peut pas gérer les consultations pendant que vous faites une pause ?

— J'adorerais, répondit-elle, désabusée. Mais grand-père a dû se rendre chez un pêcheur qui s'est blessé au doigt la semaine dernière et qui a décidé au beau milieu de la nuit qu'il était infecté… C'est lui qui a besoin de repos.

— J'aimerais pouvoir vous aider.

— Vous pouvez, en étant raisonnable et en évitant les complications. Soyez un patient exemplaire, docteur Pierce.

— Je ferai de mon mieux.

— Moi aussi. Reposez-vous pour nous. À plus tard au bloc.

Elle sortit et referma la porte derrière elle, le laissant songeur. Elle était compétente, pragmatique. Et plus encore. Elle avait quelque chose d'indéfinissable qu'il n'arrivait pas à cerner.

6.

L'opération de Marcus se déroula sans anicroche, sous anesthésie générale. Les os de la jambe furent relativement faciles à repositionner. Elsa nettoya et débrida les plaies, sutura les plus profondes, et posa une plaque à l'arrière de la jambe. Un plâtre serait mis quand les points seraient enlevés et que l'enflure aurait diminué.

Malgré l'échographie rassurante, elle testa la rotation de l'épaule sans la douleur des contusions et ne décela rien d'anormal. Puis elle laissa Marcus sous la surveillance de l'équipe du bloc.

Sur sa demande, son grand-père accepta de faire une sieste, et sa docilité l'inquiéta. Ils avaient l'habitude de travailler la nuit sans pour autant récupérer, et elle le soupçonnait de lui cacher quelque chose.

— Je couve peut-être un rhume, dit-il. Cesse de t'inquiéter pour moi et je ne m'inquiéterai plus pour toi… quand tu cesseras d'explorer des grottes inconnues.

Elle ne le questionna pas plus, mais son inquiétude s'accrut pendant les consultations. Pour compliquer les choses, tout le monde voulait discuter de ses récentes mésaventures.

— On dit que c'est le garçon de Louise Pierce. Un docteur.

La mère de Marcus avait fait partie du groupe d'escalade local et les habitants de l'île la considéraient un peu comme une des leurs.

— Pourquoi n'a-t-il pas demandé à l'un de nous de l'accompagner là-haut ? Fichu sot, il aurait pu vous tuer !

— Aucune chance. J'avais Sherlock, il sait flairer les trous. Il chasse et moi, je reste sur les chemins balisés.

— Sauf quand vous secourez les touristes. Qu'est-ce qu'il lui a pris de mettre *notre* Doc en danger ?

Elle était *leur* docteur. Les îliens l'aimaient bien, mais ils dépendaient aussi d'elle.

Elle eut un appel de Tony qui n'y alla pas par quatre chemins.

— Tu n'avais pas le droit de risquer ta vie, Elsa. Ignores-tu vraiment ce qui est en jeu ?

— Toute l'île a besoin de moi. Je sais.

— J'ai besoin de toi, moi aussi.

— Pas plus que les autres, répondit-elle avec humeur.

Un rendez-vous irréfléchi et il l'avait pratiquement épousée, mise dans son lit, et lui avait fait une demi-douzaine de mini-Tony !

— Laisse tomber, Tony. Je n'avais pas le choix.

— S'il a été assez bête pour tomber…

— J'aurais dû le laisser souffrir au fond de ce trou glacial ? Je ne crois pas, non. Désolée, il faut que je te laisse.

— Je veux te voir. On dîne ensemble ?

— Pas question, répondit-elle brutalement puisqu'il restait sourd à ses allusions. Arrête de croire que nous sommes en couple, Tony. Ce n'est pas le cas.

Elle devait se dépêcher. On était déjà jeudi. Dimanche c'était Noël, et elle n'aurait jamais le temps de tout faire d'ici là. Elle dîna d'un sandwich pris dans le réfrigérateur de la cuisine, et mangea en tapant les notes sur ses patients de sa main libre. Avant d'aller se coucher, elle fit le tour des chambres de la clinique pour vérifier que tout allait bien.

Elle trouva Marcus adossé à ses oreillers, la jambe en traction, scrutant un écran d'un air sombre. Elle reconnut la tablette du service de pédiatrie.

— Le dinosaure de Dorothy fait des siennes ? dit-elle, amusée devant ce bel homme en tenue d'hôpital penché sur une tablette rose ornée d'un adorable petit dinosaure.

Il ne lui rendit pas son sourire.

— Une infirmière a débloqué le contrôle parental et j'ai réussi à télécharger des dossiers. J'essaie de travailler, mais chaque fois que je veux sauvegarder, on revient à Dorothy et ça se verrouille. L'infirmière refuse de me donner le mot de passe. Elle passe déverrouiller de nouveau la tablette quand elle a le temps, comme si elle me faisait une fleur !

— Maggie est de la vieille école, dit-elle en souriant. Elle aime que la discipline règne dans son hôpital, et, pour elle, quiconque a moins de quarante ans est un gamin.

Elle s'assit et lui prit la tablette pour taper le mot de passe.

— Voilà.

— Vous n'allez pas me le donner non plus ?

— Nous avons actuellement en pédiatrie deux enfants qui échangeraient leur mère contre ce mot de passe. Qui me dit que vous n'allez pas le vendre ? Et puis Maggie a ses patrons de tricot sur cette tablette… Vous devriez dormir. Votre corps en a besoin. Mais je peux vous prêter mon deuxième ordinateur si vous voulez. Les données médicales sont verrouillées, je vous fais confiance pour ne pas les craquer.

— Waouh, merci.

— De rien. Vous êtes vraiment arrivé jusqu'ici sans même des chaussettes de rechange ? demanda-t-elle, curieuse.

— Je devais faire l'aller et le retour dans la journée, répondit-il avec un soupir. Ma mère m'avait dit qu'il fallait trois heures maximum pour arriver au sommet. Ça semblait faisable. J'avais laissé la réservation de mon vol de retour à la consigne de l'aéroport. Je n'avais pas besoin de mon ordinateur. Je peux traiter les questions urgentes sur mon téléphone… Sauf qu'il est cassé, maintenant.

— Alors, vous êtes sans écran, c'est *vraiment* épouvantable… À part ça, dites-moi où vous avez mal.

— Partout. Mais surtout à mon ego, dit-il en se redressant dans le lit avec une grimace de douleur.

Il paraissait contrarié et… étrangement sans défense. C'était un homme grand, mince, athlétique. On l'avait lavé et rasé, mais ses courts cheveux bruns étaient ébouriffés comme s'il les avait malmenés pour passer sa frustration. Malgré sa jambe immobilisée et son bras en écharpe, son visage viril et son corps puissant dégageaient une impression de force à peine contenue. Oui, son impuissance avait dû porter un coup terrible à son orgueil…

— Je ne peux rien pour votre ego, mais je peux calmer vos douleurs.

— Du paracétamol fera l'affaire.

Avec un sourire, elle regarda l'écran où Dorothy et ses dinosaures encerclaient les dossiers de Marcus.

— Si vous voulez lutter contre Dorothy, vous devez avoir l'esprit clair, et les antalgiques forts risquent de vous ensuquer. Mais inutile de jouer les héros, docteur Pierce. Votre jambe n'est qu'une plaie, sans parler de la fracture. Votre épaule doit vous élancer. Quant à votre dos, il oscille entre le bleu et le noir. Vous avez eu une chance inouïe de ne pas vous briser la colonne vertébrale.

— J'ai eu de la chance sur bien des plans, dit-il en tendant impulsivement son bras valide vers elle pour lui prendre la main. Grâce à une certaine Dr Elsa McCrae. Je ne l'oublierai jamais, Elsa.

Elle se figea, les yeux fixés sur leurs mains jointes. Elle avait passé une longue nuit terrifiante avec cet homme. Il avait dû être effrayé quand elle l'avait trouvé, mais il n'en avait rien montré et ne s'était jamais plaint.

Il lui était reconnaissant, c'était pour cela qu'il lui tenait la main. Ou peut-être ses terreurs ne l'avaient-elles pas quitté. Peut-être avait-il besoin de ce contact.

Elle lui abandonna sa main. Elle aussi avait eu une nuit difficile. Le travail s'accumulait, mais elle appréciait de se laisser aller. De sentir la force réconfortante de sa poigne ferme. Elle arrivait presque à croire qu'elle n'était plus seule. Sauf qu'elle l'était. Et une tonne de travail l'attendait.

Pourtant elle ne retira pas sa main.

— Vous oublierez ce qui vous tourmente avec les bons antidouleurs, dit-elle d'une voix qui tremblait un peu.

Prenez-en maintenant et je vous en prescrirai pour la nuit. Demandez-les à Maggie, elle est de garde cette nuit.

— Elle me fait peur.

— Vous n'êtes pas le seul dans ce cas, répondit-elle malicieusement. Quand elle brandit un bassin, mieux vaut ne pas avoir affaire à elle… Mais c'est une bonne infirmière.

À regret, elle retira sa main et se leva. C'était peut-être une impression, mais elle aurait juré qu'il l'avait lâchée à contrecœur.

— Vous… Vous avez besoin d'autre chose ?

— De vêtements propres ? suggéra-t-il, pratique. Vous avez découpé mon pantalon. J'ai récupéré mon portefeuille, je peux m'acheter le nécessaire.

— J'aimerais vous garder en observation pendant deux jours. Je redoute encore les caillots.

— On est deux, admit-il gravement. Je connais les risques. Les vêtements peuvent attendre, mais je tuerais pour un pyjama correct. Et encore plus pour un téléphone.

— Vous avez déjà utilisé celui du service, non ? Vous pouvez même appeler l'étranger. Je parlerai à Maggie.

— J'en voudrais un à moi, répondit-il, tant il était perdu sans son portable. Personne ne peut m'en trouver un sur cette île ?

— Si, Jason. C'est un pêcheur de langoustines féru de technologie. Son bateau rentre ce soir, je lui demanderai de passer vous voir demain. Tout est possible si vous pouvez payer. D'ici là, Maggie vous apportera mon ordinateur. On déverrouillera le mot de passe pour vous.

— Merci, dit-il avec raideur, supportant visiblement difficilement d'être dépendant. Et vous ? Vous allez vous coucher maintenant ? demanda-t-il, la prenant de court.

— Bientôt, mentit-elle.

— C'est-à-dire après avoir vu vingt patients de plus ?

— Un seul, admit-elle, décidant de lui parler en collègue. Mathew Hobson a appelé il y a un quart d'heure, il croit avoir été mordu par une veuve noire à dos rouge. Il en a déjà rencontré une et maintenant chaque fois qu'il sent une piqûre de moustique ou de fourmi, il pense au pire. Il ne va pas tarder à arriver, dit-elle en consultant sa montre.

— Et après, vous irez vous coucher ?

— J'ai encore une trentaine de cadeaux de Noël à emballer.

— Une trentaine !

Elle haussa les épaules en souriant. Elle aurait dû s'en aller, elle n'avait pas le temps de bavarder avec les patients, mais les yeux noirs de Marcus l'observaient avec chaleur, humour, sympathie. C'était un vrai collègue, qui comprenait la pression qu'elle subissait.

Comme un ami.

— J'ai une tradition le jour de Noël.

— Une tradition ?

— Enfin, pas toute seule. Mais c'est moi qui m'occupe des cadeaux... J'ignore ce que vous savez de l'île.

— Pas grand-chose.

— Eh bien, pendant longtemps, c'était un trou perdu tranquille. Nous n'avons pas d'installations éducatives ici, les enfants doivent aller à l'école sur le continent s'ils veulent vivre d'autre chose que de la pêche ou de l'agriculture. Nous avons un important réseau touristique maintenant, mais les jeunes d'ici ne voient pas ça comme une opportunité, et ils quittent l'île dès qu'ils sont assez grands. Très peu reviennent. Nous avons donc une population vieillissante, et de nombreuses vieilles dames seules à Noël.

— C'est là que vous intervenez ?

— Beaucoup d'entre nous, pas seulement moi. L'année de mon retour dans l'île, j'ai reçu le jour de Noël une multitude d'appels de vieilles dames qui se sentaient vraiment mal. Rien de tel que la solitude un jour de fête pour rendre le moindre bobo effrayant. Puis l'année suivante, Jonas Cruikshank, un fermier, s'est suicidé le jour de Noël. Sa femme était morte six mois plus tôt et ses enfants n'avaient pas pu venir sur l'île pour les fêtes... Les dames de la paroisse avaient organisé un repas gratuit, mais il ne s'était pas inscrit, trop fier pour admettre sa solitude. Sa mort nous a tous beaucoup affectés, et à dater de ce jour, nous avons décidé de faire de Noël un moment festif pour tous.

— Vous voulez dire que *vous* l'avez décidé.

— Oui, répondit-elle, sur la défensive.

— Comment ?

Elle se demanda ce qu'elle faisait là. Ce type était son patient. Elle avait rédigé sa prescription pour la nuit. Elle avait fini son travail ici.

Seulement c'était Noël. Jonas était un ami, il lui avait offert son premier chien, et sa femme avait été sa baby-sitter quand elle était petite. Son décès avait jeté un voile de tristesse sur toute l'île, et l'année suivante, elle avait pris les choses en main.

— D'abord, j'ai décidé que le repas de Noël n'aurait plus lieu à la salle paroissiale.

— Vous n'êtes pas croyante ?

— Je n'ai pas dit ça. Les églises de l'île font un travail remarquable, mais la seule qui dispose d'une salle assez grande pour nous recevoir a les murs couverts de peintures sur Pâques, belles mais tristes. Je veux qu'on s'amuse à ma célébration de Noël, docteur Pierce, pas qu'on souffre. J'ai déplacé l'événement dans l'immense salle d'entraînement de l'équipe de foot locale.

— Et maintenant, vous avez des posters de footballeurs en sueur et le tableau d'honneur des joueurs sur les murs ?

— Ils les enlèvent pour nous, répondit-elle fièrement. Il y a trois ans, notre équipe a attrapé un norovirus deux jours avant d'affronter une île voisine en finale. Grand-père et moi avons travaillé dur pour les remettre sur pied à temps, et ils ont gagné. Leur coach est en dette avec nous. Pas financièrement, hein. Et chaque année pour notre repas de fête, ils retirent leurs posters et leur tableau d'honneur et nous installent un sapin de Noël magnifiquement décoré.

Marcus rit doucement, ses yeux pétillaient. Elle se sentit mieux. Comme si sa fatigue avait disparu.

Il était temps de partir.

Elle ne bougea pas.

— Alors, vous avez une salle. Quoi d'autre ? demanda-t-il.

— Le pudding de Douglas McCurdie, et ce n'est pas rien.

— Du pudding ?

— Douglas est éleveur de volaille. Après la mort de sa femme, connue pour son Christmas pudding légendaire, il s'est mis à en fabriquer pour les vendre très cher dans un magasin tendance de Sydney. Comme c'était l'ami de Jonas, je lui ai demandé de nous fournir en pudding, en échange de quoi il figure sur la liste des invités. Les meilleures cuisinières de l'île rivalisent pour que leurs plats soient au menu. Nous avons des invités d'honneur, et le reste des places est tiré au sort. La liste est longue mais si vous aidez bénévolement, vous êtes dessus. C'est génial.

— Et les cadeaux ?

— Ils sont réservés à ceux qui vivent seuls et aux personnes trop malades ou âgées pour fêter Noël. Ce sont des cadeaux personnels, pas des mouchoirs ni des chaussettes.

— Quoi par exemple ?

— Des petites choses. Des espions me renseignent sur ceux que je veux aider, et je prépare ça tout au long de l'année.

Il en avait oublié la douleur. Elsa le fascinait.

— Développez.

— Par exemple, j'ai un géranium pour Sandra Carter, qui vit seule depuis que son mari et son fils se sont noyés accidentellement il y a six ans. Elle adore les géraniums et en possède une variété incroyable. Il y a six mois, en participant à une évacuation à Sydney, j'ai vu un géranium extraordinaire, presque noir. Sa propriétaire m'en a donné une bouture qui a bien poussé. Sandra sera folle quand elle la verra… Autrement j'ai un panneau *Attention Chien Méchant* pour May Trent, la maîtresse d'un vieux chihuahua inoffensif. Une superbe coquille de nautile pour remplacer celle que le petit-fils de Louise Addington lui a cassée. Un livre d'occasion sur la fabrication des mouches artificielles pour Ron Nesbit, pêcheur à la mouche. Oh ! et j'ai trouvé un vieux tour de potier pour Gay Ryan qui rêve de tourner ses pièces, avec la promesse de Chris Baker, notre potier, de lui donner des cours gratuits… Et je dois emballer tout ça.

— Y compris le tour ?

— Pour ça, je me servirai d'une longue ficelle qui mènera à la loge du gardien où le tour sera installé, et j'offrirai à Gay une boîte joliment emballée contenant le reste de la ficelle. Tout le monde adore cette tradition de Noël. On me fait des suggestions, mais nul ne connaît le contenu des paquets avant le jour J. Excepté grand-père, qui m'aide dans mes préparatifs… Sauf cette année, où il n'en parle même pas… Mais je vous embête avec mes histoires. Il faut vous reposer.

— Vous vous inquiétez pour votre grand-père ?

Elle haussa les épaules.

— Il devrait déjà être en retraite, mais il déteste l'inactivité. Il mourra à la tâche… Le plus tard possible, j'espère.

Ses propos devenaient plus personnels. Marcus l'observait intensément et c'était dérangeant.

— À quel point est-il malade ?

— Même si ses problèmes rénaux n'en sont pas au stade de la dialyse, ils me préoccupent. De plus il a eu une petite crise cardiaque l'an dernier, on a dû le transférer à Sydney où on lui a posé un stent en lui recommandant de se reposer, ce qu'il est incapable de faire. Il refuse même les check-up.

— Je suis cardiologue, je pourrais peut-être…

— L'examiner ? Je n'ose pas imaginer sa réaction s'il apprenait que je vous ai parlé de ses soucis de santé…

— Je suis un collègue.

— Dit l'homme couvert de bleus avec la jambe dans le plâtre et le bras en attelle, fit-elle avec un sourire forcé, troublée qu'elle était par son empathie et sa compassion.

— Laissez-moi vous aider à emballer vos cadeaux.

— Hein ?

Assis dans son lit, scandaleusement sexy, il lui souriait dans sa chemise d'hôpital.

— J'ai mal au bras, mais c'est supportable, dit-il en la fixant comme s'il lisait en elle. Ça ne m'empêche pas de me rendre utile. Mes amis sont partis pour St. Moritz et je n'ai rien à faire. Vous pourriez me confier des listes, des cadeaux, du papier d'emballage et du scotch ?

— Je ne peux pas…

— Me demander ça ? Vous n'avez pourtant pas hésité à me commander des fauteuils orthopédiques.

— C'était pour l'hôpital.

— Et là, c'est personnel ? Je ne crois pas, non.

— Si. Si vous saviez quel plaisir j'ai à faire ces cadeaux…

— Parce qu'ils sont pour d'autres, dit-il avec douceur. Qui vous en fait à vous, docteur McCrae ?

— Vous verriez l'accueil crouler sous les chocolats…

— Je ne parle pas de chocolats.

— Ce genre de cadeau est plus approprié qu'un voyage à St. Moritz, répondit-elle sèchement avant de s'empourprer, gênée. Pardon, je vous suis très reconnaissante. Mais j'ai tout ce dont j'ai besoin.

Elle baissa les yeux vers la fiche au pied de son lit.

— Je… si votre proposition d'aide est sérieuse…

— Elle est très sérieuse.

— Alors je ferai peut-être appel à vous, dit-elle, évitant son regard. Vous tenez encore grâce à l'adrénaline, mais demain vous aurez besoin de dormir, suite à vos blessures. Et si vous êtes encore là samedi, je pourrai mettre un panneau « quarantaine » sur votre porte et dire aux infirmières que vous avez grand besoin de repos. Ainsi, vous serez tranquille pour faire les paquets.

— Je barricaderai la porte avec mon plateau pour plus d'intimité. Et à ce propos…

— Il faut vraiment que j'y aille, Marc, dit-elle en bredouillant, de plus en plus troublée.

— Mais j'ai un service à vous demander. Mes vêtements sont sales, déchirés, maculés de sang. Et cette chemise…

— Elle est très bien, dit-elle, le détaillant avec malice.

— Pour une tenue d'hôpital, oui, mais pour ce qui est de l'intimité… Quand je me lève, je dois serrer les pans autour de moi.

— Il n'y a rien dessous que les infirmières n'aient vu des centaines de fois.

— Docteur McCrae…

— Oui… docteur Pierce ?

— Pourriez-vous *s'il vous plaît* essayer de me trouver des vêtements ? Et un pyjama décent ?

— C'est fait. La sœur de Kylie, qui livre vos repas, travaille au magasin de bienfaisance ; je lui ai remis une liste.

— Le magasin d'aide sociale !

— On n'a guère de choix sur l'île. Nous achetons surtout en ligne, et les colis mettent un mois à arriver, mais si vous êtes prêt à attendre…

— Alors ce sera des vêtements d'occasion ou rien, dit-il, manifestement déstabilisé.

— La semaine dernière, Brenda Larsen a déposé le pyjama de son mari Linus, qui est devenu obèse. Il est légèrement distendu à la taille et d'une couleur violette un peu particulière, mais à part ça, il est en parfait état. Avec de la chance, il sera encore là…

— Elsa…

Elle éclata de rire.

— Je vous envoie Maggie avec l'ordinateur, le téléphone et les médicaments qu'il vous faut pour dormir. J'y vais.

— Filez avant que je vous jette un oreiller à la tête.

— Je suis partie, dit-elle en refermant la porte derrière elle.

Marcus fixa longuement la porte close.

Maggie n'apporta ni l'ordinateur, ni le téléphone, ni les médicaments. Elle le ferait quand elle l'aurait décidé. Il lui avait montré son irritation et elle lui donnait une leçon. Il ne fallait jamais se mettre une infirmière à dos. Dans son travail de chirurgien cardio-vasculaire, il ne pouvait pas se passer de sa fabuleuse équipe soignante et mettait un point d'honneur à ne jamais la stresser.

Il avait trop insisté pour avoir le mot de passe de la tablette. Était-ce si grave ? D'après Elsa, il y avait deux garçonnets malades en pédiatrie. Mais le personnel soignant était peut-être débordé.

Elsa l'était, assurément. En plus d'être harassée de fatigue. Parce qu'elle était venue à son secours, avait passé une nuit blanche, l'avait accompagné dans la difficile descente de la montagne ce matin, et avait opéré sa jambe.

Elle avait un grand-père malade du cœur, une communauté entière dépendait d'elle sur le plan médical. Et il faisait une histoire pour un mot de passe…

Parce que son travail était plus important ?

Il se rappela ses années de médecine, en particulier le premier cours où des spécialistes avaient expliqué leur travail à des étudiants qui devaient réfléchir à leur futur parcours. Il avait été très impressionné par le discours du chirurgien cardio-vasculaire :

« Nous sommes à la pointe de la technologie, ce qui nous permet de sauver des vies qui auraient été perdues il y a dix ans. Nous exigeons le plus haut niveau de compétence intellectuelle et physique. Cette spécialisation est pour moi le summum de l'expertise médicale, passionnante, stimulante, et oui, extrêmement lucrative. Seuls les meilleurs d'entre vous pourront l'envisager, et seuls les meilleurs des meilleurs réussiront. »

Marcus s'était dit que c'était pour lui. La chirurgie de pointe le passionnait. Et qui n'avait pas envie de bien gagner sa vie ? Avec la fortune héritée de ses parents, il n'en avait pas vraiment besoin, mais…

Lors de cette conférence, un petit homme grisonnant avait parlé au nom des médecins généralistes.

« Nous ne sommes pas à la pointe, avait-il dit. La plupart du temps, notre activité n'est guère lucrative, même si beaucoup d'entre nous vivent plutôt bien. Mais nous sauvons des

vies. Pas de façon aussi spectaculaire que mes confrères ici présents, pas de chirurgie du cœur ou du cerveau pour nous. Mais nous diagnostiquons et adressons nos patients à des spécialistes, et ce faisant, nous ramassons des morceaux de vie épars que nous essayons de recoller. Nous nous efforçons d'empêcher les drames. La plupart d'entre nous s'occupent d'une communauté qu'ils aiment profondément et pour laquelle ils sont prêts à tout. Une maman souffrant de dépression postnatale, un mineur à la toux inquiétante... C'est pour eux que nous sommes là, et nous en retirons une satisfaction égale à celle de nos estimés pairs. »

Marcus l'avait à peine écouté. Son père était neurologue. Sa mère avait été une éminente chercheuse en médecine. On attendait de lui qu'il soit brillant, et les jeunes médecins brillants choisissaient des spécialisations brillantes.

Ils ne voyaient pas de mères avec des dépressions post-partum, ni de type enrhumé qu'on poussait à faire une radio thoracique. Ils ne veillaient pas tard avant Noël pour emballer des dizaines de cadeaux destinés à des malheureux.

Il songea à sa mère qui prétendait adorer cette île mais n'y était venue que pour pratiquer l'escalade. Jamais elle n'avait préparé des cadeaux pour des gens qu'elle connaissait à peine.

Elle était aussi égoïste que lui.

Cette pensée lui arracha une grimace. L'était-il ? Il se donnait du mal pour changer les choses. Tout le monde ne pouvait pas être héroïque. Comme Elsa.

On frappa à la porte et Maggie fit irruption dans la chambre, les bras chargés, la mine butée.

— Le Dr McCrae vous envoie le téléphone et l'ordinateur. Vous pouvez utiliser notre téléphone ce soir, mais Jason viendra demain avec un portable. J'ai aussi vos médicaments mais elle dit que vous n'en voulez pas. J'imagine que vous allez essayer de dormir et que vous me les demanderez dans quelques heures, quand je serai prise ailleurs...

— Vous êtes très occupée ?

— La nuit s'annonce chargée, répondit-elle d'un ton sec.

— Des problèmes ?

— Rien qui vous concerne.

— Je suis médecin, dit-il avec douceur, tentant de vaincre son hostilité. Au besoin je peux donner un coup de main.

Elle renifla avec dédain.

— Je suis sérieux, Maggie.

— Peut-être, fit-elle en posant les affaires sur la table. Mais vous ne pourriez pas grand-chose. Une femme enceinte est sur le point d'accoucher alors qu'elle n'en est qu'à trente-deux semaines. Elle ne peut pas être évacuée sur le continent à cause de la fumée, et Elsa se donne beaucoup de mal pour retarder l'accouchement. À quoi peut nous servir un cardiologue avec une jambe cassée ?

— À rien, admit-il humblement. Maggie…

— Oui, dit-elle en lui posant le brassard du tensiomètre pour prendre ses constantes.

— Je peux avoir les antalgiques prescrits par Elsa ?

— Elle dit que vous voudrez les prendre plus tard.

— Je souffre actuellement, et si je les prends, je n'aurai pas besoin de vous déranger pendant la nuit.

— Pourquoi ce revirement ? demanda-t-elle avec méfiance.

— Je commence à me rendre compte que j'ai intérêt à me reposer, et je ne veux plus vous causer d'ennui.

— Si vous avez besoin de nous, on viendra. Ignorer la douleur ne peut que compliquer les choses.

— Je me le tiendrai pour dit, promit-il. Par égard pour tout le monde, je ne ferai plus d'histoires.

7.

À son grand dam, Marcus dormit toute la journée de vendredi. Chaque fois qu'il ouvrait l'œil, deux ou trois heures s'étaient écoulées. Il émergeait quand une infirmière venait prendre ses constantes ou lui apporter son repas. Il avait une faim de loup, mais manger lui donnait envie de dormir. Jason vint le voir avec son nouveau téléphone, et il parvint à rester éveillé pendant qu'il l'initialisait. Il se connecta pour vérifier ses messages professionnels. Il envisagea d'ouvrir ses dossiers sur l'ordinateur prêté par Elsa pour travailler un peu, mais n'alla pas plus loin. On lui apporta un pyjama et il enfila le boxer-short, mais enfiler le T-shirt exigeait trop d'efforts.

Il dormit.

En milieu d'après-midi, il s'éveilla et trouva Elsa en train d'examiner sa fiche au pied du lit. Elle sourit.

— Excellent. Votre corps a été soumis à rude épreuve. Il lui faut du sommeil pour se remettre. Je vous l'ai dit.

— Inutile de prendre cet air suffisant.

— Ça m'amuse de clouer le bec à un spécialiste, répondit-elle, moqueuse. Laissez-moi cette petite satisfaction, docteur Pierce. Tout va bien. Vous pouvez vous rendormir.

Et elle s'en alla.

Déconcerté et somnolent, il ne se fit pas prier, mais le sourire d'Elsa l'accompagna dans son sommeil.

Très jeune, il avait eu une nounou qu'il adorait. Il se souvenait vaguement d'avoir été malade et de l'avoir vue à son chevet, assise sur son lit, lui lire des histoires ou lui faire des câlins. Pour une raison étrange, Elsa lui apportait le même réconfort. Pendant plus de vingt-quatre heures, il avait été terrifié, et l'écho de cette terreur subsistait en lui. Alors il dormait, mais la vision d'Elsa ne le quittait pas. Elsa à l'hôpital, Elsa vérifiant ses constantes, Elsa simplement… présente.

Cela lui donnait le sentiment qu'il était faible, or il ne l'était pas. Ou peut-être que si.

Le jour du départ de sa nounou, il avait versé un torrent de larmes inutiles. Il n'avait plus besoin de personne depuis longtemps, mais en ce moment il n'avait pas le choix. La réconfortante présence d'Elsa lui était nécessaire. Il finirait par retrouver sa solitude, mais d'ici là son sourire lui tenait compagnie dans son sommeil.

Et cela faisait du bien.

Si le vendredi s'écoula pour Marcus dans une sorte de brouillard, Elsa fut submergée de travail. Sa patiente enceinte était stabilisée, mais son état la préoccupait. Elle l'aurait évacuée si la fumée n'avait pas cloué les avions au sol.

Ce soir-là, elle trouva Marcus réveillé pendant sa dernière tournée des lits.

— Vous avez bonne mine, Marc. Parfait. Je ne peux pas m'attarder, désolée.

— Il est 9 heures du soir. Vous n'avez pas encore fini ?

— Une mère m'amène son enfant avec une otite, même si je me demande pourquoi elle a tant attendu pour m'appeler. Elle espérait sans doute que ça s'arrangerait tout seul.

— J'aimerais pouvoir vous aider.

— Contentez-vous d'éviter l'infection. Rendormez-vous.

— Et vos cadeaux de Noël ? demanda-t-il comme elle allait sortir. Vous les avez emballés ?

Non. Il fallait qu'elle trouve le temps.

— Apportez-les-moi, dit-il.

— Vraiment ? dit-elle, étonnée qu'il s'en souvienne.

— Je ne fais que dormir. Je vais finir par mourir d'ennui.

— Vous récupérez.

— Et j'ai besoin d'une thérapie. Apportez-moi ce qu'il faut.

Elle le regarda fixement pendant un moment. Assis dans son lit, ébouriffé par le sommeil, il avait troqué sa chemise d'hôpital contre un boxer-short mais il était torse nu. Avec sa barbe naissante et ses yeux pétillants, il était…

Il fallait qu'elle sorte d'ici. Vite.

— Les cadeaux, répéta-t-il doucement.

— Les c… cadeaux. Je vous les apporte demain matin.

Et elle s'enfuit.

Le samedi matin, veille de Noël, Elsa se leva à 5 heures. À 9 heures, elle avait l'impression d'avoir abattu une journée de travail, et elle en avait autant à faire, voire plus. En milieu de matinée, elle alla voir Marcus qui attendait sa « thérapie ».

— Vous l'aurez voulu, dit-elle.

Une demi-heure plus tard, la chambre était envahie de paquets, ciseaux, papier cadeau, cartes, listes et rouleaux de Scotch. Elle mit un panneau *Ne Pas Déranger* sur la porte et laissa Marcus perplexe devant tout ce matériel.

À midi, elle alla chercher un repas pour lui et un sandwich pour elle, et retourna voir comment il se débrouillait.

Elle le trouva cerné par un monceau de papier coloré, à côté d'un tas de paquets bizarrement emballés. Il fixait d'un œil noir un géranium posé devant lui.

— Fantastique, s'écria-t-elle en embrassant le chaos du regard. Combien en avez-vous fait ?

— Vingt-six, dit-il, sinistre. Ce n'est pas mon fort.

— J'imagine que vous chargez les infirmières de faire vos pansements ?

— Toujours.

— Qu'importe, dit-elle, s'asseyant au bord du lit pour étudier sa fiche. Je suis aussi nulle pour emballer les cadeaux, et les bénéficiaires ne verront pas la différence… Vos résultats sont bons.

— Parlez-moi de votre patiente enceinte.

— La fumée s'est enfin dissipée, on va pouvoir l'évacuer.

L'avion sera là à 15 heures pour emmener Erica. Il pourra vous prendre aussi, si vous le souhaitez.

La nouvelle le prit au dépourvu. Il pouvait être à Sydney dans la soirée.

Qu'est-ce qui l'attendait là-bas ? S'il était évacué, il serait admis à l'hôpital où il travaillait, et devrait subir les plaisanteries du personnel, sans parler des visites joviales du vieux consultant qui endossait chaque année le rôle du Père Noël. Ou il resterait chez lui avec la jambe immobilisée, à s'apitoyer sur lui-même.

Bon sang, quelle mouche le piquait ? Il participait à un gros projet de recherche et il avait toujours du travail… Ce qui ne l'empêcherait pas de se lamenter sur son sort.

Il remarqua qu'Elsa l'observait avec un regard plein de compréhension.

— Vous êtes partagé ? Si vous rentrez chez vous, vous aurez quand même besoin de vous reposer. Ou on peut vous garder un jour ou deux en hospitalisation complète, puis vous partirez sur un vol régulier. Et ne craignez pas de vous ennuyer. Quand vous aurez fini les paquets, une centaine de serviettes en papier attendent d'être pliées en forme de clochettes. Le top de l'origami.

— Des clochettes…, fit-il, consterné.

— Je préfère vous prévenir loyalement avant que vous preniez une décision. Vous avez le choix entre un paisible vol de retour avec du personnel médical, et la fabrication d'une centaine de clochettes en papier avant un jour de Noël complètement chaotique. J'ai omis de préciser qu'en tant que patient, vous serez prioritaire sur la liste des invités au repas de Noël. On peut même vous prévoir un fauteuil roulant.

— Un fauteuil roulant ? s'écria-t-il, indigné.

— Obligatoire tant que l'enflure n'a pas diminué et qu'on n'a pas remplacé la plaque, dit-elle d'un ton sans appel. Alors, docteur Pierce, que décidez-vous ? Il faut qu'on prévienne l'équipe d'évacuation.

Elle lui souriait avec impertinence, et il se surprit à lui rendre son sourire.

Noël ici… ou Noël à Sydney.

Noël seul… ou Noël avec Elsa.

— Je vous aiderai à faire les clochettes en papier si vous restez, proposa-t-elle généreusement.

Il l'imagina assise près de lui, avec sa flamboyante tête rousse penchée sur les fleurs en origami. Il pensa à son sourire. Et sa décision fut prise. Il passerait Noël avec Elsa.

Que lui arrivait-il ? Souffrait-il d'une sorte de syndrome de Stockholm, captif amoureux de sa geôlière ? Sauf qu'Elsa l'avait libéré, pas capturé.

Éprouvait-il de la gratitude ? Bien sûr, songea-t-il, soulagé. Cela n'avait rien à voir avec le sourire d'Elsa ni avec son regard malicieux. S'il partait, elle ne changerait rien à ses habitudes et fêterait Noël comme prévu.

Il considéra la pile de cadeaux improbables et sut qu'il voulait être là quand leurs destinataires les ouvriraient.

— Alors, quelle est votre décision ?

— Je reste… Si vous êtes d'accord, si vous n'avez pas besoin de mon lit pour un nouvel entrant, si je peux me joindre à vous pour les festivités de Noël…

— Vous êtes le bienvenu. À présent occupons-nous de ce géranium, dit-elle avec un sourire adorable. Rassemblons deux feuilles de papier cadeau, vous posez la plante dessus, et vous la tenez pendant que je l'enveloppe et ferme le tout avec un ruban. Quelle couleur ? Rouge ? Or ? Multicolore ?

— Multicolore, répondit-il en la voyant avec effarement sortir une poignée de rubans colorés qu'elle étala sur le lit.

Il revit les Noëls de son enfance, avec de somptueux présents emballés avec un goût exquis par des boutiques de luxe. Il n'avait jamais reçu de cadeau aussi… aussi…

— Alors ? demanda-t-elle, finissant d'attacher le nœud et reculant pour admirer son travail. On a bien travaillé, hein ?

Du papier rouge et un nœud multicolore. À vue d'œil, cela ressemblait plus à une boule de papier froissé qu'autre chose.

— Très bien, répondit-il faiblement.

— Vous faites du bon boulot, docteur Pierce, dit-elle en lui touchant l'épaule. Grand-père m'aidera à les sortir discrètement. En attendant, vous avez besoin de faire une sieste pour prendre des forces avant d'attaquer les clochettes.

— Vous avez vraiment dit cent ?

— Oui, répondit-elle gaiement. Ou plutôt non, faites-en cent une, car on vient de vous ajouter à la liste des invités.

8.

Jour de Noël

Elsa pensait aux Noëls de son enfance. À ses premiers Noëls effroyables, heureusement flous, avec une mère déséquilibrée. Notamment le dernier quand, au réveil, elle avait trouvé sa mère émergeant d'une nouvelle crise sans avoir rien prévu, ni cadeaux ni repas de fête. Rien.

Elle avait juste oublié que c'était Noël.

Puis elle avait disparu, son grand-père avait recueilli Elsa, et Noël était devenu magique. Il était souvent appelé au chevet d'un patient, et si elle n'avait pas à « aider » à la cuisine de l'hôpital, si elle ne voulait pas étrenner sa trottinette flambant neuve ni jouer avec son nouveau kit de science, elle l'accompagnait. Et tout le monde célébrait Noël, l'accueillant avec des câlins, des gâteaux et des bonbons.

Son île. Sa famille.

Elle adorait cet endroit. Même s'il exigeait beaucoup d'elle et que cela lui pesait parfois, elle n'avait jamais oublié son premier Noël dans l'île, ni la sensation d'amour inconditionnel et d'appartenance qu'elle avait éprouvée.

Et aujourd'hui…

Pendant quelques instants, elle ne bougea pas, s'abandonnant simplement à l'excitation de Noël. La nervosité qui l'habitait depuis des mois semblait avoir disparu. La vie était belle. C'était Noël, et elle était avec les gens qu'elle aimait. Et Marcus était là.

Mais il n'était pour rien dans son euphorie. De toute façon, il partirait le lendemain ou le surlendemain, et elle se retrouverait avec… Tony ? Non. Elle avait mis les choses au clair avec lui, du moins l'espérait-elle.

Toute l'île l'observait, attendant de la voir sortir avec quelqu'un, et espérant qu'elle reste. Quand des touristes célibataires débarquaient, elle sentait une fébrilité collective autour d'elle. Personne ne leur enlèverait leur Dr McCrae.

Tant mieux, car elle n'avait pas l'intention de partir. Elle devait trop à l'île. Elle l'aimait trop.

Mais le nombre de bons partis à Gannet Island était limité. Il y avait peut-être dix célibataires de sa génération sur toute l'île, dont Tony, l'un des mieux…

Elle s'efforça de retrouver la joie de son réveil. Elle avait une belle vie. Une vie géniale. Elle était le Doc de l'île, elle n'avait pas besoin de plus.

Sauf qu'un bel homme nommé Marcus avait fait irruption dans sa vie en tombant dans un trou et qu'il l'avait aidée à emballer ses cadeaux de Noël.

Elle se réprimanda. Elle n'avait pas le temps de fantasmer comme une adolescente. Grand-père devait être en train de réchauffer au four le gâteau aux fruits confits et aux épices, mais surtout de l'attendre avec un cadeau. Et elle devait promener Sherlock avant d'aller travailler. Faire la tournée des lits. S'assurer que tout était au point pour le banquet de Noël.

Et ses fantasmes, là-dedans ?

— Marcus est aussi réel que le Père Noël. Il est de chair et de sang mais il ne restera guère plus longtemps que lui. Retrouve la raison, ma fille, et au boulot.

Marcus avait l'habitude de l'extravagant et féerique décor de Noël à St. Moritz, mais la vue de la modeste salle de Gannet Island l'émut profondément.

Un gommier géant se dressait derrière le bâtiment, décoré jusqu'au sommet de bouquets de gui délicat cueillis dans l'île. Pourquoi acheter des guirlandes quand on avait de si beaux ornements naturels sous la main ? De grosses grappes nacrées de cette plante décoraient aussi l'intérieur, reflétant les lumières de la salle où une centaine de personnes étaient rassemblées pour passer un moment festif ensemble.

Le repas de Noël, initialement réservé aux patients hospitalisés et aux îliens isolés, avait bien changé au fil des ans. Toutes les familles participaient désormais aux festivités communes.

Le terrain de football était situé près de l'hôpital, et des joueurs costauds étaient chargés du transport des patients. Ignorant les protestations de Marcus, ils avaient poussé son fauteuil roulant jusqu'à la salle, briefés par une Elsa inflexible.

Assis à une des six immenses tables sur tréteaux, il regardait les invités se présenter, coiffés de bonnets plus originaux les uns que les autres, en tricot ou au crochet.

— C'est une tradition sur l'île, lui confia son voisin Wally, un ancien pêcheur octogénaire en chaise roulante qui souffrait d'emphysème. On a à peine fini un bonnet qu'on en refait un autre. Le *Crazy Cap Club* se réunit à l'école tous les jeudis soir et on rivalise pour fabriquer les coiffes les plus folles.

— Vous le faites aussi ? demanda Marcus, stupéfait, qui voyait mal ce vieux loup de mer faire du crochet avec ses gros doigts.

— Doc m'a forcé à participer. J'en avais marre d'être assis toute la journée, et il y a trois ans, elle m'a mis au défi d'en faire un avec un poisson. Le premier n'était pas terrible, mais Martin Crosby le met encore sur son bateau. Celui de cette année est porté par Hazel Mitchell, regardez, c'est la pieuvre avec des tresses qui pendent dans son dos.

Incrédule, Marcus regarda la très convenable administratrice de l'hôpital qui lui avait fait remplir les formalités d'admission. Ce soir, elle portait un tailleur strict rose, des escarpins… et un bonnet-pieuvre avec des nattes.

Elsa s'approcha de leur table. Il l'avait observée pendant qu'elle courait partout, se joignant aux conversations, arrangeant des sièges. Il l'avait vue entraîner une vieille dame isolée en bout de table à une autre table bruyante où étaient ses amis. Quand Elsa l'avait laissée, elle gloussait en sirotant du champagne.

— C'est votre chapeau le meilleur, Wally, dit-elle, se penchant pour étreindre le vieil homme en veillant à ne pas déranger sa bouteille d'oxygène. Une pieuvre avec des dreadlocks... Quelle nouvelle idée nous préparez-vous ?

— Je pense à un pêcheur avec des hameçons et du poisson. J'ai déjà préparé le patron et il me faut un an pour le réaliser, mais ça vaudra le coup. Muriel Cuthbert a pris ma sirène de l'an dernier et s'en sert comme cache-théière. Elle trône sur sa table où tout le monde peut l'admirer.

— Et ça se comprend, répondit Elsa en détaillant leurs couvre-chefs.

Wally était coiffé d'un Père Noël avec des elfes sur le côté, et Marcus d'un barracuda à l'air mauvais.

— Très seyant, fit-elle avec un sourire taquin.

Elle-même portait un bonnet rose au crochet représentant un manège de petits chevaux complexe, étrange, adorable.

Marcus n'avait jamais rien vu de plus charmant que son visage souriant rose d'excitation.

Il imagina ses amis élégamment vêtus en train de déguster du lait de poule hors de prix devant le feu crépitant de la cheminée d'un luxueux hôtel de St. Moritz.

Elsa portait une jupe à volants rouge avec un joli top sans manches. Un collier de guirlandes rouges ornait son cou et elle avait des boucles d'oreilles à l'effigie du Père Noël. Elle avait natté ses boucles rousses, et les deux tresses tombaient sur ses épaules, nouées avec des rubans rouge et or.

On ne pouvait pas faire plus cliché de Noël, mais l'ensemble était ravissant.

— Prenez soin de Marcus, dit-elle à la tablée. Il a eu des moments très durs et je vous tiens pour responsables de son bien-être. Et je vous interdis de parler randonnée en solitaire et traceur satellite. C'est Noël. Lâchez-le un peu.

Il y eut des rires sympathiques, et Marcus fut entraîné en

douceur dans la conversation générale. Elsa étreignit Wally et poursuivit sa tournée des tables.

Marcus aurait bien aimé un câlin, lui aussi. Une pensée hautement inappropriée envers son médecin.

Il porta son attention sur le repas, qui était parfait. Les dindes étaient arrivées à temps, sans doute grâce à Elsa. Combien de praticiens avaient à gérer ce genre de problème en plus de leurs patients ?

Entre le plat principal et le dessert, les divertissements se succédèrent. La chorale entonna des chants de Noël à trois voix, que tous reprirent en chœur. Un vieux pêcheur buriné fit des tours de magie éculés avec un chapeau et un lapin. Des vieilles dames en robes des années folles dansèrent le charleston avec brio, et à la fin, chacune alla chercher un invité qu'elle entraîna dans la danse. Elsa fut une des premières choisies, et Marcus s'émerveilla devant sa démonstration magistrale.

Puis vint la distribution des cadeaux. Sandra Carter rougit de plaisir en découvrant son géranium sous l'horrible emballage. La salle hurla de rire quand la petite May Trent trouva son panneau *Attention Chien Méchant*, qu'elle montra en gloussant au petit chien paisible assoupi sous sa chaise. Elle était enchantée par son Noël, comme tous les autres.

Grâce à Elsa.

Marcus était sous le charme. Après le repas, son escorte de footballeurs décida qu'il était temps qu'il regagne l'hôpital. Il chercha des yeux Elsa, qui aidait déjà les participants à ranger. Elle riait aux éclats, heureuse. Et il s'aperçut qu'il avait vraiment envie de rester. Mais pour faire quoi ? Donner un coup de main à la vaisselle ?

Il était un patient, un étranger, un visiteur qui avait déjà causé assez de désagréments à tout le monde. Il se laissa docilement reconduire à sa chambre.

Il avait manqué un appel de Kayla. C'était tôt le matin à St. Moritz. Il imagina cette journée à la station, féerique et sophistiquée, ce Noël qu'il avait cru si parfait, et s'aperçut que cela ne lui avait pas du tout manqué.

— Comment va ta jambe ? demanda Kayla avec nonchalance quand il la rappela.

— La fracture a été réduite et c'est en voie de guérison. Je devrais rentrer à Sydney les jours prochains.

— C'est bien, répondit-elle avant de lui exposer par le menu ses fascinants projets pour les vacances.

— Kayla..., dit-il quand elle eut fini.

— Oui ? répondit-elle, et il perçut sa réserve, comme si elle craignait qu'il ne lui demande de changer ses plans.

— Ça ne marche pas entre nous, Kayla, dit-il avec douceur. Je me disais... Pendant que tu es là-bas à t'amuser... ne te sens aucune obligation envers moi.

Il y eut un silence.

— J'imagine que c'est logique, dit-elle enfin. On s'est bien amusés, toi et moi. Mais ça n'a jamais été sérieux.

— En effet.

Il ne voulait pas de dépendance affective. Et Kayla était comme lui. Il crut l'entendre soupirer de soulagement.

— Je m'amuserais plus si on arrêtait de me traiter comme la pauvre fille qui se languit de son petit ami...

— Je t'imagine mal te languir de qui que ce soit, Kayla.

— Ce n'est pas mon style, admit-elle en riant. Je vais bien profiter de Noël. J'espère que tu mangeras du pudding, même s'il n'arrive pas à la cheville de ce qu'on nous servira ici. Pauvre Marcus... Prends soin de toi. Bye-bye !

Elle était partie. Peut-être, avec elle, perdait-il aussi l'envie d'appartenir à ce monde. Il verrait ce qu'il en était à son retour. Quand il cesserait de penser à la séduisante doctoresse dansant le charleston le jour de Noël.

Comme par magie, on frappa à la porte et ladite doctoresse entra. Elle portait toujours sa jupe rouge et son chapeau grotesque, et avait jeté un manteau blanc sur ses épaules.

— Bonsoir, docteur, dit-il en souriant.

— J'aime qu'on me témoigne ce respect professionnel. Ce soir, tous mes patients m'ont accueillie avec méfiance, comme si j'allais leur prescrire un lavement au lieu d'un antibiotique.

Mais je jure que je n'ai pas bu une goutte d'alcool en dehors du cognac dans la sauce de la dinde, dit-elle avec indignation, avant d'éclater de rire.

S'il se sentait déjà sous le charme, il était littéralement ensorcelé à présent.

Il l'observa pendant qu'elle examinait sa fiche. Elle avait retrouvé son sérieux, mais l'ombre d'un sourire s'attardait à la commissure de ses lèvres.

Elsa, médecin caméléon qui faisait du trekking avec son beagle, était descendue en rappel dans une grotte pour le secourir, l'avait opéré avec compétence, et avait rendu ce Noël magique pour tant de personnes…

— Excellent, dit-elle en remettant la fiche à sa place. Vous êtes mon dernier patient, et je n'ai pas eu une poussée de fièvre, pas le moindre mal de ventre. Noël a été une réussite.

— Pas seulement parce qu'il n'y a pas eu de complications médicales. Vous avez fait du bon travail.

— Nous avons tous fait du bon travail. Même vous avec vos emballages.

— Comment ça, *même* moi ? demanda-t-il d'un air offensé.

— Je veux dire *surtout* vous, dit-elle avec un sourire taquin.

Bon sang, elle était magnifique. Pourquoi diable était-il coincé dans ce lit ?

— Elsa, quand tout ça sera fini, est-ce que je pourrai vous revoir ? demanda-t-il sans réfléchir.

— Il est très improbable que ça arrive, répondit-elle brutalement. Vous serez parti dans deux jours.

— Je peux rester jusqu'à la fin de mes congés.

— Et déambuler sur une jambe ? Pas question. Vous seriez bloqué à la pension de famille, à mourir d'ennui.

— Mais je pourrais vous emmener dîner.

— Ça mènerait où ? répondit-elle avec un haussement d'épaules. Marcus, vous et moi connaissons les règles. Les médecins ne draguent pas les patients, et vice versa.

— Je peux vous inviter à dîner sans vous draguer.

Il n'était pas à son avantage dans ce pyjama emprunté. On

lui avait prêté une chemise et un pantalon large pour le dîner de Noël, mais il avait remis son boxer-short et son T-shirt en regagnant sa chambre, et il le regrettait. Toutefois il savait que sa tenue ne changeait rien au problème.

— Les mêmes règles s'appliquent pour un dîner, dit-elle fermement. Merci, Marcus, mais non. Je suis contre les aventures sans lendemain.

— Pourquoi faut-il que ce soit sans lendemain ? demanda-t-il impulsivement.

Elle se raidit et son sourire s'effaça.

— Vous avez une petite amie.

— Non. Ma relation avec Kayla était déjà moribonde, et mon accident y a mis un terme définitif.

— Quoi, elle vous a largué parce que vous ne pouviez pas aller à St. Moritz ?

Elle avait l'air outrée.

— Non, nous avons rompu d'un commun accord une relation plus que tiède. Comme celle que vous entretenez avec Tony, d'après les infirmières.

Elle le fixa, sidérée.

— Vous prêtez l'oreille aux commérages ?

— En faisant mon lit, l'infirmière me parle et je pose des questions…

— J'aimerais que ma rupture avec Tony soit aussi simple que la vôtre. Il possède une ferme de culture d'algues et c'est un homme fiable. Après un dîner, il s'est persuadé que nous allions nous marier et élever une tripotée de petits fermiers… Votre vie amoureuse n'a rien à voir avec la mienne. Peut-être que nous pourrions nous revoir si j'allais à Sydney pour mon travail, mais vous n'allez pas rester ici pour qu'on puisse sortir ensemble…

— Pourquoi pas ? objecta-t-il, conscient de sa maladresse.

— Parce qu'à la fin de ces deux semaines, vous repartirez à Sydney et que je… je serai encore plus perturbée que maintenant.

— Pourquoi êtes-vous perturbée, Elsa ? demanda-t-il doucement en soutenant son regard.

C'était peut-être à cause de Noël, parce qu'elle était détendue et qu'il était juste *là*. En tout cas, il la vit hésiter, hausser les épaules, puis elle se lança.

— Cette île a sept cents habitants et elle est minuscule, isolée de tout… Mais Gannet Island est ce qu'elle est, et je savais à quoi m'en tenir quand je suis revenue y vivre.

— Vous êtes revenue pour votre grand-père ?

— Je suis revenue parce que c'est mon foyer, que les habitants sont ma famille. Ils m'aiment et me soutiennent depuis mon arrivée, à sept ans. Comment pourrais-je les abandonner maintenant ? Et ça ne me gêne pas, sauf quand j'ai envie de m'amuser, d'aller dîner dans un restaurant où le patron ne me donnera pas l'addition si j'examine son orteil infecté ou sa fille en pleine crise d'adolescence…

— Ça arrive ? demanda-t-il, interloqué.

— Bien sûr, répondit-elle, narquoise. Si nous allions dîner, ça finirait comme ça. Vous m'attendriez patiemment pendant que j'irais en cuisine examiner un panaris.

— Elsa…

— C'est bon, j'ai l'habitude. Mais parfois je me demande ce que ça ferait d'être… juste normale. Enfin, c'est mon problème, docteur Pierce. Pas le vôtre.

— Mais…

— Pas de *mais*. Vous savez, je vous trouve adorable. Une réflexion peu professionnelle, j'en conviens…

— Le sentiment est réciproque.

— Merci. Ça fait du bien à mon ego, et je le prends comme un cadeau de Noël. Mais c'est tout. Votre vie est à Sydney, la mienne ici. Même si sortir ensemble donnait… quelque chose, il n'y aurait aucun avenir pour nous.

— Alors vous repoussez mes avances ?

— Je n'ai pas le choix, répondit-elle calmement.

Elle le regarda droit dans les yeux, et il lut de la souffrance dans son regard. Impulsivement, il se dressa hors du lit, en appui sur sa bonne jambe.

— Elsa…

— N'essayez pas de vous lever, protesta-t-elle, alarmée. Vous risquez de tomber et je n'ai pas besoin de ça. Recouchez-vous, Marcus, s'il vous plaît.

— Savez-vous seulement de quoi vous avez besoin ou ce que vous voulez ? dit-il en prenant sa main.

Elle ne le repoussa pas, fixant leurs mains jointes, les lèvres tremblantes. Elle souffrait.

— Ne faites pas ça.

— Vous voulez vraiment que j'arrête ?

— Non, je…

— Elsa, éthique ou non, impossible ou pas, j'aimerais vraiment vous embrasser.

Elle ferma les yeux, puis le regarda d'un air interrogateur.

— Pour Noël ?

— S'il vous faut un prétexte.

— Ce serait absurde de s'embrasser.

— Comme ces bizarres et merveilleux cadeaux que vous préparez pour les autres à Noël. Où est le vôtre, Elsa ?

Elle sourit, les yeux pétillants.

— Vous voulez dire qu'un baiser de vous équivaut à un géranium noir ?

— C'est encore mieux.

— Waouh…, murmura-t-elle. Prouvez-le.

Il entreprit de le lui démontrer.

Elsa avait conscience de violer toutes les règles de la profession. Mais c'était Noël et elle s'en moquait. Dès que la bouche de Marcus frôla la sienne, elle se sentit fondre, et plus rien ne compta. Surtout pas la raison.

Elle était dans la chambre d'un patient en petite tenue en équilibre sur une jambe. Il aurait dû avoir un bras en écharpe, mais ses deux mains emprisonnaient sa taille et il la pressait contre lui, écrasant ses seins contre son torse.

Sa bouche la dévorait, forte, chaude, exigeante. Absolument inapproprié.

Absolument délicieux. Non. Plus que ça, songea-t-elle, hébétée. C'était merveilleux. Magique.

On l'avait déjà embrassée. Mais jamais elle n'avait ressenti cela.

Sa façon de la tenir... Ses mains puissantes sur sa taille... Sa légère hésitation avant de s'emparer de sa bouche, comme s'il voulait s'assurer qu'elle en avait envie...

Comment pouvait-il en douter ? Elle ouvrit les lèvres et fut catapultée dans un univers brûlant de passion. Elle le désirait de toutes ses forces, et son corps rendait les armes.

Elle l'enlaçait pour l'aider à se tenir debout, afin qu'il se sente mieux.

En tout cas, *elle* se sentait mieux, les sens en éveil, les nerfs à fleur de peau. Tout en elle hurlait qu'elle désirait cet homme, qu'elle avait besoin de lui, qu'elle ne verrait aucune objection à ce qu'ils s'écroulent sur le lit, enlacés...

Non ! Jamais ! Ils étaient dans un service hospitalier, une infirmière pouvait entrer à tout instant. Il était patient, elle était médecin et...

Ferme-la, Elsa. Vis l'instant. Elle s'abandonna.

Quand Marcus finit par s'écarter, elle crut qu'elle allait fondre en larmes. Il l'enlaçait toujours, lui souriant avec une telle tendresse que...

Non ! Elle fit un effort surhumain pour se ressaisir. Elle avait un comportement inadmissible et méritait d'être radiée de l'ordre des médecins.

Mais pour l'heure, Marcus lui souriait et plus rien d'autre ne semblait compter. Cependant sa vie était à Sydney. Et elle ne serait jamais qu'une aventure passagère pour cet homme qui cherchait seulement à tromper son ennui.

Oh ! mais son sourire...

— À propos de ce dîner..., murmura-t-il, et elle planta les yeux dans son regard sombre, sentant sa raison vaciller.

Le retour à la réalité s'imposa brutalement quand des parasites crépitèrent dans les haut-parleurs de l'hôpital, suivis de la voix affolée de Kim, une infirmière stagiaire.

— Code Bleu ! Code Bleu à la salle des infirmières !

Code Bleu !

Son histoire avec Marcus n'était que pur fantasme.

La réalité reprenait ses droits.

Elsa fonça vers la porte et s'engouffra dans le couloir.

9.

Marcus s'interrogeait. Qu'était-il censé faire ? Se recoucher ? Un Code Bleu signalait une urgence vitale, généralement un arrêt cardiaque. Et il était cardiologue et chirurgien cardiaque. Mais il était aussi un patient en pyjama.

Il regarda le fauteuil roulant resté près de son lit et repoussa cette idée. Peu pratique, trop lent. Et ses béquilles ne serviraient à rien si son épaule se déboîtait de nouveau. Mais des mains courantes étaient fixées sur les murs des couloirs pour permettre aux patients ambulatoires de se déplacer.

Il sautilla jusqu'à la porte et, attrapant la rampe de sa bonne main, il entreprit de prouver qu'il en était capable.

Moins d'une minute après, il tournait à l'angle du couloir et tombait sur un petit groupe devant la salle des infirmières. L'une d'elles était agenouillée devant un corps couché sur le sol, près d'un chariot de réa. Elsa était à genoux, sa jupe rouge étalée en corolle autour d'elle.

— Grand-père…

Marcus se figea. Il connaissait le vieux docteur. C'était lui qui l'avait anesthésié avant qu'Elsa réduise sa fracture, et ils avaient bavardé une ou deux fois ensemble. Il l'avait trouvé un peu trop mince, un peu trop pâle, et s'était promis de lui faire un examen complet du cœur avant de partir.

— Grand-père…

Un grognement rauque répondit au murmure désespéré.

— Ça va aller, ma fille… Ne te tracasse pas.

Il n'était pas mort. Marcus avait assisté à nombre de décès par arrêt cardiaque. Pourquoi se sentait-il aussi concerné aujourd'hui ? Pourquoi était-il aussi soulagé ?

— Vous ne respiriez plus, dit l'infirmière de réa, au bord des larmes.

— Aide-moi à me lever, ma petite fille, dit Robert d'un ton qui se voulait autoritaire mais était à peine audible.

Elsa ne voulut rien entendre. Elle avait le défibrillateur portable sous la main, et sans lui laisser le temps de protester, elle ouvrit brutalement la chemise du vieil homme.

Il respirait à peine, mais était l'indignation personnifiée.

— C'est ma plus belle chemise… !

— C'était. Kim dit que tu as cessé de respirer. Et tu étais inconscient à mon arrivée.

— J'ai juste eu un petit vertige, c'est tout.

— Je pose les électrodes, au cas où. Tu en ferais autant avec un patient victime d'un malaise avec des antécédents cardiaques… Kim, prévenez Geoff et Ryan. Dites-leur qu'il faut lever un patient prostré…

— Prostré ? fit Robert, outragé, le souffle court.

— Et tu ne bougeras pas sans ma permission, répondit Elsa d'une voix dure qui tremblait un peu. Tu m'as appris à être intraitable en cas de crise, grand-père, ne me reproche pas de suivre tes conseils.

— Il n'y a pas de crise…

Mais le vieillard n'arrivait même plus à lever la tête. Il s'effondra, et ses protestations moururent sur ses lèvres

— Elsa, me permettez-vous de vous aider ?

Elle posait les électrodes du défibrillateur sur le torse de Robert. Destiné à stimuler le cœur pour le faire repartir en cas d'arrêt cardiaque, il n'était pas nécessaire maintenant que le patient était conscient, mais il avait perdu connaissance et était tombé. Il se passait autre chose, et cela pouvait se reproduire à tout instant, chaque seconde était précieuse.

Elle se tourna vers Marcus.

— Retournez au lit, dit-elle calmement.

— Elsa, j'ai une jambe cassée, pas la peste. Vous avez un cardiologue à votre disposition, et votre grand-père semble en avoir grand besoin. Servez-vous de moi.

Il la vit hésiter, partagée entre l'envie de protéger son patient – lui – et son désir d'agir au mieux pour son aïeul.

— D'accord, merci, dit-elle avec une émotion perceptible. Grand-père, tu te souviens de Marcus ? Le Dr Pierce, cardiologue à Sydney ? Il propose de donner son avis.

— Quels sont ses honoraires ? dit faiblement le septuagénaire avec un humour qui rassura Marcus.

Le vieil homme n'avait apparemment pas de séquelles mentales.

— Tarif réduit spécial, répondit Marcus tandis qu'une infirmière l'aidait à sautiller jusqu'à Robert. Vous avez soigné ma jambe, je vais m'occuper de votre cœur.

— Ça risque d'être foutrement plus dur, dit Robert.

— Peut-être, dit Marcus en se laissant glisser près de lui.

La scène était pour le moins incongrue, avec le patient sur le sol et le médecin par terre en pyjama, sa jambe raide tendue devant lui.

Il se plaça d'un côté de Robert. Blême, Elsa se tenait de l'autre. Le souffle de Robert était rapide, court, laborieux. Sa peau bleutée, froide au toucher. Marcus saisit son poignet et, le visage impassible, prit son pouls.

— Douleur ? demanda-t-il en le scrutant.

— Forte, concéda le vieil homme après un instant d'hésitation. À la poitrine. Et à l'épaule. Encore une fichue crise cardiaque. Moins grave, cette fois. Ça va aller.

— Tu vas retourner à Sydney, dit Elsa d'une voix faible. On procédera à ton évacuation dès que tu seras stabilisé.

— Attendons un peu, dit doucement Marcus.

Il n'aimait pas ce qu'il voyait. Il s'agissait probablement d'un malaise cardiaque mineur, mais cela pouvait annoncer une crise beaucoup plus grave. On pouvait évacuer par avion sanitaire le vieil homme dans un hôpital équipé de matériel dernier cri, mais son expression inquiétait Marcus. Ses veines du cou saillantes, gonflées, agissaient comme des signaux à son œil entraîné. Le cœur pompait le sang, mais quelque chose empêchait visiblement le retour veineux.

— Puis-je avoir votre stéthoscope ? demanda-t-il à Elsa qui le lui tendit en silence.

Il écouta les sons étouffés du cœur et son malaise s'accrut.

— Tension artérielle ?

L'infirmière enfila le brassard du tensiomètre à Robert. Sa tension était basse.

— Votre avis ? demanda Robert, de médecin à médecin.

— Je ne peux exclure une tamponnade cardiaque, dit-il brièvement. Veines gonflées, tension faible, murmures cardiaques, la triade de Beck, trois indicateurs significatifs.

Robert poussa une exclamation et Marcus lui adressa un sourire qui se voulait rassurant.

— Ne vous inquiétez pas, Robert, même si c'est ça, j'ai déjà soigné des tamponnades, je peux m'occuper de vous.

Il jeta un coup d'œil à Elsa, livide, et consciente des risques.

Causée par un traumatisme, un cancer ou une crise cardiaque, la tamponnade était inquiétante. Le péricarde entourant le cœur était constitué de deux couches de tissus séparées par une petite quantité de fluide qui empêchait leur friction. En cas de tamponnade, le liquide s'accumulait à l'excès dans le sac péricardique, exerçant une pression sur le cœur et altérant sa capacité à pomper le sang dans le corps.

Quelle que soit l'origine du problème de Robert, on n'avait pas le temps de l'évacuer. Il était vital de soulager immédiatement la pression sur son cœur.

Les deux hommes à tout faire de l'hôpital entrèrent en action et, assistés d'Elsa, ils hissèrent le vieillard sur un brancard puis sur un chariot. Une infirmière aida Marcus à se relever. Il maudissait son impuissance. Il aurait voulu avoir deux jambes valides, être habillé, et se sentir professionnel, en pleine possession de ses moyens. Formé pour gérer une telle situation, il détestait son incapacité à agir rapidement.

— On peut lui faire une échocardiographie et une radio thoracique ? demanda-t-il à Elsa. Et quelqu'un peut-il m'aider à m'habiller ?

— Marcus, vous ne pouvez pas…

Elle se tut. Si l'ECG et la radio confirmaient le diagnostic, ils n'auraient pas le choix.

— Robert, dit-il en posant une main douce sur l'épaule du vieillard, vous connaissez l'enjeu. Si c'est une tamponnade, il faut soulager la pression au plus vite. Vous irez sur le continent pour soigner vos problèmes cardiaques de fond, mais la tamponnade doit être gérée immédiatement. Si l'échocardiographie confirme mes craintes, il faudra vous faire un drainage percutané, et j'ai cette compétence. Acceptez-vous que nous nous occupions de vous ?

La main de Robert saisit la sienne et la serra très fort. Marcus sentit son tremblement. Et sa peur, palpable.

— Faites ce que vous avez à faire, mon garçon. Vous ne valez rien en trekking, mais j'imagine que vous assurez dans un bloc opératoire.

— Je suis le meilleur, répondit Marcus sans fausse modestie. Vous avez besoin de moi. Faites-moi confiance.

— J'ai confiance en vous.

— Marcus…, dit Elsa d'une voix mal assurée.

— Toi aussi, tu dois lui faire confiance, ma fille, dit le vieil homme avec force. On a une sacrée chance d'avoir un cardiologue sous la main, même s'il t'a fallu ramper sous terre et passer la nuit avec lui dans un trou pour l'amener ici.

L'échocardiographie confirma le diagnostic de Marcus, qui fut renforcé par la radio thoracique et l'échographie. Elsa fixait l'écran du moniteur, le cœur au bord des lèvres.

Seule, elle n'aurait pas pu faire face. Elle aurait dû évacuer son grand-père sur Sydney, et avec la pression croissante sur son cœur, il n'aurait pas survécu aux longues heures de vol.

Quant à réaliser elle-même la procédure… Elle connaissait les principes du drainage, mais l'effectuer sur quelqu'un souffrant probablement déjà de lésions cardiaques, insérer une aiguille à un endroit aussi délicat sans causer de lésion…

Dieu merci, elle n'aurait pas à le faire. Le soulagement lui donnait le tournis.

Marcus était en train de se laver avant d'opérer. Les infirmières lui avaient trouvé un tabouret à roulettes réglable en hauteur, qui lui permettrait d'être opérationnel.

Il regarda Elsa quand Maggie l'aida à enfiler sa tenue de bloc, et dut sentir sa tension.

— Ça va aller, dit-il avec douceur. Nous tenterons d'abord le drainage percutané. Si ça ne marche pas, nous retirerons une partie du péricarde. Nous anesthésierons Robert le plus légèrement possible pour ne pas aggraver son état respiratoire. Pendant que vous surveillerez le moniteur, j'utiliserai l'échographe pour insérer une grosse aiguille dans la cavité, poser un cathéter et procéder au drainage.

Ça semblait simple. Elle savait que ça ne l'était pas.

— Nous le transférerons ensuite à Sydney pour traiter son problème de fond, reprit Marcus d'un ton ferme et rassurant.

Elle n'était plus le médecin. On ne lui demandait pas de prendre des décisions, on lui expliquait la meilleure procédure à suivre pour son grand-père.

— Étant donné ses antécédents, je suis presque sûr que son état résulte d'une nouvelle crise cardiaque. Probablement mineure, car il n'y a aucun signe de déficience neurologique. Alors, s'il vous plaît, docteur McCrae, effacez-moi cet air effrayé et redevenez la professionnelle que vous êtes.

Son regard calme s'attarda sur elle. *Vous en êtes capable,* disait-il. *J'ai besoin d'un médecin, pas d'un parent émotif.*

Oui, elle pouvait le faire.

Il le fallait.

Une demi-heure plus tard, tout était fini. Pendant un moment atroce, Elsa avait retenu son souffle en regardant Marcus guider l'aiguille au moyen de la sonde d'échographie.

Il avait pris un cathéter de calibre 18, suivant sur l'écran chaque seconde de sa lente progression. Et il poussa un grognement satisfait quand le cathéter entra dans le sac péricardique et qu'il vit que l'aiguille était bien placée. Lentement, il la retira. Un fil-guide fut alors monté dans le cathéter, suivi par un dilatateur et une sonde torsadée.

— Oui ! s'écria-t-il avec soulagement quand le liquide se mit à couler et que la tamponnade commença à diminuer.

Durant l'intervention, Elsa avait sans cesse surveillé la respiration du patient et le moniteur cardiaque.

— Tout va bien, murmura Marcus en la regardant.

Une fois le cathéter en place, le liquide péricardique s'écoula facilement. Un échantillon serait mis en culture et soumis à une analyse cytologique pour rechercher des signes de traumatisme ou de cancer, peu probables.

Elle continua à fixer le moniteur, attendant que le rythme cardiaque s'améliore.

— Je ne vais pas tout drainer pour ne pas risquer un choc hypovolémique, dit Marcus. Mais ça suffira.

Le cœur de Robert avait retrouvé un rythme rassurant. Il respirait seul maintenant, et quand Elsa retira l'oxygène, sa poitrine se souleva normalement. Il avait repris des couleurs. Il était hors de danger. Pour le moment. Il fallait encore traiter son problème de fond.

— Une infirmière va préparer son évacuation, dit Marcus. Il faudra lui faire des aspirations toutes les quatre à six heures. Nous en ferons une avant son départ, et les soins cardiaques de Sydney prendront le relais.

Robert commençait doucement à émerger de l'anesthésie, et Marcus lui prit la main.

— Hé, Robert. C'est terminé. Comment vous sentez-vous ?

Robert prit son temps pour retrouver ses repères. Il inspira plusieurs fois, sentit sa poitrine se gonfler, et s'aperçut qu'il n'était plus oppressé.

— Merveilleux, chuchota-t-il.

Souriant sottement, Elsa lui prit les mains et une larme glissa sur sa joue. Marcus se pencha pour l'essuyer et sourit.

— Bien joué, docteur McCrae, dit-il.

— Je n'y suis pour rien, répondit-elle d'un ton bourru. C'est vous qui l'avez opéré, pas moi.

— Votre petite-fille s'est comportée en pro de l'anesthésie et n'a pas montré son inquiétude, dit Marcus en souriant. Mais maintenant, elle a besoin de réagir en parente. Elsa, allez préparer des bagages pour vous et votre grand-père. On vous évacue sur Sydney, Robert. Votre tamponnade est probablement due à une crise cardiaque, et un médecin urgentiste sera avec vous à bord de l'avion. À Sydney, vous subirez un check-up complet, attendez-vous à y rester quelque temps. Au mieux, on vous posera un autre stent, mais vous devez vous préparer à un pontage, auquel cas vous serez hospitalisé deux semaines. Il y a des lits pour les familles et j'ai demandé qu'on vous en réserve un, Elsa.

— Mais... je ne peux pas partir deux semaines, protesta-t-elle, consternée.

— Vous n'avez pas le choix.

— Quand grand-père a eu sa dernière attaque et qu'on lui a posé le stent, j'ai été absente deux jours. Je n'avais personne pour me remplacer ici. Il n'y a pas eu de catastrophe cette fois-là, mais l'île ne peut pas rester sans docteur...

— Tu resteras ici, dit le vieil homme. Tu n'as pas besoin de m'accompagner. Ça n'en vaut pas la peine.

Mais son expression éloquente disait le contraire. Cette dernière crise l'avait terrifié. Ne plus pouvoir respirer, sentir son cœur comprimé... Grâce à Marcus, il avait passé un cap, mais il n'était pas encore tiré d'affaire, et il le savait.

Même si un médecin était avec lui dans l'avion, il aurait besoin de sa famille à ses côtés. Besoin d'elle. Sur son visage, elle voyait le combat qu'il livrait intérieurement.

— Tu dois rester, ma petite fille. Crois-tu pouvoir trouver un suppléant à la dernière minute à cette époque de l'année ? Après Noël, la moitié de l'Australie va à la plage jusqu'à la mi-janvier, ou vient ici se rompre le cou en jouant les aventuriers. Tu n'as pas le choix. Tout ira bien pour moi.

Elle jeta un coup d'œil à Marcus et s'aperçut qu'il n'était pas dupe de l'attitude bravache du vieil homme.

— Nul besoin d'un remplaçant, dit-il avec douceur. Vous avez la chance d'avoir un médecin sur place, non ?

Père et petite-fille le regardèrent fixement.

— Vous ? bredouilla Elsa.

— Ne me dévisagez pas bêtement. J'ai les compétences médicales de base. Je sais soigner un rhume, les boissons au miel et au citron font merveille pour ça, non ? Je peux gérer.

Il leur adressa un grand sourire encourageant.

— Sérieusement, vous avez un personnel génial. Mon épaule est bien remise et je n'aurai pas à soulever de poids. Un médecin amoché vaut mieux que pas de médecin du tout. En ce qui concerne ma jambe, je peux prendre un chauffeur pour me déplacer. J'ai encore deux semaines de congé. À mon retour, mes blessures d'escalade à Gannet Island seront aussi valorisantes qu'un accident de ski à St. Moritz pour mon prestige personnel…

— Des blessures d'*escalade* ? dit Elsa avec sarcasme. Une stupide chute au fond d'une crevasse, oui !

— Vous comptez salir mon image de héros, docteur McCrae ? dit-il avec un sourire en coin.

— Laisse-le jouer les héros s'il en a besoin pour rester ici, dit Robert avant de saisir la main de Marcus. Je suis prêt à jurer sur l'honneur que vous êtes tombé dans un trou en voulant sauver… un chaton ? Ça va, un chaton ?

— Un chaton…, répéta Elsa, abasourdie.

— Disons Sherlock, alors. Ce bon toutou acceptera sûrement de sacrifier son orgueil pour la bonne cause.

— Je prendrai même soin de lui en votre absence, dit Marcus. Ou il prendra soin de moi.

Mais Elsa ne souriait pas.

— Grand-père, tu sais que je ne peux pas partir. On ne peut pas exiger ça de Marcus.

— Revenons à l'essentiel, dit l'intéressé. Robert, voulez-vous que votre petite-fille vous accompagne ?

Le regard du vieil homme passa de l'un à l'autre avant de revenir à lui. Les dommages subis par son cœur n'avaient pas encore été diagnostiqués. Il était en danger, et il le savait.

— Oui, répondit-il dans un murmure.

— Et Elsa, voulez-vous que votre grand-père parte seul ?

— Bien sûr que non. Mais…

— Alors vous n'avez pas le choix, dit doucement Marcus.

— Je sais, mais… Oh ! grand-père…

— N'en fais pas tout un plat parce que j'ai dit que j'avais besoin de toi, dit Robert avec un pâle sourire. Tu sais que je déteste le café de l'hôpital, ma puce. Il faudra qu'on m'apporte un bon café deux ou trois fois par jour.

— Et voilà, dit Marcus. Durant deux semaines, vous serez la barista personnelle de votre aïeul pendant qu'un médecin unijambiste vous remplacera sur l'île. Il faudra peut-être trouver quelqu'un pour promener Sherlock, mais pour le reste… c'est réglé.

— Marcus…

— Assez, dit-il, lui prenant le menton pour la forcer à le regarder. Robert a raison, n'en faites pas une histoire. Acceptez mon offre. Les exigences en caféine de votre grand-père vous laisseront sûrement le temps de visiter un peu Sydney, vous permettant de joindre l'utile à l'agréable…

Marcus regarda Elsa partir préparer ses bagages en s'efforçant de réprimer son affolement.

Lui-même un peu paniqué, il regagna son lit d'hôpital. Dans quel pétrin s'était-il fourré ? S'était-il vraiment porté volontaire pour endosser pendant deux semaines le rôle de médecin de famille sur l'île ?

Il n'avait pas pratiqué la médecine générale depuis son stage d'internat. Il se souvenait de maladies bénignes, de blessures mineures, de stress, de dépression, de grossesses adolescentes, et de soucis de santé inhérents au grand âge. Il avait même été frappé par un vieillard parce qu'il avait refusé d'attester qu'il était encore apte à conduire !

— Tu dois apprendre l'empathie, lui avait conseillé le généraliste avec lequel il travaillait. Si tu tiens vraiment à tes patients, le reste suivra. Le lien affectif est essentiel.

L'expérience avait confirmé à Marcus qu'il avait pris la bonne décision en se spécialisant en chirurgie cardiaque. Il avait été éduqué pour garder une distance émotionnelle avec autrui. Et l'idée d'entretenir un rapport affectif avec ses patients lui semblait tout simplement impensable.

En revanche, Elsa avait cette capacité, à en croire la joie des bénéficiaires de ses extraordinaires cadeaux. C'était la raison pour laquelle elle était généraliste, et pas lui.

Sauf qu'il allait devoir l'être pendant quinze jours.

Il était impossible de tisser des liens affectifs en si peu de temps. Il avait proposé d'aider Elsa uniquement parce qu'elle lui avait sauvé la vie et qu'il lui était redevable.

La porte s'ouvrit avec hésitation, et Maggie entra. Malgré leur conflit au sujet de la tablette, elle avait aidé à le soigner et assisté Robert en salle d'opération, et il savait que c'était une excellente infirmière.

— Vous êtes prêt à travailler ? demanda-t-elle.

— Quoi, maintenant ?

— Bradley Norfolk est tombé de son trampoline. Il semble qu'il ait une fracture partielle du bras. Vous vous sentez d'attaque ? Vous avez l'air d'un jeune interne terrorisé, dit-elle avec un sourire en coin.

Il devait se ressaisir. Il repoussa les draps, s'assit et balança sa jambe blessée hors du lit.

— On va vous installer dans un fauteuil roulant avec un support pour maintenir votre jambe tendue.

— Je peux me débrouiller sans ça.

— Elsa y tient. Elle veut éviter toute pression sur ce bras, et rester en équilibre sur une jambe est trop risqué.

Sa première réaction fut de refuser, pour agir en médecin, mais son épaule lui faisait encore mal. Il céda.

— D'accord pour aujourd'hui, voire demain, mais ensuite, je me débrouillerai avec des cannes.

— Très bien, dit Maggie dont le sourire s'agrandit. Les habitants de l'île ont appris qu'il était plus simple d'obéir aux ordres de Doc Elsa, car elle a toujours raison.

Il grimaça.

— Il va me falloir d'autres vêtements, Maggie.

— Elsa a donné des ordres en ce sens.

— Et Maggie… il est temps qu'elle cesse de donner des ordres. À partir de maintenant, vous êtes coincée avec moi.

Parfaitement compétente, l'équipe d'évacuation ne perdit pas de temps. Le médecin responsable écouta les explications d'Elsa, parla brièvement à Robert, puis s'entretint avec Marcus. Ils échangèrent des notes, des radios et des cardiographies pendant qu'Elsa tenait la main de son aïeul. Robert était le patient, elle était la famille.

— Il va falloir s'y habituer, dit d'une voix bourrue le vieil homme couché sur le chariot, attendant d'être transféré dans l'avion. Ce sera un bon remplaçant. L'île est entre de bonnes mains.

— Je n'en doute pas, répondit-elle, rassurée par l'échange professionnel entre les deux médecins. Sauf que…

— Sauf que Dotty Morrison devra renoncer quelque temps à ses pilules placebo, dit Robert avec un rire forcé.

Elsa grimaça à la pensée des comprimés qu'elle prescrivait à la vieille dame atteinte de la maladie d'Alzheimer.

— Je n'en ai même pas parlé à Marcus, dit-elle.

— Me parler de quoi ? demanda l'intéressé en les rejoignant dans son fauteuil roulant.

— De Dotty Morrison, répondit-elle. Elle souffre d'Alzheimer et a une tension élevée. Elle veut rester chez elle, et elle oublie souvent de prendre son traitement, ou au contraire le prend en trop grande quantité, mais elle tient à le gérer elle-même. Alors, je lui donne un placebo à raison d'un comprimé matin et soir. Sa fille vient la voir deux fois par jour avec le vrai traitement en prétendant que ce sont des vitamines. Et tout le monde est content.

— Qu'est-ce qu'il y a dans ce placebo ? Du sucre ?

— Du sucre ? Pas du tout ! Je lui prescris du disaccharide C12H22011 deux fois par jour.

— C'est-à-dire du sucre.

— Pédant, va. Ne vous avisez pas de le dire à Dotty. Elle croit que ça améliore ses fonctions cérébrales. Elle apporte l'ordonnance à la pharmacie, et Doug met les comprimés dans un flacon à son nom. Mais elle a tendance à en prendre trop et perd les ordonnances, et j'imagine que vous la verrez bientôt. Il y a tant de choses que je ne vous ai pas dites…

— Ça ira, petite, dit Robert, agrippant la main de Marcus avant de monter dans l'avion. S'il a un diplôme de cardiologue, il est capable de prescrire des pilules de sucre, et il peut toujours t'appeler. Merci, fils.

On leva le brancard qui fut hissé dans l'appareil. L'équipe médicale monta à bord et s'affaira autour du patient, installant l'équipement, l'oxygène et les stabilisateurs nécessaires durant le vol. Marcus et Elsa restèrent seuls.

— Je ne… Je ne sais pas quoi dire, murmura Elsa.

— Ne dites rien. Vous n'allez pas au bout du monde. Si un patient exige un traitement pour la lèpre, j'ai votre numéro.

— Je ne vous remercierai jamais assez…

— Moi non plus. Alors, abstenons-nous.

— Marcus…

— Détendez-vous. Robert est dans de bonnes mains. Tout ira bien. Ça pourrait même vous faire des vacances.

— S'il n'a pas besoin de moi, je pourrai toujours rentrer.

— Il aura besoin de vous. On se sent seul à l'hôpital.

Avant qu'elle ait pu faire un geste, il se leva de son fauteuil. Instinctivement, elle tendit les bras pour le retenir et leurs mains se joignirent, s'étreignirent fort.

Il n'était plus son patient, mais le médecin qui avait sauvé son grand-père. Marcus.

Tout se brouillait. Les barrières se dissolvaient.

— Tout ira bien pour votre grand-père, dit-il fermement. J'ai appelé mon patron, chef de la cardiologie à Sydney Central. Il s'occupera personnellement de Robert et c'est le meilleur. Et le toubib de l'avion est top. Robert a seulement besoin de sa famille, et vous êtes en or, Elsa. Prenez soin de vous. Revenez-nous reposée avec un aïeul en pleine forme. Personne n'a plus besoin d'un break que vous.

— Marcus…

— Allez, dit-il en s'agrippant à ses mains. Je resterai en contact et je penserai à vous.

Elle le scruta, hébétée. Il se passait trop de choses, trop vite.

Il la tenait. Pour garder l'équilibre. Ou pas. Ses yeux étaient sombres, insondables, fascinants. Elle y lut comme une question.

Elle n'avait plus qu'à répondre. Elle se hissa sur la pointe des pieds. Leurs lèvres s'unirent. Ils s'embrassèrent.

Elle éprouva une sensation de chaleur, de puissance.

Ou peut-être perdait-elle le contrôle. Car comment pouvait-elle se maîtriser quand il l'embrassait comme cela ?

Deux fois en un jour. Deux fois ! Mais là c'était différent.

Derrière eux, Geoff et Ryan, les garçons de salle, attendaient de ramener Marcus à l'hôpital, et des employés de l'aérodrome s'affairaient autour de l'avion.

La nouvelle de leur baiser aurait fait le tour de l'île avant même que l'appareil ait décollé. Mais pour l'heure, elle s'en moquait. Seule comptait la sensation du corps de Marcus contre elle. Il avait sauvé son grand-père. Il la tenait fermement. Il était son roc.

Un roc avec une jambe cassée. Un roc qui s'en irait dans deux semaines. Un roc censé être à St. Moritz en ce moment, avec son amie glamour.

Ils n'avaient pas le droit de s'embrasser. Mais elle s'accrocha à lui pour prolonger l'instant, un instant de folie qui ne signifiait rien, mais qu'elle prit, dégusta, savoura.

Un toussotement gêné se fit entendre derrière eux.

— Pardon, mademoiselle, mais on doit partir, dit un brancardier. Vous devez embarquer. Rassurez-vous, monsieur, on prendra bien soin d'eux.

L'homme la regardait avec sympathie, croyant l'arracher à… son partenaire ? Son amoureux ?

— Je suis prête, dit-elle d'un ton professionnel, comme si ce baiser ne lui avait pas tourné la tête. Merci pour votre aide, docteur Pierce. À bientôt.

— Je l'espère, répondit Marcus en lui frôlant la joue de la main.

Un geste d'adieu, la reconnaissance de moments partagés, d'intimité forcée désormais révolus. Elle n'avait aucune raison d'être désemparée.

Mais elle ne voyait pas d'autre mot pour décrire ce qu'elle ressentait. Et, se détournant pour monter dans l'avion, elle se sentit perdue.

10.

— Je n'ai plus de médicaments.

— Déjà ? demanda Marcus.

Heureusement qu'il était prévenu. C'étaient ses premières consultations le lendemain de Noël – cas urgents seulement – mais Dotty Morrison avait insisté pour être reçue.

— Je crois avoir doublé les doses avec Noël et tout ça… Mais une pilule ou deux de plus ne me fera pas de mal, si ?

— La semaine dernière, le Dr McCrae vous a rédigé une ordonnance renouvelable cinq fois, dit-il prudemment.

— Oh non, docteur. Ça remonte à plus d'une semaine. Le pharmacien voudrait que je lui laisse la prescription, mais il n'arrête pas de s'embrouiller. J'aime garder un œil sur mes traitements. C'est mon corps, n'est-ce pas, docteur ? Je suis responsable de ce qu'il absorbe.

— Absolument, répondit Marcus en réprimant un sourire, avant de rédiger l'ordonnance.

Elle étudia la prescription de près.

— Merci, mon cher. Vous n'êtes pas aussi soigneux que notre Dr Elsa.

— Je crains que non. Ni aussi rapide, dit-il, conscient que Dotty avait attendu trois quarts d'heure son rendez-vous.

— C'est à cause de votre jambe, dit Dotty avec indulgence.

Pas tout à fait, songea-t-il en prenant congé de la vieille dame. La médecine générale exigeait des compétences qu'il avait plus ou moins perdues. Il venait de voir une adolescente souffrant d'acné, hystérique car elle devait se rendre chez des amis dont le fils lui plaisait. Prétextant un appel urgent, il avait foncé à l'Accueil s'informer sur les derniers traitements contre l'acné, les dosages, et les contre-indications.

Il y avait eu beaucoup d'« appels urgents » ce matin-là. Mais il avait enfin terminé. Des visites à domicile étaient prévues en fin d'après-midi – avec Geoff ou Ryan comme chauffeur – mais il avait une demi-heure pour reposer sa jambe en hauteur et prendre un appel d'Elsa.

— Alors, comment ça se passe ? demanda-t-il.

— Il va bien, répondit-elle d'une voix tendue qui l'alerta. Elle fit une pause et prit une inspiration.

— Mieux que bien. La tamponnade a pratiquement disparu et on a retiré les drains. Mais vous aviez raison. Il a bien eu une crise cardiaque. Sur mon insistance, il a admis avoir eu, je cite, un « incident » la nuit où nous étions coincés dans la grotte. Il pensait m'en parler après Noël. En tout cas, il est dans les meilleures mains à présent. Il doit subir un quadruple pontage en fin d'après-midi, mais il s'inquiète déjà de la rééducation qu'il devra faire ici en cardiologie. Il a peur que je sois encore à Sydney à ce moment-là.

— Vous aussi ?

— Bien sûr. C'est plus fort que moi... Il n'y a pas eu de problèmes dans l'île ?

— Non.

— Pas un seul ?

— Mon plus gros défi a été de trouver un traitement pour l'acné juvénile. J'ai reçu Jess Lowan, qui est amoureuse du fils d'amis de sa famille et menaçait de se suicider si je ne faisais pas disparaître les boutons de son nez.

— J'espère que vous l'avez prise au sérieux. Jess est très nerveuse.

— Je l'ai prise très au sérieux. Les traitements ont changé depuis mes années d'internat mais grâce à Internet Jess est à l'abri des boutons destructeurs d'amours adolescentes. J'espère que le garçon en vaut la peine.

— Bah, elle sera amoureuse d'un autre d'ici huit jours.

— Qui préférera les filles boutonneuses… ? Alors, on a un problème. Le traitement est irréversible.

Elle rit, mais il perçut sa tension.

— Sérieusement, Marcus…

— Sérieusement, je me débrouille très bien. Je n'ai pas de pression. J'ai deux visites à domicile cet après-midi avant la tournée des lits, et si tout va bien, je serai couché avec un livre à 8 h 30.

— Vous devriez être en train de boire du vin chaud avec vos amis à St. Moritz.

— Ça ne me manque pas du tout, dit-il, sincère, prenant conscience qu'aider Elsa n'était en rien une pénitence pour lui.

— Vous savez que ça va se compliquer à partir d'aujourd'hui ? La foule des vacanciers débarque le lendemain de Noël, et ils font n'importe quoi.

— Comme chuter dans des crevasses.

— Exact. On est retourné dans le coin où vous êtes tombé pour poser de grandes pancartes avertissant du danger. Dommage qu'on ne puisse prévenir tous les risques. Comme le soleil. Je vous parie que vous aurez une demi-douzaine d'insolations d'ici demain. Notre travail quadruple pendant cette période.

Il réfléchit. La journée avait été relativement calme. Mais si c'était multiplié par quatre…

— Comment faites-vous pour vous en sortir ? demanda-t-il.

— J'ai grand-père.

— Vous ne l'aurez pas pendant plusieurs semaines. Il va avoir besoin d'une bonne rééducation.

— C'est pour cela que je vais me reposer avant de rentrer. Si je laisse grand-père maintenant, il prendra le premier avion pour me rejoindre… Mais je crains que vous ayez du mal à faire face à Gannet.

— Je me documenterai sur l'insolation ce soir avant de me coucher, promis.

— Il n'y aura pas que ça. Personne ne pourrait vous aider ? Votre Kayla, peut-être ? Elle est médecin ?

— Oui. Mais ce n'est pas *ma* Kayla, et jamais elle n'écourtera ses congés pour venir ici.

— Un autre collègue alors ? Si je reste à Sydney deux semaines entières, vous aurez besoin d'un coup de main.

— Et vous, vous en aurez besoin sur le long terme, répondit-il. À son âge et après deux crises cardiaques, il est temps que Robert songe à prendre sa retraite.

— Vous croyez que je l'ignore ?

— Il faut envisager d'engager un associé à temps plein.

— Comme si c'était possible.

— Pourquoi pas ?

— Parce que ce n'est pas viable, répondit-elle sèchement. Une île avec sept cents habitants procure de maigres revenus. L'archipel a des besoins médicaux importants que je ne peux pas gérer seule, et les îles sont dispersées. Idéalement, avec plus de médecins et une liaison de ferry efficace, on pourrait créer un centre médical sur Gannet. Mais un service de ferry exige de l'argent dont l'île ne dispose pas, et même s'il existait, aucun médecin ne gagnerait ici autant qu'à Sydney. Pourquoi choisirait-il de travailler à Gannet ?

Elle s'interrompit, avant de se ressaisir.

— Pardon… L'aspect financier est secondaire, mais mon problème, c'est que sans l'aide de grand-père…

— Vous devrez peut-être quitter l'île ? dit-il doucement. C'est dur, mais quelqu'un vous remplacera, Elsa.

— Je ne veux même pas l'envisager.

— Vous devriez y réfléchir. Avec ses soucis de santé, votre grand-père sera beaucoup plus en sécurité sur le continent. Et vous m'avez dit que vous vous sentiez à l'étroit ici.

— Mais c'est *mon* île, répondit-elle avec une brusque colère. *Mon* foyer. Vous ne comprenez pas ?

— Il y a plein d'autres endroits dans le monde.

— Comme St. Moritz ? Pardon, c'était méchant. Mais où pourrais-je travailler ? Dans une clinique citadine pour que grand-père soit à proximité des spécialistes ? On détesterait ça tous les deux. Ou un cabinet rural où j'aurais les mêmes problèmes, sans être entourée des miens ?

— Vous auriez Robert.

— Il n'est qu'une partie des miens. Ma famille, mon foyer, c'est l'île. Mais assez parlé de ça. Mon avenir ne vous concerne pas, vous avez vos propres problèmes. Acné juvénile à soigner, jambe à reposer…

— La question de l'acné est résolue, et ma jambe se repose pendant que nous parlons.

— Alors, continuez. Je rentrerai dès que possible.

— Quand les médecins jugeront votre aïeul suffisamment remis ? Elsa, il y aura toujours des problèmes médicaux sous-jacents. Désolé, mais la prochaine fois, je ne serai pas là pour vous venir en aide.

Elle hésita un instant, puis se reprit.

— Nous avons déjà pu nous débrouiller sans vous, Marcus. Reposez votre jambe. Au revoir.

Posant son téléphone, Elsa sortit sur le balcon. Les appartements réservés aux familles des patients de l'hôpital étaient spartiates, mais bénéficiaient d'une vue imprenable. En tout cas en se penchant. Elle arrivait même à apercevoir l'Opéra et le pont du port.

Elle se redressa et observa la circulation en bas. *Tant* de circulation. En se tordant le cou, elle pouvait voir la mer, mais pas la sentir. Elle ne sentait que les gaz d'échappement.

Elle avait tellement le mal du pays…

Elle se réprimanda en silence. Elle aimait visiter Sydney. Elle aimait les magasins, les restaurants, l'anonymat.

Mais les dernières vingt-quatre heures avaient été éprouvantes. Et sa conversation avec Marcus la tourmentait.

Elle pensa à son grand-père vieillissant, aux risques qu'il courrait en revenant vivre à Gannet, à la difficulté d'assurer comme unique médecin de l'île. Robert ne pourrait plus l'aider. Elle serait seule.

Une vague de désespoir la submergea.

— Oh ! ça va, se tança-t-elle à voix haute. Tu ne seras jamais seule avec les habitants de l'île. Au pire, tu pourras toujours épouser Tony et avoir une tribu de gamins, et tu ne connaîtras plus jamais la solitude.

Sauf que… la solitude n'était pas l'absence d'individus, mais l'absence d'*une* personne. Une personne spéciale.

Marcus ?

— Tu peux oublier, ma vieille. Tu connais ce type depuis quoi, quatre jours, et te voilà en train de fantasmer sur lui…

— J'aime fantasmer sur lui, répondit-elle, argumentant avec elle-même. Si je m'installais à Sydney, je pourrais…

— Arrête, dit-elle en s'échauffant. C'est un médecin ambitieux avec des amis ambitieux. À Sydney, je pourrais m'estimer heureuse de trouver un poste dans une clinique de banlieue et un appartement bon marché où vivre avec un grand-père de plus en plus dépendant. Il ne peut rien se passer entre Marcus et moi.

— Mais il m'a embrassée, objecta-t-elle, s'efforçant en vain d'y voir une promesse.

— Il embrasse bien, et alors ? remarqua Elsa la sensée. Il l'a fait pour me réconforter. Rien d'autre.

Heureusement son sens de l'humour vint à son secours, et elle sourit en imaginant une scène ridicule où Marcus faisait la tournée des lits en embrassant chaque patient l'un après l'autre… Comme il l'avait embrassée ?

Elle porta machinalement la main à sa bouche, comme si elle sentait encore le contact de ses lèvres. Sa chaleur, sa force, sa personnalité solide, rassurante, sexy, unique.

Marcus…

— On dirait une ado amoureuse. Marcus et moi ? Tu rêves. C'est comme mon installation à Sydney avec grand-père. Non, non et non.

La pensée de son grand-père l'arracha à son monologue stérile et la ramena à la réalité. Elle devait retourner le voir aux soins intensifs. Il était sûrement anxieux à la perspective de son opération. Terrifié même.

— Alors oublie Marcus, pense à grand-père.

— Mais je pense à lui, dit-elle à voix haute. À moi, à l'île, et à un cardiologue qui n'est pas fait pour moi et auquel je suis folle de m'intéresser. J'attends que grand-père aille mieux et je rentre. Peut-être même pour retrouver Tony.

— As-tu perdu l'esprit ? Tony ? Non !

— D'accord, mais cinq petits Tony te rendront peut-être heureuse.

— Achète-toi cinq chiens. Eux au moins ne te décevront jamais !

11.

Douze jours plus tard, Elsa et Robert regagnaient l'île sur un vol régulier. Prévenu de leur arrivée, Marcus comptait les accueillir à leur descente d'avion, mais en médecine on était souvent forcé de sacrifier les projets personnels.

Il avait été submergé de problèmes mineurs depuis le lendemain de Noël, coups de soleil, insolations, gastro-entérites, intoxication alcoolique de gamins qui avaient bu la gniole de leur père le soir du nouvel an…

Quand l'avion d'Elsa et Robert atterrit, il était au bloc opératoire en train de recoudre une cuisse. Bob Cruikshank, agent immobilier local, faisait construire un groupe de cottages de vacances, et le travail n'avançait pas. Pour accélérer les choses pendant les fêtes, il s'était offert une tronçonneuse afin de découper des planches et de faire lui-même les sols. Une très mauvaise idée… S'il n'avait pas succombé à une hémorragie, il le devait à son voisin qui, alerté par ses cris, avait comprimé sa blessure et appelé les secours.

— Il faut avoir de l'expérience pour manier ces appareils, avait-il murmuré faiblement dans la fourgonnette ambulance de Macka qui le conduisait à l'hôpital.

— J'imagine que le fonctionnement d'une tronçonneuse n'est pas inclus dans la formation immobilière, avait acquiescé Marcus.

La coupure était profonde et sale, mais Bob avait une chance inouïe de ne pas avoir tranché de nerf.

Marcus aurait préféré utiliser un anesthésique local, mais Bob était très choqué, agité. Marcus dut recourir à une anesthésie générale, et Maggie fut chargée de surveiller sa respiration.

Il était en pleine intervention quand Elsa entra au bloc.

— Salut, tout le monde. Je peux aider ?

— Le ciel soit loué, dit Maggie.

Avec un forceps, Marcus tenait une écharde de bois dangereusement proche de l'artère. Il ne pouvait pas se permettre de lever les yeux. Mais un soulagement indicible l'inonda au son de cette voix. Elsa était de retour.

— Hourra, vous êtes rentrée, dit Maggie. Vous pouvez me remplacer ? Le Dr Pierce m'a briefée, mais on s'inquiète du niveau d'oxygène… Enfin, le *Dr Pierce* s'inquiète. Mon travail consiste à relayer ce qu'affichent les moniteurs et obéir à ses ordres.

— On m'a mise au courant de la situation, dit Elsa. Je me suis déjà lavée.

— Alors je redeviens infirmière assistante, dit Maggie, faisant chuter le niveau de stress de Marcus.

Tout en opérant, il surveillait Maggie et lui donnait ses instructions. Mais Bob était un gros homme avec de lourds antécédents médicaux, et l'anesthésie était source de tension, comme l'intervention elle-même.

La même question le frappa, comme souvent ces derniers jours. Comment diable Elsa pouvait-elle travailler seule ici ?

L'écharde se délogea enfin. Avec un grognement satisfait, il leva les yeux.

— Bienvenue chez vous, dit-il, souriant sous son masque.

Elsa semblait tendue, mais elle était toujours aussi belle. Quelque chose lui empoigna le ventre. Il dut se faire violence pour ne pas courir la serrer dans ses bras.

— Merci, répondit-elle poliment. Comment est la couture ?

— Basique, répondit-il sur le mode professionnel. Si j'avais su combien la plaie interne était sale, je l'aurais fait évacuer. Heureusement que je ne l'ai pas opéré sous anesthésie locale.

— Bob n'aurait jamais accepté. Il aurait exigé qu'on prenne des photos pour son compte Facebook et se serait probablement évanoui. Vous savez qu'il a de l'emphysème ?

— J'ai lu son dossier, répondit-il, procédant à un dernier

lavage de la plaie avant de refermer. C'est pour ça qu'on a choisi l'anesthésie la plus légère possible. Comment va votre grand-père ?

— Bien. Il se repose.

— Il aurait dû rester une semaine de plus à Sydney.

— Vous devriez le lui dire. Il est têtu comme une mule.

— Au point de ne pas accepter d'y retourner ?

— Il l'accepte, répondit-elle en soupirant.

— Excellent.

Et il posa la question qui le taraudait en permanence quand les touristes malades déferlaient sur l'hôpital.

— Elsa, comment allez-vous vous débrouiller ici toute seule ?

Il y eut un moment de silence. Un trop long silence.

— J'y arriverai, dit-elle enfin. Je vous ai dit que j'avais fait une rotation d'un an en chirurgie avant de revenir m'installer dans l'île ? reprit-elle d'un ton qui se voulait léger.

— Mais *moi*, je n'ai pas eu de formation en anesthésie, dit Maggie, tendant une aiguille enfilée à Marcus. Marcus m'a fait un passionnant cours d'anesthésie en opérant, mais on n'était pas rassurés… Vous croyez que Robert sera assez bien pour reprendre ses fonctions ?

— Je suppose. Si… S'il n'a plus que ça à faire.

— Ce n'est pas viable, et vous le savez, dit Marcus, songeant aux innombrables besoins humains auxquels il avait dû répondre ces derniers jours. Il vous faut de l'aide, Elsa.

— Aucun autre médecin n'acceptera de travailler ici avec ce que nous pouvons lui offrir, dit-elle avec désinvolture, comme si c'était sans importance. J'ai besoin d'un revenu à temps plein, et en dehors des vacances, il n'y a pas assez de travail pour rémunérer deux médecins à plein temps. Sauf si on arrivait à réunir les îles extérieures pour former une structure médicale unique, mais où trouver l'argent ? Nous avons déjà contacté l'administration, c'est impossible.

— Alors vous devez partir, dit-il brutalement. Et peut-être proposer le poste à un couple qui serait heureux de travailler ici et ferait le travail d'un médecin et demi.

— Et grand-père et moi dans tout ça ? demanda-t-elle en le toisant. Ce n'est pas votre problème, docteur Pierce, alors mêlez-vous de ce qui vous regarde. Bien… Êtes-vous prêt à réveiller Bob ? Inutile de le laisser sous anesthésie plus longtemps qu'il n'est nécessaire.

— On n'apprend pas à un vieux singe à faire des grimaces, répondit-il avec un sourire narquois.

— Pardon… docteur, fit-elle, tendue.

— Ce n'est rien… docteur, répondit-il en souriant. Vos conseils sont légitimes si vous avez fait un an de chirurgie et que vous connaissez le patient…

— Je ne sais plus trop ce qui est légitime, dit-elle, accablée. Mais je sens que je ne vais pas tarder à le découvrir.

Quand Bob reprit conscience, sa femme l'informa qu'elle avait jeté sa tronçonneuse au pied d'une falaise, et que s'il s'avisait de manipuler ne fût-ce qu'une paire de ciseaux, elle lui en ferait passer l'envie. Marcus avait du temps libre avant ses consultations de l'après-midi et, fuyant la dispute qui s'intensifiait dans la chambre de Bob – « Bon sang, Marjorie, tu sais combien coûtait cette tronçonneuse ? » –, il sortit par la véranda de l'hôpital. Il avait besoin de réfléchir.

Les voix hystériques des Cruikshank l'accompagnèrent. On ne pouvait pas s'isoler sur cette île, comment Elsa supportait-elle cela ? Mais elle avait été élevée là. Dès ses sept ans, on lui avait inculqué une responsabilité envers les îliens. Et elle avait une obligation envers son grand-père.

Mais elle aimait son aïeul. Bien sûr. Marcus le savait, même si tout ce qui relevait du domaine affectif lui était inconnu. On n'avait jamais été sentimental, dans sa famille.

Il ne comprenait pas les choses de l'amour, mais ses pensées y revenaient malgré lui. La sensation qui l'avait submergé quand Elsa était entrée au bloc l'avait terrassé. Était-ce de l'amour ? Cela n'avait pas de sens, or Marcus Pierce aimait que son monde ait un sens.

Elsa était une collègue. Elle lui avait sauvé la vie. Il était logique d'éprouver de la gratitude envers elle, de l'admiration, de se sentir son obligé. Mais rien de tout cela n'expliquait la déferlante d'émotions qu'il avait ressentie quand elle était entrée au bloc. Et qui subsistait encore…

— C'est absurde, dit-il à voix haute, attirant l'attention de Ryan occupé à tailler une haie dans le jardin de l'hôpital.

— Qu'est-ce qui est absurde, Doc ?

Maudite île ! On n'était donc jamais tranquille ? Absorbé par ses pensées, Marcus ne s'était pas aperçu qu'il n'était pas seul. Mais il s'agissait de ses affaires, cela ne regardait pas les habitants de l'île. Que Ryan s'occupe des siennes.

— Comment deux semaines peuvent changer votre vie, s'entendit-il répondre malgré lui.

Ryan se redressa et se gratta la tête de ses doigts crasseux à travers son chapeau.

— On peut tomber raide mort en deux semaines, mon gars, répondit-il d'un ton jovial. Vous auriez pu mourir de faim au fond de cette cave et ça n'aurait même pas pris deux semaines. Ça aurait changé votre vie, pour sûr !

— Je pensais plus au plan émotionnel.

Pour l'amour du ciel, qu'est-ce qu'il lui prenait de se confier à un type qu'il connaissait à peine ?

Mais Ryan semblait imperturbable et, plus surprenant encore, extrêmement perspicace.

— J'imagine que vous êtes tombé amoureux de Doc Elsa, dit-il simplement, comme si c'était tout naturel. Eh bien, bonne chance, mon gars. Tous les jeunes mâles de l'île y passent tôt ou tard. Vous vous en remettrez. Ils le font tous.

— Merci, répondit faiblement Marcus tandis que, sur un salut amical, Ryan s'éloignait vers le tas de compost en poussant sa brouette pleine de déchets végétaux.

« Vous vous en remettrez. » Une affirmation sensée, mais se remettre de quoi précisément ? Ce que Marcus ressentait était temporaire. Une combinaison de choc, de soulagement, de gratitude.

— Ce qu'il faut, c'est que tu aides Elsa à aller de l'avant, fit-il à voix basse au cas où d'autres oreilles indiscrètes auraient traîné dans les parages.

Ce qui amena une autre pensée. Si elle quittait l'île et s'installait à Sydney avec son grand-père…

— Alors nous aurions peut-être le temps de…

Il en resta là, n'ayant pas la moindre notion de ce qu'il voulait dire. Il avait besoin d'une douche froide pour se remettre les idées en place, au lieu de continuer à divaguer.

Ce qu'il éprouvait pour Elsa… Ce creux au ventre quand elle avait débarqué au bloc… Il n'avait rien vu venir.

— Quoi qu'il arrive, ce sera à mes conditions, dit-il à voix haute, pour se prouver qu'il avait encore toute sa raison.

Il songea à sa belle demeure sur le port, héritée de son père mort des années plus tôt. Un endroit spacieux avec un grand jardin, où il était possible de vivre nombreux en toute indépendance.

Enfant, il savait déjà que les liens émotionnels étaient transitoires, et jamais il n'avait vraiment envisagé d'avoir une relation stable, durable, permanente. Alors que ses amis tombaient amoureux, cette notion lui était totalement étrangère. Mais ces derniers temps, son esprit y revenait constamment quand il songeait à Elsa.

— Ma vie n'aurait pas besoin de changer drastiquement…

Soudain il fut pris de vertige.

— Mais qu'est-ce que c'est que ces idées tordues ? fit-il avec humeur, et un coup d'œil rapide autour de lui pour s'assurer que Ryan n'était pas de retour.

Personne. Il était libre de discuter avec lui-même.

Il resta assis sans bouger, désorienté. Il avait besoin d'y voir plus clair. Besoin d'un plan.

Mais son malaise persistait. Finalement, il secoua la tête et regagna l'hôpital à pas lents. Il devait faire quelque chose. Quelque chose de médical. Sans rapport avec le conflit bizarre qui faisait rage dans sa tête.

Elsa fut occupée le reste de la journée. Marcus ayant insisté pour se charger des consultations de l'après-midi, elle s'occupa de son grand-père qu'elle obligea à se reposer, et entreprit de poser les bases de leur nouvelle routine. Puis elle fit la tournée des patients hospitalisés pendant que Maggie lui rendait compte de ce qui s'était passé en son absence.

— Marcus a bien géré. Les gens le trouvent génial. Dotty Morrison lui a fait faire quatre ordonnances, pas moins. Je crois qu'elle est amoureuse de lui.

— Qui ne le serait pas ? répondit Elsa d'un air absent, absorbée par le dossier d'un patient.

Consciente du silence, elle leva les yeux ; Maggie la scrutait.

— Oui ? dit doucement celle-ci. Vraiment ?

— Je voulais juste dire..., bredouilla Elsa, rougissante. Oh ! Maggie, ça suffit. Il est grand, ténébreux, séduisant, il a sauvé la vie de grand-père, m'a remplacée au pied levé, et j'ai une dette envers lui. Je ne peux que l'apprécier, non ?

— « Aimer » me paraît plus approprié, dit Maggie.

— Comme si ça allait arriver, répondit Elsa en refermant sèchement le dossier. J'imagine qu'il va partir demain, puisque je suis revenue.

— Mais vous...

— Oh ! pour l'amour du ciel, Maggie, arrêtez...

Horrifiée, Elsa s'aperçut quand son amie la prit dans ses bras qu'elle était au bord des larmes.

— Allons, allons, mon petit...

— Ça va, dit Elsa, savourant la douce étreinte avant de s'écarter. C'est juste une réaction émotive due à mon retour et à mon inquiétude pour grand-père.

— Rien du tout à voir avec Marcus ?

— Peut-être un peu. Mais j'ai le droit d'avoir le même béguin que Dottie, non ? Ces deux semaines ont été éprouvantes, et je suis sur les nerfs. Marcus est formidable et je me suis laissée aller à fantasmer un peu. Rien de plus.

— Non, bien sûr, répondit pensivement Maggie. Il faudrait

que vous vous autorisiez à penser à vous en priorité. Et ça ne risque pas d'arriver.

— Il faudrait aussi que je l'intéresse, répondit Elsa d'un ton sec.

Elle avait passé douze jours stressants à Sydney à réfléchir à son avenir. Imaginer une histoire d'amour inexistante ne pouvait que lui compliquer davantage la vie.

— Au fait, Tony a commencé à sortir avec Kylie, de la boulangerie, dit Maggie. Il a visiblement renoncé à vous.

— Tant mieux pour lui.

— Il y a qui d'autre sur les rangs ?

— Personne.

— Alors, pourquoi ne pas faire un peu plus que fantasmer ? Marcus est là, il est adorable, sans attache. Il vient de rompre avec sa copine et…

— L'auriez-vous cuisiné, Maggie ?

— Bien sûr, répondit Maggie avec malice. Pourquoi pas ? Le champ est libre. Pourquoi ne pas vous lancer ?

— Parce qu'il va repartir à Sydney, et que ma vie est ici.

— Ça risque de ne pas durer très longtemps. Vous devez affronter la réalité, ma chère petite.

— Pas maintenant, dit Elsa avec un soupir las. Laissez tomber, Maggie. J'ai assez de complications comme ça. Quand trouverais-je du temps pour une aventure amoureuse ?

— Ce soir, par exemple ? Il est là, et il est disponible. Si j'avais vingt ans de moins, je n'hésiterais pas une seconde.

— Maggie !

— Poule mouillée, va. Je préférerais avoir une aventure passionnée avec un beau docteur qu'être une trouillarde, dit Maggie, avant de retourner en gloussant à ses activités.

Elsa resta seule à se débattre avec ses pensées. Une aventure passionnée ? Elle n'avait jamais rien connu de tel. Marcus serait parti d'ici deux jours. Comment aurait-elle pu mettre son cœur à nu ?

Elle regagna sa maison, qui jouxtait l'hôpital. La nouvelle de son retour avait déjà fait le tour de l'île, et plats cuisinés et gâteaux s'entassaient sur la banquette du porche en signe de bienvenue.

Les habitants de Gannet l'avaient toujours soutenue. Ils avaient aidé son grand-père à l'élever, avaient participé au financement de ses études de médecine.

Une aventure passionnée ? Et quoi ensuite ? Elle en sortirait malheureuse, perturbée, ingrate envers ceux à qui elle devait tant.

— Au moins je ne mourrai jamais de faim si je reste ici, déclara-t-elle à Sherlock qui, chouchouté par tout le monde, s'était enrobé en son absence.

Si *je reste ici ?*

Robert dormait, elle le réveilla. Ils partagèrent un ragoût en silence, puis il retourna se coucher. Il semblait avoir vieilli de dix ans, ces derniers jours.

Elle s'occupa de la vaisselle, rangea et fit sortir Sherlock. Il aboya brièvement, sans doute après un opossum tapi sous le porche. Il faudrait qu'elle s'en débarrasse pour protéger sa vigne… Mais qui se souciait de ça ? Elle se sentait perdue, totalement chamboulée.

Elle sortit et son désarroi monta d'un cran quand elle découvrit Marcus assis sur les marches, profitant du soleil.

— Marcus !

Il se leva et recula pour lui laisser de l'espace.

— Hé, ce n'est que moi. J'ai l'air de vous harceler, mais je ne voulais pas vous déranger. Il faut que nous parlions. Je me suis demandé où vous vous réfugieriez après une absence de deux semaines, et j'ai décidé de venir vous attendre ici.

Elle lui lança un regard soupçonneux.

— Vous avez deviné où j'étais ? Maggie ne vous a pas dit que je buvais un verre de vin ici chaque soir après dîner ?

— Peut-être, dit-il avec un sourire contrit, désignant une bouteille et deux verres posés sur la première marche. J'ai apporté ça, au cas où.

Elle laissa éclater son indignation devant les manigances de son amie.

— Je n'arrive pas à croire qu'elle ait fait ça !

— Elle est géniale.

— Elle est incorrigible.

— Mais néanmoins géniale.

Elle lui jeta un regard noir puis céda. Après tout, c'était son porche. Elle s'assit sur la première marche et remplit les deux verres.

— Tout le monde est génial. Je viens de mettre dix-sept plats dans mon congélateur, c'est vous dire. Je n'aurai pas à cuisiner pendant un mois.

— Quelle chance, dit-il en s'asseyant, laissant une place entre eux pour Sherlock qui frétillait, ravi de retrouver sa maîtresse et de voir son nouvel ami.

Le silence retomba. La tiédeur de la nuit se referma sur eux. Le murmure du ressac leur parvenait, étouffé. La lune argentée se reflétait à la surface calme de l'eau. Quelque part dans les broussailles, on entendait le bruissement léger d'un dindon en train de se gratter.

Marcus la déstabilisait. Et sa présence ce soir n'arrangeait rien.

— J'ai réfléchi, Elsa, dit-il enfin, rompant le silence. Je suis venu vous dire que je peux prendre encore deux semaines de congé avant de regagner Sydney. Vous n'êtes pas obligée de vous replonger immédiatement dans le travail. Accordez-vous un peu de temps. Votre grand-père a besoin de vous.

— Tout le monde a besoin de moi, dit-elle d'une voix monocorde.

Le silence retomba.

— Vous savez, dit-il doucement dans la paix du soir, je pourrais aussi avoir besoin de vous…

Hébétée, elle regarda la mer sans la voir. Une sorte de brouillard noyait son cerveau, elle ne comprenait pas ce qu'il venait de dire.

Elle ne voulait pas comprendre ?

— Je… Vous ne m'aidez pas, là, bredouilla-t-elle.

Sans répondre, il la débarrassa de son verre. Puis sa main

saisit la sienne, et leurs doigts se mêlèrent dans le silence qui les enveloppait comme un cocon.

Il avait une main forte. Chaude. Impérieuse.

Impossible. Le mot se répercutait dans sa tête, comme une balle qui rebondissait sous son crâne.

— Elsa, vous ne pouvez pas continuer à tout gérer seule, dit-il finalement. J'ai parlé avec Maggie. Elle dit que vous y arriviez à peine avant l'attaque de Robert. Quand vous m'avez découvert dans ce trou, c'était la première fois que vous vous accordiez une pause depuis des semaines…

— Je ne vois pas ce que ça a à voir…

— Avec vous et moi ? Rien… Ou tout.

— Vous n'êtes pas en train de proposer de venir m'aider ?

— J'aimerais vous dire oui, mais non. Je suis cardiologue, pas généraliste. Je vais là où on a le plus besoin de mes compétences. Dans quinze jours, de nouveaux internes commencent une rotation à l'hôpital, et je devrai être rentré à Sydney.

— Une aide médicale de deux semaines serait appréciée, répondit-elle, s'efforçant de se montrer pragmatique.

— Je vous parle de possibilités d'avenir, Elsa… Je suis issu d'un milieu où les sentiments n'ont pas leur place. Mes parents étaient fortunés, dysfonctionnels, et pour eux, l'argent remplaçait l'affection. Ce que je ressens pour vous me perturbe, m'aveugle. Vous et moi…

— Il n'y a pas de vous et moi.

— Il pourrait y en avoir. Je ne sais pas, mais ce que j'éprouve… ça ne vaut pas la peine d'être exploré ?

Arrachée à sa zone de confort, elle évoluait en terrain inconnu et ne savait plus à quoi se raccrocher.

— Ce que vous éprouvez ? fit-elle, moqueuse. Vous me connaissez depuis quoi, quatre jours ?

— Nous nous sommes parlé quotidiennement pendant votre absence.

C'était vrai. Chaque soir, quand Robert dormait, elle l'appelait, officiellement pour s'assurer qu'il ne rencontrait pas de problèmes majeurs. Sachant qu'il n'y en aurait pas. Ou il la contactait, soi-disant pour la consulter sur un sujet qu'il maîtrisait parfaitement. Renonçant à chercher des prétextes, ils avaient fini par bavarder simplement. Assise sur le balcon de son petit appartement, elle lui parlait comme à un ami.

Mais à présent, elle ne le voyait plus comme tel.

Quand la ligne avait-elle été franchie ?

— Marcus, nos sentiments s'expliquent par les situations angoissantes auxquelles nous avons été confrontés… J'étais terrifiée, stressée, et vous m'avez aidée. Vous étiez juste de passage ici avant de vous envoler pour des vacances glamour avec des amis glamour et une petite amie glamour…

— Et j'ai rencontré une amie peut-être moins glamour, mais belle, bienveillante, courageuse, drôle, dévouée…

— À son île et ses habitants.

— Il y a pourtant une complication.

— Vous croyez ? dit-elle sèchement. Si c'était vraiment…

— Intéressant que nous n'arrivions pas à l'identifier, coupa-t-il, les yeux pétillants. Honnêtement, je suis déboussolé par ce que je ressens, même si j'ai une idée de ce que ça peut être.

— Impossible, dit-elle d'une voix tranchante. Si ce truc s'avère être, disons… plus qu'une passade, où cela nous mènerait-il ?

— Où vous voulez.

— Comme si c'était possible, répondit-elle avec colère. Vous travaillez dans une des unités de soins coronariens les plus prestigieuses du monde, et moi sur cette île perdue.

— Mais vous devrez la quitter, répondit-il d'une voix douce mais implacable. Il faut plus d'un médecin à Gannet, et votre grand-père ne peut plus travailler. Si l'île ne peut assurer la charge financière d'un deuxième praticien à temps plein, des couples de médecins seraient ravis de vivre ici si l'un des deux peut travailler à mi-temps. Dans l'intérêt de l'île, Elsa, vous devez envisager cette option.

— En partant d'ici ?

— Oui, répondit-il avec une franchise qui lui fit mal.

— Mais comment savoir si un autre docteur donnera à mes patients les soins qu'ils méritent ? Et si un fainéant me remplace ? Qu'adviendra-t-il de mon île ? Quelle est l'alternative ? Si je pars pour protéger la santé de grand-père, les îliens seront en danger, et grand-père sera malheureux. Et si je reste, je dois accepter de le voir s'éteindre prématurément. Mais lui et moi en avons discuté, et il n'y a pas de choix possible. Il veut rester.

— Et quelles sont les conséquences pour vous ? Ou... nous ? demanda-t-il gravement, sans la quitter des yeux. C'est ce que nous devons découvrir.

— Je ne comprends pas.

— Je crois que si. Ce que nous ressentons...

— Je ne veux pas...

Les protestations d'Elsa moururent sur ses lèvres. Qu'est-ce qu'elle ne voulait pas ? D'une alternative nébuleuse ? D'un problème sans solution ?

De cet homme ?

Tout la fascinait chez lui. Il l'attirait dans un doux piège dont elle n'avait pas envie de s'échapper, mais auquel elle devait s'arracher coûte que coûte. Le bonheur de son aïeul et la sécurité des îliens en dépendaient.

— Marcus...

— Je ne comprends pas non plus, dit-il, sincère. Honnêtement, Elsa, je ne m'attendais pas à avoir ces sentiments pour une personne aussi...

— Si peu faite pour vous ?

— Si différente. J'ai grandi sans liens familiaux. Mon père était entièrement dévoué à son travail et se désintéressait de sa famille. Ma mère était loyale à sa façon, mais son travail et ses montagnes passaient en priorité. J'ai surtout été élevé par des domestiques. Mais votre affection pour votre grand-père...

— Normale.

— Extraordinaire.

— N'exagérons rien. Ça s'appelle simplement l'amour.

— C'est juste que... je me croyais incapable de ressentir...

— Eh bien, ne ressentez rien, répondit-elle avec colère.

— Je doute que ça puisse se faire à la demande.

— Alors, mettez un bouchon dessus, prenez votre bouteille, et regagnez votre aile de l'hôpital.

Pendant qu'elle était à Sydney, il avait quitté son lit d'hôpital pour un appartement réservé aux familles de patients hospitalisés.

— J'irai… dans un moment. Ne me voyez pas comme une menace, Elsa.

— Si. Ma vie ne peut pas changer. Je n'ai pas le choix.

— Vous pouvez juste changer.

— Pas avec vous.

— Elsa, murmura-t-il en lui prenant les mains. Vous n'avez aucune raison d'être terrifiée. Je ne suis pas une menace.

— Si.

— C'est de moi que vous avez peur, ou de la situation ?

Que répondre ? Elle essaya d'analyser ses émotions, mais sa tête refusait de coopérer. La situation l'effrayait-elle ? Redoutait-elle d'être contrainte de quitter l'île pour gagner sa vie ailleurs ? Craignait-elle de briser le cœur de son grand-père en l'obligeant à partir aussi ? Oui.

Avait-elle peur de Marcus ? Non, mais elle avait peur de ses propres émotions.

Il se montrait pragmatique, tandis qu'elle…

— Détendez-vous, Elsa, dit-il avec douceur, scrutant son visage. Arrêtez les tergiversations. Contentez-vous de ressentir.

Facile à dire pour lui. Ses mains emprisonnaient les siennes, ses yeux ne la lâchaient pas, et ce qu'elle y voyait… Elle parvint à refouler sa panique, et quelque chose de doux, de rassurant, prit sa place. Quelque chose d'assez puissant pour faire le vide et chasser tout le reste de son esprit las.

L'amour ? Elle savait seulement que, soudain, elle ne voulait plus essayer de comprendre. Marcus était assis près d'elle au clair de lune, et son regard tendre et bienveillant ne la quittait pas. Il l'attira à lui.

Elle aurait dû protester. S'écarter. Faire un million de choses. Elle ne fit rien. La nuit parut se dissoudre autour d'eux. Il la lâcha un instant pour lui prendre le visage entre ses mains, et plongea les yeux dans les siens en quête d'une vérité qu'elle ne comprenait pas.

Toute rationalité avait simplement disparu.

Comme mus par une vie propre, ses bras l'enlacèrent. Ces derniers jours, son monde avait été si bouleversé qu'elle avait cru perdre pied.

Marcus n'était pas un ancrage à long terme, elle le savait, mais pour le moment il était là, et la tenait dans ses bras. Il avait envie d'elle et elle le désirait. Rien de plus, rien de moins.

Ses lèvres s'étaient immobilisées à quelques centimètres des siennes. Il lui laissait la décision finale.

Cette pensée alluma en elle un désir si puissant que toutes ses réserves s'évanouirent. Il lui donnait de l'espace, mais elle n'en voulait pas.

— Oui, dit-elle dans un murmure, sans savoir si elle l'avait dit ou simplement pensé.

Alors sa bouche s'empara de la sienne, et les mots n'eurent plus d'importance.

Qu'est-ce qu'il était en train de faire ?

Marcus le savait pourtant. Il embrassait une femme qu'il désirait comme il n'en avait jamais désiré aucune.

« Pour te garder et te chérir… » Ces vœux souvent entendus lors de mariages d'amis n'avaient jamais été pour lui qu'une formule toute faite.

Jusqu'à maintenant. « Garder et chérir. » C'était ce à quoi il aspirait… un désir légitime… De possession ?

Dans ses bras, Elsa avait trouvé sa place. Elle lui appartenait, et sa bouche, son esprit en prenaient possession.

Elsa. *Sa femme.*

Elle lui rendait son baiser avec fougue, et un désir ardent les consumait.

À la lumière du porche, ils devaient être visibles de la moitié des habitants de l'île. Sherlock s'était reculé et les observait, la tête penchée. C'était juste un baiser, mais c'était tellement, tellement plus.

Comme une union. Une revendication. La sensation d'être à sa place. *Chez lui* ? La signification exacte de ce terme lui était inconnue, mais l'attirait soudain irrésistiblement.

Quand ils se séparèrent enfin, sur l'instigation de Sherlock qui avait décidé de se joindre à eux, Marcus comprit que son monde avait changé.

— Elsa…, murmura-t-il comme une caresse.

Elle le dévisageait d'un air confus, les mains sur ses joues roses.

— Je ne…

— Vous êtes perdue ? Moi aussi.

Il voulut prendre ses mains mais elle recula, effrayée.

— Non, Marcus.

— Vous ne voulez pas ?

— Si… Non ! Je ne peux pas.

— Pourquoi, ma douce ?

— Je ne peux pas me permettre de tomber amoureuse de vous, Marcus.

— Hé, je ne reviens pas cher, objecta-t-il d'un ton léger. Je gagne décemment ma vie comme cardiologue, et j'ai une petite fortune personnelle.

Elle essaya de rire mais n'émit qu'un sanglot étouffé.

— C'est impossible, Marcus. C'est beaucoup trop tôt.

— On a tout le temps pour régler ça.

— Vous allez rentrer à Sydney.

— Et vous devriez y venir aussi. J'ai des amis, de l'influence… Il y a de nombreux postes pour un médecin avec vos compétences. Vous n'aurez pas de mal à trouver. J'ai une grande maison et vous y hébergerai avec plaisir, mais si c'est vraiment *trop tôt*, on trouvera un appartement correct pour vous et Robert en attendant… Ou une maison avec jardin, ajouta-t-il en regardant Sherlock.

— Sherlock restera dans la cour toute la journée et grand-père à la maison ?

— Il mourra s'il reste à Gannet, dit-il sans ménagement. Vous avez vu les rapports du cardiologue et du néphrologue, il a besoin d'une surveillance constante. Son cœur n'est plus assez fort pour supporter plus qu'un mauvais rhume.

— Vous n'en savez rien.

— Je le devine, et vous aussi.

— Alors c'est le choix de grand-père, dit-elle, stressée, effrayée, mais aussi furieuse. C'est à lui et moi de décider où nous vivrons, et on a choisi de le faire ici.

— Dans ce cas, nous ne saurons jamais si notre relation peut marcher.

— C'est du chantage !

— Seulement si, comme moi, vous voulez voir si nous…

— Il n'y a pas de nous, dit-elle rageusement. Sauf si vous décidez de vous établir ici. Mais on ne vient pas y vivre. On y naît, et certains partent quand d'autres restent. Hormis de rares hippies au bout de l'île, là où il y a les plus belles vagues, personne ne s'est installé ici depuis des décennies.

— Je sais, c'est pourquoi…

— C'est pourquoi je dois partir si je veux faire ma vie avec un étranger… Seulement je vis ici avec mon îlien d'aïeul.

— Il ne sera pas éternel.

— Vous me menacez, en plus de me faire chanter ?

— Elsa…

— Laissez tomber.

Elle ferma les yeux un moment, et quand elle les rouvrit, il y lut une profonde lassitude. Elle tendit les mains pour le tenir à distance. Il n'y avait plus rien à ajouter.

Il n'avait fait que lui dire la vérité. Mais cela n'avait pas marché. Elle vida dans le jardin son verre de vin auquel elle n'avait pas touché.

— Regagnez votre appartement, Marcus. J'ai assez de soucis en tête ce soir sans y ajouter une proposition impossible qui me donne le vertige.

— Ce n'était pas une proposition, dit-il machinalement.

Ou l'était-ce ? La manière dont il l'avait formulée…

— Tant mieux, dit-elle avec un soupir.

Elle claqua des doigts, et Sherlock vint se blottir contre ses jambes comme pour la réconforter. Marcus se dit que le petit chien avait tout compris. Contrairement à lui.

— Je resterai deux semaines de plus, dit-il dans un ultime effort pour apaiser la souffrance qui la minait. Ça devrait vous soulager au plus fort de la saison touristique.

— Merci, dit-elle simplement. Vous serez rémunéré au tarif clinicien à plein temps.

— C'est inutile…

— Au contraire, répondit-elle, sentant sa colère revenir. À partir de maintenant, docteur Pierce, nous serons collègues, et rien de plus.

12.

Marcus avait quinze jours pour remédier à ses erreurs. Quinze jours pour trouver comment sortir de l'impasse.

La date de son départ approchait à grands pas, et Elsa restait campée sur ses positions.

Pourtant, en voyant Robert recouvrer peu à peu la santé, en l'observant assis sous le porche, Sherlock à ses pieds, entouré de ses amis îliens auxquels le liait un attachement viscéral, Marcus dut admettre que l'arracher à Gannet pour le transplanter à Sydney serait par trop cruel.

Elsa n'aurait donc pas droit à une nouvelle vie. Sauf si elle attendait la disparition de son aïeul pour partir, perspective sinistre entre toutes… Marcus avait la nausée à cette pensée, mais ne pouvait rien y faire.

Il travaillait à ses côtés, se chargeant des consultations pendant qu'elle faisait les visites à domicile et s'occupait des patients hospitalisés. Elsa et Robert s'étaient plus ou moins organisés ainsi avant que celui-ci tombe malade, et cela marchait. L'île pouvait fonctionner avec un médecin et demi, mais ce médecin ne pouvait pas être Robert.

Ni Marcus. Il avait envisagé de rester sur l'île, bien sûr, mais il n'était pas aveuglé par ses nouvelles émotions au point de ne pas voir l'évidence. Il n'aurait pas grand-chose à faire comme cardiologue, or il avait travaillé dur pour atteindre l'excellence dans sa partie. Soigner un occasionnel problème cardiaque sur Gannet sans soutien médical adapté était simplement impensable.

Mais plus il voyait Elsa, plus il la désirait. Il avait conscience d'avoir tout gâché avec sa proposition maladroite. Chantage et menaces ! Vraiment ! Sur le moment, il avait seulement voulu être honnête, mais il l'avait blessée.

Il en souffrait. En la voyant tressaillir lorsqu'il entrait dans son champ de vision, en surprenant l'éclair de chagrin dans ses yeux avant qu'elle se détourne, il avait conscience que ses piètres tentatives pour lui faire accepter un avenir loin de l'île n'avaient fait que la plonger dans l'affliction.

Mais alors, que faire ?

Il continuait à travailler. Elsa le rémunérait et il ne pouvait pas refuser – elle l'avait menacé de lui interdire l'accès à la clinique. Avec cet argent et la complicité de Maggie, il alimentait un fond destiné à l'achat d'une couveuse de plus, dont l'hôpital avait grand besoin.

— Je prétendrai que ça vient d'un donateur anonyme, dit Maggie quand il lui parla de son idée. Même si Elsa vous soupçonne, elle n'en aura pas confirmation. Elle ne doit pas l'apprendre… Elle vous est déjà redevable pour les fauteuils orthopédiques, ça ne ferait que la stresser davantage.

— Pourquoi ?

— Vous le savez très bien… C'est une situation impossible et je suis sincèrement navrée que votre histoire soit sans issue, mais on parle de notre Elsa, là.

La nôtre. Celle de l'île.

« Garder et chérir. » Gannet revendiquait son droit sur Elsa. Elle resterait dans l'île, et il n'avait d'autre choix que d'en partir.

Il s'immergeait dans le travail tout en réfléchissant à une façon de l'aider. Gannet Island avait besoin d'un demi-médecin, rôle qu'il ne pouvait endosser à long terme.

Aucun de ses collègues ne serait intéressé. Ils étaient trop pétris d'ambition. Alors où trouver cette perle rare ?

Et puis, une semaine avant son départ, il se surprit à penser à sa mère qui avait su combiner avec bonheur médecine et escalade.

Il passa des coups de téléphone. Un demi-médecin ne serait

pas forcément la solution idéale, mais cela aiderait Elsa. C'était déjà quelque chose.

Il n'avait plus que cela à lui offrir.

Le samedi, jour de son vol de retour, était arrivé. La veille au soir, il avait invité Elsa à dîner avec lui, et elle avait accepté à condition qu'ils mangent chez elle avec son grand-père, pour écouler un peu de la montagne de victuailles qu'on leur avait offerte.

Pendant le dîner, guindé, Robert et lui avaient parlé de médecine et de l'histoire de l'île, mais Elsa avait à peine desserré les dents. Elle raccompagna ensuite Marcus à la porte et il voulut l'embrasser, mais elle se déroba. Son regard fermé était éloquent, elle ne ferait pas de compromis.

Le lendemain matin, Ryan le conduisit à l'aéroport.

Comme l'avion en approche atterrissait sur le tarmac, la voiture d'Elsa se gara sur le parking. Elle attendit, hésitante, puis pénétra dans le minuscule aérodrome où le même grand hall accueillait les arrivées et les départs. Elle aperçut Marcus dès qu'elle franchit les portes battantes.

— Salut, dit-il en la voyant approcher.

Elle semblait affreusement triste. Réfrénant avec peine son envie de la prendre dans ses bras, il grimaça un sourire.

— Vous allez quelque part ?

Elle esquissa un pâle sourire.

— J'aimerais bien, vous le savez.

Oui, il le savait. Ça lui brisait le cœur, mais il comprenait.

— Je… Je ne pouvais pas vous laisser partir sans vous avoir encore remercié, dit-elle. La soirée d'hier était formelle. Trop… triste. Je ne vous ai pas dit combien nous vous étions reconnaissants de tout ce que vous avez fait.

— Inutile d'en parler. Nous nous sommes mutuellement rendu service. Et je vous ai attiré des ennuis… Elsa, je regrette sincèrement de vous avoir fait vous sentir…

— Piégée ? fit-elle, narquoise. Vous n'y êtes pour rien. Je me sentais piégée ici bien avant votre arrivée.

— Pourtant vous refusez de venir à Sydney ?

— Ne revenons pas là-dessus, Marcus. Vous savez que c'est impossible. Je me sentirais aussi piégée à Sydney, en pire car je culpabiliserais de rendre mon grand-père malheureux et je m'inquiéterais pour mes amis îliens le reste de mes jours.

Vous m'auriez moi, aurait-il voulu objecter, mais le moment était passé.

— Je suis venue vous faire mes adieux, dit-elle, prenant ses mains dans les siennes.

Autour d'eux, des voyageurs s'étreignaient, se serraient la main, écrasaient une larme. Il avait envie de pleurer. Comment pouvait-elle éveiller en lui tant d'émotions alors qu'il la connaissait à peine ?

— Adieu, Marcus, dit-elle et, soudain pressante, elle l'attira à lui et l'embrassa.

C'était un baiser léger comme une plume. Un adieu amical. De bons amis qui ne pourraient jamais être plus.

Instinctivement il voulut lui rendre son baiser, l'envelopper de ses bras… *La garder et la chérir.*

Il ne pouvait pas. Elle recula d'un pas et il la lâcha.

— Marcus !

Un appel tonitruant leur parvint du fond du grand hall où les passagers qui venaient de débarquer récupéraient leurs bagages. Une quinquagénaire boulotte en tenue de randonnée venait d'attraper un énorme sac à dos, qu'elle hissa sur ses épaules.

— Stella, fit-il en souriant.

Bien sûr. Il ne pensait pas qu'elle arriverait avant plusieurs jours, mais c'était bien elle.

Elle se dirigea vers lui d'un pas lourd, aussi large que haute avec son imposant paquetage.

— J'y vais, dit vivement Elsa, mais il lui saisit la main.

— Non… Il y a quelqu'un que j'aimerais vous présenter.

— Marcus ! s'écria la nouvelle venue, empoignant sa main

avec une vigueur qui le fit grimacer. Excellent. On a combien de temps avant que ton avion décolle ?

— Quelques minutes, mais Elsa te dira tout, répondit-il en se tournant vers la jeune femme médusée. Elsa, je vous présente Stella Harbour, le Dr Harbour. Stella, voici le Dr McCrae… Elsa, Stella est une amie de ma mère. Elle a pris sa retraite de généraliste il y a deux ans, et depuis, elle s'adonne à la randonnée de par le monde.

— Et ça commence à m'ennuyer, dit Stella avec franchise. Oh ! je visite des lieux merveilleux, mais l'appel de Marcus est arrivé à point nommé. La médecine me manque. Je suis venue faire du trekking dans l'île, et pendant que j'y suis, j'aimerais aussi y travailler.

— Quoi ? fit Elsa.

— Il m'a confié le soin de tout vous expliquer… Vous n'êtes pas obligée de m'engager si vous ne voulez pas. Marcus a été clair sur ce point. Il a dit que le travail ici était fluctuant. Calme une partie de l'année, mais extrêmement prenant en pleine saison touristique. Ce qui me conviendrait parfaitement. Je ne dépends pas de ça pour vivre. J'adore cette île, que j'ai explorée plusieurs fois avec la mère de Marcus. Mais je déteste crapahuter sur les pistes pendant la saison touristique, je préfère recoudre des plaies et soigner des bobos pour m'occuper. Bref, vous n'êtes pas forcée de vous décider tout de suite, ma chère. Marcus m'a juste présenté ça comme une option, et je me suis dit que j'allais venir faire un peu d'escalade et profiter de l'occasion pour voir si vous pouviez utiliser mes services.

Elsa la regardait fixement, comme si elle n'en croyait pas ses oreilles. Elle se tourna vers lui.

— Comment… ?

— J'ai beaucoup réfléchi, dit-il, souriant de sa confusion. Je me suis souvenu des compagnes de trek de ma mère, toutes plus ou moins proches de la retraite, et j'ai appelé Lucy, sa meilleure amie.

— Et Lucy a contacté celles d'entre nous qui avaient une

formation médicale. Et quand elle m'a téléphoné, j'ai été emballée à l'idée de pouvoir vivre et travailler ici…

— Je dois y aller, dit Marcus à regret comme on annonçait l'embarquement des passagers de son vol. Elsa, il s'agit juste d'une idée, et si elle ne vous plaît pas…

— Je passerai de super vacances à crapahuter dans l'île et tout le monde sera content, dit gaiement Stella.

Elle poussa Marcus d'une chiquenaude en direction de l'embarquement.

— File, mon garçon, dit-elle. Va retrouver ta cardiologie et laisse-nous les fondamentaux de la médecine générale. Bye…

— Marcus…, murmura Elsa, déboussolée.

— Faites ce qui est le mieux pour vous, répondit-il.

Il balança son sac sur son épaule et, en équilibre sur sa jambe plâtrée, la regarda une dernière fois.

— Au revoir, Elsa.

— Marcus…

Tendant les bras, elle lui prit le visage entre ses mains et l'attira à elle. Puis elle l'embrassa. Fougueusement. Passionnément.

Elle le lâcha avec un sanglot, porta la main à sa bouche pour dissimuler son émotion, et quand sa main retomba, elle s'était ressaisie.

— Adieu, Marcus, dit-elle d'une voix qui ne tremblait pas. Et merci.

Assis près du hublot, Marcus regardait l'île disparaître dans le lointain. Il se sentait hébété. Vidé.

Il avait mal à la jambe. Mal partout.

À Sydney, le travail s'accumulait. Les internes arrivaient lundi. Il avait un article à présenter à une conférence à New York au début du mois suivant. Et il devait dans la semaine rencontrer des chercheurs dont le nouveau médicament prometteur baissait la tension artérielle sans effets secondaires.

À son agenda figurait également une grande soirée, le samedi, à l'occasion des quarante ans de Grant Thurgood, l'événement mondain de la saison. Grant était un éminent cardiologue, et la fortune et les efforts que son épouse et lui avaient investis dans l'événement allaient à coup sûr épater leurs invités triés sur le volet.

Il essaya en vain de se représenter Elsa organisant une fête de ce genre. Il tenta de l'imaginer évoluant dans ce milieu, tout aussi impossible.

Elsa…

Il baissa les yeux vers l'île avalée par l'horizon. Quelque part en bas, Elsa devait s'entretenir avec Stella et planifier un avenir. Sans lui.

C'était bien ainsi. Il le fallait. La solitude l'accompagnait depuis l'enfance, il s'y réfugierait tout naturellement.

La vie continuerait. Quoi que décide Elsa, cela ne le concernait plus. Il avait pensé au mariage en lui suggérant de s'installer à Sydney, mais honnêtement, était-ce fait pour lui ?

Pour Elsa, oui. L'amour était sa spécialité, et elle méritait assurément mieux que lui.

Cependant, les effets de son baiser refusaient de se dissiper. La solitude n'était peut-être pas si alléchante.

Mais peut-être… non. Pensait-il encore au mariage ? Si elle ne pouvait pas quitter l'île, une union était impossible, sauf s'il renonçait à sa carrière, allait la rejoindre, et devenait généraliste à mi-temps.

Il rejeta cette idée. Il n'avait ni l'empathie ni les compétences d'un bon médecin de famille. Après un mois de ce travail, il avait du respect et de l'admiration pour ce que faisait Elsa, et il admettait que son savoir-faire comptait autant que les techniques qu'il avait durement acquises. Mais il avait besoin de défis.

Du ciel, il distinguait encore les six petites îles formant les Birding Isles.

Six îles.

Sous la responsabilité d'Elsa. Pas la sienne.

Il avait réservé une place double pour pouvoir étendre sa jambe et ne pas être dérangé. S'adossant à son siège, il ferma les yeux. Faire le vide dans son esprit était une technique qu'il utilisait quand il peinait à trouver la solution à un dilemme médical. Pour se débarrasser des idées préconçues et repartir de zéro. Il tenta le coup.

Et cela marcha. Son esprit partit dans tous les sens, les pièces du puzzle tournèrent dans sa tête. Six îles. Une carrière stimulante. Stella, son escalade et sa médecine à mi-temps. Des médecins à temps partiel.

Pouvait-il assembler ces pièces en un tout cohérent ? Peut-être. En attendant, ce tourbillon lui donnait le vertige.

— Ça ne marchera jamais, fit-il à voix haute, attirant l'attention de l'hôtesse qui s'approcha, inquiète.

— Monsieur ? Quelque chose ne va pas ?

La sympathique quinquagénaire lui rappelait Maggie. Elle lui adressa un sourire encourageant.

— Juste un problème que j'essaie de résoudre.

— Je peux vous aider ? demanda-t-elle, ayant visiblement le temps de bavarder dans l'avion à moitié vide.

— Ce n'est pas que ça n'aille pas, dit-il lentement. Mais… il va peut-être falloir que je quitte mon poste.

— Oh ! mais votre jambe va guérir, répondit-elle gentiment. Cet avion est le seul qui assure la liaison avec Gannet, et on sait tous que vous vous êtes retrouvé piégé au fond d'une crevasse. Ça a dû être une expérience éprouvante, mais votre vie va redevenir normale, maintenant.

— Ce n'est pas d'être prisonnier de ce trou qui a changé ma vision de ce qui était normal, mais plutôt d'être secouru…

— Je crois que c'est le Dr McCrae qui vous a trouvé, dit la femme avec un sourire bienveillant. Elle a une sacrée réputation parmi les îliens. Ils la trouvent merveilleuse.

— Elle l'est, dit doucement Marcus.

— Eh bien, prenez soin de vous, monsieur.

Son devoir accompli, l'hôtesse alla s'occuper d'autres passagers, et il resta seul avec ses pensées. Centrées sur Elsa.

Il songea aux moments qu'ils avaient passés ensemble sous terre. À sa chaleur. Son humour. Au sentiment de sécurité qu'elle avait su lui communiquer.

Et ensuite… Leur fusion quand il l'avait embrassée. La sensation qu'il avait eue d'être enfin chez lui.

Chez lui ?

C'était à Sydney qu'il était chez lui. Là où étaient sa vie exigeante, ses recherches, la médecine de pointe, des amis qui partageaient ses valeurs.

L'enfant solitaire de parents fortunés mais dysfonctionnels avait trouvé refuge dans les études, et ses recherches et sa carrière étaient devenues les deux pôles de sa vie. Les étoiles qui guidaient son chemin.

Et si c'était la quête de son « chez lui » qui le guidait ?

— Tu as besoin de deux étoiles polaires, murmura-t-il.

Le recueil d'astronomie que son père lui avait offert pour ses sept ans lui revint en mémoire. Pour oublier les constantes disputes parentales, il s'était plongé dans l'étude des étoiles polaires. Deux étoiles utilisées en navigation pendant des milliers d'années. Qui guidaient l'homme pour le ramener chez lui.

Chez lui.

Elsa.

Le livre de son père lui rappela les cadeaux d'Elsa, préparés et offerts avec amour.

Te garder et te chérir.

Comment avait-il eu l'arrogance de croire qu'il pouvait garder Elsa et la chérir ?

Il avait des désirs, mais elle aussi avait les siens. Elle voulait son île. Elle en avait besoin.

Et soudain une idée lumineuse jaillit en lui. Un plan incroyable.

Il songea à son salaire. À la fortune dont il avait hérité. À ses compétences, ses contacts, ses ressources. S'il ne pouvait pas le faire, personne ne le pouvait.

— Ça ne marchera peut-être pas, mais je ne le saurai pas tant que je n'aurai pas essayé, dit-il à voix haute, s'attirant un regard méfiant du passager de l'autre côté de l'allée centrale. Objectivement, il faudra au moins un an pour tout organiser, si toutefois c'est possible…

Une année sans Elsa ? Il aurait voulu repartir vers l'île sur-le-champ, partager son idée avec elle, la serrer dans ses bras.

Une année, se dit-il. Une année pour changer. Une année tout entière.

— Tu peux la contacter. Lui téléphoner. Aller lui rendre visite. Te comporter en ami… Et si elle rencontre quelqu'un d'autre ? Si elle renoue avec ce Tony ?

Cette pensée lui déchira le cœur, mais le bon sens l'emporta.

— Si nos sentiments sont sincères, si elle ressent la même chose que moi… Elle vaut la peine qu'on se batte pour elle. Qu'on risque tout. Prouve-toi que tu l'aimes assez pour attendre, Pierce.

L'amour… La grande inconnue. Pouvait-il vraiment aimer ?

— Si tu l'aimes, tu feras ce qu'il faut. Tu te battras pour ce qu'*elle* veut, pas pour ce que *tu* veux. Dès maintenant.

Il hésitait encore, les yeux fixés sur les nuages derrière lesquels les îles avaient disparu. Il brûlait de retourner à Gannet. Pouvait-il réaliser son projet depuis l'île ?

Non. Il fallait qu'il soit à Sydney. Il avait besoin de travailler en réseaux, d'actionner des relations politiques, de se démener pour quelque chose qui les dépassait tous les deux.

— Si je lui dévoile mon plan et qu'il échoue, je lui briserai le cœur. Mais d'ici Noël prochain…

Onze mois. Était-ce possible ?

Il se détourna du hublot et ouvrit la fonction bloc-notes de son téléphone pour rédiger une première ébauche prometteuse. Brusquement, il avait un objectif. Une femme digne qu'on se batte pour elle.

— Si Elsa peut trouver un géranium noir, je suis sûrement capable de réaliser un rêve. Les rêves ne sont pas réels, mais le Père Noël non plus. Et d'ici Noël… C'est la saison des miracles, après tout, alors ça vaut la peine de se donner du mal…

13.

Jour de Noël, onze mois plus tard

En contemplant les sommets des Birding Isles dans leur scintillant écrin saphir, Marcus fut envahi par un extraordinaire sentiment de paix.

La dernière fois qu'il était venu ici, il n'avait qu'un petit sac pour la journée. Aujourd'hui il avait trois caisses de matériel en soute, principalement du matériel médical qui resterait sur place quelle que soit l'issue de la journée, et quelques affaires personnelles. Les bagages d'un homme qui rentrait chez lui. Du moins l'espérait-il.

Rien n'était réglé. Il éprouvait à la fois de l'appréhension, et un sentiment d'accomplissement.

Ces onze derniers mois avaient été longs et angoissants. Il avait travaillé très dur pour réaliser ce qu'il présenterait aujourd'hui aux îliens. Cela avait été un énorme défi, et il y en aurait encore d'autres à relever.

Les mois s'étaient étirés en longueur, ses appels « amicaux » à Elsa s'étaient prolongés, il avait contenu son émotion au prix d'un effort surhumain quand elle était venue à Sydney en juin… Et, désormais sûr de ses sentiments, il avait dû lutter contre l'envie de tout laisser tomber pour la rejoindre.

Il aimait éperdument cette femme, et ferait tout pour l'avoir. Aujourd'hui il espérait lui offrir assez, mais s'il échouait…

— Alors je trouverai un autre moyen d'être avec elle. À ses conditions. Rien ne m'arrêtera.

L'avion décrivit un cercle au-dessus de l'île et amorça sa

descente. Le train d'atterrissage sortit avec un bruit sourd. La piste apparut devant eux. Quelques instants plus tard, l'appareil touchait le sol.

Il était de retour à Gannet Island.

Les dernières barrières qui protégeaient son cœur tombèrent. Les années de solitude, d'isolement, d'indépendance prudemment construite s'évanouirent d'un coup, comme balayées par le vent.

Son cœur était entre les mains d'une petite doctoresse rousse.

Il fallait qu'il ait fait le bon choix.

Il était de retour chez lui.

C'était un beau jour de Noël. Il n'y avait eu aucune urgence, aucune maladie imprévue. Le calme régnait à l'hôpital. Son grand-père avait bonne mine, et Elsa avait préparé ses cadeaux de Noël avec soin et amour. Les cuisinières de l'île s'étaient surpassées. Dans la salle de réception magnifiquement décorée, les rires fusaient dans la joie et l'amitié d'une ambiance festive.

Alors pourquoi se sentait-elle aussi lasse ?

Aussi triste.

Les fantômes des Noëls passés, sans doute, se dit-elle en se forçant à faire bonne figure, le cœur lourd comme du plomb. Elle regarda Eileen O'Hara déballer les douzaines de pelotes de laine qu'elle avait récupérées chez les tricoteuses de l'île pendant l'année et précieusement gardées pour l'occasion. Les plaids au crochet d'Eileen étaient légendaires, mais la laine coûtait très cher. En découvrant son cadeau, Eileen fondit en larmes et son visage s'illumina de bonheur, pour la plus grande joie de ses amis.

Voilà ce qui comptait le plus au monde pour Elsa. Une communauté.

Pas l'individu. Pas elle, habitée par un vide immense que rien ne pourrait jamais combler… sauf Marcus sans doute, mais cela n'arriverait pas.

Elle était restée en contact avec lui pendant l'année, et il l'avait souvent appelée. En ami.

En juin, elle avait accompagné Robert à Sydney pour son check-up. Ils n'y avaient passé qu'une nuit, mais elle avait pu dîner avec Marcus.

Grisée par les bons résultats des examens de Robert, elle avait été déconcertée par le Marcus qui était venu la chercher à son hôtel pour l'emmener dans un luxueux restaurant dominant le port de Sydney.

Un Marcus différent. À sa place. Un homme superbe, brillant chirurgien.

Qui était son ami. Seulement son ami.

— Alors, comment se passe le travail avec Stella ?

— On ne peut mieux. Nous nous entendons très bien. De plus, elle joue presque tous les soirs aux échecs avec grand-père, et il lui arrive même de le battre. Nous sommes très heureux, grâce à vous.

— Mais vous, Elsa ? Êtes-vous heureuse ?

— J'ai tout ce que je désire, avait-elle répondu d'un ton ferme. Un aïeul en bonne forme. Une collègue adorable. Un cadre fantastique pour travailler. Qu'espérer de mieux ? Mais parlez-moi de vous. J'ai lu un de vos articles dans *Cutting-Edge Medical* le mois dernier. Impressionnant…

Ils n'avaient rien partagé de personnel. Ils s'étaient serré la main à la fin de la soirée et en étaient restés là. Revenant à leurs coups de fil occasionnels. Leurs échanges amicaux. Elle avait retrouvé le fil de sa vie. Jusqu'à ce Noël.

Ils arrivaient au terme de la liste de cadeaux. Il ne restait plus qu'un paquet de plombs de pêche pour Tom Hammond, et une douzaine d'enveloppes contenant différentes graines de pavot pour Chrissie Harding.

Mais, quelle était cette effervescence à l'entrée ? Un groupe d'étrangers se trouvait devant les portes vitrées. Ils étaient une vingtaine, des jeunes couples, quelques anciens, plusieurs enfants. Une femme avec un bébé. Tous coiffés de bonnets de Noël, même le nourrisson.

Probablement les touristes qui avaient réservé les cottages de Bob Cruikshank. Leur construction traînait en longueur quand, en septembre, une entreprise du bâtiment était venue de Sydney et avait achevé les travaux en quelques semaines. Bob n'avait pas voulu dire où il avait trouvé l'argent pour les rémunérer, ni donner l'identité des premiers occupants des chalets.

Maggie alla ouvrir aux nouveaux venus.

— Je regrette, c'est un événement privé, dit-elle gentiment.

Il y eut une certaine agitation dans le groupe, qui s'écarta pour laisser passer quelqu'un. Un homme. Grand, brun, mince. Coiffé d'un ridicule bonnet de Noël.

Marcus.

Elsa était plantée près du sapin, à côté de Bob Cruikshank déguisé en Père Noël. Bob – dont la blessure à la cuisse avait parfaitement guéri après sa fâcheuse rencontre avec la tronçonneuse – tendit les bras vers les arrivants.

— Ho ! Ho ! Ho ! Ces gens sont les bienvenus, Maggie. Ils sont un cadeau pour notre île.

Interloquée, Elsa ne comprenait pas ce qui se passait, mais qu'importait. Marcus était là.

Maggie s'écarta pour laisser entrer la petite troupe disparate, et Robert se leva avec raideur pour serrer la main de Marcus. Comme s'il l'attendait… ? Puis Marcus précéda les nouveaux venus jusqu'à l'estrade où se tenait Elsa.

Il lui adressa un sourire tendre qui lui chavira le cœur. Il lui prit les mains, et elle crut qu'il allait l'embrasser.

Mais il n'en fit rien, se contentant de la couver d'un regard ardent devant la foule rassemblée.

— Joyeux Noël, ma chérie, murmura-t-il avec douceur.

Il lâcha sa main et se tourna vers le public qui gardait le silence, stupéfait. Dans l'expectative ?

Bob Cruikshank arborait toujours un grand sourire, et son grand-père aussi. Mais enfin qu'est-ce… ?

— Nous avons un cadeau pour vous tous, dit Marcus d'une voix forte. Ce cadeau, c'est nous. Si vous l'acceptez.

Il sourit et désigna les deux paquets au pied du sapin.

— Mais nous vous avons interrompus... Le Père Noël peut-il d'abord finir sa distribution ?

Sur un signe d'Elsa, Tom reçut ses plombs de pêche et Chrissie ses graines, puis tous les regards se tournèrent vers Marcus, comme s'il était un génie sur le point de faire apparaître... Nul ne savait quoi exactement.

— Permettez-moi de vous présenter les nouveaux résidents des cottages de Bob, dit Marcus à l'assemblée pétrifiée. D'abord le couple Ellen et Graham Parkes. Ellen est obstétricienne, Graham néphrologue, et voici leurs trois enfants, Hamish, Archie et Kim. À côté se trouvent Angus Knox, médecin généraliste, et son petit garçon Noah. Puis nous avons Arthur et Lois Campbell. Lois est gériatre et Arthur chirurgien général. Derrière eux, David Wyndham est chirurgien orthopédiste, et près de lui, Cathy Graham infirmière en chirurgie. Puis il y a Nic Scott, pédiatre...

Tout un aréopage de médecins hautement qualifiés ! Ici, en vacances ?

Apparemment pas.

— Nous sommes ici pour tenter de faire de Gannet Island le centre du meilleur service de santé régional du monde, dit posément Marcus.

Rien que ça. Elsa sentit ses jambes se dérober sous elle.

— Aucune pression, tempéra-t-il à l'adresse des îliens hébétés. Cette entreprise est un essai. Certains resteront juste le temps de voir si ça leur plaît. D'autres passeront un mois de vacances ici et s'entretiendront avec vous tous, ainsi qu'avec les résidents des îles extérieures. Nous sommes tous des spécialistes, et notre idée est de créer une base médicale sans égale sur Gannet, et ce faisant, de fournir un service médical global à l'archipel des Birding Isles.

Elsa le fixait, les yeux écarquillés, incapable de parler.

— Nous avons une ébauche de projet – et des fonds – pour construire un héliport et acheter un hélicoptère, poursuivit-il en lui adressant un sourire furtif. De plus, nous pouvons nous offrir un bateau rapide pour les transferts entre les îles. Nous devrons agrandir votre hôpital, et nous aurons besoin de votre coopération, comme dans toute cette entreprise, mais nos demandes de subvention auprès de l'administration ont déjà reçu un accord inconditionnel. Votre Dr McCrae – Robert – nous a apporté une aide précieuse en ce sens. Vos soins médicaux seront pris en charge, ici et à Sydney, mais cela coûtera beaucoup moins cher au gouvernement dans la mesure où les cas graves n'auront plus à être évacués.

Quoi… ? Comment… ?

— C'est impossible, bafouilla Elsa, son regard allant de Marcus aux nouveaux venus qui souriaient, pleins d'espoir. Comment un tel projet pourrait-il marcher ?

— Votre grand-père pense que c'est possible, répondit-il.

Elle se tourna vers son aïeul qui souriait béatement.

— Ces personnes m'ont consulté, dit-il fièrement. Après tout, je suis le médecin le plus ancien de Gannet Island. J'ai reçu le premier appel en février dernier, et depuis, nous travaillons d'arrache-pied sur ce programme.

— Ça veut dire que je n'aurai pas à aller à Sydney pour ma prothèse de hanche ? demanda une voix au fond de la salle.

Marcus acquiesça.

— Oui, si vous pouvez attendre deux mois. Il faudra un peu de temps pour tout mettre en place, mais les opérations orthopédiques comme la pose de prothèses feront partie des interventions courantes. Comme l'obstétrique. Les futures mamans ne devraient pas avoir à accoucher à Sydney. Avec le soutien de tous, il y aura de moins en moins d'évacuations. Mais, je vous le répète, vous ne devez pas vous mettre la pression. Nous sommes là pour réaliser une étude, et personne n'est obligé de s'engager pour le moment.

Un long silence retomba sur la salle pendant que chacun réfléchissait à ce qu'il venait d'entendre.

Ce fut la redoutable Maggie qui le rompit. Soulevant son extravagant chapeau, elle alla le poser sur la tête de Marcus après lui avoir retiré son bonnet. Et, comme d'un commun accord, les îliens fondirent sur les nouveaux arrivants pour les coiffer de leurs improbables couvre-chefs. Dans un vacarme indescriptible, les habitants de Gannet s'employaient à accueillir les nouveaux praticiens au sein de leur communauté avec un enthousiasme jubilatoire.

Debout sur l'estrade, Elsa regardait fixement cette mêlée humaine, sentant le sol se dérober sous ses pieds... quand une main saisit la sienne et l'entraîna vers une porte latérale. Elle se retrouva dehors, sous l'eucalyptus géant dont les branches touffues croulaient sous les grappes de gui.

Et là, on l'embrassa passionnément.

Un homme coiffé d'un grotesque bonnet de lutin doté d'une queue et d'un pompon embrassait fougueusement Elsa. Marcus venait de lui offrir le monde.

Elle n'arrivait pas à le croire.

Mais elle ne lutta pas. Après tout, c'était Noël, un moment magique, pourquoi ne pas se laisser aller à penser pendant cette période enchantée que les miracles étaient possibles ?

Et c'était si bon. Si juste.

Le bonnet de lutin s'inclinait dangereusement, le pompon lui chatouillait le nez. Rien de tel qu'un pompon farceur pour gâcher l'esprit de Noël et vous ramener à la raison, pensa-t-elle dans un état second. Mais pas tout de suite...

Encore quelques minutes à s'abandonner dans ses bras, à le désirer, à vouloir y croire...

Finalement Marcus s'écarta et la contempla en souriant.

— Vous n'y croyez pas, n'est-ce pas ?

— Je ne comprends rien à ce qui se passe, dit-elle d'une voix rauque. Est-ce que c'est... une plaisanterie ?

— Pas du tout, mon amour, répondit-il, l'attirant contre lui et baisant le sommet de son crâne. Je compte investir tout ce que je possède et plus encore dans cette entreprise, et il vaut mieux que ce ne soit pas une blague.

Elle se laissa aller contre lui un moment avant de s'écarter, et il ne la retint pas.

Des rires leur parvenaient de la salle des fêtes sur fond de chants de Noël, chacun s'en donnait à cœur joie.

Une soudaine bourrasque fit s'envoler une pluie de fleurs de gui qui se posèrent doucement sur le sol.

Elsa secoua la tête, tout étourdie.

— Vous savez que je suis riche, dit Marcus.

— Comme tous les spécialistes. Vous nous avez offert deux fauteuils orthopédiques. Et la couveuse, aussi. Je sais que c'est vous.

— Je ne vous ai pas dit que mes parents possédaient une grosse fortune personnelle ? Je me suis souvent demandé comment utiliser l'héritage familial, et ce Noël… en pensant au géranium noir… en pensant à vous… je me suis dit *pourquoi pas ?*

— À vrai dire, le géranium noir de Sandra n'est pas au top. Ce doit être l'air de la mer… Elle l'a mis dans une serre et espère que ça ira pour le mieux.

— Je l'espère aussi pour mon projet. Il y a encore beaucoup de décisions à prendre. J'ai cherché des médecins qui n'étaient pas focalisés sur leurs revenus, pour qui travailler dans l'île était prioritaire. Ils ne se sont pas engagés dans ce projet pour l'argent, et tous apprécient le mode de vie de ces îles autant que la médecine qu'ils y exerceront.

— Je n'arrive toujours pas à le croire, murmura-t-elle.

Il prit tendrement son visage entre ses mains.

— C'est votre cadeau de Noël personnel, Elsa. Il a été rendu possible grâce à votre générosité envers moi et envers cette île. Joyeux Noël, mon amour.

Elle le contempla en silence et il soutint son regard avec gravité. Il semblait sincère.

— J'ai un autre cadeau pour vous. Ou peut-être devra-t-il être mis en attente.

Il la lâcha un instant pour fouiller dans sa poche, et en sortit un petit écrin qu'il ouvrit, découvrant une bague exquise qui la laissa sans voix. En or tressé à l'ancienne, elle était sertie de minuscules rubis entourant un diamant magnifique qui scintillait à la lumière.

— C'est trop tôt, dit-il en lui souriant avec amour. Je sais, mon cœur. Je vous aime infiniment et je pense, j'espère, que c'est réciproque. Mais l'île et l'aïeul qui vous sont si chers doivent passer en priorité. Je vous aime, et je respecte ça.

— Je... Marcus...

— Oui, ma chérie ? demanda-t-il d'une voix douce comme une caresse.

— Vous m'avez fait chanter..., dit-elle avec effort. Puis vous... m'avez menacée. Et maintenant, vous essayez de me corrompre ?

— En effet, concéda-t-il, refermant à regret le petit écrin. Mais sachez que ce projet ne dépend pas de votre réponse à ma demande en mariage. Je ne rentrerai pas chez moi avec armes et bagages si vous me repoussez. Pour moi, cette entreprise est un défi, et j'espère être à la hauteur. Mais Elsa, je souhaite de tout mon cœur que vous soyez à mes côtés pendant que nous le mènerons à bien.

— Je ne peux pas...

— Écoutez-moi jusqu'au bout, fit-il en posant un doigt sur ses lèvres. Quand je suis parti l'année dernière, je ne savais pas vraiment ce qu'était l'amour. J'étais la proie d'émotions que je n'avais jamais ressenties. Mais s'il y a une chose que cette attente forcée m'a apprise, c'est que ces émotions sont bien réelles. Je vous aime, Elsa, et je veux passer ma vie avec vous. Ce projet me tient à cœur, mais vous m'êtes plus chère encore. Si nos plans aboutissent, je me vois travailler ici comme cardiologue, mais si c'est nécessaire, j'apprendrai à prescrire des placebos et à gérer des ados boutonneux. S'il le faut, je renoncerai même à la médecine et j'apprendrai à pêcher. Car mon amour est tout à vous, Elsa, et quoi que vous en fassiez, il n'appartiendra jamais à une autre.

— Oh ! Marcus...

Ce qu'elle lisait dans ses yeux ne laissait plus la place au doute. Il était sincère. Il l'aimait.

Son Marcus.

— Alors vous feriez mieux de me donner cette bague maintenant, fit-elle d'une voix tremblante.

Elle prit l'écrin que, les yeux brouillés de larmes, elle eut du mal à ouvrir.

— Je vous aime éperdument, Marcus. Je sais que vous ne serez pas heureux en pêchant…

— Hé, j'adore le poisson pané, fit-il, espiègle. C'est un début.

— Un très bon début… Mais Marcus, ce que j'éprouve pour vous, ce que j'ai ressenti cette année… le douloureux manque de vous… Même si ce programme médical se révèle trop beau pour être vrai, quoi qu'il arrive, je veux être votre femme et passer le reste de mes jours avec vous.

Un long silence suivit. Où tout se mit en place.

— Alors, tout est parfait, dit-il d'une voix rauque en glissant la bague à son doigt. Ça veut dire que vous et moi…

— Nous, Marcus. *Nous.*

— Absolument. Nous.

Comment Noël pouvait-il être déjà là ?

Comment autant de choses avaient-elles pu être réalisées en si peu de temps ?

Douze mois, un groupe de médecins enthousiastes, une administration harcelée par Marcus dont les amis connaissaient des gens qui connaissaient des gens, des îliens prêts à mettre en jeu tout ce qu'ils avaient pour participer à la création d'un service médical absolument unique… Ces douze mois, un miracle s'était opéré.

La nouvelle aile de l'hôpital de Gannet avait été inaugurée en octobre, mais même avant, les praticiens travaillaient déjà dans ce qui était essentiellement une antenne chirurgicale. Nombre d'entre eux venus pour un mois n'étaient jamais repartis. Les chalets de vacances de Bob Cruikshank n'avaient pas désempli, et les projets immobiliers se multipliaient dans l'archipel.

Les îles extérieures bénéficiaient désormais de dispensaires plus grands. D'un bateau dédié. Et le pilote de l'hélicoptère avait une solide formation médicale.

Un vrai miracle.

Une nouvelle fois, Bob Cruikshank avait repris le rôle du Père Noël au banquet annuel de Gannet, et Elsa n'y avait vu aucun inconvénient. En vérité elle n'était pas certaine de tenir jusqu'au bout, car depuis une semaine son estomac lui jouait des tours.

Mais elle n'y pensait pas pour l'instant. Elle observait Marcus, bombardé assistant du Père Noël, qui offrait de longs gants de jardinage en cuir à la vénérable Rina Ablett, passionnée de roses, dont la peau trop fine se déchirait au contact des épines.

Ouvrant son paquet, Rina, radieuse, sourit. Marcus étreignit la frêle petite dame, puis alla chercher le cadeau que lui tendait le Père Noël.

Non sans avoir adressé un sourire plein d'amour à Elsa pour lui répéter tacitement que, même si les îliens lui devenaient chers, son cœur n'appartenait qu'à elle.

Comme le sien était à lui. Son Marcus. Son mari.

Les noces avaient eu lieu un jour de novembre. La cérémonie s'était déroulée sur le promontoire surplombant la mer, la célébration n'ayant pu se tenir dans l'église, trop petite pour contenir tous les habitants de Gannet. Et chacun avait tenu à apporter sa contribution à sa manière.

Elsa se souviendrait toute sa vie de cette journée.

Robert l'avait conduite à l'autel avec fierté et tendresse. Maggie, sa dame d'honneur, tenait fermement en laisse Sherlock, qui portait les alliances à son cou, pour éviter qu'il course un lapin en pleine cérémonie.

Même si cela n'aurait pas été un drame, songea Elsa, les yeux embués, en triturant le mince anneau d'or à côté de sa magnifique bague de fiançailles. En fait, rien n'avait vraiment d'importance, ni la cérémonie, ni les vœux échangés, ni les festivités. Ni leur inoubliable lune de miel à St. Moritz, même si, lors d'un instant magique, elle avait touché la neige pour la première fois de sa vie.

Elle s'était sentie mariée dès que Marcus l'avait demandée en mariage, un an plus tôt. Son Marcus.

— C'est fini, dit-il, le dernier cadeau distribué, en revenant s'asseoir près d'elle pour lui donner un baiser. Plus de cadeaux avant l'année prochaine.

— Il en reste encore un…

— Ah ?

Ils avaient échangé leurs présents le matin, de petites choses sans importance. Ils avaient été tellement gâtés au cours de l'année qu'ils n'avaient besoin de rien d'autre.

— J'ai encore quelque chose pour toi, murmura-t-elle.

Elle saisit sa main et, sous la table, elle la posa sur son ventre plat. Plus tout à fait aussi plat.

Elle le scruta intensément et vit ses yeux s'agrandir sous le choc… avant de s'illuminer de joie.

— Elsa ! Oh ! mon amour…

— Joyeux Noël…

Il se leva et, fou de bonheur, la souleva dans ses bras et fit trois tours sur lui-même en poussant des cris de joie.

Puis il la reposa, l'embrassa, et pendant qu'il serrait dans ses bras cette femme qu'il aimait plus que tout, les acclamations explosèrent autour d'eux.

Ils étaient un peu dépassés par ce qui se passait, mais ils savaient une chose.

Ils avaient enfin trouvé leur place.

Ensemble.

Chez eux.

CAROLINE ANDERSON

Le rival des urgences

Traduction française de
ÉLISA MARTREUIL

BLANCHE

HARLEQUIN

Titre original :
HEALING HER EMERGENCY DOC

1.

— Laura Kemp ? Laura ?

Le cœur de Laura se mit à palpiter et sa tête à tourner, comme sept ans plus tôt.

Cette voix grave, douce et étrangement familière, ce ne pouvait être celle de… Non, c'était impossible ! C'était juste l'hypoglycémie, ou le trac à cause de l'entretien. De toute façon, ce n'était pas Tom. Pas ici…

Elle se força à lever la tête et affronta les inoubliables yeux gris ardoise de Tom Stryker, la plupart du temps taquins et rieurs, mais qu'elle avait vus aussi brûler de désir pour elle.

Aujourd'hui, elle y lisait un ébahissement semblable à celui qu'elle ressentait.

Serait-il venu pour l'entretien, lui aussi ? Non, sûrement pas ! Mais alors, pourquoi portait-il un costume ?

S'il postulait, elle pouvait dire adieu au poste de chef de clinique du service des urgences où elle travaillait comme remplaçante depuis des mois. Inutile d'espérer rivaliser avec lui. Il était trop compétent, trop éloquent, et son pouvoir de persuasion allait opérer sur les membres du jury comme sur tout le monde, elle comprise autrefois.

À la différence près qu'elle ne s'y était finalement pas laissé prendre.

Pendant toutes leurs études de médecine, elle avait repoussé ses avances. Oui, les avances de Tom Stryker, « M. Popularité », le type que toutes les filles rêvaient de séduire. Il s'était obstiné pendant cinq ans - c'était devenu une sorte de jeu entre eux –, et lors du bal de fin d'études, il avait tenté une dernière fois sa chance. Il avait déployé tout son charme, et elle avait presque cédé.

Presque.

Elle ne l'avait plus vu depuis, mais le simple souvenir de cette soirée l'indisposait.

Heureusement, il ne semblait pas projeter d'évoquer le sujet, car il lui souriait, de cet irrésistible sourire, chaleureux et naturel, qui l'avait toujours chavirée.

Et qui la chavirait encore, hélas. Pourquoi n'avait-elle pas tourné la page ?

Prenant sur elle, elle lui rendit son sourire.

— Tom ! Que fais-tu ici ?

— À ton avis ? ironisa-t-il en se laissant tomber sur le seul siège libre dans la salle d'attente.

Celui à côté d'elle !

Elle s'écarta légèrement. Le parfum de Tom lui rappelait une époque qu'elle aurait préféré oublier mais qui hantait ses nuits depuis sept ans.

— Alors, comment vas-tu, Laura ?

Pas question d'avouer qu'elle se sentait effroyablement seule depuis la mort de son grand-père et qu'elle ne s'épanouissait que dans son travail.

Elle avala sa salive.

— Ça va. Je ne chôme pas.

Au moins, elle ne mentait pas. Bien sûr, elle irait beaucoup mieux si elle décrochait le poste convoité. Mais Tom venait d'anéantir ses espoirs.

— Et toi ?

— Je vais bien. Moi aussi j'ai de quoi m'occuper, comme tout le monde dans ce métier. Alors, quoi de neuf dans ta vie depuis la fac ? Si tu cherches à devenir chef de clinique, je suppose que tu n'es pas mariée avec trois enfants ?

— Effectivement. Pas d'enfants, et célibataire.

Plus exactement, « de nouveau » célibataire après qu'elle avait tout abandonné du jour au lendemain pour venir dans le Suffolk. Mais l'histoire de Tom l'intéressait davantage que la sienne.

— Et toi, tu as fini par te ranger ?

Elle se reprocha sa curiosité lorsqu'elle vit le visage de Tom se crisper en un simulacre de sourire et ses yeux habituellement si expressifs perdre de leur éclat.

— Tu me connais, lança-t-il avec légèreté, je suis un esprit libre.

Étonnée que le Tom qu'elle connaissait ait quitté Londres, elle devina des épreuves douloureuses derrière son apparent détachement. Mais, de toute évidence, il préférait ne pas s'appesantir. Elle-même d'ailleurs ne souhaitait pas raconter son échec sentimental. Après tout, ils avaient droit à leur jardin secret.

— Où travailles-tu, actuellement ? demanda-t-il, relançant la balle dans son camp.

Elle décida de s'en tenir à l'essentiel, sans mentir pour autant.

— Nulle part de définitif pour le moment. Je fais des remplacements ici et là.

— Des remplacements ? Ça ne te ressemble guère. Je croyais que tu cherchais la sécurité.

Droit au but ! Il n'avait pas changé.

— En effet, répondit-elle avec un sourire forcé et la même légèreté feinte que lui. Mais j'avais besoin de faire une pause. Je n'avais jamais pris d'année sabbatique jusque-là. Elle touche à sa fin. Il est donc temps que je me soucie de nouveau de ma carrière.

La tête inclinée sur le côté, il l'étudia, l'air dubitatif.

— Une coupure d'un an, à ce moment de ton parcours ? Était-ce judicieux ?

— Pour moi, oui.

— Tu comptes donc sur cet entretien pour te remettre en selle ?

— En gros, oui. Et puis, je ne cracherai pas sur un revenu régulier.

Il émit un petit rire, et brusquement elle revit le Tom des

souvenirs, avec cette patte-d'oie craquante à l'angle de ses yeux…

— Bon, parle-moi un peu de toi, dit-elle, toujours intriguée par son départ de Londres. Pourquoi veux-tu ce poste précis ?

— Et pourquoi pas ? Pour gravir un échelon supplémentaire dans ma carrière professionnelle. Et aussi parce que c'est un bon hôpital, dans une ville agréable. Au fait, où habites-tu ? ajouta-t-il après un bref silence, le souffle de sa voix lui effleurant le visage d'une caresse grisante.

Elle s'efforça de l'ignorer, réfléchissant à ce qu'elle pouvait lui révéler, et elle opta de nouveau pour le strict minimum.

— Chez moi. Dans la maison de mon grand-père.

— Oui, évidemment. Comment va-t-il ?

Elle détourna le regard pour cacher le chagrin toujours à fleur de peau que ne manqueraient pas de trahir ses yeux. Hors de question qu'elle s'étende sur le sujet, surtout aujourd'hui avec l'entretien qui l'attendait !

— Il a été malade, mais maintenant… Ça va.

Maintenant que tout était terminé.

Sur ces entrefaites, la porte de la salle de réunion s'ouvrit, le premier candidat sortit, et James, le directeur des urgences, appela :

— Docteur Thomas Stryker ?

— Bonne chance, dit-elle par automatisme quand Tom se leva.

— Hypocrite, murmura-t-il, une moue ironique sur ses lèvres scandaleusement pulpeuses.

» Oui, c'est moi, dit-il avec un large sourire à l'intention de James. »

— Je vous en prie, entrez.

Laura, dépitée, regarda la porte se fermer sur eux.

Elle était bien punie d'avoir tenu sa nomination pour acquise, et donc de ne pas s'être mieux préparée à l'entretien. Elle avait des excuses malgré tout. Tout le monde lui avait prédit le succès. La veille encore, Livvy, une amie et collègue, lui avait assuré que le service ne pourrait se passer d'elle. Ce dont elle doutait sérieusement, à présent.

Elle jeta un coup d'œil aux deux autres candidats.

L'un paraissait pétrifié de peur, l'autre ne tenait pas en place et semblait avoir l'esprit ailleurs. Quant à celui qui venait de sortir, il avait été au bord des larmes.

Contre ceux-là, elle aurait certainement gagné, mais à présent…

À présent, il fallait qu'elle compte avec Tom Stryker, toujours souriant, toujours prêt à accepter un défi.

Il avait obtenu son diplôme avec brio, et après deux ans de stage et cinq ans d'exercice durant lesquels il s'était certainement distingué, il se présentait comme un parfait candidat pour devenir chef de clinique aux urgences de l'hôpital de Yoxburgh Park. Le poste qui lui permettrait à elle de continuer de vivre dans la maison de son grand-père avec sa chienne Millie. Le poste qui correspondait exactement à son profil, de l'aveu même de James Slater.

Mais James n'avait pas rencontré Tom, alors. Tom, si persuasif !

La porte s'ouvrit de nouveau. Elle entendit son rire, et le sourire dans sa voix tandis qu'il remerciait les membres du jury, et elle sentit quasiment une odeur de victoire quand il revint s'asseoir à côté d'elle.

— Ça s'est bien passé, on dirait, observa-t-elle avec un sourire forcé.

— Oui, je suis retenu pour le tour suivant. Ça va, toi ? s'inquiéta-t-il.

— Oui, bien sûr.

Elle détourna le regard pour dissimuler son mensonge.

— C'est juste un peu… compliqué. Je ne t'aurais jamais imaginé t'installer ici.

— Pourquoi ? Ce n'est pas la Mongolie, quand même.

— Ce n'est pas Londres non plus. La province, ce n'est pas ton truc, si ?

Elle sentait sur elle son regard perçant.

— En fait, ce qui te perturbe vraiment, c'est nous.

— Il n'y a pas de « nous ». Il n'y en a jamais eu.

— C'est bien pour cette raison que tu culpabilises, dit-il dans un petit rire.

— Pourquoi voudrais-tu que je culpabilise ?

— À toi de me le dire. Pourquoi as-tu pris tes jambes à ton cou ? demanda-t-il tout bas, avec une subite gravité.

Elle demeura sans voix, médusée qu'il aborde le sujet ici.

— Docteur Laura Kemp ?

Sauvée. Merci, James !

Elle se leva et s'avança, les jambes flageolantes, sans que le sourire de James la réconforte car, comme les autres membres du jury, il serait obligé de choisir en son âme et conscience la meilleure personne pour le poste. C'est-à-dire Tom.

Qu'il ne compte cependant pas sur elle pour lui rendre la tâche facile ! Elle se battrait bec et ongles.

Elle se redressa vaillamment et entra dans la salle.

Tom poussa un soupir discret.

Quelle déveine de tomber sur Laura, de surcroît au moment où tout s'écroulait autour de lui et où il cherchait à prendre un nouveau départ !

Heureusement, elle ne semblait pas désireuse de reprendre une relation qui, d'ailleurs, n'avait jamais vraiment débuté.

Comme elle l'avait souligné, la situation était compliquée. À cause de ce poste à pourvoir, indiscutablement, et aussi de la façon dont ils s'étaient quittés. Ou plus exactement dont *elle* l'avait quitté.

Chaque fois qu'il lui avait proposé de sortir avec lui - et Dieu sait qu'il était souvent revenu à la charge –, elle l'avait repoussé. Aussi n'en avait-il pas cru ses oreilles quand elle avait consenti à l'accompagner au bal de fin d'études. C'était pour lui sa dernière chance de la faire changer d'avis avant que leurs chemins ne se séparent et qu'il ne la perde à tout jamais alors que quelque chose d'authentique et de sincère démarrait entre eux.

Ils avaient dansé toute la nuit, chaque frôlement de leurs corps les érotisant un peu plus, et elle avait fini par accepter de venir chez lui… Avant de se raviser au dernier moment et d'appeler un taxi ! Il était rentré seul dans son appartement pour panser ses blessures d'amour-propre et essayer de comprendre quelle erreur il avait commise.

Aucune, probablement. C'était tout simplement la prérogative des femmes de changer d'avis. Mais pourquoi ne lui avait-elle pas donné la moindre explication ? Et pourquoi y attachait-il autant d'importance ?

Par orgueil, il n'avait pas cherché à l'appeler ou la voir pour lui demander des éclaircissements. Il avait attendu qu'ils se croisent de nouveau. Seulement, ils ne s'étaient plus croisés : elle était rentrée le lendemain chez elle, à Yoxburgh, sans même un au revoir.

Il ne l'avait plus revue. Jusqu'à aujourd'hui. Et ces retrouvailles avaient réveillé des tas de souvenirs, pas tous agréables.

Comment avait-elle passé ces sept années ? Et pourquoi effectuait-elle des remplacements ? Bizarre comme façon d'occuper une année sabbatique.

Il était mal placé pour s'interroger ainsi sur Laura, lui qui avait laissé tomber son travail à Londres et avait effacé tout un pan de sa vie. Peut-être celle de Laura avait-elle déraillé elle aussi…

Et alors ? En quoi cela le regardait-il ?

Il prit une profonde inspiration et se mit debout.

Cela ne servait à rien d'attendre ici. Il disposait de trois heures avant la deuxième session d'entretiens, et il allait en profiter pour visiter Yoxburgh.

Sans surprise, l'entretien s'avéra pour Laura nerveusement éreintant. Aussi fut-elle soulagée de le voir prendre fin. Certes, le répit serait de courte durée, puisqu'elle était de nouveau convoquée dans l'après-midi. Peu importe, elle avait passé le premier tour. Comme Tom.

Tom qui – ouf ! – ne l'avait pas attendue. Elle serait donc tranquille les trois prochaines heures. Elle avait le temps d'aller promener Millie sur la falaise, de rentrer déjeuner et de reprendre ses esprits.

Quand elle poussa la porte de chez elle, Millie l'accueillit avec des manifestations de joie et ce sourire canin dont les golden retrievers possèdent le secret.

Aussitôt, Laura se sentit plus légère.

— Coucou, ma jolie, murmura-t-elle en caressant la tête de la chienne. Non ! Pas sur mon beau pantalon ! la gronda-t-elle gentiment lorsque Millie voulut se frotter contre ses jambes. Je me change, et après, on se fera un câlin, d'accord ?

Millie la suivit dans la chambre, où elle s'affala sur le tapis avec un long soupir, la tête sur les pattes avant, attendant patiemment.

— Allez, en route ! finit par dire Laura une fois qu'elle eut enfilé un jean et un gros pull.

Millie ne se fit pas prier. Elle se précipita vers la porte d'entrée où, battant l'air de sa queue en panache, elle attendit que Laura la rejoigne et lui mette sa laisse. Toutes deux se mirent en route, la chienne marchant sagement à côté de Laura.

Millie s'était avérée le meilleur chien d'aveugle imaginable et la compagne la plus affectueuse pour son grand-père et pour elle-même à présent. Certains jours, Millie représentait sa seule raison de se lever le matin. Qu'adviendrait-il si Tom décrochait le poste et qu'elle se retrouve sans travail ?

Il lui serait impossible de rester dans cette maison, en ce cas. Elle serait contrainte de la louer ou de la vendre, deux solutions qui lui fendaient le cœur. C'était leur foyer à Millie et à elle, le seul lien que l'une et l'autre conservaient avec son grand-père, et pour Laura, le seul vrai foyer qu'elle ait jamais connu. Qu'elle loue ou qu'elle vende, elle devrait vider la maison de ce qu'elle contenait. À commencer par les quelques dix mille volumes au bas mot de la bibliothèque.

Plusieurs années avant sa mort, son grand-père avait été privé du plaisir de lire, mais il connaissait chaque livre, savait où chacun se trouvait et de quoi il traitait. Depuis, c'était elle qui les avait parcourus pour lui, à la recherche d'une citation ou d'une réponse à l'une des innombrables questions qu'elle lui posait.

Son grand-père lui manquait affreusement.

Son grand-père ! Un homme brillant, plein d'un humour toujours bienveillant, qui l'avait guidée avec une infinie tendresse vers l'âge adulte à travers les écueils de l'adolescence, alors que sa mère ricochait comme une balle perdue contre les murs de la vie, blessant tous ceux qui se trouvaient sur sa trajectoire…

Plongée dans ses souvenirs, Laura n'avait plus prêté attention au monde extérieur. Heureusement, Millie, en bon chien guide, restait vigilante. Elle lui bloqua brusquement le chemin au moment où une voiture qu'elle n'avait ni vue ni entendue surgissait d'une allée juste devant elle.

— Un peu plus, et ce type m'écrasait, murmura-t-elle en posant une main tremblante sur la tête de Millie. Que ferais-je sans toi ?

Puis, essuyant ses larmes, elle ordonna :

— En route, Millie !

Comme elles traversaicnt la rue, un peu plus loin elle aperçut Tom qui venait en sens inverse.

C'était la dernière personne qu'elle aurait souhaité voir alors qu'elle n'avait pas entièrement récupéré de sa frayeur ! Mais il lui était impossible de l'éviter sans se montrer discourtoise.

Quand il arriva à leur hauteur, il baissa la tête vers Millie, le visage adouci par un sourire.

— Je n'ai jamais vu un aussi beau chien. Et comment t'appelles-tu ? ajouta-t-il en tendant la main pour que Millie la renifle.

— Millie. Elle appartenait à mon grand-père.

Il se redressa et étudia Laura avec attention.

— « Appartenait » ?

Elle comprit instantanément sa bévue, mais plutôt que de mentir, elle se lança.

— Oui. Il est mort il y a quatre mois. Il a fait une série d'AVC au printemps dernier, et il s'est affaibli progressivement. Si je t'ai répondu tout à l'heure que ça allait pour lui, c'est que maintenant il est en paix.

— Ma pauvre Laura ! Ce doit être dur pour toi.

Elle lui sut gré de n'ajouter ni banalités ni phrase convenue sur la délivrance qu'apporte la mort, ni question pour savoir si elle faisait face. Bref, il ne dit rien de ce qu'elle redoutait d'entendre.

— Oui, c'est dur. Mais on surmonte. Pas vrai, Millie ?

Elle avait volontairement détourné son attention vers la chienne, de crainte de lire trop d'empathie dans les superbes yeux de Tom. Elle ne voulait pas de sa compassion. En fait, elle ne voulait rien, venant de lui. Que fabriquait-il à Yoxburgh, d'abord, lui qui adorait les fêtes ?

— Il faut que j'aille faire courir Millie sur la falaise, dit-elle pour écourter le silence pesant qui s'installait entre eux. À plus tard.

Difficile de le congédier plus explicitement, songea Tom.

Pourtant, il feignit de ne pas comprendre. Il avait vu son chagrin encore à vif et il savait son attachement à son grand-père. Peut-être avait-elle besoin de parler ?

— Je peux venir ? Je n'ai pas encore vu la mer.

Sans attendre l'accord de Laura il lui emboîtait le pas, quand il vit ses épaules se crisper.

Visiblement, sa compagnie l'importunait. Inutile de compliquer davantage encore leurs rapports.

Il fit mine d'avoir reçu un message sur son téléphone et s'arrêta.

— En fait, je suis désolé, mais je ne vais pas pouvoir vous accompagner. Un problème à régler. À tout à l'heure à l'hôpital ?

— C'est ça. À tout à l'heure.

Il la regarda s'éloigner.

Laura, en revanche, ne se retourna pas. Elle libéra la chienne de l'autre côté de la rue et la fit courir dans l'herbe après une balle jusqu'à ce que Millie se lasse du jeu. Toutes deux descendirent alors un escalier, et il ne les vit plus.

Il rangea son téléphone, les yeux toujours braqués vers l'endroit où Laura avait disparu.

Il commençait à douter que la gêne entre eux vienne de ce qu'elle culpabilisait de la façon dont ils s'étaient séparés. À bien y réfléchir, d'ailleurs, pourquoi aurait-elle culpabilisé ? Après tout, elle ne lui avait pas promis le mariage ! Sa froideur s'expliquait sans doute par la menace très réelle qu'il représentait pour le poste dont elle avait besoin pour se remettre sur les rails.

Elle avait passé sa jeunesse ici, à Yoxburgh. En outre, à en juger par sa complicité avec James Slater, elle avait certainement effectué des remplacements aux urgences de l'hôpital local pour pouvoir s'occuper de son grand-père après ses attaques. Normal donc qu'elle cherche à devenir titulaire de ce poste qu'elle devait estimer lui revenir. Normal aussi qu'elle voie d'un mauvais œil une candidature imprévue risquer d'anéantir ses espoirs de sécurité.

Le Park Hospital Yoxburgh étant le seul hôpital à des kilomètres à la ronde, si elle n'y était pas embauchée, elle devrait quitter Yoxburgh. Une catastrophe pour elle car, pour autant qu'il s'en souvienne, c'était l'endroit où elle se sentait chez elle.

Devrait-il se retirer de la course ? Avec son CV, il trouverait du travail n'importe où, et il n'avait d'attaches nulle part. Laura, elle, n'avait d'autre ancrage que Yoxburgh.

C'était décidé. Il allait se désister, lui laisser sa chance…

Non, mais quelle prétention ! se reprit-il. Rien n'excluait que le jury ne préfère pas Laura, d'autant plus que ses collègues avaient pu la juger sur pièces lors de ses remplacements. Et si le poste était proposé à un autre candidat, ce dernier ne le refuserait évidemment pas par égard pour elle. Et de toute façon, il voulait ce poste. Il en avait autant besoin qu'elle. Davantage même, peut-être. Après cette année épouvantable qui avait failli le briser personnellement et professionnellement, il avait bien besoin de se ressourcer dans une petite ville paisible.

Encore quelques heures, et il serait fixé sur son sort. Peut-être ensuite aurait-il l'occasion de discuter avec Laura et, qui sait, de se réconcilier avec elle.

Ils avaient été de grands amis autrefois, même si lui-même avait souhaité aller au-delà. Si seulement il connaissait la raison de son revirement, lors de cette fameuse soirée ! Avait-elle pris peur au dernier moment ? Vraisemblablement pas, car elle avait semblé tout aussi partante que lui, et elle l'avait d'ailleurs dragué sans vergogne pendant qu'ils dansaient. Alors, l'avait-elle mené en bateau par jeu et avait-elle eu dès le départ l'intention de le laisser en plan ?

Non, ça ne ressemblait pas à la Laura qu'il connaissait.

Peut-être l'avait-il blessée involontairement ? Auquel cas, il lui devrait des excuses.

Quoi qu'il en soit, même après sept ans, il avait toujours autant à cœur de savoir pourquoi elle s'était ravisée.

Il n'était plus resté que trois candidats en lice, l'après-midi : Steve - le nerveux qui paraissait s'ennuyer –, Laura, et Tom évidemment.

S'était-elle bien débrouillée ? Rien n'était moins sûr. Tom, lui, s'en était certainement sorti haut la main. Quant à Steve, il ne semblait pas très confiant.

On leur apporta du thé et des petits gâteaux pour patienter en attendant le résultat de la délibération. Enfin, on appela Steve, qui ressortit assez vite et s'éloigna, la mine déconfite.

James s'approcha alors de Tom et Laura avec un sourire gêné.

— Vous nous avez posé un casse-tête, tous les deux. Dans l'idéal, nous vous embaucherions l'un et l'autre. Malheureusement, nous ne vivons pas dans un monde idéal, et nous devons trancher. Or, nous ne sommes toujours pas parvenus à vous départager. Vous serait-il possible de revenir demain matin à 10 heures pour nous laisser davantage de temps de réflexion ?

— Pas de problème, répondit Laura malgré sa stupeur.

Du coin de l'œil, elle vit Tom acquiescer de la tête, son éternel sourire aux lèvres.

— Purée ! soupira Laura, les yeux sur la porte que James avait refermée derrière lui en retournant dans la salle de réunion. Ils comptent faire traîner les choses encore longtemps ?

— Dieu seul le sait. Que dirais-tu d'une tasse de thé ?

Non. De toute façon, elle n'avait aucune envie de passer encore du temps avec lui.

— On vient d'en boire.

— Exact. Un verre, alors ?

— Un verre ? répéta-t-elle, étonnée de sa proposition. Il est un peu tôt, non ?

— Je ne parlais pas de maintenant, mais d'un peu plus tard. Nous pourrions causer de ce qu'il nous est arrivé en sept ans.

Ou aborder le sujet de cette fameuse soirée plutôt que de se mettre la tête dans le sable, compléta-t-elle à part elle, en détournant les yeux pour échapper à son regard perçant, furieuse contre elle-même de la pointe de culpabilité qu'elle continuait à ressentir.

— Je n'ai peut-être pas envie d'en parler.

— De quoi ? demanda Tom, l'innocence personnifiée.

Elle leva les yeux au ciel, et il haussa les épaules avec un sourire qui lui accéléra les battements du cœur.

— D'accord, nous n'en parlerons pas. Mais une fois que je serai passé à l'hôtel pour réserver une nuit supplémentaire, j'aurai toute la soirée à tuer. Pourquoi ne dînerions-nous pas ensemble en l'honneur du bon vieux temps ?

— Le bon vieux temps ? répéta-t-elle, sidérée.

— Pourquoi pas ? Ta langue bien effilée m'a manqué.

— Ma langue n'est pas…

— Oh si ! J'ai encore les cicatrices, se plaignit-il avec un sourire peiné propre à la faire craquer. Allez, Laura ! Je te promets que je ne mettrai pas le sujet sur le tapis.

Malgré ses doutes, elle se sentit fléchir, comme elle avait toujours fléchi… Jusqu'à un certain point. Et puis, il avait raison : au nom de leur amitié passée, elle pouvait difficilement refuser.

— D'accord, mais je dois d'abord rentrer nourrir Millie et la sortir.

— 19 heures, ça te va ?

Elle acquiesça, et Tom lui indiqua son hôtel.

— OK. Je te retrouve à la réception.

— Au bar, plutôt. J'aurai l'air moins ridicule si tu me poses un lapin, lança-t-il en s'en allant, hilare.

Tandis qu'elle fulminait contre lui, James sortit de la salle de réunion.

— Tu m'attendais, Laura ?

— Non. Tom voulait me parler. Il vient de partir.

Juste avant qu'elle ne l'étripe !

— Ah ! je me suis douté que vous vous connaissiez en lisant vos CV.

— Oui, mais je ne l'avais pas revu depuis la fac.

Ils avaient même vécu en colocation pendant deux ans, ce dont elle s'abstiendrait d'informer James. Inutile de compliquer encore la situation.

— Écoute, soupira James, je suis désolé que la décision tarde ainsi, mais les choses ne se présentent pas comme je les avais prévues. Tom a postulé à la dernière minute, et… c'est un très bon candidat. Aussi bon que toi. Nous ne pouvons pas l'écarter d'emblée. La décision est difficile à prendre.

— Il n'y a pas de problème, James, je t'assure, mentit-elle. Vous ne pouvez pas vous permettre de vous tromper.

— Le mieux serait que nous puissions vous engager tous les deux, car vos compétences et vos expériences sont complémentaires, mais…

— Vous ne disposez pas d'un budget extensible à l'infini, je comprends bien. Fais ce que tu as à faire et ne t'inquiète pas, je m'en sortirai, quoi qu'il advienne. Lui aussi. Les postes à pourvoir ne manquent pas. À demain matin, James.

Elle tourna les talons et se dirigea vers l'ascenseur.

Elle devait rentrer s'occuper de Millie, surtout qu'elle sortait ce soir. Non que la perspective l'enthousiasme. La seule pensée de passer du temps seule avec Tom la rendait nerveuse. Mais puisqu'il avait promis de ne pas parler de *la* soirée…

2.

Tom retint un soupir.

Laura était en retard.

Oh ! de quelques minutes ! Suffisamment cependant pour qu'il craigne qu'elle ne lui ait joué un tour comme lors du bal de fin d'études.

Au moment où il allait partir, elle entra, et toute sa tension s'évacua aussitôt.

Elle, en revanche, semblait stressée, sur ses gardes.

Il se dirigea vers elle, tout sourire.

Le sourire qu'elle lui retourna trahit son soulagement, comme si elle aussi avait envisagé qu'il ne vienne pas.

— Désolée. J'ai été retenue, et je n'avais pas ton numéro de téléphone.

— J'ai cru que tu t'étais dégonflée.

— Eh bien, comme tu vois, tu t'es trompé.

L'apparition de Laura l'emplissait d'une telle joie que, impulsivement, il l'embrassa sur la joue.

Aussitôt, son parfum fit remonter le passé avec la force d'un coup de poing.

Quelle idée stupide ! N'avait-il donc rien dans le crâne ?

Laura n'en revenait pas.

Quelle mouche avait piqué Tom de l'embrasser ainsi ? Quant à elle, pourquoi cette excitation après toutes ces années ? N'avait-elle pas avancé d'un pouce, en sept ans ?

— Raconte-moi ce qui t'a retenue. À moins que tu n'aies tout simplement cherché à me punir ?

— Je ne suis pas mesquine à ce point. Pourtant, tu l'aurais mérité après ta pique de tout à l'heure, juste avant de partir !

C'est Millie qui m'a mise en retard. Elle s'est agitée bizarrement quand elle a compris que j'allais de nouveau sortir.

— Nous pouvons aller chez toi, si tu ne veux pas la laisser seule.

Et puis quoi encore, alors que son cœur s'affolait à chacun des sourires de Tom ?

— Non, ça va aller. Et puis, il faut qu'elle s'y habitue.

— OK. Alors, que désires-tu boire ?

— De l'eau gazeuse, s'il te plaît.

— Veux-tu que nous nous installions en salle ou que nous allions manger ailleurs après avoir bu quelque chose au bar ?

Elle n'avait pas mangé, mais elle redoutait tant que Tom n'aborde malgré sa promesse le sujet sensible de la fameuse soirée, qu'une boule dans l'estomac lui coupait l'appétit.

Au moins ne fantasmait-elle plus sur l'effet qu'avait produit le contact de ses lèvres sur sa joue.

— J'aime autant que nous allions nous asseoir pour le moment, répondit-elle d'une voix étranglée malgré ses efforts pour paraître naturelle.

Quand Tom vint s'installer en face d'elle avec leurs consommations, elle remarqua que ses yeux, d'habitude si éloquents, n'exprimaient rien.

Extrêmement déconcertant. Et elle regrettait un peu plus encore d'avoir accepté son invitation. Si seulement ils étaient restés au bar, elle n'aurait pas été obligée de le regarder !

Le cœur battant de plus en plus vite, la bouche brusquement sèche, elle prit une gorgée d'eau pétillante.

Dis quelque chose, je t'en supplie. Et arrête de me fixer comme si tu voulais m'hypnotiser.

Comme s'il l'avait entendue, il se mit à parler à voix basse, en continuant à l'emprisonner de son regard.

— Qu'est-ce que j'avais fait de mal, Laura ? Pourquoi es-tu partie ?

Elle détourna la tête, le cœur cognant dans la poitrine.

— Je croyais que nous ne devions pas en parler.

— C'est vrai, mais cette question m'empoisonne la vie. Je

veux juste comprendre. T'ai-je blessée d'une façon ou d'une autre ? Ou bien as-tu voulu m'humilier ?

— Mais non, pas du tout ! Pour qui me prends-tu ? Je me suis simplement rendu compte que ce serait une erreur de coucher avec toi. Une histoire d'une nuit, ça ne rimait à rien.

— Qui a parlé d'une histoire d'une nuit ?

— Qu'est-ce que ça aurait pu être d'autre ? Une histoire d'une semaine, tout au plus ! Nous finissions nos études. Nous allions partir chacun de notre côté. Toute relation sérieuse était vouée à l'échec.

— Alors, pourquoi avoir accepté de venir chez moi ? Pourquoi ne pas m'avoir envoyé sur les roses ? Ça n'aurait pas été la première fois.

Effectivement. Mais elle s'était sentie fléchir depuis un certain temps. C'était d'ailleurs ce qui l'avait incitée à quitter la colocation et à retourner à la résidence universitaire au début de la dernière année.

— Mets ça sur le compte d'un moment de faiblesse avant ma prise de conscience que c'était ton ultime chance de briser mes défenses alors que nous allions tous nous disperser. Et tu relèves toujours les défis. Je ne te plaisais pas vraiment, Tom, tu le sais bien. Je représentais juste la dernière case à cocher sur ta liste de conquêtes.

— N'importe quoi ! Bien sûr que tu me plaisais ! s'écria Tom avec un air tellement effaré qu'un doute s'insinua dans l'esprit de Laura.

— Non. Je ne suis pas ton genre. Tu aimes les grandes blondes aux longues jambes.

— Tu es blonde, que je sache.

— Pas du blond qu'il faut, et je n'aurai jamais de longues jambes. Pourquoi aurais-tu été attiré par une intellectuelle insipide et ennuyeuse quand tu pouvais t'offrir n'importe quelle autre fille dans les fêtes que tu fréquentais ? Surtout qu'elles ne demandaient que ça.

— Mais tu n'es ni insipide ni ennuyeuse !

— Si, par rapport à ces nanas. Elles ne comprenaient

d'ailleurs pas pourquoi tu t'acharnais à me courir après et pourquoi je rejetais tes avances. Elles pensaient sans doute que j'aurais dû être flattée.

Tom plissa les yeux, l'air songeur.

— Tu m'as largué et tu as pris tes jambes à ton cou parce que tu croyais que j'essayais de te flatter ?

— En gros, oui. Mais je n'ai pas pris mes jambes…

— Si. Alors que je croyais que tu avais enfin changé d'avis sur moi, tu as tout stoppé, et tu es partie en courant, sans un mot d'explication, ce qui ne te ressemblait vraiment pas. Jusque-là, tu n'avais jamais eu de scrupules à m'envoyer balader.

— Peut-être ne me connaissais-tu pas aussi bien que tu le pensais. Je ne suis pas partie en courant mais en marchant, parce que j'avais repris mes esprits. Et heureusement. Sinon, je ne me serais jamais pardonné d'être tombée dans le panneau.

— Quel panneau ? J'étais sincère, Laura.

— Tu ne me baratinais pas quand tu disais que j'étais belle et sexy ? Arrête, Tom. Je ne suis pas naïve à ce point.

— Mais je t'assure que…

— Tu savais très bien que je me laisserais embobiner. Tu ne supportais pas l'idée d'être éconduit, car tu es programmé pour gagner, quitte à dire n'importe quoi.

Il secoua la tête d'un air incrédule.

— Franchement, tu n'es pas juste ! Je ne t'ai jamais menti, Laura. Je t'ai connue distante, hautaine même, mais injuste, jamais. Ce n'est pas toi. Tu vaux mieux que ça.

Tom se montrait d'une sincérité si authentique qu'elle s'en voulut de l'avoir attaqué si brutalement. Mais ses accusations l'avaient aussi vexée.

— Tu me trouves distante ? Hautaine ?

— Parfois, oui. Et tu ne mâches pas tes mots. Je suis bien placé pour le savoir.

Il souriait à présent, mais d'un sourire un peu pincé.

Étrange, pour lui qui avait toujours répondu à ses critiques par un rire ou par une blague. Aujourd'hui, elle décelait dans ses yeux de la vulnérabilité.

— Pourtant, tu as continué à me harceler.

Pourquoi ? L'aurait-il réellement trouvée belle et sexy ?

— Exact. Tu croyais vraiment que mes compliments n'étaient que des boniments pour t'attirer dans mon lit ?

— Évidemment. Et je ne voulais pas être un trophée de plus dans ton tableau de chasse. J'estimais valoir mieux que d'être dans le même sac que toutes ces filles qui t'ouvraient les bras.

— Tu ne seras jamais comme elles, Laura. C'est ce qui me plaisait peut-être le plus chez toi. Mais pourquoi es-tu partie sans même me dire au revoir ?

Elle baissa les yeux, honteuse.

— Je suis désolée. J'ai pris subitement conscience que je ne pouvais plus te regarder en face. Alors, j'ai fait mes valises, et j'ai pris la route de Yoxburgh dès le lever du jour.

— Quel dommage que tu ne m'aies pas parlé !

— C'était impossible. Je savais que tu m'entortillerais avec tes belles paroles si je t'en donnais la moindre occasion. C'était plus facile de fuir. Mais au moins, je suis partie la tête haute, sans avoir à rougir de quoi que ce soit.

Il la fixa droit dans les yeux. Les siens exprimaient quelque chose qu'elle ne savait comment interpréter. De la peine peut-être. Et de nouveau cette vulnérabilité.

— Tu aurais eu à rougir de coucher avec moi, c'est ça ?

— Oui, à cause de ce que cela aurait dit de moi. Je ne voulais pas ressembler à ma mère.

— Ta mère ?

— Oui. Elle couchait avec quiconque voulait d'elle.

Elle sentit les doigts de Tom serrer les siens sur la table.

— Je suis désolé, c'est… Tu n'aurais pas été comme ta mère parce que tu m'aurais cédé. Je ne la connais pas, bien sûr, mais toi, je te connais. Tu as le droit de vivre, Laura, de décider pour toi-même. Tu n'aurais pas eu à rougir de quoi que ce soit. Si seulement tu m'en avais parlé, au lieu de disparaître sans un mot !

Elle aussi le regrettait, mais il était impossible de changer un passé vieux de sept ans.

Comme elle se taisait, Tom lui lâcha la main, la privant involontairement d'un contact émoustillant, et se cala contre le dossier de son siège.

— Parle-moi, dit-il avec douceur.

Elle s'obligea à lever la tête vers son regard affectueux, sincère et… à sa grande honte, un peu peiné.

— Je suis désolée, Tom. Je ne voulais vraiment pas te blesser. Je ne m'étais pas imaginé un seul instant que cela t'affecterait. Tu es un bourreau des cœurs, et je ne voulais pas mettre le mien en danger. Malgré tout, je reconnais mes torts : de crainte que tu ne réussisses à vaincre mes réticences, je suis partie comme une voleuse au lieu de t'expliquer. Mais l'eau a coulé sous les ponts en sept ans. Je suis sûre que nous sommes tous les deux passés à autre chose.

Il la fixa un long moment, puis après un soupir il consulta sa montre.

— Il est 20 heures. Veux-tu manger ici ou aller ailleurs ?

Ce coq-à-l'âne la déstabilisa un instant, mais son estomac se mit à gargouiller.

Elle avait faim. En outre, elle était curieuse de savoir ce qu'il avait fait pendant ces sept années et impatiente de mettre toute cette histoire derrière eux.

— Il y a un restaurant thaï très acceptable sur le front de mer. Tu veux l'essayer ? Nous pouvons y aller à pied, ce n'est pas loin.

— D'accord.

Le repas se passa agréablement. Presque trop agréablement, même. Laura avait oublié comme Tom était drôle, et comme ils s'entendaient bien dès lors qu'il n'insistait pas pour qu'elle couche avec lui.

Ils partagèrent plusieurs plats et se disputèrent la dernière gamba. Elle perdit le combat, mais Tom piqua la grosse crevette sur sa fourchette et la lui tendit par-dessus la table.

Elle l'engloutit sans barguigner, mais ce geste prit subitement un caractère terriblement intime, terriblement érotique, et toutes les raisons de tenir Tom à distance qu'elle s'était formulées furent emportées par l'incendie qui se déchaîna en elle.

— Bien, je crois que nous avons terminé, annonça Tom d'une voix étrangement rauque en attirant l'attention de la serveuse. Vous pouvez nous apporter l'addition, s'il vous plaît ?

— Je vais payer ma part.

— Hors de question. C'était mon idée. Tu m'inviteras la prochaine fois.

— Quoi ? Dans sept ans ?

Il pouffa et entra le code de sa carte bleue, tandis qu'elle se consumait de désir… Et de regrets.

Si elle ne s'était pas ravisée autrefois, elle n'aurait pas passé les sept dernières années à essayer de se persuader qu'elle avait pris la bonne décision et à se mordre les doigts d'avoir laissé filer l'occasion.

— Allez, en route !

En gentleman, Tom l'aida à enfiler son manteau, et quand il souleva avec précaution ses cheveux, ses doigts chauds lui allumèrent des traînées de feu dans le cou.

En arrivant de l'autre côté de la rue qui les séparait de l'hôtel de Tom, celui-ci trébucha contre le trottoir et se rattrapa à elle.

— Ça va ?

— Oui, oui, assura-t-il en se redressant. Désolé. Je n'avais pas vu le bord du trottoir.

— Tu deviens aveugle, ou était-ce juste un prétexte pour me tripoter ? plaisanta-t-elle.

— Tu m'as démasqué, s'esclaffa-t-il.

Mais il lâcha son bras comme s'il était chauffé à blanc, et ils se remirent en marche, feignant tous deux de ne pas avoir remarqué le courant de sensualité que ce contact avait libéré.

— Comment es-tu venue ? demanda Tom alors qu'ils atteignaient l'entrée du parking.

— En voiture. Elle est juste là.

Ils s'arrêtèrent à côté. Tom se trouvant sous le réverbère, son visage n'était pas éclairé, et elle ne voyait pas ses yeux, mais l'électricité entre eux était toujours palpable.

— Un café ? proposa-t-il d'une voix enrouée. Le bar est encore ouvert.

Un café ? Non, elle n'en avait vraiment pas envie. Et lui non plus, vraisemblablement. Pourtant, elle hésita plus longtemps qu'elle n'aurait dû.

— Non. Je… Je vais y aller. Millie m'attend. En tout cas, merci pour ce bon dîner. Et c'était bien de bavarder et de s'expliquer.

— C'est vrai. C'est juste dommage que nous ne l'ayons pas fait il y a sept ans.

— Et que tu m'aies fait du gringue pour arriver à tes fins ? Je ne trouve pas que ce soit dommage.

— Tu ne capitules jamais, hein ? s'amusa-t-il.

— Tu peux parler !

Ignorant la sirène d'alarme qui hurlait dans sa tête, elle se hissa alors sur la pointe des pieds et déposa un bref baiser sur la joue de Tom, dont la barbe naissante la piqua agréablement.

— Il faut que j'y aille, dit-elle dans un souffle rauque.

— Ce serait effectivement plus sage.

La mine songeuse, il attendit un moment avant de murmurer tristement :

— Je suis désolé, Laura.

— De quoi ? D'être toi ?

— Non. Pour ce poste à l'hôpital. Je devrais me retirer…

— Certainement pas ! D'abord, qui te dit qu'ils ne vont pas me préférer à toi ? le provoqua-t-elle gentiment. Les miracles arrivent. De toute façon, je n'ai pas besoin de ta condescendance ou de ta grandeur d'âme. Je ne suis pas un rebut sur le marché du travail, figure-toi.

Avait-il compris qu'elle plaisantait ? s'inquiéta-t-elle un instant, avant de le voir sourire en coin.

— Pan sur le bec ! Châtié pour ma suffisance. Finalement, j'aurais peut-être dû m'excuser d'être moi.

Avant qu'elle n'ait le temps de protester, il se pencha vers elle et lui effleura les lèvres des siennes.

— À demain, donc. 10 heures.

— Nous pourrions prendre un café avant, suggéra-t-elle, soudain consciente que ce serait probablement sa dernière occasion de passer du temps avec lui, et surprise de s'apercevoir qu'elle en était navrée.

— Et pourquoi pas le petit déjeuner ? 9 heures ?

— D'accord. Au Park Café, près des urgences ? C'est un endroit très agréable.

Allez ! Maintenant, elle devait à tout prix partir avant de se livrer à quelque acte inconsidéré, comme l'embrasser de nouveau. Mais, sans se l'expliquer, elle hésita, et son cœur se mit à battre frénétiquement tandis que leurs regards se croisaient dans la semi-obscurité.

Elle sentit le souffle de sa respiration sur sa peau, puis sa main qui lui caressait doucement le visage.

Si elle ne pouvait toujours pas lire le message de ses yeux gris ardoise qui plongeaient dans les siens, elle comprit celui de sa respiration saccadée et de son érection quand il l'enlaça.

S'abandonnant contre sa poitrine virile, elle lui tendit ses lèvres.

Tom avait oublié le goût de la bouche de Laura, son avidité et la force de son propre désir. Comme il resserrait son étreinte et approfondissait leur baiser, il eut la sensation que les sept dernières années n'avaient jamais existé. Les regrets, la déception, l'impression de gâchis, tout cela se dissipa, et il fut transporté à cette dernière soirée.

Il ne pouvait pas la laisser partir. Pas maintenant, pas alors que le destin leur offrait une nouvelle chance.

— Reste, murmura-t-il entre leurs baisers, tantôt langoureux tantôt fougueux.

Elle s'écarta et il lut dans ses yeux des doutes certes, mais aussi un désir tout nouveau chez elle.

Il posa la main contre sa joue, le cœur battant.

— Reste, répéta-t-il plus distinctement cette fois, d'une voix cajoleuse et tendre mais que son désir rendait un peu bourrue.

Laissant les cheveux de Laura glisser comme des filets d'eau entre ses doigts, il retint son souffle.

Tout à coup, il sentit autant qu'il le vit qu'elle cédait. Le moment où, jetant toute raison par-dessus bord, elle renversa la tête en arrière et plongea ses yeux dans les siens.

Il la serra fort contre lui avant de l'entraîner vers sa chambre d'hôtel dans un silence riche de promesses.

Des promesses qui, il le sentait, seraient tenues au-delà de toute espérance.

Alors que Laura sombrait entre les bras de Tom dans le sommeil d'après l'amour, elle sursauta.

Millie !

Dans le maelström de passion qui les avait emportés, elle avait oublié la pauvre chienne.

Millie devait pourtant passer avant tout le reste. Avant son envie de rester avec Tom. Tom qu'elle ne reverrait plus en tête à tête. Tom qui ne la tiendrait plus dans ses bras.

Elle lui effleura la joue de ses lèvres.

— Je dois y aller, murmura-t-elle. Je ne peux pas abandonner Millie.

— Hum.

Avait-il entendu ? Rien n'était moins sûr, mais elle se libéra de son étreinte et se leva pour s'habiller.

Peut-être devrait-elle lui laisser un mot… Mais elle n'avait rien pour écrire.

Le réveiller, alors ? Non, il insisterait pour qu'elle reste.

Or, la malheureuse bête attendait. Il était temps de revenir sur terre.

Avec un dernier regard navré vers Tom, elle sortit.

Tom s'éveilla entouré de silence et d'obscurité, avec une place vide et froide dans le lit à côté de lui.

Se soulevant sur un coude, il alluma la lampe et inspecta la chambre.

Plus aucune trace de Laura. Ne restaient que des souvenirs et des effluves de son parfum sur les draps.

Pourquoi était-elle partie ? L'avait-elle prévenu ? Il ne lui semblait pas…

Ah oui, bien sûr ! Millie !

Il s'affala de nouveau sur le matelas, les yeux fixés vers le plafond, la tête pleine d'images du corps de Laura et savourant encore sa bouche sur la sienne.

Il avait vécu une nuit d'amour inoubliable, unique. Jamais auparavant il ne s'était senti à ce point en harmonie avec une femme, autant impliqué, si absolument sûr de ce qu'il faisait. Mais maintenant que Laura était partie, la réalité le frappait en pleine face : ils n'avaient pas d'avenir ensemble, car seul l'un d'eux obtiendrait le poste, et l'autre serait obligé de quitter Yoxburgh.

Serait-il l'heureux élu ?

Il l'espérait, malgré le coup que cela porterait à Laura, car ce poste représentait pour lui, bien plus qu'une simple promotion professionnelle, une bouée de sauvetage, la possibilité de prendre un nouveau départ après que la route qu'il avait pensé toute tracée s'était effondrée devant lui quand Karen l'avait laissé découvrir lui-même, de la manière la plus humiliante et la plus douloureuse, qu'elle lui avait préféré quelqu'un d'autre.

Et maintenant, il avait couché avec Laura, et cela avait déclenché une avalanche d'émotions qu'il aurait peut-être mieux valu ne pas réveiller.

Il ne pouvait s'en prendre qu'à lui-même. Pourquoi avait-il abordé le sujet et sorti le squelette du placard où il aurait dû rester à jamais ? Pourquoi n'avait-il pas laissé Laura rentrer chez elle comme prévu ? Au lieu de cela, il l'avait retenue, et ils avaient terminé au lit !

Il ferma les yeux sans réussir pour autant à chasser les images de ce qu'ils avaient partagé cette nuit. Un souvenir à conserver précieusement.

Tantôt se reprochant, tantôt se pardonnant d'avoir insisté pour que Laura passe la nuit avec lui, il finit par sombrer dans un sommeil léger qu'un cauchemar vint bientôt troubler. Il courait dans une forêt dans une obscurité totale, la peur au ventre, car il était poursuivi par quelqu'un ou quelque chose. Il entendait la créature respirer juste derrière lui. Elle se rapprochait, elle allait l'attraper… Il trébucha et s'étala de tout son long.

Il se réveilla en sursaut, le cœur battant à se rompre, s'assit sur le bord du lit et alluma la lampe pour dissiper les ombres. Quand il eut recouvré son calme, il se rendit dans la salle de bains et s'examina dans le miroir.

Ses yeux gardaient des traces de la terreur qui l'avait étreint. Le rêve avait été si réel, si effrayant, qu'il ressentait encore le contact des racines dans lesquelles il s'était pris les pieds…

Comme dans le bord du trottoir.

Cet incident avait-il provoqué le rêve ?

Laura s'était gentiment moquée de lui, mais il n'avait réellement pas vu le trottoir, et il commençait à s'inquiéter. Ce n'était pas la première fois qu'il butait sur un obstacle dans le noir. Une maladresse qu'il avait toujours attribuée à la fatigue visuelle, au surmenage, aux heures passées dans une lumière artificielle, à une carence en vitamine A…

Et si Laura avait raison ? S'il avait vraiment un problème de vision ?

Il retourna se coucher, éteignit la lumière et attendit que ses yeux s'habituent au noir.

Ce qui n'arriva qu'au bout d'un temps infini, et encore très imparfaitement.

Son pouls s'accéléra.

Souffrait-il d'un trouble grave ? Il passa mentalement en revue tous les diagnostics possibles qui mènent à la cécité.

Non. Il dramatisait. Mais il allait malgré tout consulter, par sécurité.

Il était 5 h 30.

Incapable de se rendormir, il se leva et alla se doucher.

3.

Tom n'était nulle part dans le café.

Après tout, s'il lui posait un lapin, il lui rendrait la monnaie de sa pièce.

L'estomac noué, elle commanda un cappuccino accompagné d'un croissant aux amandes et se dirigea vers une table près de la devanture en se reprochant de ne pas l'avoir réveillé la nuit précédente avant de partir.

Mais il dormait si profondément ! Comprendrait-il qu'elle n'avait pas pu rester à cause de Millie, ou penserait-il qu'elle s'était sauvée encore une fois ?

Une ombre s'abattit sur elle, et elle leva la tête.

Tom !

Le soulagement qu'elle éprouva la déconcerta un peu.

Bien que légèrement sur ses gardes, il arborait un sourire chaleureux, qu'elle lui rendit.

— Salut ! Tu t'es perdu ?

— Non ! s'esclaffa-t-il. Simplement, j'ai dû attendre un bon moment à la réception de l'hôtel pour rendre les clés. Désolé pour ce retard.

— Pas de souci. Et moi, je suis désolée d'avoir filé à l'anglaise hier soir, mais je devais rentrer pour Millie.

— C'est ce que j'ai supposé.

— J'aurais dû t'attendre pour commander, mais je n'étais pas sûre…

— Que je viendrais ? acheva-t-il avec une moue ironique. J'arrive. Je vais juste me chercher un café. J'ai déjà mangé.

Elle le suivit des yeux tandis qu'il s'éloignait, devinant

sous son élégant costume l'homme qui l'avait enflammée tout entière la nuit dernière.

Le vrai Tom ?

Elle ne savait plus où elle en était, et elle ne pouvait en rejeter la faute que sur elle-même. Pourquoi avait-elle couché avec lui ? Pourquoi n'était-elle pas rentrée chez elle quand il en était encore temps ?

Le retour de Tom interrompit ses ruminations. Après avoir posé sa tasse sur la table, il s'assit en face d'elle et la fixa d'un regard qu'elle ne parvint pas à interpréter.

— Pour hier soir..., commença-t-il avec calme et visiblement un peu de gêne.

Parce qu'il s'en voulait ? Trop tard pour les remords. Ce qui était fait était fait, et personne n'y pouvait plus rien. Et à quoi bon, de toute façon, puisque dès cet après-midi un seul des deux - lui, probablement - resterait à Yoxburgh ? Qu'y avait-il à ajouter ? Rien qu'il soit prêt à entendre.

— Quoi ? demanda-t-elle dans un filet de voix. C'était juste pour conclure notre histoire.

Un mensonge, bien sûr, pour ne pas lui donner l'impression qu'elle allait s'accrocher à lui.

— Définitivement, tu veux dire ?

— Oui, vraisemblablement.

Faux ! Cette histoire ne se terminerait jamais. Plus maintenant. Elle le savait parfaitement.

— Très bien, finit-il par dire, à son grand soulagement.

Il s'absorba un instant dans la contemplation de son café puis releva la tête, le regard toujours indéchiffrable.

— Je me demande ce que la journée d'aujourd'hui nous réserve.

— Une réponse, j'espère, répondit-elle dans un brusque accès de nervosité. J'espère aussi que tu te plairas à Yoxburgh.

— Qu'est-ce qui te fait croire qu'ils vont me choisir ?

— Donne-moi une seule raison pour laquelle ils ne le feraient pas.

— Parce que tu as déjà travaillé pour eux, par exemple, et qu'ils n'ont pas envie de te perdre.

— Ça ne les influencera pas.

— Je me demande s'ils savent que nous nous connaissons, dit-il, les yeux de nouveau sur son café.

— Oui, ils sont au courant. Par nos CV. James l'a évoqué hier après-midi après ton départ. J'allais m'en aller quand il est sorti de la salle, et nous avons bavardé.

— De ?

— De la longueur de la délibération. Il s'en est excusé. Je lui ai dit de faire ce qu'il devait faire.

— Et que le meilleur gagne ?

Elle rit un peu jaune.

— Ou la meilleure, corrigea-t-elle, parce qu'elle n'avait pas abandonné tout espoir.

Tom la scruta, sourcils froncés.

— Tu tiens vraiment à décrocher ce poste, n'est-ce pas ?

— Évidemment ! Mais j'ai moins d'expérience que toi. Je n'ai pas exercé pendant un certain temps à cause de mon grand-père, et de toute façon tu… tu es qui tu es. Point, barre. Ils seraient fous de ne pas te choisir. Ma candidature n'est objectivement pas aussi bonne que la tienne.

— Arrête de toujours te dévaloriser, Laura.

— Je ne me dévalorise pas, je suis juste réaliste. Tiens, tu veux un bout de mon croissant ? Il est trop gros pour moi.

Elle en coupa un morceau à la main et le donna à Tom. Quand il croqua dedans, ses dents blanches s'enfonçant dans la pâte feuilletée l'hypnotisèrent littéralement.

Elle s'obligea à s'arracher à ce spectacle et à s'intéresser à sa propre assiette, consciente cependant de chaque bouchée qu'il prenait, mâchait, puis avalait. Sa viennoiserie terminée, il s'essuya les mains, brossa le sucre glace tombé sur son costume et fixa sur elle un regard soucieux.

— Que comptes-tu faire s'ils m'offrent effectivement le poste ?

— Oh ! je trouverai autre chose, répondit-elle avec une

insouciance de façade. Je dispose de quelques mois pour me retourner puisqu'ils me garderont tant que tu ne seras pas installé ici.

— Je quitte mon ancien patron dans six semaines.

Elle se décomposa.

Six semaines seulement ?

— J'ai remis ma démission il y a quinze jours. Ils me devaient trois semaines de congé et des tas de RTT, ce qui réduit d'autant la durée du préavis.

Elle s'efforça de faire bonne figure.

— Ça me laisse quand même un peu de temps pour prospecter. Les offres d'emploi ne manquent pas.

— Mais ni à Yoxburgh ni suffisamment près pour que tu continues à vivre dans la maison de ton grand-père.

— Probablement. À moins d'un miracle. Mais j'ai arrêté de croire aux miracles le jour où j'ai surpris ma mère au lit avec mon petit ami.

La mine effarée de Tom lui arracha un petit rire.

— Je t'avais prévenu, c'était un électron libre, elle ne s'intéressait qu'à elle et ne se souciait pas des dommages collatéraux pour les autres. Pour moi, en l'occurrence.

— Lui, ce n'est guère mieux, pesta-t-il. Je comprends mieux ta méfiance envers moi. Il faut être un vrai fumier pour se conduire de la sorte avec sa petite amie.

— À qui le dis-tu ! Bref, je n'attends pas de miracles. Mais nous nous en sortirons… Millie et moi, précisa-t-elle devant l'interrogation muette de Tom.

— Sur ce, dit-il en consultant sa montre, il est l'heure d'aller écouter le verdict.

Elle repoussa son assiette et se leva.

— Je suis présentable ? Pas de poils de chien ou de miettes de croissant ?

— Tu es superbe, assura Tom, dont le regard s'embrasa brièvement. Et moi ?

— Tu es parfait, répondit-elle avec un sourire un peu triste mais qu'elle espéra sans amertume. Tu as tout d'un homme en route vers les sommets.

Tom détourna les yeux, mais elle avait eu le temps d'y apercevoir une lueur étrange que, une fois de plus, elle ne sut comment interpréter.

— Allons-y, et qu'on en termine, déclara-t-il en se dirigeant vers la sortie.

La première chose qui vint à l'esprit de Tom fut que Laura avait vu juste : c'était à lui que l'on proposait le poste.

— Et Laura ? demanda-t-il sans accepter ni refuser.

— Ce n'est pas le sujet, répliqua James.

— Si ! Pourquoi ne l'avez-vous pas choisie, elle ?

Un des membres du jury ne put retenir une exclamation scandalisée, le président sourcilla, et James sourit sans aménité.

— Parce que vous êtes trop précieux pour qu'on vous laisse filer, tout bonnement. Nous avons besoin de médecins comme vous dans le service.

— Et vous n'avez pas besoin de Laura ?

— Je n'ai pas dit ça.

Et Tom savait que James ne le pensait pas non plus. Mais pourquoi auraient-ils recruté Laura puisqu'elle travaillait déjà pour eux ? Et lui, Tom, était en effet plus qualifié, plus expérimenté, plus prêt à assumer la fonction.

Il hocha lentement la tête, une façon d'admettre le bien-fondé de la décision. Il hésita cependant encore un instant.

Mais dans six semaines il n'aurait plus ni travail ni toit. Aussi cruel que cela puisse paraître, il avait besoin de ce poste au moins autant que Laura. Il veillerait personnellement à ce que ses chefs lui écrivent une lettre de recommandation élogieuse.

— D'accord, dit-il, ravalant sa honte. J'accepte. Merci.

Les traits de James se détendirent en un sourire.

— Bienvenue parmi nous. Après que nous aurons reçu le Dr Kemp, nous parlerons de la suite des événements, si vous avez le temps. Alors, restez dans les parages.

— Entendu.

Alors qu'il se dirigeait vers la porte après avoir été félicité par les autres membres du jury, James le retint.

— Ne dites rien à Laura. Je le lui annoncerai moi-même.

— Ce ne sera probablement pas la peine. Elle était certaine que je décrocherais le poste. Occupez-vous d'elle, je vous en prie.

Quand il sortit de la salle, Laura croisa son regard. Elle comprit aussitôt, et il eut le sentiment de l'avoir trahie.

Elle releva le menton avec son courage et son tonus habituels.

— C'est toi, n'est-ce pas ?

— Ils veulent te voir, dit-il brièvement en guise de réponse, sans oser la regarder.

Elle sourit bravement et, en passant à sa hauteur, elle se hissa sur la pointe des pieds et l'embrassa sur la joue.

— Félicitations, docteur Stryker. Victoire logique.

Il entendit la porte se fermer doucement.

Il enfonça les mains dans ses poches avec un gros soupir.

Il aurait dû refuser.

Laura sortit de la salle dans un état second.

Tom était toujours là. Debout devant la fenêtre, les mains dans les poches, les épaules crispées, il contemplait le parc.

Il se retourna en l'entendant, le regard étrangement sombre.

— Que t'ont-ils dit ?

— Je ne sais pas trop, répondit-elle dans un haussement d'épaules. Ils m'ont proposé de continuer mes remplacements. D'après James, des postes se libèrent régulièrement, et je serai en tête de liste des postulants. Mais tout cela reste hypothétique. Aucune date n'est fixée.

— Des congés de maternité à l'horizon ?

— Pas que je sache. Ni de demande de mutation a priori.

— Que vas-tu faire, alors ?

— Prospecter. Je ne m'inquiète pas, je trouverai certainement quelque chose. En attendant, je reste ici. J'occuperai ton poste jusqu'à ton entrée en fonction. Pour la suite, deux médecins prennent des congés en avril. Je les remplacerai vraisemblablement. Mais à part ça, aucune visibilité.

La perspective de se trouver encore là lors de l'installation de Tom ne la réjouissait pas, mais elle n'avait pas le choix en l'état actuel de la situation.

— Tu ne vas pas mourir de faim, alors ?

— Non, Tom, je ne vais pas mourir de faim, confirma-t-elle dans un sourire. En revanche, je vais devoir remettre la maison en état en prévision du jour où je serai obligée de m'en séparer.

Sentant son sourire vaciller, elle tourna la tête.

— Bien. Quel est le programme, maintenant ? demanda-t-elle.

— James veut me parler. Pour régler les détails pratiques, je suppose. Ensuite, je vais me mettre en quête d'une maison. Et toi ?

— Je vais aller promener Millie avant de reprendre le travail à 13 heures.

— Je ne te revois plus, si je comprends bien.

— Au moins jusqu'à ce que tu commences ton travail ici. Sauf si quelque chose se présente pour moi d'ici là.

— Au revoir, alors ?

Elle l'entendit bouger puis sentit ses mains se poser sur ses épaules et la tourner vers lui pour la serrer contre sa poitrine. Saisie d'un fulgurant désir pour lui, elle se noya dans son odeur familière.

Mais Tom Stryker n'était pas fait pour elle, et il ne le serait jamais, se résigna-t-elle, gagnée par les larmes.

— Je suis vraiment désolé, Laura, murmura-t-il dans ses cheveux.

— Tu n'as aucune raison de l'être puisque tu mérites le poste, répondit-elle, avant de se dégager de son étreinte alors que James sortait de la salle de réunion.

Une main sur le bras de Tom, elle plongea le regard dans ses yeux magnifiques, peut-être pour la dernière fois.

— Au revoir, Tom.

Il hocha la tête sans prononcer un mot, les yeux pleins de… De regret ? Trop tard pour regretter quoi que ce soit.

Plutôt que de se mettre à pleurer devant les deux hommes, elle préféra les laisser à leur discussion.

Arrivée chez elle, elle se laissa glisser le long de la porte et libéra enfin ses larmes, qui jaillirent en sanglots déchirants. Millie lui lécha les joues, et elle lui entoura le cou de ses bras, le visage dans sa fourrure.

— Qu'allons-nous devenir, Millie ? Où allons-nous vivre ?

Enfin, se ressaisissant, elle se redressa sous l'œil inquiet de Millie, qui suivait chacun de ses mouvements.

— On va se débrouiller, ma belle, je te le promets.

Qui essayait-elle de rassurer ? La chienne ou elle ?

James attendait Laura sur le seuil de son bureau.

— Tu peux venir ? Je voudrais te dire un mot.

Elle entra, un sourire factice aux lèvres.

Il ferma la porte et la scruta.

— Ça va, Laura ?

— Je survivrai.

— Je n'en doute pas, mais les choses ne se sont pas passées comme je le souhaitais. Je suis vraiment désolé.

— Ne le sois pas, James. Il était le meilleur candidat.

— En fait, non. L'argument qui a pesé dans la balance, c'est que si nous ne l'engagions pas, nous le perdions, tandis que toi, tu es déjà là. Si bien que, à moins que tu ne dégotes autre chose, nous te garderons d'une façon ou d'une autre jusqu'à ce qu'un poste qui te convienne se libère.

— Et s'il n'y en a pas ?

— Il y en aura, fais-moi confiance, dit-il avec une assurance qui l'étonna. Nous aurons besoin de toi encore un mois après le 1er avril, le jour où Tom doit commencer. Et d'ici là, je te promets que tu seras titularisée.

Ainsi, elle serait encore là après l'entrée en fonction de Tom. Devait-elle rire ou pleurer ?

Ils durent en rester là, car les haut-parleurs annonçaient l'arrivée de deux blessés graves.

Et voilà. Pas le temps de s'apitoyer sur son sort ou de se laisser envahir par des émotions inutiles, le boulot primait, comme d'habitude, songea Laura en emboîtant le pas à son patron, direction le service des urgences.

— Coucou, Laura. Que dirais-tu d'aller boire un café, histoire de bavarder un peu ?

Livvy était pâle et semblait épuisée.

À cause de leurs horaires décalés, Laura n'avait pas parlé avec elle depuis les entretiens, et elle s'inquiétait pour son amie, craignant une récidive de son cancer.

— Volontiers ! répondit-elle avec un enjouement un peu forcé. J'allais prendre ma pause. Le Park Café ?

— Parfait.

Elle commanda un cappuccino, Livvy un smoothie vert vif, et toutes deux prirent place à la table où Laura s'était assise avec Tom une semaine plus tôt exactement.

Un hasard qui ne l'aida guère à chasser Tom de son esprit.

— Je suis désolée pour le poste, dit Livvy en enfonçant une paille dans sa boisson. Quand ce Tom commence-t-il ?

— Le 1er avril.

— Si tôt ? Tu seras toujours là, dans ce cas. Cela ne te gêne pas de travailler avec la personne qui t'a évincée ? Personnellement, ça ne me plairait pas.

— Franchement, je n'en sais rien.

— Ce doit être difficile de ne pas le détester.

Le détester ? Impossible. Elle aurait simplement voulu que la douleur s'efface.

— Je ne le déteste pas.

— Alors, tu es plus gentille que moi. J'étais dégoûtée pour toi. Je sais combien tu tenais à ce poste.

— C'est vrai, Livvy, mais il faut que tu saches que j'ai rencontré Tom à la fac. Nous étions amis malgré nos différences et nos désaccords. Je ne peux pas lui reprocher d'être meilleur que moi. Et puis, pour le moment, je ne suis ni au chômage ni à la rue. J'ai six semaines devant moi pour me mettre sérieusement en quête d'un boulot.

— Oh non, Laura ! Surtout pas !

Livvy s'agita sur sa chaise, et après s'être assurée que personne ne pouvait les entendre, elle se pencha, les yeux brillants d'émotion. Avant que Laura n'ait le temps d'ouvrir la bouche, elle reprit d'une voix étouffée mais pétillante de joie.

— Je suis enceinte !

— C'est génial, Livvy ! Je m'inquiétais, tu sais. Tu avais l'air tellement fatiguée que j'ai…

Plutôt que d'achever, elle posa sa tasse de café et prit Livvy dans ses bras par-dessus la table.

— James est au courant ? demanda-t-elle.

— Oui. J'ai dû l'informer très vite, parce que je ne pouvais pas rester en réa à cause des rayons X. Maintenant, comme j'en suis à treize semaines, je vais l'annoncer officiellement, et je voulais que tu sois la première à l'apprendre. J'ai déjà prévenu James que j'arrêterai de travailler et que mon poste sera donc disponible. Définitivement.

— Tu es sérieuse ? s'étrangla Laura, le cœur palpitant.

— Oui, absolument. La vie est courte, et je veux profiter de mes enfants. Amber et Charlie ne le savent pas encore, mais ils vont être fous de joie. Je ne pensais pas devenir mère un jour, et je veux être la meilleure possible pour eux tous. Quant à Matt, il me soutient sans réserve. J'ai demandé à James de te donner mon poste. Alors, j'espère que Tom et toi arriverez à oublier vos différences et à travailler ensemble.

Laura sentit son cerveau entrer en ébullition.

Elle pourrait rester chez elle ! Elle ne serait pas obligée de trouver un autre hôpital, une autre maison, une autre personne pour promener Millie !

Si la grossesse de Livvy se passait bien. Si elle récupérait réellement son poste… Cela faisait beaucoup de « si », qui tous se concluaient par un fait incontournable : elle travaillerait avec Tom.

Tom qui, sept ans plus tôt, s'était frayé un chemin jusqu'à son cœur et qui, il y avait une semaine de ça, le lui avait volé avec en prime le poste qui lui était destiné à elle.

Pouvait-elle raisonnablement envisager de travailler en permanence à ses côtés ? Et qu'adviendrait-il de leur relation personnelle ? Constituerait-elle toujours un obstacle ?

À bien y réfléchir, il serait probablement plus sage de chercher un emploi ailleurs que d'attendre la place de Livvy, d'autant plus que rien ne garantissait qu'elle ne lui échapperait pas elle aussi.

Oh ! pourquoi fallait-il que tout soit aussi compliqué ?

Voilà, c'était fait !

En six semaines de folie, Tom avait acheté une maison, déménagé et déballé ses cartons. Et aujourd'hui, dans une demi-heure exactement, il prendrait ses fonctions de chef de clinique aux urgences de l'hôpital Yoxburgh Park.

Une nouvelle maison, un nouveau travail… Une nouvelle vie aussi ?

Il l'espérait. La précédente n'avait pas répondu à ses attentes, et la réussite de celle qu'il entamait ne dépendrait sans doute pas uniquement de Laura. Pourtant, toutes ses pensées étaient tournées vers elle.

Était-elle restée ? Avait-elle trouvé un poste ailleurs ? La reverrait-il ?

Il l'ignorait, et pourtant, à son grand dépit, son cœur sautillait dans sa poitrine.

Le moment était pourtant mal choisi pour penser à Laura. Aujourd'hui, il devait uniquement se préoccuper de prendre ses marques dans une nouvelle équipe, un nouveau service, un nouvel hôpital. Quant à Laura… il ne pouvait pas faire grand-chose de ce côté-là. Il avait passé les six dernières semaines à se poser une multitude de questions à son sujet. La journée d'aujourd'hui apporterait certaines réponses, et il espérait qu'il pourrait vivre avec.

Une chose était sûre : leur seule nuit ensemble ne lui suffirait pas. Or, elle avait clairement spécifié que leur histoire s'arrêtait là. Alors, un amour non partagé ? Très peu pour lui. Il avait déjà donné !

Avec un peu de chance, elle serait partie. Et puis, il avait des soucis plus urgents concernant son propre avenir. Il avait pris rendez-vous chez une optométriste pour le lendemain. D'ici là, seul son travail comptait.

Il rectifia la position du miroir sur le mur, recula et s'examina rapidement avec un hochement de tête approbateur. Ses clés à la main, il sortit de chez lui.

La porte d'entrée de sa nouvelle maison frottait. Il faudrait qu'il la rabote. Entre autres petites réparations.

L'hôpital était situé à moins de deux kilomètres, c'est-à-dire à quinze ou vingt minutes à pied. Assez loin pour se dérouiller le matin et pas trop pour qu'il soit tenté de prendre sa voiture. Surtout lorsque le temps était aussi beau qu'aujourd'hui.

Les oiseaux chantaient dans les haies des jardins devant lesquels il passait, et des bouffées d'air marin lui chatouillaient les narines. Tout respirait le calme dans cette zone résidentielle. Rien à voir avec la cohue quotidienne du métro et des trottoirs londoniens !

Il allait se plaire ici. À condition bien sûr que Laura s'en sorte de son côté.

— Je peux te demander un immense service, Laura ?

— Ça dépend lequel, James, répondit Laura, le ventre noué.

Depuis six semaines, elle voyait approcher le 1er avril avec appréhension. Elle n'avait pas dormi de la nuit.

— Tom débute aujourd'hui. Or Sam est coincé en réa, et moi, j'ai une réunion à laquelle je suis obligé d'assister. Je ne peux donc pas accueillir Tom et lui présenter le service. Alors, si tu pouvais t'en charger, tu me retirerais une sacrée épine du pied.

Génial ! Il ne suffisait pas qu'il lui ait volé son travail, il fallait encore qu'elle le materne et qu'elle lui explique le travail qu'elle avait effectué jusque-là au poste qu'elle avait convoité. Et pendant tout ce temps, sa présence lui rappellerait leur nuit ensemble !

Et le 1er avril en plus ! Le destin s'amusait visiblement à ses dépens.

— Pas de problème, mentit-elle. À quelle heure arrive-t-il ?

— À 8 heures. Il a rempli les formalités administratives hier, il ne lui reste plus qu'à trouver ses repères. Je ne veux pas le jeter dans le grand bain dès le premier jour.

Personnellement, elle n'y aurait pas vu d'inconvénient ! Elle était déchirée entre l'envie irrésistible de le voir et celle de s'enfuir à toutes jambes, aucune des deux solutions ne résolvant le problème.

— Ne t'inquiète pas, James. Je m'occupe de lui. Je suis sûre qu'il va s'acclimater rapidement. Tiens ! Quand on parle du loup…

Tom lui adressa un sourire crispé, reflet du sien, probablement.

Elle n'avait pas la moindre idée de la façon dont il allait réagir en s'apercevant qu'elle n'était pas partie, et elle pressentait que la situation se révélerait encore plus difficile à gérer que précédemment. Surtout si son cœur s'emballait chaque fois qu'elle l'apercevait.

— Tom ! s'écria jovialement James. Ça fait plaisir de te voir. Pas d'objection à ce que nous nous tutoyions désormais ?

— Non, aucune, bien sûr.

— Je suis vraiment désolé, mais je vais devoir t'abandonner aux bons soins de Laura en attendant que je me libère. C'est un peu la folie, aujourd'hui.

— Comme toujours, non ? observa Tom dont le visage se détendait un peu.

Après quelques échanges encore, James s'en alla, les laissant en tête à tête.

— Bonjour, Laura.

Le cœur battant la chamade, elle déglutit avant de répondre.

— Salut. Tu as réussi à t'organiser ?

Il hocha la tête sans la quitter des yeux.

— Et toi, tu es toujours là, visiblement. Je pensais que tu serais peut-être partie.

— Moi aussi mais, tu vois, je suis toujours là. Pour le moment, en tout cas. On y va ?

Il l'étudia d'un air pensif, puis la suivit sans un mot.

Dans le couloir, elle répondit au regard interrogateur de Livvy par un sourire rassurant avant de pousser la porte de la réa.

L'équipe leva la tête et accueillit Tom avec cordialité.

— Bien, commença Laura en se tournant vers lui, voici la réa. Il y a quatre lits, équipés pour faire face à toutes les situations. Il y a aussi une réa pédiatrique à côté, mais qui n'est pas de notre ressort a priori. Je pense que l'organisation est assez standard.

— Oui, j'ai l'impression. Fais-moi visiter rapidement, que je puisse me mettre au travail.

Elle s'exécuta, continuellement consciente de sa proximité physique et impatiente que les haut-parleurs l'en délivrent.

Au moment où elle achevait de lui montrer où étaient rangés les blouses et autres équipements de protection individuelle, le haut-parleur se réveilla comme elle l'avait espéré.

— Arrivée d'un adulte et d'un enfant dans cinq minutes.

— Allons-y. Tiens, prends cette blouse. Il peut y avoir beaucoup de sang. Le vestiaire se trouve au bout du couloir, sur la gauche. Reviens dès que tu t'es changé. Pendant ce temps, je donne les instructions à l'équipe.

Il s'agissait d'une maman avec son enfant, tous deux blessés aux jambes. Ils avaient été renversés par une voiture sur le chemin de l'école. La mère s'inquiétait davantage pour son fils que de sa propre vilaine fracture ouverte dans le bas du tibia.

— Je veux voir mon gamin, sanglotait-elle en agrippant le bras de Laura. Il a besoin de moi.

— Rory est entre de bonnes mains, Sarah, tenta de la calmer Laura, et votre mari va arriver. Tom, veux-tu prendre la direction des opérations, s'il te plaît ?

— Oui, bien sûr. Pendant que je m'assure qu'elle n'a pas

d'autres blessures, il faut prévoir de la kétamine et prévenir de toute urgence le service de radiologie et d'orthopédie.

— C'est déjà fait. Ils arrivent.

— Merci. Bonjour, Sarah. Je m'appelle Tom. Je suis médecin. Je vais vous examiner pendant que Laura, ma consœur, s'occupe de votre pied.

Laura commença à se détendre.

Tom était bon. Très bon, même. Gentil, doux, patient, méticuleux, exactement le médecin qu'elle souhaiterait pour elle-même en pareilles circonstances. Et il avait adopté une attitude parfaite avec les autres membres de l'équipe.

Il était loin, le jeune homme suffisant qui considérait la vie comme un simple terrain de jeux ! L'avait remplacé un professionnel posé, réfléchi, compétent et empathique, capable d'affronter des situations pénibles.

Heureusement, car la cheville de Sarah était en bouillie.

— Remplissage capillaire ? demanda Tom en poursuivant son auscultation.

Laura secoua la tête.

— Pas de pouls pédieux, non plus. Nous ne pouvons pas attendre l'orthopédiste.

Tom jeta un coup d'œil aux radios qui venaient de s'afficher à l'écran, approuva et se pencha au-dessus de la blessée.

— Écoutez-moi, Sarah. Vous avez une très vilaine fracture au niveau de la cheville, et votre pied est déboîté. Avant de le remettre en place, nous allons vous endormir. Nous vous emmènerons ensuite au bloc.

Puis, relevant la tête :

— Quelqu'un peut-il appeler de nouveau l'orthopédie, s'il vous plaît ? Il va falloir opérer rapidement. Et quelqu'un peut-il préparer ce qu'il faut pour un plâtre ?

Là-dessus, il injecta la kétamine à Sarah, et dès que celle-ci eut perdu connaissance, il saisit sa cheville.

— Prête ?

Laura acquiesça de la tête. Tandis qu'elle maintenait le

genou de Sarah, Tom tira le pied d'un geste sûr, et les os reprirent leur place.

— Pouls pédieux ? demanda-t-il sans lâcher le pied.

Laura glissa les doigts sous ceux de Tom sur la cheville de Sarah.

— Oui. Il est assez faible, mais il est là. Le temps de remplissage capillaire est de trois secondes, et il s'améliore. Bravo !

Il lui adressa un large sourire et se tourna vers l'infirmière qui attendait ses instructions, le matériel pour le plâtre en main.

— Posez-le-lui pendant que je maintiens le pied. Des nouvelles de l'orthopédiste ?

— Me voilà ! Bon boulot, Tom. Vous ne voulez pas travailler en orthopédie, par hasard ?

— Non, pas spécialement, merci.

— Pendant que le plâtre sèche, j'étudie les radios, et je l'emmène tout droit au bloc.

— Laura, tu peux aller prendre des nouvelles du gamin ? demanda Tom. Ce serait bien de pouvoir rassurer Sarah.

— J'y vais.

Elle partit pour la réa pédiatrique, où elle trouva Ed Shackleton, un des consultants, en train de soigner un garçonnet d'environ cinq ans qui sanglotait en réclamant sa mère.

— C'est Rory ?

— Oui. Comment va sa maman ?

— En route pour le bloc pour réduire sa fracture du tibia et lui poser des plaques, mais à part ça, elle va bien. Et lui ?

— Plein de bobos et mal un peu partout, mais il a eu une chance incroyable. Rory ? Je te présente Laura. Elle a soigné ta maman. Tu veux lui parler ?

Le gamin acquiesça de la tête en reniflant, et Laura lui prit doucement la main.

— Maman va vite guérir, Rory. Elle a été blessée à la jambe, mais elle va se rétablir. Les docteurs vont l'opérer.

— Je veux voir maman, gémit-il.

— Je sais bien, mon mignon, dit Laura en repoussant les mèches de cheveux qui encombraient le front du petit. Tu la verras dès que ce sera possible, je te le promets. Il a un hématome à la tête, ajouta-t-elle par-dessus son épaule à l'adresse d'Ed.

— Il est couvert d'hématomes. Nous allons le mettre en observation. Son père est en route.

— OK.

En effet, lorsqu'elle retourna voir Sarah, elle trouva son mari à son chevet et put ainsi rassurer les deux parents. Puis on emmena Sarah au bloc, et Laura conduisit le père auprès de son fils.

— Merci pour tout, dit le père. Et transmettez mes remerciements à vos collègues.

— Nous sommes là pour ça, répondit-elle avec un sourire. C'est notre métier.

4.

Jamais une journée n'avait paru aussi longue à Laura.

L'absence de James se prolongeant, elle dut prendre Tom en charge pendant toute la matinée. Cela ne posait aucun problème tant qu'ils étaient occupés, mais à la moindre accalmie, la tension resurgissait entre eux.

En cause, non plus son revirement de dernière minute sept ans plus tôt, mais le fait qu'elle ait enfin cédé et qu'ils aient connu une nuit d'amour extraordinaire dont le souvenir s'imposait dès qu'elle croisait le regard de Tom.

Drôle de façon de conclure une histoire ! Si elle avait pu prévoir qu'ils travailleraient ensemble, elle serait partie ventre à terre, ce soir-là. Mais elle avait sincèrement cru que leur histoire se terminerait là et que leurs chemins se sépareraient définitivement.

Or, une chance inespérée de rester à Yoxburgh s'offrait à elle : être titularisée sur le poste de Livvy, un poste de rêve, du type de celui qu'elle avait occupé avant de tout arrêter pour venir auprès de son grand-père. Mais cela signifierait devoir côtoyer Tom quotidiennement, ce à quoi elle ne pensait pas pouvoir s'habituer un jour. Car il était de son propre aveu un « esprit libre » comme sa mère à elle, et ce n'était pas le genre d'homme qu'il lui fallait.

Grand-père, où es-tu ? J'ai besoin de ton bon sens.

— Pardon, tu disais ?

Zut ! Elle avait parlé toute seule.

— Rien, je réfléchissais à voix haute. Tu ne veux pas profiter de ce moment de calme pour aller boire un café ?

Ou s'en aller, carrément, jusqu'à ce qu'elle ait fait un peu de ménage dans sa tête.

Tom la considéra d'un air pensif.

— Ça va être difficile, n'est-ce pas ? observa-t-il avec une gentillesse un peu condescendante.

Sans prendre la peine de lui demander de préciser sa pensée, elle répondit que non.

Et c'était vrai, en ce qui concernait le travail proprement dit.

— C'est juste…

— Compliqué ? suggéra-t-il, reprenant un terme qu'elle avait elle-même utilisé.

— Oui. Il faut que je gagne ma vie, mais si j'avais su que nous retravaillerions ensemble, jamais je n'aurais…

Elle n'acheva pas. Inutile, à en juger par la lueur dans les yeux de Tom.

— Le fait est là, Laura. Alors, il faut faire avec et avancer. J'accepte ta décision de conclure notre histoire, mais, juste pour information, sache que je recommencerais sans la moindre hésitation, même dans les circonstances actuelles.

Sentant tous ses sens s'éveiller, elle battit des paupières.

Elle sentait la chaleur qui irradiait de lui, elle humait le parfum enivrant de sa peau, elle voyait sa poitrine se soulever et s'abaisser au rythme de sa respiration…

Elle devait à tout prix s'éloigner de lui. Le fuir.

— Il nous faut trouver une solution pour fonctionner sans cette tension permanente, poursuivit-il.

— Nous ne pouvons pas en discuter ici, Tom. Va boire un café avant que nous soyons de nouveau débordés.

— Tu cherches vraiment à te débarrasser de moi ! s'esclaffa-t-il.

— Arrête de dire n'importe quoi, je ne…

« Arrivée d'un blessé adulte dans dix minutes. Un autre dans un quart d'heure. »

— Pile au bon moment, observa-t-il joyeusement. Tu es une vraie magicienne !

Il se moquait carrément d'elle à présent, et son rire s'accompagnait comme toujours de cette patte-d'oie si craquante.

Soudain, la perspective d'être encore coincée pendant des heures à côté de cet homme pour qui elle brûlait de désir lui parut insurmontable.

— Je n'ai pas le temps de m'amuser, moi, lança-t-elle sèchement en le bousculant pour partir.

— Hé ! ce n'est pas la direction de la réa. Où vas-tu ?

— Aux toilettes, répondit-elle sans même tourner la tête. On risque d'être pris pendant des heures.

Et surtout, elle allait se passer un bon savon à elle-même face au miroir.

Tom regarda Laura s'éloigner.

Sa blouse cachait ses formes, mais il connaissait maintenant chaque parcelle de son corps. La douceur de la peau de son ventre ferme, l'arrondi de ses seins, la veine qui palpitait à la base de son cou, la courbe de ses reins quand elle s'arc-boutait contre ses mains, la caresse de sa respiration…

— Ça y est, j'ai fini, je suis là. Désolé de m'être absenté. Ça a été ?

Il se tourna vers son nouveau patron, espérant que son visage ne trahisse pas trop l'état d'excitation provoqué par ses pensées.

— Oui, très bien.

— Et Laura ?

Ah ! Laura… Comment allait Laura ?

— Ça va.

James le scruta.

— Tant mieux. Je m'inquiétais. Elle a du mal à digérer ton recrutement. Cela m'embêtait de vous laisser tous les deux seuls aujourd'hui, mais je ne pouvais pas faire autrement. Bref. Le haut-parleur a annoncé l'arrivée d'un blessé, il me semble ?

— Oui. De deux, même. Je partais pour la réa. Laura arrive.

— Occupons-nous ensemble du premier. Laura se chargera de l'autre avec Sam.

Ouf ! Ce répit bienvenu lui permettrait de se reprendre

en main physiquement et mentalement, et lui éviterait de se ridiculiser.

Pas facile de conclure une relation !

Un peu après 18 heures, cet après-midi-là, Laura rentrait à pied chez elle quand Tom surgit à côté d'elle.

— On peut parler ?

Elle qui pensait être enfin tranquille !

— Non. Je dois aller promener Millie.

— Ça te dérange que je t'escorte ?

— Difficile de t'en empêcher.

— Écoute, il faut absolument que nous discutions pour faire face à la situation avant qu'elle devienne ingérable.

Comme si elle ne l'était pas déjà !

— Qu'y a-t-il à discuter, Tom ? demanda-t-elle en s'arrêtant. Nous avons couché ensemble, maintenant nous travaillons ensemble, et en effet ce n'est pas facile à gérer. Mais c'est comme ça. Il n'y a rien à ajouter.

— Tu en es sûre ?

— Oui. Le sujet est clos. Il faut passer à autre chose.

Il la dévisagea un moment avant de lui répondre d'une voix douce et étrangement triste.

— Tu as raison, il faut passer à autre chose puisqu'on ne peut pas changer le passé. Sur ce point, je suis d'accord. Mais il est indispensable que nous trouvions un terrain d'entente. Nous pourrions par exemple reprendre notre amitié.

Leur amitié ? Alors qu'elle ne pensait qu'à lui arracher ses vêtements ? Quelle idiote d'avoir couché avec lui !

— Ce n'est pas à la minute, si ? marmonna-t-elle en se remettant en marche. Millie m'attend.

Mais Tom lui emboîta le pas.

— Je vais dans cette direction, moi aussi. J'habite sur Brooke Avenue. Au 42.

À deux pas de chez elle ! Super, vraiment.

— D'ailleurs, j'aurais besoin de quelques adresses. Ma

porte d'entrée s'ouvre mal, et j'ai peur de finir par casser la vitre si je continue à forcer. Tu sais où je pourrais acheter des outils ?

— Tu n'en as pas ?

— Non, je n'en avais pas besoin dans mon appartement. Il était flambant neuf.

Elle s'arrêta de nouveau, renonçant à le semer.

— Bon, dis-moi ce qu'il te faut.

— Euh… Un rabot, une râpe, du papier de verre ? Peut-être un tournevis pour dégonder la porte ?

— J'ai tout ça. Laisse-moi le temps d'aller promener Millie, et je t'apporte le nécessaire vers 19 h 30.

— Tu es sûre ?

Non, mais maintenant qu'elle l'avait proposé…

— Oui. En contrepartie, tu pourrais aller chercher un repas à emporter. Ça m'éviterait d'aller faire des courses.

— Viens avec Millie, si tu veux.

— D'accord. C'est gentil. Merci.

Pourquoi fallait-il qu'il se montre aussi prévenant, juste au moment où elle essayait de se persuader qu'elle ne l'aimait pas ?

— À plus tard, lança-t-elle en priant pour qu'il ne la suive pas et qu'il apprenne où elle habitait.

Tom regarda Laura partir, le dos droit, la tête haute.

Il poussa un long soupir.

« Compliquée », la situation ? C'était un euphémisme. Laura était irritable, tendue, tellement à l'opposé de la Laura d'autrefois qu'il regrettait presque d'avoir couché avec elle.

Presque. Car en toute franchise il lui était impossible d'éprouver le moindre regret, même si leur nuit n'avait pas annoncé un nouveau départ mais la fin de ce qui avait existé entre eux. Si elle ne voulait pas rester sur un sentiment d'inachevé, lui n'avait de son côté aucune envie d'achever quoi que ce soit. Au contraire !

Mais si tel était le souhait de Laura, il devait le respecter.

Il espérait qu'ils parviendraient malgré tout à ressusciter leur amitié. Pour cela, il devait à tout prix cesser de penser à leur nuit d'amour…

Décidément, il n'aurait jamais dû accepter ce poste.

Il ouvrit avec difficulté la porte de chez lui, et comme il n'arrivait pas à la refermer, il lui décocha un coup de pied rageur qui fit vibrer la vitre.

Il allait devoir se mettre à bricoler, songea-t-il sans enthousiasme. Inévitable dans une maison.

Pourtant, son appartement ne lui manquait pas. Il n'y avait pas été heureux, et il l'avait quitté avec tout ce qu'il contenait, Karen comprise, sans le moindre état d'âme. Il avait d'autres chats à fouetter qu'une femme infidèle et un patron sans foi ni loi.

À présent, il s'installait à Yoxburgh et démarrait une nouvelle vie dans une maisonnette charmante mais un peu vétuste, aux antipodes de son appartement ultramoderne de Londres. Il allait acheter du matériel pour la retaper petit à petit et se créer un cadre de vie agréable. Avantage supplémentaire, cela lui fournirait un autre sujet de préoccupation que Laura.

À propos de Laura…

Il mourait de faim, et elle aussi vraisemblablement, car ils n'avaient pas arrêté de la journée. Heureusement, il avait rempli son réfrigérateur. Il pouvait donc lui cuisiner quelque chose plutôt que d'aller chercher un plat tout fait. Un bon repas leur permettrait peut-être de briser la glace ?

Il fit cuire des pâtes qu'il mélangea avec des légumes sautés et une sauce tomate, et saupoudra le plat de fromage avant de le mettre au four qui - ouf ! – fonctionnait. Il grimpa alors à l'étage, fit un brin de toilette, enfila des vêtements propres et s'empressa de redescendre pour jeter un coup d'œil à sa préparation culinaire.

Parfaite !

Il laissa la porte d'entrée entrouverte à l'intention de Laura, prépara une salade et rangea un peu en attendant son invitée.

Laura sonna à la porte entrebâillée de la petite maison un peu délabrée qui était restée sur le marché pendant une éternité, et un Tom super sexy en jean et chemise d'un blanc éclatant lui ouvrit. Avec un sourire ravageur, il l'invita à entrer.

Trop tard pour faire machine arrière.

— Bienvenue dans ma nouvelle demeure, Laura. Bonjour, Millie. Tu te souviens de moi ?

La chienne se dirigea droit vers lui en se trémoussant de joie, et Laura la suivit, les narines chatouillées par un délicieux fumet.

— Tu as trouvé facilement ? demanda Tom tout en caressant Millie.

— Oui, une fois que j'ai eu dégagé le numéro du lierre qui le cachait.

— Oui, je sais. Je n'ai pas eu le temps de le couper. Ni les outils pour le faire.

— À ce propos, voilà, dit-elle en lui tendant une sacoche pleine à craquer. Je ne savais pas exactement ce qu'il te fallait. J'ai mis du matériel de peinture aussi.

— Merci beaucoup ! Je te rendrai tout ça dès que j'aurai fini.

— Rien ne presse, répondit-elle en regardant autour d'elle. Tu risques d'en avoir besoin encore un moment.

— Ce n'est pas faux, s'esclaffa-t-il. Entre, je t'apporte quelque chose à boire.

Il ferma la porte du pied et l'emmena dans le salon.

— Waouh ! s'exclama-t-elle en s'arrêtant sur le seuil de la pièce. Un vrai voyage dans le temps !

— Effectivement. Les anciens propriétaires m'ont laissé le mobilier et l'électroménager, ce qui m'a évité de m'en occuper, dans l'immédiat en tout cas.

— Quoi ? Tu as acheté la maison ? Je croyais qu'ils voulaient la louer.

— Oui, confirma-t-il, brisant l'espoir qu'elle avait encore de ne pas le voir s'enraciner à Yoxburgh. J'ai eu les clés il y a deux jours. Allez, suis-moi. Je nous ai préparé un plat de pâtes. Ne le laissons pas refroidir.

Elle n'objecta pas, bien au contraire. Parce qu'elle mourait de faim, et aussi parce que ainsi ils repousseraient l'inévitable conversation qu'elle sentait se profiler. Mais un plat de pâtes et quelques feuilles de salade, cela ne durait pas éternellement. Vint donc le moment où il ne resta plus rien à manger, plus rien à faire.

— Allons nous installer dans le salon, proposa Tom après leur avoir servi du vin.

Elle le suivit, Millie sur les talons. Ils s'assirent chacun à un bout du canapé. Les jambes repliées sous elle, elle contempla le verre qu'elle serrait entre ses mains comme s'il détenait la réponse aux mystères de l'univers, tandis que Tom caressait la tête de Millie qui se frottait contre sa jambe.

Quand allait-il se décider à parler ? En tout cas, qu'il ne compte pas sur elle pour entamer la discussion.

Alors que le silence commençait à devenir pesant, Tom se lança d'une voix douce.

— Laura, explique-moi s'il te plaît. J'ai besoin de savoir comment tu envisages notre relation. Il est indispensable que nous éclaircissions la situation.

— Quelle relation ?

— Quelle relation ? répéta-t-il avec un petit rire incrédule. Euh… Laisse-moi réfléchir… Notre amitié, par exemple ? Ou notre collaboration professionnelle ? C'est une relation, non ? Et qui pose problème, apparemment. Ajoute le fait que nous avons couché ensemble.

Elle se sentit rougir et détourna la tête.

— Nous n'aurions pas dû.

— Peut-être, mais ce qui est fait est fait et, comme je te l'ai déjà dit, je ne le regrette pas. Loin d'avoir achevé une histoire restée en suspens, je crois que nous avons ranimé quelque chose que nous devons à présent tirer au clair.

— Comment ça ?

— Je ne peux pas te sortir de ma tête, avoua-t-il dans un souffle. Je ne l'ai jamais pu, même lorsque j'ignorais ce que je ratais.

— Que proposes-tu ? demanda-t-elle, le cœur affolé.

— D'être amis comme avant, si c'est possible. Sinon, que pourrions-nous être ?

— Je n'en sais rien. De toute façon, ce serait une impasse. Les relations sérieuses ne sont pas ton truc, à en juger par le défilé de tes petites amies à la fac.

— Ce n'étaient pas des filles faites pour moi.

— Alors pourquoi as-tu couché avec elles ?

— Peut-être parce que celle qui était faite pour moi ne voulait pas de moi ? rétorqua-t-il après un bref silence, les yeux dans les siens.

Parlait-il d'elle ?

Elle attendit, mais Tom n'ajouta rien, et un nouveau silence interminable s'installa.

— Je n'étais pas la bonne personne pour toi, finit-elle par murmurer d'une voix mal assurée.

Comment serait-elle parvenue à se détendre, quand il l'épiait et interprétait son langage corporel, comme la nervosité de ses gestes ou l'accélération de sa respiration ?

— Tu crois ? demanda-t-il avec une douceur qui la chavira.

— Oui !

— Tu en es sûre ? Parce que, moi, je ne le suis pas.

Elle s'obligea à le regarder dans les yeux, s'armant contre ce qu'elle se savait sur le point d'y lire.

— Tu étais un bourreau des cœurs, Tom, et je ne voulais pas mettre le mien sur le billot. Et je ne le veux toujours pas.

Avec un soupir, il laissa tomber sa tête.

— Laura, je n'avais aucune intention de te briser le cœur. Aujourd'hui non plus. Ce n'est pas mon genre.

— À d'autres, Tom ! Je t'ai vu à l'œuvre. J'ai vu toutes ces nanas qui craquaient pour toi et qui étaient prêtes à tout pour que tu tombes amoureux d'elles. Tu ne t'en apercevais même pas.

— Et toi, Laura, étais-tu amoureuse de moi ? demanda-t-il dans un souffle.

Prise au dépourvu, elle s'empourpra et détourna le regard, le cœur battant à se rompre.

— Bien sûr que non ! J'avais trop d'amour-propre, et je ne voulais pas que tu me détruises. Et c'est toujours le cas.

— Je n'ai jamais cherché à détruire qui que ce soit, et je n'ai jamais laissé entrevoir la possibilité d'une relation sérieuse à aucune de mes copines. Mon unique objectif était de devenir médecin, et le meilleur possible. Alors je ne voulais pas de distractions, pas de problèmes. Bien sûr, je m'amusais un peu à l'occasion, comme les autres garçons, mais le reste du temps je bossais. Tu le sais. Tu m'as vu. Tu étais en permanence à la bibliothèque.

Effectivement. Et elle avait travaillé au moins aussi dur que lui.

— C'était juste pour m'embêter ?

— Que je sortais avec des filles ?

— Non, que tu fréquentais la bibliothèque.

— Non, répondit Tom avec une mine amusée. C'était parce que je savais que je t'y verrais. Cela me donnait une raison imparable d'être près de toi.

Elle resta un moment à le regarder, comme envoûtée, avant de baisser la tête et de prendre une gorgée de vin.

— N'importe quoi.

Tu me fascinais, Laura. Je devinais que tu cachais beaucoup de choses derrière ta façade de bosseuse, et tu refusais de me laisser entrer. Pourquoi ? À cause de la conduite de ta mère ?

Aurait-il visé juste ? Jugeait-elle aussi sévèrement Tom parce qu'elle avait repéré chez lui la même tendance que chez sa mère ? Cette mère qu'elle avait surprise au lit avec son petit ami à elle ?

— Peut-être. Une chose est sûre : je n'ai jamais été proche d'elle. Je la gênais. Jamais elle ne me prenait en compte. Elle ne pensait qu'à son propre plaisir. Je ne crois pas qu'elle m'ait jamais aimée. En fait, je ne crois pas qu'elle sache aimer, conclut-elle en essayant de retenir ses larmes.

— Ma pauvre Laura !

Elle sentit le canapé s'enfoncer à côté d'elle tandis que le bras de Tom lui entourait les épaules et qu'il lui retirait le verre de vin des mains avec précaution.

— Parle-moi d'elle, murmura-t-il, son souffle chaud contre sa joue.

Et elle obéit.

Elle lui parla des virées à travers le pays quand sa mère la trimballait de festival en festival, des abris de plage à Goa et en Thaïlande, de toutes les fois où elle s'était bouché les oreilles pour ne pas entendre les ébats de sa mère avec un inconnu de passage. Elle lui parla de la drogue, de l'absence de règles, de l'incertitude permanente, de la liberté de mœurs d'une communauté où elle ne s'était jamais sentie en sécurité.

— Mes grands-parents m'ont prise avec eux à mes dix ans, continua-t-elle en se frottant le visage pour essuyer ses larmes. Ce jour-là, j'avais refusé de suivre ma mère au Glastonbury Festival, et je leur avais expliqué pourquoi. Ils se sont mis en colère et se sont disputés violemment avec elle. Elle a fini par leur déclarer qu'ils pouvaient me garder si ça leur chantait, qu'elle s'en moquait comme de l'an quarante, et elle est partie. Je suis donc restée avec eux, bien que grand-mère ait été déjà très malade à ce moment-là. Grâce à eux, pour la première fois de ma vie, j'ai vécu dans un vrai foyer. Ils m'ont scolarisée, nourrie, entourée de soins et d'amour. À la mort de grand-mère, grand-père, croyant bien faire, m'a envoyée dans un pensionnat. Mais j'y étais tellement malheureuse qu'il m'a rapatriée et m'a inscrite au lycée local. J'ai habité avec lui jusqu'à mes dix-huit ans.

Elle se tut un instant avant de reprendre.

— Il a été pour moi le père que je n'avais pas eu, la mère dont j'avais besoin, le seul ami qui m'ait jamais comprise. Il a pris en main mon éducation et ma scolarité, qui s'était jusque-là déroulée en pointillé, et surtout, alors que ma mère entrait et sortait de ma vie comme une fée maléfique, il m'a servi de repère et de guide. Il était si gentil, si réfléchi, si compréhensif ! Il me manque. Oh ! qu'il me manque !

Les larmes ruisselaient sur ses joues à présent.

Tom se mit à la bercer en silence contre sa poitrine tandis que Millie posait sa truffe froide sur sa main.

Enfin, Laura se ressaisit. Elle se redressa, se moucha et caressa Millie.

— Désolée. Ce n'était pas prévu.

— Pas de souci. Tu en avais besoin. J'ai toujours su que ton grand-père comptait beaucoup pour toi, mais je n'avais pas compris pourquoi.

— Je suis désolée, répéta-t-elle. Je me suis laissée aller.

— Ce n'est pas un crime, tu sais, la taquina Tom, lui arrachant un petit rire.

— Tu as raison. J'ai probablement réagi comme ça avec toi à cause de ma mère, mais inconsciemment.

— Comment ta mère a-t-elle pu se conduire de la sorte ? s'emporta-t-il. Elle n'avait pas le droit.

— Mel croyait que tout avait une valeur éducative.

— Mel ?

— Ma mère. Je ne l'ai jamais appelée maman. Elle me l'interdisait. Ça la vieillissait, soi-disant. Elle n'avait que dix-sept ans à ma naissance, et elle m'a toujours considérée comme un boulet.

— Et ton père ?

— Lui ? À mon avis, elle ne sait pas plus que moi qui il est.

Elle entendit Tom jurer tout bas avant de demander :

— Tu la vois encore ?

— Non. Elle n'a pas assisté aux obsèques de grand-père. Elle ignorait qu'il était mort parce qu'elle n'avait pas consulté ses mails, la seule façon que j'ai de communiquer avec elle. Elle a fini par le lire quatre semaines après et a débarqué avec armes et bagages en déclarant qu'elle revenait chez elle. Oui, chez elle ! répéta-t-elle dans un rire devant la stupeur de Tom. Je lui ai répondu que ce n'était plus chez elle depuis des années, que grand-père m'avait légué la maison et que je ne voulais plus jamais la voir. Là-dessus, je lui ai claqué la porte au nez… Bon, sur ce, je vais rentrer. L'heure tourne, et je prends mon service à 6 heures demain matin.

— Moi aussi. Je t'accompagne. Inutile de protester, je ne te laisserai pas rentrer seule à pied en pleine nuit. Et puis, de cette façon, je saurai où tu habites pour te rapporter tes outils.

— D'accord, fit-elle après une hésitation. Merci.

— Tout le plaisir est pour moi. Allez, en route !

— Voilà, c'est ici, dit Laura en s'arrêtant devant le joli jardin d'une petite maison. Merci pour le dîner. Je mourais de faim.

— C'était le minimum pour te remercier de m'avoir materné toute la journée, rétorqua Tom.

Il hésita avant de poursuivre dans un froncement de sourcils.

— Ça va aller, au travail, non ?

— Je pense, oui. Je suis contente que nous ayons clarifié les choses.

— Moi aussi.

Il s'approcha d'un pas et posa une main sur la joue de Laura, qui leva la tête vers lui.

— Bonne nuit, Laura. À demain.

Il lui effleura les lèvres des les siennes et recula en toute hâte avant de céder à l'envie de l'embrasser pour de bon, car il savait qu'ils n'en resteraient pas là. Or, ce soir n'était pas le bon moment pour aller plus loin, et peut-être ce moment ne se présenterait-il jamais.

Laura sourit d'un air un peu triste, comme en écho à ses pensées.

— Bonne nuit, Tom. Et merci encore.

Millie dans son sillage, elle remonta son allée, et il prit le chemin du retour en fulminant.

Rien d'étonnant à ce que Laura se soit montrée si inflexible avec lui, si sa mère l'avait traitée de façon aussi désastreuse ! Il espérait bien avoir l'occasion de lui prouver qu'il ne ressemblait pas à cette femme ! Pour une raison inexpliquée, l'opinion de

Laura lui importait subitement plus que jamais, et il rejetait farouchement l'idée de mettre un terme à leur histoire.

Alors qu'il cherchait sa clé dans sa poche en arrivant chez lui, il trébucha sur la marche du perron.

Pour la deuxième fois…

Il tourna la clé dans la serrure, ouvrit la porte d'un coup d'épaule et la referma ensuite du pied.

Il devait s'occuper de la réparer avant de casser l'antique vitrail. Il pourrait ensuite rapporter ses outils à Laura. Peut-être lui rendrait-elle son invitation à dîner à cette occasion ?

L'espoir était permis…

Non. D'abord, il devait consulter l'optométriste. Il prendrait rendez-vous le lendemain, et jusque-là il allait s'efforcer de ne pas y penser. Ce n'était probablement rien.

Il alla dans la cuisine charger et mettre en marche le vieux lave-vaisselle avant d'aller dormir. Mais il se réveilla en sursaut, enchevêtré entre les draps, le cœur battant frénétiquement, son cauchemar encore bien présent à l'esprit.

Il avait quelque chose aux yeux !

5.

Aucun doute, songea Laura, Tom avait eu raison d'insister. Leur conversation avait considérablement facilité leur collaboration. Toute tension avait disparu. Oui, absolument toute !

Bien sûr, elle demeurait terriblement sensible à son charme sensuel, mais son amitié lui importait davantage. Il savait à présent plus de choses sur elle que quiconque n'en avait jamais su à l'exception de son grand-père. Elle-même, elle le regardait d'un œil nouveau, plus indulgent.

Elle avait oublié quel ami il avait été, meilleur peut-être qu'elle ne l'avait mérité. Et en travaillant à ses côtés, elle retrouvait son irrésistible sens de l'humour, qu'il n'hésitait pas à exercer à ses dépens à elle. La preuve…

Elle recevait ce matin un patient septuagénaire dont les symptômes, qu'il avait expliqués du bout des lèvres et sans grande précision, semblaient indiquer un problème à la prostate. Mais il refusait de se laisser examiner par elle. Il réclamait un vrai médecin, expérimenté, « comme lui », déclara-t-il lorsque Tom était apparu.

— Vous pourriez remplacer cette jeune femme ?

— Désolé, mais je n'ai pas le temps, répondit Tom courtoisement. Un de mes patients est entre la vie et la mort. Et le Dr Kemp est chef de clinique. Elle a tous les diplômes et les compétences nécessaires. Maintenant, si l'idée d'être examiné par une femme vous gêne, nous pouvons demander à un jeune médecin de s'en charger. Mais il ne sera pas libre avant une demi-heure au moins. À vous de décider.

Là-dessus, il s'en alla, laissant le vieil homme se débattre avec son amour-propre tandis qu'elle attendait patiemment sa décision.

— Alors, comment va le malade dont la vie ne tenait plus qu'à un fil ? demanda-t-elle quand elle vit Tom un peu plus tard. Tu as réussi à le sauver ?

— Quel malade ? J'étais venu voir si tu avais le temps de boire un café, dit-il de son air le plus innocent.

— Quoi ? Tu m'as abandonnée avec ce vieux alors que tu aurais pu rester ?

— Je ne voulais pas lui donner satisfaction, et je savais que tu étais parfaitement capable de le gérer, répondit-il sans une ombre de contrition.

— Merci, vraiment ! Tu aurais pu nous éviter l'humiliation à tous les deux.

— Il t'a laissée faire, finalement ?

— Oui, une fois qu'il a ravalé sa fierté. Il était juste affreusement gêné. Apparemment, il drague sur un site de rencontres, et il a eu des rapports non protégés. Il a une blennorragie. Je lui ai prescrit le traitement classique et l'ai sermonné sur l'importance des capotes. Je l'ai aussi signalé à l'assurance-maladie pour qu'on recherche ses contacts.

— Bravo ! Je me demandais si tu ferais le bon diagnostic.

— Quoi ? s'étrangla-t-elle en lui donnant un coup de poing dans le bras. Tu savais depuis le début de quoi il souffrait ? Tu es un vrai fumier !

Mais Tom riait joyeusement sans le moindre remords, et elle fut contaminée par son hilarité.

— Au moins, ça change de l'ambiance habituelle, observa-t-elle en essuyant ses larmes de rire. Il est temps de retourner travailler, tu ne crois pas ? À quelle heure termines-tu ?

— À 16 heures, répondit-il, le visage soudain grave. J'ai rendez-vous chez l'optométriste. Je remets depuis un moment. Je crois qu'il me faut des lunettes.

Il évitait son regard, et elle sentit son cœur se serrer.

Que lui cachait-il ?

— D'accord. Ça te dirait de venir dîner chez moi ce soir ? ajouta-t-elle sans trop s'appesantir sur les raisons de son invitation. Viens quand tu seras prêt.

— Avec plaisir. Vers 19 heures ?

— Parfait. Mais ne t'attends pas à ce que je mette les petits plats dans les grands.

Tom quitta l'hôpital à 16 heures et se rendit à pied chez l'optométriste.

Qu'allait-on lui trouver ? Rien, peut-être.

— Monsieur Stryker ? Je suis le Dr Julia Wilde. Si vous voulez bien me suivre.

Une fois dans le bureau, il s'assit et s'encouragea à se détendre, sans réel succès.

— Vous avez des problèmes de vue depuis quelque temps, c'est ça ? Vous pouvez m'expliquer lesquels ?

— C'est juste que je ne vois pas très bien la nuit, répondit-il en essayant de freiner son imagination débordante. Ce doit être dû à une carence en vitamines ou à la fatigue ou au temps que je passe devant les écrans…

— Nous allons regarder ça.

Elle commença par un contrôle classique de sa vue de loin, vérifia sa vision périphérique, l'examina avec un ophtalmoscope et pratiqua enfin un fond d'œil de chaque côté.

— Verdict ? Il faut que je porte des lunettes ?

— Non, votre acuité visuelle est excellente. En revanche, votre vision périphérique est un peu réduite. Il est possible que vous ayez un léger problème à la rétine. Je ne peux pas en être sûre. Je préfère vous adresser à l'hôpital, à un spécialiste qui disposera d'un matériel plus perfectionné que le mien pour effectuer des investigations plus poussées, conclut-elle avec un visage délibérément sans expression.

— Quel genre de problème ?

Comme l'optométriste tournait l'écran vers lui, il sentit son sang se figer dans ses veines.

— Comme vous le constatez, chaque œil présente quelques minuscules taches sur le pourtour de la rétine.

Il sentit qu'il se décomposait.

— C'est… C'est de la rétinite pigmentaire ?

— Pas de conclusions hâtives. Ce pourrait être un tas d'autres choses. Des micro-hémorragies, par exemple. D'autant plus qu'il y a très peu de taches. Y a-t-il des cas de cécité nocturne dans votre famille ? Chez vos parents, grands-parents, oncles, tantes… ?

Son cerveau avait cessé de fonctionner.

— Non. Je ne crois pas. Je ne sais pas. Il faut que je me renseigne.

— Ne vous inquiétez pas. Encore une fois, ce n'est pas nécessairement grave.

— Combien de temps avant d'obtenir un rendez-vous chez un spécialiste ?

— En principe une quinzaine de jours, mais ce peut être plus long. Encore une fois, ne vous inquiétez pas.

Qu'il ne s'inquiète pas ? Elle rêvait ou quoi ?

Il la remercia, sortit comme un automate, gagna le front de mer et s'assit sur un banc.

S'il souffrait réellement de rétinite pigmentaire - RP dans le jargon médical –, sa vision se détériorerait de façon irrémédiable jusqu'au jour où il deviendrait aveugle.

Aveugle ! Incapable de se repérer, incapable de conduire, de travailler, d'avoir des enfants de peur de leur transmettre le handicap car certaines formes de RP sont héréditaires.

Quand ? Dans deux ans ? Dix ? Vingt ?

Il suffoquait tant il était oppressé. Son cœur tambourinait dans sa poitrine. Il avait la nausée. Il suait à grosses gouttes. Et, par-dessus le marché, tout commença à devenir noir.

Une crise d'angoisse.

Respire !

La main devant sa bouche pour réduire la quantité d'oxygène

dans l'air qu'il inhalait, il s'adjura de se détendre, de garder son calme, de rester optimiste.

Progressivement, ses battements de cœur et sa respiration ralentirent, et la tension s'évacua, le laissant vidé.

Ce qu'il lui arrivait aujourd'hui échappait à son contrôle. Lui qui avait toujours jusque-là tout maîtrisé dans sa vie, il n'était pas préparé à affronter une possible cécité.

Allons, pas de panique. Son trouble pouvait s'expliquer autrement. Peut-être était-il temporaire. Curable. Bref, pas si funeste. De toute façon, on ne mourait pas d'une RP.

Il se leva de son banc avec raideur, retourna chez lui, poussa sa porte qui coinçait toujours, la referma et se laissa glisser contre elle comme un pantin dont on aurait brusquement coupé les ficelles. Son cerveau aussi avait été déconnecté.

Son téléphone sonna. Il vit le nom de Laura s'afficher à l'écran. Elle avait déjà appelé.

Impossible de lui annoncer la nouvelle. Mais il ne pouvait pas ne pas lui répondre. Il prit une profonde inspiration et décrocha.

— Bonsoir ! Désolé d'avoir manqué ton appel. J'ai été pas mal pris.

— Pas de souci. Alors, comment s'est passé ton rendez-vous ? Vas-tu devoir porter de belles lunettes sexy ?

Il s'esclaffa, mais son rire étranglé ressemblait davantage à un coassement.

— Non, pas de lunettes.

Rien d'aussi simple, hélas. Que pouvait-il bien lui dire ? On en était encore au stade de l'hypothèse, une parmi bien d'autres, et il ne voulait pas l'inquiéter. Il serait incapable de supporter sa compassion.

Il opta pour le mensonge.

— Écoute, je travaille sur un article que je dois rendre bientôt. Cela te dérange si nous annulons ce soir ?

— Oh… Non. OK.

Et zut ! Elle semblait blessée. Mais il ne se sentait pas prêt à la voir. Ni elle ni quiconque, d'ailleurs.

— Je suis désolé, Laura.

Elle murmura quelque chose en retour avant de raccrocher. Il laissa tomber son téléphone par terre et fixa le mur en face de lui, le regard vide.

Oh ! Laura ! Il n'avait qu'une envie : se précipiter chez elle et tout lui dire. Mais il ne pouvait pas le faire tant que le diagnostic n'était pas établi. De toute façon, même s'il s'avérait mauvais, comment pourrait-il faire porter ce poids à Laura, alors que leur relation – si on pouvait parler de relation – était si récente ?

Il se cacha le visage dans les mains et étouffa un sanglot.

Stop ! Hors de question qu'il se laisse aller. Hors de question qu'il s'apitoie sur son sort. D'autant plus qu'il n'était encore sûr de rien. Il aurait tout le temps si le pire devait arriver. Il attendrait ce moment-là pour parler à Laura…

Enfin, peut-être.

D'ici là, il garderait le secret et se renseignerait sur ses antécédents familiaux, en croisant les doigts pour ne rien découvrir.

Malgré ces résolutions, il ne tenait pas en place. Il avait besoin de s'activer physiquement.

Il sortit les outils de Laura et s'attaqua à la porte.

Laura ne pouvait pas se départir d'une impression de malaise depuis son échange téléphonique avec Tom. Quelque chose ne tournait pas rond. Tom ne lui avait pas paru comme d'habitude.

L'optométriste lui aurait-elle découvert un problème grave ?

Bien sûr, il pouvait être tracassé pour des tas de raisons. Il n'empêche que son attitude étrange coïncidait avec son rendez-vous. Elle devait en avoir le cœur net.

Elle avait déjà préparé le repas. Elle mit donc la salade au réfrigérateur, le poulet tandoori et la baguette à l'ail au four pour les maintenir au chaud, puis elle donna un biscuit à Millie et se rendit chez Tom en voiture.

Ce n'était pas sur un article qu'il travaillait, mais sur sa porte. Plus exactement, il s'acharnait dessus comme si sa vie en dépendait.

Ou sa santé mentale ?

Il leva la tête en entendant la portière claquer. Son visage était dur, fermé.

— Je t'ai dit que j'étais occupé, non ?

Il n'allait manifestement pas bien, et elle ne le laisserait pas tomber.

— Tu m'as dit que tu écrivais un article. J'ignorais que c'était pour un magazine de bricolage.

Il posa – non, il jeta - la râpe par terre et se leva, l'air peu amène.

— Que veux-tu, Laura ?

Elle avança jusqu'au perron, déterminée à ne pas céder à l'intimidation.

— Que tu me parles, Tom, dit-elle avec douceur. Que t'a-t-on dit ?

— Qui ?

— L'optométriste.

Il détourna la tête, et elle vit sa mâchoire se contracter.

— Rien.

— Je ne te crois pas. Et puis, arrête de massacrer cette porte, dit-elle en envoyant la râpe rejoindre les autres outils dans la caisse. Elle ne t'a rien fait.

— Si ! Elle frotte.

— J'ai préparé le dîner, dit-elle sans insister davantage. Je suppose que tu n'as pas mangé ?

— Je n'ai pas faim.

— Arrête, Tom. J'ignore ce qu'il t'arrive, mais je ne partirai pas tant que tu es dans cet état. Viens donc chez moi. Nous casserons la croûte, et nous parlerons tranquillement.

— Je n'ai pas envie de parler avec toi.

— D'accord, mais à qui vas-tu parler, alors ? Tu ne connais que moi ici, et tu m'as tout l'air d'un homme qui a besoin d'une épaule sur laquelle s'appuyer. Alors, je te propose la mienne. Ça ne t'engage à rien, promis.

Elle le vit avaler sa salive et aperçut une fugitive émotion dans ses yeux gris foncé.

— Je vais bien, je…

— Arrête, Tom. Tu m'as assuré que tu ne m'avais jamais menti, alors ne commence pas aujourd'hui. Que t'a dit l'optométriste ?

Il tint bon encore plusieurs secondes avant de rendre les armes devant la détermination de Laura.

— Elle m'adresse à un spécialiste.

— Parce que ?

— Elle a trouvé quelque chose. Des taches. Des taches sombres au bord de la rétine. Et ma vision périphérique est un peu diminuée.

Elle ferma les yeux un bref instant, inspira puis expira lentement.

— Il y a tout un tas d'explications possibles.

Mais une seule lui venait à l'esprit : une maladie qui débutait par une cécité nocturne. Or, Tom avait trébuché dans l'obscurité contre le trottoir le soir où ils étaient allés au restaurant. Parce qu'il ne l'avait pas vu. Et s'il souffrait de rétinite pigmentaire…

— Lesquelles, par exemple ?

Elle leva la tête vers lui et lut sur ses traits crispés l'émotion qu'il tentait de contenir.

— Je ne sais pas, dit-elle en détournant le regard. Je n'ai pas vu les clichés, et de toute façon je ne suis pas ophtalmologue. Je n'y connais rien dans ce domaine.

— Tu t'y connais suffisamment pour savoir qu'il s'agit des symptômes typiques d'une RP, et que si j'en suis atteint, il arrivera un jour où je ne verrai presque plus ou même plus du tout, et personne n'y pourra rien.

— Attends la consultation chez le spécialiste avant de t'affoler. Allez, grimpe dans ma voiture et viens chez moi avant que le poulet soit complètement refroidi. Nous pourrons discuter de tout ça là-bas.

— Je ne veux pas en discuter.

Ravalant les larmes qui menaçaient, elle l'embrassa sur la joue.

— D'accord. On parlera d'autre chose. De ce qui t'a poussé à quitter Londres, par exemple.

— Parce que tu trouves que c'est mieux ?

— Comment veux-tu que je le sache ? J'ignore tout sur le sujet. Alors, pourquoi ne me l'expliques-tu pas ?

— Et pourquoi le ferais-je ? Tu crois que, au nom de notre amitié d'autrefois, j'ai envie de te raconter ma vie ?

— Je t'ai bien parlé de ma mère hier soir alors que je n'en avais pas envie. Et ça m'a fait du bien, figure-toi ! Alors, arrête de faire l'enfant, monte en voiture et allons manger avant de mourir tous les deux d'inanition.

— Je suis en train de réparer la porte.

— Non ! Tu es en train de la démolir. Tu n'es pas en état de bricoler. Alors laisse-la tranquille avant qu'il n'y ait plus de porte à réparer. Tu verras ça demain. Allez, viens !

Il finit par secouer la tête en signe de reddition et, avec un soupir qui aurait pu passer pour un petit rire, il prit ses clés.

— Tu es une enquiquineuse, tu sais ça ? dit-il en fermant sa maison.

— Oui. En route !

Il passa le trajet bras croisés sur la poitrine, sans dire un mot, l'air buté, les yeux fixés devant lui sur la route. Mais à leur arrivée, Millie l'accueillit comme un vieil ami, et Laura vit ses traits s'adoucir.

— Bonsoir, toi, murmura-t-il en se penchant pour caresser la chienne. Tu es une bonne petite.

— C'est vrai. Et aussi une charmeuse. Viens dans la cuisine. Tout est prêt.

S'apercevant qu'il ne la suivait pas, elle se retourna et le découvrit en arrêt devant la baie qui donnait sur le bureau de son grand-père.

Ce dernier avait fait construire sur mesure de magnifiques bibliothèques qui occupaient les murs du sol au plafond, toutes pleines à craquer de livres. Un spectacle qui coupait le souffle à tous les visiteurs.

Tom n'échappait pas à la règle.

— C'est incroyable, murmura-t-il. Je n'ai jamais vu autant de bouquins dans une maison… Enfin, à part dans la nôtre. Ma mère tient une boutique de livres anciens, et mon père est un lecteur compulsif. Donc, chez eux, ça déborde de livres. Mais rien de comparable à ici.

Avec une quasi-vénération, il effleura des doigts le dos d'un volume ancien.

— Tu les as fait évaluer ?

— Non, pas encore. Je ne sais pas par quel bout commencer. D'après mon grand-père, il y en a dix mille, mais je ne me suis jamais amusée à les compter. De toute façon, ce sont les siens, et je n'ai pas l'intention de les vendre. J'adore cette pièce telle qu'elle est. C'est là que je m'assois lorsque je veux être près de lui.

Elle se tut un instant, rêveuse, avant de poursuivre :

— Apparemment, certains ont de la valeur. En particulier les éditions originales rares qu'il m'a montrées un jour. Il disait qu'elles me reviendraient après sa mort.

— Tu devrais les faire estimer pour l'assurance.

— Tu as peut-être raison.

Là-dessus elle fit glisser la porte escamotable de la salle à manger.

— Allez, à table !

Tom repoussa son assiette.

— Merci pour ce bon repas. Et désolé pour ma mauvaise humeur.

— Pas de souci. Tu avais une bonne excuse. Au fait, qu'est-ce qui t'a décidé à prendre rendez-vous ?

— Ta réflexion quand je me suis cassé la figure l'autre jour. Ce n'était pas la première fois que je trébuchais dans le noir. Ni la dernière. J'essayais depuis un bout de temps de me convaincre que c'était juste de la fatigue. Mais j'étais en plein déni.

Millie avait posé la tête sur les genoux de Tom et le regardait avec adoration. Il la caressa en lui murmurant des mots doux tandis que Laura, au bord des larmes, versait le café.

— Millie, arrête de draguer Tom, plaisanta-t-elle avant de proposer d'aller prendre le café dans le jardin, ce que Tom accepta sans hésitation.

— Tu veux que j'allume les lumières extérieures ? demanda-t-elle alors qu'elle ouvrait la porte.

— Non, ce n'est pas la peine.

Mais au moment même où il répondait, il manqua la marche dans la semi-obscurité.

— Tom ! Ça va ? J'aurais dû te prévenir. Je vais éclairer.

— Non, ne t'embête pas. Tout va bien.

Elle ne le crut pas tout à fait, mais elle céda à la douceur intime et rassurante du crépuscule. Sans compter que Tom parlerait peut-être plus facilement s'ils ne se voyaient pas nettement.

— On est bien ici, s'extasia-t-il lorsqu'ils furent assis. Quelle paix !

— C'était l'endroit préféré de mon grand-père. Nous nous y installions souvent tous les deux, surtout après son AVC, quand il ne sortait plus tout seul.

— Il n'avait pas de voiturette électrique ?

— Non. Millie n'aurait pas pu le guider.

— Le guider ?

— Il était aveugle. Je croyais que tu le savais. Il avait perdu la vue depuis des années.

— Je l'ignorais, dit-il en la fixant d'un regard vide. Tous ces livres… quel gâchis ! Alors, Millie est un chien guide ?

— Oui. Ou plus exactement elle l'était. Elle a dix ans maintenant, l'âge de la retraite. C'est pour cette raison que j'ai pu la garder.

Même dans l'obscurité, elle vit sa sidération.

— C'est arrivé d'un coup ?

— Non. Il souffrait de dégénérescence maculaire. Au début, c'était si progressif qu'il a eu le temps de s'adapter.

— Comme la RP, commenta doucement Tom.

Elle sentit son cœur se serrer.

— Un peu, oui. Mais après, la dégradation s'est considérablement accélérée, et comme les piqûres qui auraient pu retarder le processus lui étaient interdites à cause de ses micro-attaques, il a fini par ne plus voir que de vagues ombres.

— Et Millie ? Quand l'a-t-il eue ?

— Juste avant ma dernière année à la fac, six mois après son inscription sur une liste d'attente.

— Tu ne m'en avais rien dit.

— Nous ne nous parlions guère à ce moment-là, observa-t-elle dans un sourire. Quoi qu'il en soit, Millie avait deux ans, et ils ont immédiatement accroché. Pendant sept ans, elle l'a conduit un peu partout sans incidents. Contrairement à ce qu'il se passe dans la RP, c'est la vision centrale qui est affectée en premier dans la dégénérescence maculaire. Grand-père l'avait perdue complètement quand il a eu Millie. Il conservait une partie de sa vision périphérique, ce qui l'aidait à se repérer dans l'espace. Mais il ne pouvait ni lire ni voir ce qu'il faisait. Les gens atteints de RP, eux, voient jusqu'à la fin les expressions faciales.

— Eh bien ! Pour quelqu'un qui n'y connaît rien en ophtalmologie… Je parie que tu as su exactement de quoi il retournait dès que je t'ai parlé de mon rendez-vous chez l'optométriste.

— Non. Je savais ce que ça *pouvait* être. Je ne voulais pas t'inquiéter inutilement. Il est très possible que ce soit autre chose, Tom.

— Bien sûr que non, ricana-t-il. Et tu le sais parfaitement. Mieux vaut regarder la réalité en face. Et je n'ai pas besoin de ton aide. Je vais très bien.

— Excuse-moi. Tu as raison, ce ne sont pas mes oignons.

— Ce n'est pas ce que j'ai dit.

— Ce n'était pas la peine, Tom. Je tablais sur notre ancienne amitié, et je n'aurais probablement pas dû. Comme hier je n'aurais pas dû critiquer ta conduite à la fac. Ça non plus, ce n'étaient pas mes oignons.

Elle vit la bouche de Tom s'étirer en un sourire ironique.

— Pas sûr. J'ai largement fait ce qu'il fallait pour que ça le devienne. Et je comprends tes reproches après ce que tu m'as révélé sur ta mère. Pour info, j'ai eu effectivement quelques brèves relations à l'époque.

— Ah oui ? Quand ?

— Au début de la fac. Mais ces filles en attendaient davantage que moi et, au bout de quelques jours, elles laissaient leur brosse à dents à côté de la mienne et des sous-vêtements de rechange dans mon tiroir. Comme un appel du pied. Comme si elles s'installaient chez moi, ce que je ne voulais à aucun prix à ce stade de ma vie. La vie d'un étudiant en médecine n'est pas une sinécure, et je ne voulais pas de difficultés supplémentaires. J'étais trop jeune pour me ranger. Je savais que j'allais bouger de ville en ville et d'hôpital en hôpital pendant plusieurs années, et donc manquer d'un cadre stable. Bref, je n'étais pas prêt.

Elle souffla sur son café tout en dévisageant Tom.

— Ça, c'était il y a des années. Quelle est ton excuse, aujourd'hui ?

— J'ai été à deux doigts de m'engager, une fois. Et c'était une erreur.

Il hésita, haussa les épaules et la regarda.

— C'est fini, maintenant. J'ai tourné la page.

— Est-ce pour cette raison que tu as quitté Londres ? Remarque, tu n'es pas obligé de me dire…

— Oui, coupa-t-il avec un sourire. Une des raisons. Karen travaillait dans le même hôpital que moi. Comme nous avions décidé d'acheter une maison ensemble, j'ai mis mon appartement en vente. Mon patron le trouvait très pratique et il a proposé de l'acheter. La solution idéale. Je voulais partir de Londres pour habiter dans un endroit plus calme, comme ici, mais nous n'avons pas trouvé le temps de chercher d'autres postes. En fait, il arrivait que nous ne nous voyions pas pendant plusieurs semaines. Et puis, à la fin janvier, après des services de nuit de quatorze heures pendant sept jours d'affilée, je suis rentré, et j'ai trouvé Karen au lit avec lui. Dans notre lit.

— Tu veux dire avec ton patron ?

— Oui, en personne. Celui qui avait trouvé mon appartement si pratique. C'est un peu la même histoire que celle de ta mère et ton petit ami. J'ai l'impression que nous avons tous les deux appris sur le tas à ne pas accorder notre confiance à la légère.

— Mon pauvre Tom ! C'est affreux.

— En plus, j'avais beau l'avoir prise en flagrant délit, elle a inventé une histoire en expliquant qu'il avait raté son train et qu'elle l'avait donc invité à passer la nuit chez nous.

— Dans votre lit ?

— Tu te rends compte ? S'il avait réellement attendu le lendemain pour prendre son train, il aurait pu utiliser le canapé convertible du salon. Ils se voyaient probablement derrière mon dos depuis des mois. Je crois qu'ils avaient tout manigancé, y compris le rachat de l'appartement.

— Qu'as-tu fait ?

Tom rit avec une amertume qui serra le ventre de Laura.

— Je lui ai dit que s'il proposait un prix plus élevé, l'appartement était à lui immédiatement, avec tout ce qu'il contenait, y compris Karen. Je lui ai remis mon préavis et annoncé que je voulais être payé de toutes les vacances et RTT que je ne prendrais pas, que je partirais à la fin mars et que s'il ne voulait pas que le conseil d'administration ait vent de sa conduite, il avait intérêt à me faire une super lettre de recommandation. Ensuite j'ai cherché des postes vacants, et j'ai trouvé celui-ci. J'ai téléphoné et discuté avec James parce que la date limite de dépôt des dossiers était dépassée. Je lui ai envoyé mon CV en express, et il m'a inscrit sur la liste des candidats pour un entretien. La suite est de notoriété publique, comme on dit.

Laura essaya de sourire, mais elle était encore sous le choc de ce qu'il venait de lui raconter.

— Comment a-t-elle pu te faire ça ?

— Nous n'avions presque jamais les mêmes horaires, notre

vie sexuelle avoisinait le néant, et elle souffrait de solitude. Mais apparemment, j'étais un meilleur coup au lit.

— Elle t'a vraiment dit ça ? s'étrangla Laura.

— Oui. Je lui ai répondu que c'était tant pis pour elle. C'est la dernière fois que nous nous sommes parlé.

— Je suis désolée, Tom. Elle n'éprouvait donc rien pour toi ?

— Apparemment pas. Elle ne voyait en moi qu'une vache à lait, et Adrian gagnait davantage que moi. Et toi, alors ? Comment se fait-il que tu n'aies personne ?

— J'ai eu Pete, répondit-elle du bout des lèvres. Jusqu'à ce que je revienne ici. Je vivais avec lui. Grand-père avait eu plusieurs petites attaques avant celle du début mars, beaucoup plus grave, qui lui a fait perdre son autonomie. Je ne supportais pas l'idée de le mettre en maison. Il aurait été complètement désorienté à cause de sa quasi-cécité, et en plus il aurait été obligé de se séparer de Millie. Cela aurait été terrible pour lui. Alors j'ai démissionné de mon poste à Nottingham, et je suis venue à Yoxburgh m'occuper de lui. Pete n'a pas suivi, et notre histoire s'est arrêtée là. J'ai commencé à effectuer quelques remplacements pour gagner un peu d'argent, et j'ai passé beaucoup de temps avec grand-père. Je ne regrette absolument rien. Sauf la fin, bien sûr. Ça, c'était…

Elle sentit la main de Tom se poser affectueusement sur son épaule. Elle lui couvrit les doigts des siens, et il les enferma dans sa paume.

— Eh bé ! Nous sommes d'humeur joyeuse, ce soir, plaisanta-t-elle, rompant le silence. Parle-moi de ta mère. Elle a l'air d'avoir une sacrée personnalité.

Tom émit un petit rire très doux qui la caressa dans l'obscurité.

— Je ne sais trop par où commencer. De bien des façons, c'est une mère géniale, une femme passionnante, mais c'est un bourreau de travail. Elle passe un nombre d'heures incroyable dans sa boutique à faire des recherches et à réparer des vieux livres. Elle se serait certainement bien entendue avec ton grand-père.

— Sans aucun doute, d'après ce que tu me dis d'elle. Il

connaissait les dix mille volumes de sa bibliothèque. Si je lui posais une question, il savait exactement où trouver la réponse.

— Bien. Il se fait tard, dit tout bas Tom. Je vais rentrer chez moi.

Laura acquiesça de la tête, mais, pendant un long moment, aucun d'eux ne bougea. Tom lui caressait du pouce le dos de la main, ce qui lui donnait des frissons délicieux.

Elle se dégagea et se leva pour commencer à débarrasser la table, et il l'imita. Mais alors qu'il entrait derrière elle dans la maison, elle entendit un fracas et un juron.

Elle alluma la lumière et se retourna.

— Ça va ?

— Oui. J'ai raté la marche. Encore une fois. Décidément, je vois très mal la nuit. Mais ne fais pas attention à moi.

Quoi ? Alors qu'il était suspendu au bord du gouffre ? Qu'il risquait la cécité ? Certainement pas.

Elle le débarrassa du plateau et alla allumer une lampe sur le vieux coffre sculpté dans le vestibule. Tom s'arrêta près de la porte d'entrée, le visage éclairé par la lumière.

— Merci pour le repas. C'était délicieux. Et pour les outils aussi. Je te les rends dès que j'ai fini.

— Rien ne presse, assura-t-elle en s'approchant pour l'embrasser sur la joue en guise d'au revoir.

Était-ce une erreur, ou sa meilleure idée depuis une éternité ?

En tout cas, ce qu'elle avait voulu comme un simple bisou, Tom l'interpréta comme une invitation. Il tourna légèrement la tête, et ses lèvres fermes et chaudes trouvèrent les siennes pour un vrai baiser, qui s'approfondit progressivement.

Interrompant soudain son étreinte, Tom déclara avec gravité :

— Je te préviens, Laura, je ne cherche pas à m'engager dans une relation sérieuse.

— Je sais. Moi non plus.

— Alors, où allons-nous comme ça ?

Elle lut dans ses yeux le désir, la tendresse, le contrôle de lui-même qu'il s'imposait. Et aussi la peur tapie tout au fond.

Elle ne pouvait pas le laisser partir. Pas ce soir, et peut-être plus jamais.

Elle avala sa salive. Son cœur s'affolait. Son corps s'embrasait.

— Par ici, répondit-elle en l'entraînant vers sa chambre. Non, Millie. Toi, tu couches dans la cuisine.

Le temps qu'elle referme la porte, Tom avait allumé la lampe de chevet et lui ouvrait ses bras. Bientôt, leurs vêtements volèrent dans la pièce, et leurs corps se fondirent.

6.

— Je ferais bien de rentrer chez moi, dit Tom.

Encore à moitié endormie, Laura tourna la tête vers lui.

— Oui, peut-être. Je commence tôt demain matin, et avant de partir il faut que je promène Millie.

— Comment ça se passe pour Millie pendant que tu travailles ?

— Une dame vient la sortir depuis que grand-père n'a plus pu l'emmener courir dans la campagne. Elle vient même si je suis là, à cause de mes horaires irréguliers et imprévisibles. Je serais perdue sans elle, et Millie aussi, parce qu'elles s'adorent.

Il lui déposa un baiser sur le nez, se leva, récupéra ses vêtements éparpillés dans la pièce et s'habilla.

— À demain, dit-il en l'embrassant avec tendresse. Merci encore pour le repas et les outils. Comme je ne commence qu'à midi, j'essaierai de réparer la porte avant. Ne bouge pas, je connais le chemin.

— Ça va aller, dans le noir ? Tu ne veux pas que je te reconduise ?

— J'ai une lampe sur mon téléphone. Ne t'inquiète pas.

Il déposa un autre baiser sur ses lèvres tentatrices et s'en alla avant que le désir ne l'emporte sur la raison.

Millie l'accompagna jusqu'à la porte et lui adressa un sourire qui l'émut presque aux larmes.

Aurait-il un jour besoin d'un chien comme elle qui le guiderait et veillerait sur lui ?

Chaque chose en son temps.

Quand il sortit, l'éclairage extérieur de la maison se déclencha automatiquement.

Voilà ce qu'il faudrait pour sa nouvelle maison, songea-t-il en marchant à pas précautionneux à la lumière de son portable.

En attendant, il aurait dû penser à laisser son porche allumé, maugréa-t-il en arrivant chez lui. Grâce à son téléphone, il réussit malgré tout à insérer la clé dans la serrure et à ouvrir sa porte.

Laura avait raison. Il avait failli la massacrer. Heureusement qu'elle était arrivée à temps pour l'arrêter dans son entreprise de démolition. Promis, demain matin il réglerait le problème.

Il ferma la porte d'un coup de pied, se versa un verre d'eau et alla se coucher.

Le lendemain, Laura ne vit Tom qu'en milieu d'après-midi, peu après ce qui aurait dû être sa pause. Ils eurent juste le temps d'échanger un sourire, que Tom accompagna d'un clin d'œil coquin avant d'être de nouveau happé par l'effervescence du service.

— Va te chercher un café, Laura, dit James en surgissant à côté d'elle.

Elle posa les dossiers qu'elle venait de prendre et s'exécuta avant que son patron ne change d'avis.

Doutant que Tom ait déjeuné avant de partir, elle acheta donc – avec sa propre tasse et son croissant aux amandes - un muffin et un café pour lui, et elle emporta le tout au parc où elle comptait s'asseoir au soleil quelques minutes.

— Salut !

Elle leva la tête.

Livvy Hunter se dirigeait vers elle, son ventre de femme enceinte à présent visible sous sa blouse.

— Salut ! Viens donc t'asseoir à côté de moi. J'emmagasine un peu de vitamines D pendant que je le peux.

— Deux gâteaux ? s'étonna Livvy en prenant place. C'est un peu beaucoup, non ?

Et zut !

— Il y en a un pour Tom, avoua-t-elle.

Livvy plissa les yeux de façon imperceptible, mais suffisante pour que Laura se sente obligée de détourner les soupçons de son amie.

— Il est en réa depuis qu'il est arrivé, et au moment où il allait souffler un peu, le téléphone rouge a sonné. Alors, je lui ai pris quelque chose pendant que j'étais ici.

— Ben voyons… Tu sembles différente de d'habitude, ajouta Livvy en la dévisageant, la tête inclinée sur le côté.

— Comment ça, « différente » ? demanda-t-elle en soutenant avec difficulté le regard de son amie.

— Je ne sais pas… Comme si tu étais amoureuse ?

Laura baissa la tête et déchiqueta nerveusement son croissant en petites bouchées.

Elle qui voulait détourner les soupçons !

— De qui veux-tu que je sois amoureuse ?

— Je n'en sais rien. À toi de me le dire.

Certainement pas !

— Je suis heureuse, je suppose. Heureuse parce qu'il fait beau, heureuse parce que je mange enfin un morceau, heureuse que tu attendes un enfant. Juste heureuse.

Sentant que Livvy la scrutait toujours, elle leva la tête et attaqua :

— C'est un problème ?

— Bien sûr que non ! Ça fait plaisir, après ce que tu as traversé. C'est juste…

— Quoi ?

— La coïncidence.

— Peut-être, dit Laura en haussant les épaules. En tout cas, ce n'est rien d'autre. Mais dis-moi, que fabriques-tu ici un jour de congé ?

— Je viens de passer la première échographie, répondit Livvy, le visage radieux.

— Tout va bien ?

— Oui. Matt m'avait accompagnée, et nous avons tous les deux un peu craqué. Il ne pensait pas que nous pourrions avoir un enfant après mon traitement contre le cancer. Moi non plus, d'ailleurs. Mais maintenant, je commence à y croire, et Amber et Charlie sont très excités.

Laura sentit ses yeux s'embuer elle aussi.

— C'est génial, Livvy ! Je suis vraiment contente pour toi. Tu sais ce que c'est ?

— Oui. Une petite fille. Amber va être aux anges. Elle voulait absolument une petite sœur.

Livvy se tut un instant avant d'ajouter :

— Nous allons l'appeler Juliet, du deuxième prénom de la première femme de Matt. Nous voulons l'associer à cet heureux événement parce qu'elle fera toujours partie de notre famille.

Laura retenait de plus en plus difficilement ses larmes.

— C'est un très joli prénom. Et une belle façon de se souvenir d'elle.

— Oui, c'est ce que nous avons pensé. Je peux te chiper un bout de croissant ?

— Tiens, s'esclaffa Laura. Prends tout. Il faut que j'y retourne.

En effet, son pager vibrait dans sa poche.

Elle le sortit et lut :

Service terminé. À demain.

Ayant pris congé de Livvy, elle regagna les urgences. Elle posa le muffin et le café derrière un poste de travail et se rendit en réa où Ryan McKenna commençait à donner ses instructions à l'équipe.

— Alors, de quoi s'agit-il ? lui demanda-t-elle, avec un sourire à Tom quand elle passa devant lui.

Il était minuit passé quand Tom arriva chez lui après douze heures de travail ininterrompu.

Évidemment, il avait oublié de laisser le porche allumé quand il était parti à midi. Une vraie tête de linotte ! Une lumière extérieure avec détecteur de mouvement devenait vraiment indispensable.

Comme pour se le prouver, il évalua mal la hauteur de la

marche et se cogna violemment la main dans laquelle il serrait ses clés contre le chambranle de la porte.

Il jura copieusement, ouvrit la serrure à la lumière de son portable, entra et examina les dégâts sur sa main. Il n'y avait que des bleus, mais il avait mal.

Il jeta rageusement ses clés sur la console de l'entrée et se rendit dans la cuisine.

En dehors du café et du gros muffin que Laura lui avait apportés, il n'avait rien avalé de la journée. Avec le fromage et la salade qu'il trouva dans son réfrigérateur, il se confectionna un énorme sandwich qu'il arrosa de mayonnaise et qu'il emporta dans le salon. Là, il s'affala sur son canapé devant la télévision, qu'il regarda d'un œil.

Il était trop fatigué pour chercher une émission intéressante, trop sur les nerfs pour dormir, trop rongé d'angoisse à cause de ses yeux pour se concentrer sur quoi que ce soit. Après cette journée d'enfer, il avait une seule envie : se glisser au lit avec Laura et s'isoler du monde.

Était-ce réalisable ? Raisonnable ? Correct vis-à-vis d'elle ?

Non, absolument pas, décida-t-il en sortant néanmoins son téléphone.

Un message était arrivé. Un message de Laura.

« Appelle-moi quand tu auras fini, si tu veux. »

Oh oui, il le voulait ! Bien sûr, il n'avait pas le droit de lui imposer ses problèmes, mais comme la proposition venait d'elle, il balaya ses scrupules et l'appela. Elle lui répondit d'une voix chaude de sommeil.

— Ah zut ! Je t'ai réveillée.

— Non, pas vraiment. Je somnolais en attendant ton appel. Comment s'est passée la journée ?

— L'enfer. Comme un samedi soir, en fait.

— Tu veux venir ? Je ne travaille pas demain.

Quelle question !

— Je me douche et j'arrive.

Vingt minutes plus tard, elle le prenait dans ses bras.

Il en éprouva un tel bonheur qu'il dut se retenir de pleurer.

Il l'entraîna au lit et s'endormit instantanément, enlacé avec elle.

Laura se réveilla avec un bras lourd autour de sa taille et la chaleur d'un corps contre son dos. Elle ajusta plus confortablement l'oreiller sous sa tête pour soulager la raideur de son cou et sentit alors Tom bouger.

— Bonjour, murmura-t-elle.

— Quelle heure est-il ? demanda-t-il d'une voix pâteuse quasiment inaudible.

— 6 h 30, répondit-elle, accueillie par un grognement.

Elle se libéra de son étreinte pour se rendre aux toilettes et, lorsqu'elle revint, une grande main se ferma sur un de ses seins.

— Hum, fit Tom dans un souffle.

Laura s'attendait à ce qu'il se rendorme, mais il se leva pour aller dans la salle de bains. À son retour, il sentait le dentifrice et dégageait la chaleur d'un homme sorti de l'emprise de Morphée. Il se blottit contre elle, le pubis contre ses fesses, et commença à lui mordiller l'épaule tout en taquinant nonchalamment du pouce son mamelon.

Elle se retourna vers lui, et il glissa doucement une jambe entre les siennes tout en l'embrassant et en la caressant de ses larges mains. Brusquement, il s'écarta et, après avoir farfouillé par terre, finit par brandir un petit étui en aluminium.

Elle s'en saisit pour prendre le contrôle des opérations.

— C'est de la torture ! se plaignit-il en serrant les paupières.

À cheval sur lui, les mains sur ses épaules, elle le plaquait sur le matelas et se frottait lentement contre lui. N'y tenant plus, il reprit les commandes. La tendre étreinte s'enfiévra et les amena dans un maelström de sensations à une telle extase qu'ils demeurèrent un long moment haletants, incapables de la moindre pensée.

Tom les fit rouler sur le côté, et ils se retrouvèrent allongés face à face, front contre front, leurs respirations mêlées tandis qu'ils reprenaient leur souffle.

— Waouh ! dit-il en lui caressant le visage. C'était quelque chose ! Je devrais peut-être passer la nuit ici plus souvent.

Là-dessus, il l'embrassa tendrement avant de se lever et de retourner à la salle de bains.

Elle resta au lit, les yeux au plafond.

Comment avait-elle pu se laisser aller à tomber amoureuse si vite et si éperdument ? Elle allait devoir reprendre la pilule. Elle ne pouvait pas courir le risque que Tom oublie un jour de prévoir le nécessaire. Une grossesse non programmée serait une catastrophe pour tous les deux…

À condition, bien sûr, que leurs ébats se renouvellent. Or, rien n'était moins sûr puisqu'il avait déclaré sans équivoque que leur relation ne menait nulle part. Inutile donc de tirer des plans sur la comète. Il traversait une mauvaise passe à cause de ses yeux et elle lui apportait simplement le réconfort dont il avait besoin. Rien de plus.

Après un assez long moment, Tom reparut avec deux tasses et une chienne frétillante qui sauta sur le lit avec ses pattes humides.

— Millie, voyons, tu vas m'attirer des ennuis, la gronda Tom en s'asseyant. Désolé, Laura. Elle voulait sortir, et je croyais l'avoir essuyée mieux que ça.

— Ce n'est pas grave. Ça arrive tout le temps. Les taches partiront à la machine. Que t'es-tu fait à la main ? s'inquiéta-t-elle en remarquant les ecchymoses quand Tom lui tendit son thé.

— J'ai trébuché sur la marche du perron, et je me suis cogné contre le chambranle de la porte. Comme je tenais les clés dans ma paume, elles se sont un peu enfoncées dans la chair.

— Tu peux remuer les doigts ? demanda-t-elle en examinant la zone mâchée.

— Il n'y a pas de fracture, Laura. Ce n'est rien. Ça fait juste mal si tu la tritures comme ça, ajouta-t-il d'une voix qui partit un peu dans les aigus, en retirant sa main avec vivacité.

— Tu devrais faire davantage attention.

— Il faudrait surtout installer un détecteur de mouvement

qui déclenche l'éclairage. Mais il faut que je demande à un électricien.

— Non. Il suffit de remplacer l'ampoule actuelle par une qui s'allume automatiquement à la tombée de la nuit et s'éteint au lever du jour.

C'était un problème qu'elle pouvait régler pour lui faciliter la vie et lui éviter des accidents. Malheureusement, c'était à peu près tout ce qu'elle pouvait faire pour lui.

Elle entra la recherche sur son téléphone et, après quelques clics, déclara :

— Voilà, je viens de t'en commander une. Tu la recevras dans quelques jours.

— Tu es une championne ! s'extasia-t-il en se penchant pour l'embrasser, avant de se caler de nouveau contre ses oreillers avec un soupir satisfait. Je commence encore à midi aujourd'hui. Tu as prévu quelque chose pour ce matin ?

— Non, en dehors d'aller promener Millie. Pourquoi ?

— Je me disais que nous pourrions sortir prendre le petit déjeuner.

— Bonne idée ! Tu penses à un restaurant en particulier ?

— C'est toi qui sais. Tu es du coin, contrairement à moi.

— Il y a le Harbour Inn, près de l'embouchure de la rivière, qui sert un brunch mortel, et aussi un petit hôtel de caractère face à la mer. C'est plus près, mais comme on ne peut s'installer qu'à l'extérieur, il faut que le temps reste au beau fixe.

Comme il resta au beau fixe, ils optèrent pour l'hôtel et s'assirent au soleil avec Millie à leurs pieds, trempée et couverte de sable après avoir joué dans les vagues. Ils mangèrent un énorme et savoureux sandwich bacon-salade-tomates qu'ils firent descendre avec des litres de café, puis ils reprirent le chemin de chez Laura.

— Je n'ai pas le temps d'entrer, s'excusa Tom.

— Oui, je sais, dit-elle en se hissant sur la pointe des pieds pour l'embrasser. J'espère que ta journée sera moins pénible qu'hier.

— Je n'y crois pas trop. Toi, en tout cas, profite de ton jour de congé. À quelle heure commences-tu demain ?

— 6 heures, répondit-elle avec une grimace.

— Dans ce cas, je ne passerai pas ce soir. On se verra à un autre moment.

— Très bien. Et fais attention en revenant chez toi. Ou allume la lumière du porche avant de partir.

— D'accord. À plus.

Tom lui déposa un dernier baiser sur les lèvres, en s'attardant un peu, puis il monta dans sa voiture et démarra.

Elle rentra, suivie par Millie, et vaqua à ses occupations en chantonnant. Tout à coup, elle sut ce que Livvy avait lu dans ses yeux : elle était heureuse.

Mais elle se leurrait. Ce bonheur était bâti sur du sable. Tom avait déclaré que leur relation ne débouchait sur rien, qu'il n'avait rien à lui offrir, qu'il ne voulait pas la priver de sa liberté. C'était pourtant ce à quoi elle aspirait de toute son âme ! Mais si on diagnostiquait une RP à Tom, voudrait-il toujours d'elle ou la chasserait-il de sa vie ?

Mystère.

En attendant, elle se démènerait pour le soutenir, et s'il essayait de l'en empêcher… Eh bien, tant pis. Pour le moment il était avec elle, et même si cela ne devait durer que quelques semaines, elle prendrait ce qui se présentait, en espérant qu'elle survivrait quand tout volerait en éclats.

Il était temps qu'elle s'endurcisse.

Au cours de la semaine suivante, une sorte de routine s'installa.

Ils ne travaillaient pas toujours ensemble, mais ils se croisaient en général à un moment ou à un autre de la journée. S'ils terminaient à une heure raisonnable, ils mangeaient ensemble. Si l'un d'eux était retenu, l'autre ne l'attendait pas.

Malgré tout, ils se retrouvaient presque toujours le soir, la plupart du temps chez Laura à cause de Millie.

La chienne vénérait Tom. Laura aussi, mais avec davantage de retenue que Millie, qui s'allongeait à ses pieds ou à côté de lui sur le canapé et le regardait avec adoration ou avec des yeux un peu vitreux lorsqu'il la caressait comme lui seul semblait savoir le faire.

Laura aurait pu se montrer jalouse de la chienne, si elle n'avait pas su que son tour arriverait lorsqu'ils fermeraient la porte de sa chambre derrière eux.

Mais il ne passait plus la nuit chez elle, en partie à cause de leurs horaires décalés et en partie aussi, soupçonnait-elle, parce qu'il ne voulait pas prendre d'habitudes qui les installeraient dans une situation qui l'effrayait. Elle-même gardait toujours dans un coin de sa tête la remarque de Tom sur les filles qui avaient laissé leur brosse à dents à côté de la sienne ou leurs sous-vêtements dans son tiroir. Elle n'allait donc pas insister.

De son côté, elle avait tiré la leçon de son histoire avec Pete quand, tenant pour acquis qu'il partageait ses sentiments, elle avait emménagé avec lui et avait cru qu'il comprendrait lorsqu'elle avait dû partir s'occuper de son grand-père. Elle avait pris ses désirs pour des réalités. Il n'avait pas compris. Le premier week-end où elle n'était pas rentrée, il avait débarqué chez elle et avait déchargé devant sa porte toutes les affaires qu'elle avait laissées dans leur appartement.

— Tu en auras besoin, avait-il lancé, avant de démarrer sans se retourner.

Difficile après cela de croire qu'il l'avait aimée.

Et normal, après une telle déconvenue, qu'elle ne soit pas pressée d'entamer une nouvelle expérience. Pas plus d'ailleurs que Tom ne l'était après son histoire avec Karen, à laquelle s'ajoutait à présent ce problème ophtalmologique.

Ils ne se privaient pas pour autant de faire l'amour dès que l'occasion s'en présentait, et elle continuait de l'aimer tout en sachant que leur relation était vouée à l'échec.

Le week-end suivant, Tom alla rendre visite à ses parents, et elle se languit de lui au point que c'en était ridicule. Il n'appela pas, même après son retour le dimanche soir. Comme elle ne travaillait pas ce lundi-là, elle ne le vit pas à l'hôpital. Et toujours aucun coup de téléphone.

Est-ce qu'il l'évitait ? Que lui avaient dit ses parents ?

Tous les scénarios qu'elle pouvait élaborer lui nouaient le ventre.

Ce week-end-là, Tom s'était rendu à reculons chez ses parents, bien que ce soit prévu depuis longtemps.

Il arriva en fin de matinée le samedi, et ils passèrent le reste de la journée à jardiner de concert. Le dimanche, la pluie interdisant toute activité extérieure, il leur montra des photos de sa maison.

— Il y a pas mal de travaux, mais j'ai déjà réparé la porte d'entrée qui frottait. J'ai emprunté des outils à Laura. Vous ne devez pas vous souvenir d'elle. Nous étions à la fac ensemble.

— Mais si ! Tu parlais beaucoup d'elle, déclara sa mère d'un ton plein de sous-entendus.

— C'est normal, nous étions amis. D'ailleurs, je suis sûr que tu aimerais la rencontrer. Son grand-père lui a légué tous ses livres. Une collection extraordinaire de dix mille volumes. Tu serais à ton affaire ! D'après Laura, certains sont de très anciennes éditions originales. Elle aimerait les faire évaluer.

— J'espère que je pourrai y jeter un coup d'œil quand nous descendrons te voir… Alors, vous vous êtes mis ensemble ?

— Non ! répondit-il avec un empressement un peu excessif. Non, maman, nous ne sommes pas ensemble. Je crois que j'ai été échaudé avec Karen. Nous sommes simplement amis, ce qui est déjà un miracle, vu que j'ai décroché le poste pour lequel elle s'était également portée candidate. Mais bon, c'est la vie.

Et celle de Laura s'était terriblement embrouillée depuis qu'il avait débarqué. Mais il ne pouvait rien y faire à part ne pas la compliquer davantage, ce qui semblait mal engagé. Et à propos, il n'avait toujours pas posé de questions à ses parents sur les antécédents médicaux de la famille. Comment aborder le sujet sans les inquiéter ?

Ce fut sa mère qui, sans le savoir, vola à son secours.

— À quelle heure repars-tu, mon chéri ? Tu restes dîner ? Mais tu n'as peut-être pas envie de conduire de nuit, surtout avec cette pluie. Moi, en tout cas, je ne voudrais pas.

— Ah bon ? Pourquoi ? demanda-t-il avec un détachement feint.

— Je suis éblouie par les phares. Si un véhicule vient en sens inverse, je ne vois plus rien, surtout si la route est mouillée.

— Comme tout le monde, dit-il, avec un soulagement que l'intervention de son père stoppa net.

— Parle pour toi, dit ce dernier. La conduite de nuit requiert certes une vigilance particulière, mais je ne suis pas comme ta mère. J'ai l'impression qu'elle ne voit vraiment rien dans le noir.

Puis, inclinant la tête sur le côté, il ajouta :

— As-tu le même problème ?

Lui qui ne voulait pas les inquiéter !

— Oui, ce n'est pas exclu. Lors d'une visite de contrôle chez une optométriste, l'autre jour, j'ai mentionné le fait que ma vision nocturne s'était détériorée à cause du temps que je passe à la lumière artificielle, et elle m'a demandé s'il y avait d'autres cas dans la famille. Aucun ne m'est venu à l'esprit. J'avais oublié que tu ne prenais pas la voiture la nuit, maman. En connais-tu, toi ?

— Non, je n'en ai jamais entendu parler. Et toi, Mike ?

— Non, personne de mon côté.

Tom se sentit allégé d'un gros poids.

— Ah ! tant mieux. Je n'ai plus qu'à manger davantage de carottes.

— Ah, attends ! dit soudain sa mère. Ton grand-oncle George, le frère de ma mère, est mort dans un accident de la route bizarre. Il avait dans les trente ans. Il me semble avoir entendu dire qu'il roulait sur une route de campagne sinueuse par une journée très ensoleillée, et il s'est écrasé contre un arbre à l'orée d'un bois. Le conducteur qui le suivait a eu l'impression qu'il n'avait pas vu le virage qui se trouvait dans l'ombre. Ma mère a toujours pensé que c'était un geste délibéré, mais je vais lui demander s'il n'avait pas des problèmes de vue. Bien, et toi, ta vision nocturne ?

— Rien d'alarmant, mentit-il, ébranlé par cette information qu'il avait redouté de découvrir. Je me suis probablement fatigué les yeux à force de passer du temps devant les écrans.

À moins qu'il ne s'agisse de la forme héréditaire de la RP liée au chromosome X, qui épargne généralement les femmes mais qu'elles transmettent à leurs fils.

— Consulte un spécialiste si tu ne constates pas d'amélioration.

— Ne vous inquiétez pas. Je vois probablement mal la nuit comme maman, tout simplement. Et vraisemblablement comme oncle George. Quoi qu'il en soit, je vais partir maintenant. J'ai des tas de choses à faire à la maison, et je commence à 6 heures demain.

Il prit congé rapidement de façon à ne pas courir de risques inutiles en conduisant de nuit par temps de pluie. Sur ce point, il n'avait pas menti.

Il arriva chez lui au crépuscule et trouva le porche éclairé par l'ampoule miracle de Laura.

Laura… Elle lui manquait affreusement. Sans ce qu'il venait d'apprendre, il se serait précipité chez elle.

Mais il était temps qu'il fasse des recherches sur la cécité liée au chromosome X.

Il entra, ferma la porte et alluma son ordinateur portable.

Tom tint bon jusqu'au lundi soir. Là, il craqua et appela Laura.

— Bonsoir. Je ne t'ai pas vue à l'hôpital aujourd'hui. Ça va ?

— Oui, très bien, répondit-elle d'un ton enjoué. J'étais en congé aujourd'hui. Comment s'est passé ton week-end ?

Pas bien. Il avait découvert des choses qu'il aurait préféré ignorer, et les recherches qu'il avait entreprises n'avaient rien arrangé : la mauvaise vision de nuit de sa mère faisait d'elle une possible porteuse du gène de la RP.

— Très bien. Tu es occupée ?

— Non, pas vraiment, hésita-t-elle. Pourquoi ?

— Tu as mangé ?

— Non. J'allais me mettre à table. J'ai fait un ragoût. Il y en a trop pour moi toute seule. Tu veux venir m'aider ?

— Avec plaisir.

Quelques minutes plus tard, il se garait devant chez Laura, armé d'une bouteille de vin… Et de quelques mensonges, qui ne lui servirent heureusement pas car Laura ne posa aucune question gênante.

En fait, elle ne lui demanda rien. Elle se contenta de lui sourire et de le prendre dans ses bras.

— Tu m'as manqué, murmura-t-elle.

— Je suis désolé de ne pas avoir appelé hier soir, mais je n'ai pas eu le temps. Trop d'affaires que j'avais négligées.

— Je suis contente de te voir, dit-elle en l'embrassant avec douceur.

Sa bouche était chaude, accueillante…

Oubliant le repas, ils gagnèrent le lit, où il se perdit dans les bras de Laura et dans son corps voluptueux. Vaincu par sa passion et sa tendresse, il la serra contre son cœur tandis que déferlaient sur lui des vagues sensuelles qui le laissèrent vidé et désarticulé comme un pantin.

Il s'aperçut alors avec terreur qu'il avait enfreint la règle d'or : il n'avait pas mis de préservatif ! S'il était atteint de RP, comme cela lui paraissait de plus en plus probable, le risque de la transmettre à son enfant était de 1 sur 2.

— Je suis nul, Laura ! Nous n'avons pris aucune précaution. J'ai…

— Hé ! pas de panique ! Je suis sous pilule, maintenant.

— Depuis quand ?

— Depuis un peu plus de deux semaines. C'est bon. Et si on dînait ?

— Bonne idée ! J'ai encore passé une journée de folie. Je n'ai jamais une minute à moi.

— Maintenant, tu as tout le temps que tu veux. Je vais faire réchauffer le ragoût pendant que tu t'habilles.

En peignoir et le visage encore irradié par leurs ébats, Laura se rendit dans la cuisine et dressa la table.

Elle avait broyé du noir inutilement, Tom était revenu la voir. De toute évidence, il ne s'était pas lassé d'elle. Après tout, peut-être avait-il été réellement occupé. Peu importe. Il était là, et c'était tout ce qui comptait.

— Ça sent drôlement bon ! dit Tom, encore ébouriffé et sexy en diable, en s'attablant.

— On essaye de satisfaire le client. Alors, ce week-end ? demanda-t-elle, fourchette en main, en s'asseyant à angle droit avec lui. Comment vont tes parents ?

— Très bien. Ils vont descendre dans une quinzaine de jours pour visiter ma maison, et j'ai parlé à ma mère des livres de ton grand-père. Elle aimerait beaucoup les voir – si tu es d'accord, bien sûr.

— Oui, avec plaisir.

Ainsi, il avait parlé d'elle à ses parents ! Un espoir était peut-être permis.

Surtout, ne pas s'emballer !

Voyant Tom saucer son assiette avec un morceau de pain, elle proposa de le resservir.

— Tu as vraiment besoin de me le demander ? répliqua-t-il en faisant glisser son assiette vers elle.

Elle éclata de rire devant son regard gourmand, semblable à celui de Millie quand celle-ci attendait une friandise.

Le repas terminé, ils s'installèrent confortablement sur le canapé avec Millie entre eux, la tête sur les genoux de Tom, et ils regardèrent la fin d'une vieille comédie.

Ils se sentaient bien, comme à l'époque de leurs études quand ils partageaient un appartement, avec en supplément le sentiment de plénitude que procure l'entente sexuelle.

Laura enlaça ses doigts à ceux de Tom qui caressait la chienne, et il leva la tête vers elle. Elle lut dans ses yeux de la tendresse, et quelque chose d'autre qu'elle ne put définir mais qui lui donna un frisson d'inquiétude.

Peut-être s'était-elle trompée finalement. Peut-être tout n'était-il pas au beau fixe.

Comme pour le prouver, elle l'entendit soupirer et le sentit s'écarter d'elle.

— Il faut que j'y aille, murmura-t-il. Il est tard.

Sans ce pressentiment que quelque chose ne tournait pas rond, elle l'aurait retenu.

— Oui. Tu as raison.

À la porte, il la serra longuement contre lui.

— Dors bien, finit-il par dire, après un baiser langoureux en guise d'au revoir.

Quelque chose le tracassait, elle en était certaine, mais de toute évidence il ne souhaitait pas en parler. Aurait-il appris pendant le week-end qu'un membre de sa famille souffrait d'un trouble ophtalmologique ?

Elle se montait certainement la tête. Malgré tout, elle ne pouvait oublier l'urgence particulière avec laquelle ils avaient fait l'amour tout à l'heure. Une urgence qui frisait le désespoir.

Que se passe-t-il, Tom ? Que me caches-tu ?

7.

Laura s'était mis martel en tête pour rien, constata-t-elle le lendemain, quelques heures après qu'ils eurent pris leur service. Tom allait bien, et leur collaboration aussi, rien n'avait changé dans son attitude.

Ils étaient en réa en train de compléter le dossier de leur dernier patient, quand le haut-parleur annonça :

« Arrivée d'un blessé adulte dans cinq minutes. »

— Et c'est reparti, dit Laura. Adieu le déjeuner.

Après être allée se renseigner, elle revint faire son rapport à Tom et à l'équipe.

— Il s'agit d'un jeune homme de vingt ans qui a perdu le contrôle de sa moto dans la rue qui descend en pente raide vers le front de mer. Il a dérapé, a volé par-dessus les rambardes et a atterri sur les rochers de la digue. Il a un pneumothorax, de vilaines fractures aux deux jambes, à un bras ainsi qu'au bassin vraisemblablement. S'il tient jusque-là, il devra passer un scanner intégral et peut-être une IRM. Il faut aussi prévoir de le transfuser. Il va nécessiter une surveillance permanente.

— Il est conscient ? demanda Tom.

— Pour autant que je sache, non, et je l'espère pour lui. Les services d'orthopédie, de neurologie et de chirurgie thoracique sont prévenus, ils envoient quelqu'un. Es-tu d'accord pour prendre les commandes, Tom ? Le cas semble assez complexe.

— Oui, bien sûr. J'ai déjà participé à des évacuations par hélicoptère à Londres. C'est un peu pareil.

Le temps qu'ils enfilent leur équipement de protection individuelle et leur tablier en plomb, la civière avec le blessé toujours casqué arriva.

— A-t-il eu des moments de conscience ? demanda Tom à l'urgentiste.

— Non. Son score aux tests de l'échelle de coma de Glasgow est de 3 depuis le début. La police essaie de prévenir la famille. Il s'appelle Rob Wilding.

— Merci. Dès que les radios auront été faites, nous le déshabillerons pour avoir un premier aperçu de la situation.

Laura était contente que Tom ait pris la direction des opérations. Étant donné le nombre de blessures graves dont souffrait le jeune homme, les répertorier et les classer par ordre de priorité allaient s'avérer un vrai casse-tête.

Quand les vêtements du blessé eurent été découpés, on découvrit avec effroi un hématome qui couvrait presque entièrement la cage thoracique.

Rien d'étonnant à ce que la saturation en oxygène ne soit que de 88 %, comme venait de l'annoncer l'infirmière !

— Nous avons là un volet costal caractéristique, dit Tom. Il faut appeler d'urgence le service de tomographie et stabiliser cette lésion. Ce qui va probablement nécessiter de l'intuber et de le mettre sous assistance respiratoire. Sa trachée ?

— Déviée vers la gauche, répondit Laura.

Il jura tout bas.

— Nous sommes donc face à un volet costal à gauche et probablement un pneumothorax à droite. Je peux voir les radios du crâne et de la colonne vertébrale ?

Il inspecta sur l'ordinateur les clichés qui venaient d'être envoyés et exprima son inquiétude.

— Bon… Sa boîte crânienne est craquelée comme une coquille d'œuf, mais, point positif, la zone occipitale est indemne. Ses cervicales ne semblent pas atteintes non plus. Bien. Il faut lui retirer son casque. Laura, peux-tu défaire l'attache et glisser les mains à l'intérieur pour maintenir la tête et le cou pendant que je l'enlève ?

» Maintenant, poursuivit-il lorsqu'ils eurent exécuté la manipulation, il faut remonter son taux d'oxygène à 100 %. Si nous parvenons à le stabiliser suffisamment, nous l'enverrons au scanner. Laura, tu peux lui poser un drain thoracique à gauche, s'il te plaît ?

— Sa main a une drôle de couleur, tu ne trouves pas ? observa-t-elle tout en s'occupant du drain.

— C'est vrai, répondit Tom en soulevant le bras du jeune homme avec précaution pour chercher le pouls… Rien.

Il jeta un coup d'œil à la radio et fit une grimace.

— Je vais essayer de réduire la fracture tout de suite. Si on attend trop, il risque de perdre son bras.

En tirant doucement, il réussit à aligner les deux parties de l'os.

— Ouf ! Je sens le pouls, dit-il.

Laura soupira de soulagement.

Pendant qu'on plâtrait le bras, il palpa le ventre du blessé et annonça :

— Pour le moment, je ne décèle pas d'hémorragie interne. Passons aux jambes, à présent. Bon. Le pouls pédieux est là, mais c'est la seule bonne nouvelle. Le drain est en place, Laura ?

— Oui, et ça barbote gentiment.

— Il y a du sang ?

— Non, et son taux d'oxygène remonte.

— Il n'est donc pas nécessaire de l'intuber. Un vrai miracle ! Comment se fait-il qu'il n'y ait encore ni orthopédiste ni spécialiste du pôle cardio-thoracique ? s'emporta-t-il brusquement. Qu'est-ce qu'ils fabriquent ?

Comme par un coup de baguette magique, la pièce se mit à grouiller de monde, et une heure après son arrivée, Rob Wilding était en état d'être transporté au scanner puis opéré par une équipe pluridisciplinaire.

— Bravo et merci à tout le monde, dit Tom. Nous l'avons sauvé, pour le moment en tout cas. Bien, maintenant, l'urgence pour moi, c'est d'aller déjeuner.

Sur ce, il se débarrassa de sa tenue médicale et s'en alla, laissant à Laura le soin de rédiger le compte rendu.

Elle fut de nouveau prise d'inquiétude en le regardant s'éloigner.

Tout s'était bien passé tant qu'il avait été occupé, mais maintenant, il paraissait bizarre. Pourquoi ? Parce que le jeune homme n'était pas définitivement sorti d'affaire ? Ou parce que, s'il survivait, il risquait de rester handicapé ?

— Tom a un problème ? s'alarma Ryan en entrant quelques instants plus tard.

— Je ne sais pas. Il est parti déjeuner. Nous venons de sauver un jeune de vingt ans. Temporairement en tout cas, car il est loin d'être tiré d'affaire.

— Oui, j'ai vu. Et toi ? As-tu déjeuné ?

— Non, nous y allions quand le blessé est arrivé.

— Vas-y maintenant. Tu es livide.

— Je ne peux pas. Il faut que je finisse le compte rendu et ensuite que je reçoive la famille.

— Non. Va d'abord manger un morceau et surveiller Tom. Allez ! File !

Elle hocha la tête et partit à la recherche de Tom.

Tom se sentait vidé, mais des questions tournaient en rond dans sa tête, même si le garçon était à présent entre de bonnes mains.

Comment était-il possible qu'il ait survécu à ses blessures ? Et à quoi bon, puisqu'il ne serait plus jamais la même personne ? La fracture du crâne aurait dû suffire à le tuer, indépendamment de l'importante perte de sang causée par ses fractures aux jambes et au bras, et des côtes cassées qui menaçaient de perforer le poumon, lequel, par miracle, semblait toujours fonctionner ? Comment était-il possible que son bassin soit intact ? Comment était-il possible que ses organes internes ne soient pas éclatés ou déchiquetés ? À moins que quelque chose de grave n'ait échappé à l'équipe ?

Ne restait plus qu'à espérer qu'on ne pratiquerait pas d'acharnement thérapeutique.

Il achetait une barre chocolatée au distributeur lorsque Laura surgit.

— Les grands esprits se rencontrent, observa-t-elle.

Il lui donna la moitié de sa barre et engloutit le reste.

Ses mains tremblaient. Hypoglycémie, stress, ou peut-être les deux.

— Tu as vu ses parents ? s'enquit-il.

— Non, ils ne sont pas encore arrivés. Je ne sais pas si la police a réussi à les localiser. Rob est au bloc, et son état est toujours stable.

— Comment est-ce possible ?

— Je l'ignore, Tom, et bien malin qui pourrait dire ce que l'avenir lui réserve, mais au moins, il en a un à présent. Au fait, Ryan m'a envoyé te chercher.

— Ryan ? Pourquoi ? Que veut-il ?

— Juste s'assurer que tu vas bien. Il s'inquiétait pour toi.

— Pourquoi je n'irais pas bien ? C'est mon boulot. J'avais faim, c'est tout. Bien. Tu veux que je parle à la famille quand elle sera là ?

— Nous pourrions la recevoir ensemble ?

— D'accord. Cela dit, on ne peut pas leur dire grand-chose à ce stade, à part qu'il est en vie mais que, probablement, rien ne sera plus comme avant pour lui. Je déteste annoncer ce genre de nouvelles.

— Comme tout le monde, remarqua-t-elle gentiment mais avec force. On n'y peut rien. Des accidents se produisent qui bouleversent l'existence. La vie continue malgré tout, on s'adapte.

Vraiment ? Et lui, réussirait-il à s'adapter quand il aurait perdu la vue ?

Stop ! Il n'était sûr de rien.

— En fait, je préférerais que tu te charges de la famille si ça ne te dérange pas, dit-il, soudain impatient de partir. Il faut que je mange quelque chose de consistant.

— À condition que tu me rapportes un sandwich.

— Marché conclu.

Il lui sourit et s'éloigna d'un pas rapide vers la porte qui menait au parc et à l'air frais.

S'il était atteint de RP, combien de temps lui restait-il avant que sa vie à lui aussi bascule à jamais ?

Tom ne se rendit pas chez Laura ce soir-là, mais il l'appela pour lui apprendre que Rob Wilding avait supporté toutes ses opérations, que sa blessure à la tête n'avait pas évolué défavorablement et qu'il était transféré en soins intensifs.

— Il a vraiment eu de la chance de ne pas y rester.

— Oui, dit-elle d'une voix enrouée de larmes. Ses parents vont être drôlement soulagés. Ils étaient anéantis. Ils lui avaient offert la moto pour son anniversaire, il y a trois semaines seulement.

Elle se tut un moment, puis Tom l'entendit prendre une profonde inspiration.

— Je suppose que tu ne veux pas passer ?

Le voulait-il ? Oui. Était-ce judicieux ? Probablement pas.

— Il est tard, éluda-t-il.

— Je sais, mais… je ne refuserais pas un petit câlin. Tu pourrais rester ?

La tentation l'emporta.

— D'accord. J'arrive.

Il fourra sa brosse à dents, son rasoir et son déodorant dans sa trousse de toilette.

Le début de la fin, songea-t-il.

Tant pis. Laura avait besoin d'un câlin, et lui aussi !

Non seulement Rob avait survécu, mais lorsqu'on l'avait sorti quarante-huit heures plus tard du coma artificiel où on l'avait plongé pour protéger son cerveau, il était lucide et cohérent. Ses deux pieds avaient recouvré leur sensibilité et leur mobilité, du moins en partie, de même que sa main qu'il avait failli perdre.

Rien moins qu'un miracle, se disait Tom, malgré ses doutes profonds sur l'existence de ceux-ci.

Les parents de Rob passèrent aux urgences pour donner des nouvelles et remercier en personne Tom et Laura.

— Si vous n'aviez pas réagi rapidement et de la bonne manière, il ne serait pas arrivé jusqu'au bloc, dit M. Wilding. C'est ce que les chirurgiens nous ont expliqué. Vous avez sauvé notre fils tous les deux…

Sa voix se brisa, et Tom le prit dans ses bras pour une brève accolade.

— C'est à cela que nous servons, dit-il. Ça ne fonctionne pas toujours, mais les succès justifient notre travail. Alors, merci à vous d'être passés nous voir. Nous sommes très touchés parce que nous ignorons souvent ce que nos patients deviennent. Une histoire comme celle de Rob nous remonte le moral. Transmettez-lui tous nos vœux de prompt rétablissement et dites-lui de nous rendre une petite visite quand il ira mieux.

— Nous n'y manquerons pas, assura la mère au bord des larmes, en glissant sa main dans celle de son mari. Je peux vous promettre que sa moto, où ce qu'il en reste, va aller tout droit à la ferraille, et tant que je vivrai, il n'en aura pas d'autre.

— Prenez soin de vous et de lui, dit Laura en l'embrassant.

— Entendu. Et merci encore.

La gorge serrée, Tom les regarda s'éloigner main dans la main.

— Ce doit être difficile d'être parents.

— Oui, sans aucun doute. En tout cas, s'ils assument correctement leur rôle, ajouta-t-elle d'un ton dur. Pour ma mère, il n'y a rien eu de difficile. Elle ne s'est jamais intéressée à moi et à ce que je vivais. Bien, quel est le malade suivant ?

Il l'aurait volontiers serrée dans ses bras s'il n'avait craint les commérages. Pour le moment, personne ne semblait avoir remarqué qu'ils se fréquentaient, et c'était très bien ainsi, car la consultation chez l'ophtalmologue risquait de remettre en cause leur relation.

Le soir en revanche, il l'emmena sur le front de mer avec

Millie. Ils mangèrent un délicieux *fish and chips* sur un banc, avec la chienne à leurs pieds qui quémandait des miettes du regard. Quand ils furent rassasiés, il étendit son bras sur le dossier du banc derrière Laura, de façon à pouvoir discrètement lui caresser du pouce le haut de l'épaule.

— As-tu idée de combien c'est excitant ? murmura-t-elle.

— On rentre à la maison ? suggéra-t-il, avant de s'arrêter net.

« À la maison » ? D'où cela lui était-il venu ? Tout devenait trop confortable, trop naturel, trop plein de promesses. Mais ce bel avenir lui exploserait à la figure si on lui diagnostiquait une RP.

Il enleva son bras et se redressa.

— En fait, peut-être serait-il plus sage que nous rentrions chacun chez soi pour nous coucher tôt.

Laura tourna la tête vers lui et le scruta.

— Comme tu veux.

— La semaine a été mouvementée. Je suis crevé. Demain, peut-être ?

Laura l'avait parfaitement noté, Tom avait dit « à la maison », et il n'avait plus été le même après. Pourquoi ?

Nul doute, quelque chose le minait. Ses yeux ? Non, pas cette fois. Il était plus probablement pris de panique parce qu'il avait apporté sa trousse de toilette le soir précédent, quand il avait passé la nuit chez elle. Sans doute ne voulait-il rien précipiter après son histoire avec Karen. D'ailleurs, elle-même optait aussi pour la prudence depuis Pete. Aurait-elle relâché sa vigilance, ces derniers temps ?

Elle allait se montrer moins complaisante, moins demandeuse, moins disponible !

Le lendemain, elle inventa un prétexte pour ne pas le voir le soir. Mal lui en prit, car elle passa la soirée à s'apitoyer sur elle-même et à se traiter de tous les noms. Au lieu de renforcer le lien entre eux et de donner à Tom des raisons de lui accorder sa confiance, comme une imbécile elle le tenait à distance !

Et elle ne pourrait pas réparer son erreur tout de suite, car elle devait assurer plusieurs gardes de nuit d'affilée.

Elle avait laissé filer sa chance. Quelle nulle !

N'ayant obtenu de rendez-vous chez le spécialiste que pour trois semaines plus tard, Tom téléphona pour expliquer qu'il travaillait à l'hôpital et qu'il pouvait se présenter très rapidement en cas de désistement d'un patient. Mais le suspense s'en trouvait plus pénible encore, et le comportement bizarre de Laura n'arrangeait rien. Elle ne se montrait pas distante exactement, mais moins… chaleureuse ?

Non. Moins spontanée. Davantage sur ses gardes.

Cela valait sans doute mieux, car après tout, quand on lui annoncerait - non, *si* on lui annonçait - qu'il souffrait de RP, il devrait lever le pied avec elle. Il ne voulait pas être une charge, ni pour elle ni pour quiconque. Or, il savait qu'elle s'oublierait pour le soutenir.

Attends les résultats !

Oui, mais tout au fond de lui, il les connaissait, parce qu'il avait vu les clichés et lu des dizaines d'articles médicaux sur la question. Sans compter qu'il y avait le grand-oncle George. La seule incertitude qui demeurait était de savoir dans combien de temps il perdrait la vue. Cela, il le découvrirait sur le tas…

Ses horaires de travail ne coïncidèrent pas avec ceux de Laura de toute la semaine suivante et ils ne se virent quasiment pas. Ils se parlèrent au téléphone et il passa la voir une ou deux fois, mais, harcelé par sa conscience, il évita délibérément toute situation qui les aurait conduits à faire l'amour.

Il ne le pouvait tout simplement pas tant que, pour ne pas l'inquiéter, il lui cachait ce qu'il avait appris chez ses parents. Il avait l'impression de lui mentir, mais il ne voyait pas d'autre solution en attendant le diagnostic.

Le vendredi enfin, un peu après 14 heures, le service d'ophtalmologie l'appela : un patient avait annulé.

Il prévint James qu'il devait s'absenter, sans lui donner de motif.

Après une série de tests et d'analyses, le médecin lui enleva tout espoir de s'être trompé : il était atteint de rétinite pigmentaire, et selon toute probabilité, étant donné ce qu'on savait de George et de sa mère, il s'agissait de la forme héréditaire liée au chromosome X.

Il allait devenir aveugle.

En une seconde, tous ses projets professionnels, tous ses rêves de fonder une famille et de vivre avec Laura s'effondraient.

Il rentra chez lui dans un état second et arriva en même temps que le livreur qui lui apportait ses courses.

Il l'avait complètement oublié. Il avait oublié aussi que ses parents venaient ce week-end. Il avait tout oublié.

Comme un automate, il rangea la commande et, pour s'occuper, nettoya une nouvelle fois la maison, déplaça ses affaires dans la chambre d'amis, fit le lit pour ses parents, et enfin, il appela Laura.

Celle-ci avait terminé son service, et il voulait s'assurer qu'elle était toujours d'accord pour que sa mère regarde les livres le lendemain. En réalité, il voulait entendre sa voix.

— Je l'attends. J'ai hâte de montrer mes livres à une connaisseuse. Elle pourra certainement m'en apprendre un peu plus sur certains d'entre eux. Venez quand ça vous arrange. Je ne bouge pas.

Il brûlait d'envie d'y courir tout de suite. Pour lui dire, pour en finir. Mais ce n'était pas le moment alors que ses parents lui rendaient visite. Il lui parlerait après leur départ. Ils s'assiéraient tous les deux, et il lui annoncerait que leur relation n'avait pas d'avenir.

— Parfait. Merci, Laura. Ma mère aussi est impatiente.

Il s'empressa de raccrocher avant que sa voix ne se brise.

Laura prépara un gâteau au citron sans gluten en souvenir de son grand-père qui l'appréciait tout particulièrement. C'était pour son enterrement qu'elle en avait confectionné un la dernière fois, se rappela-t-elle sans pouvoir retenir ses larmes.

Quel sentimentalisme ridicule ! Son grand-père était mieux là où il était, et elle le savait.

Elle posa le plat sur le rebord de la fenêtre, hors de portée de Millie, et, armée d'un plumeau et d'un balai à long manche contre les toiles d'araignée, elle se rendit dans le bureau bibliothèque.

Cela faisait longtemps qu'elle n'y était pas entrée, et encore plus longtemps qu'elle ne s'y était pas assise pour parler avec son grand-père comme elle en avait pris l'habitude après sa mort.

À cause de Tom ? Avait-il comblé le vide de sa vie, ou bien avait-elle tourné la page ? Un peu des deux probablement, se dit-elle tout en époussetant les meubles. Les livres lui rappelaient à présent de doux souvenirs, et non sa terrible et douloureuse solitude.

Une fois le ménage de la pièce terminé, elle alla se doucher, puis elle déjeuna sur le pouce, avant de retourner couvrir la table du bureau d'un drap et de sortir des gants pour consulter les livres anciens avec la mère de Tom.

Ceux qui étaient stockés sur les étagères supérieures où ils étaient le moins exposés à la lumière piquaient tout particulièrement sa curiosité. Elle lui demanderait de commencer par eux.

Sur ces entrefaites, on sonna, et elle alla ouvrir.

À côté de Tom se tenaient une version de lui plus âgée et une petite femme frêle aux yeux ardoise.

— Vous êtes donc Laura ! dit cette dernière avec le même sourire que celui de Tom, en lui serrant la main. Moi, c'est Katherine, et voici mon mari, Mike.

— Enchantée. Entrez, je vous en prie.

Une fois dans le séjour, Katherine regarda par-dessus l'épaule de Laura vers le bureau bibliothèque, avança d'un pas et hésita.

— Je peux ?

— Bien sûr, dit Laura en riant. Vous êtes venue pour ça. Suivez-moi. Tom, tu peux faire du thé, s'il te plaît ?

Tom acquiesça, et son père l'accompagna dans la cuisine.

Katherine parcourut en silence les étagères sans cacher son ravissement et sa stupeur.

— C'est une superbe collection, et très éclectique, finit-elle par dire.

— Mon grand-père connaissait tous les livres, et j'ai passé des heures avec lui à les feuilleter.

— Il vous laissait les toucher ?

— Oh oui ! Sauf ceux sur les étagères du haut. Il y a un Shakespeare, si je me souviens bien.

— Cela vous ennuierait de me le montrer ?

— Bien sûr que non.

Elle tira une chaise et grimpa dessus.

— Je crois que c'est celui-ci.

Elle souleva le lourd étui en cuir, et Katherine le lui prit religieusement des mains pour le poser sur le drap. Elle enfila des gants, l'ouvrit alors avec précaution, sortit le livre relié en cuir, le plaça sur le drap et s'arrêta de respirer.

— Un in-folio original des pièces de Shakespeare ! De chez Herringman ! C'est une édition inestimable, qui atteindrait entre cent cinquante mille et deux cent mille livres aux enchères.

Laura s'assit avant que ses jambes ne se dérobent sous elle, et Katherine ne put s'empêcher de rire devant sa mine médusée.

— J'ai du mal à croire qu'il vaille aussi cher. Mon grand-père le tenait de son père. C'était son préféré.

— Vous voulez le garder, alors ?

— Je… Je…

Elle leva la tête, égarée, et découvrit Tom, appuyé contre le chambranle de la porte, qui arborait un sourire étrange.

— Grand-père m'avait fait promettre d'en prendre soin et de ne pas le vendre à n'importe qui. Je comprends pourquoi, à présent. Mais quand même… Une telle somme ?

— Que lui as-tu fait, maman ? plaisanta Tom. Je crois qu'elle a besoin d'une tasse de thé pour la remonter. Je m'en occupe.

Elle regarda tour à tour le livre, puis Tom.

— Bonne idée… Je ne peux pas… C'est… Je reste sans voix.

— Ce serait une première ! s'esclaffa Tom en s'en allant.

Elle se leva et le suivit dans la cuisine.

— Je n'arrive pas à y croire.

Il l'enlaça et déposa un baiser dans ses cheveux.

— Tu n'es pas obligée de le vendre. Ni celui-là ni les autres.

— Mais je ne peux pas les garder. Ce serait du gâchis.

— Vends-les, dans ce cas, mais prends ton temps. Et tu peux faire confiance à ma mère. Elle connaît son affaire.

— Il faut que je les assure.

— Il va en effet falloir y songer, dit Katherine derrière elle.

Laura se dégagea de l'étreinte de Tom et tourna les yeux vers le ciel.

— Grand-père s'amuse comme un petit fou, là-haut. Thé pour tout le monde ?

Katherine avait passé le reste de l'après-midi à inspecter le contenu de la bibliothèque et était revenue seule le dimanche matin pendant que les hommes jardinaient chez Tom. À midi, elle avait achevé l'inventaire des livres de valeur. Le Shakespeare était le joyau de la couronne, mais elle avait découvert d'autres pépites.

— Je connais quelqu'un que le Shakespeare pourrait intéresser si vous décidez de le vendre un jour. M'autorisez-vous à lui en parler ?

— Euh… J'hésite. Je suis un peu perdue.

— Cela ne vous engage à rien. Mais ce pourrait être intéressant de savoir ce qu'il serait prêt à payer.

— D'accord. Mais dites-lui bien que je n'ai rien décidé.

— Oui, comptez sur moi, répondit Katherine dans un sourire. Et ne vous inquiétez pas. Vos livres ne risquent rien. Les conditions de conservation sont excellentes dans cette pièce. Je vais vous envoyer une estimation des plus précieux pour l'assurance. Bien. Je vais devoir en rester là, sinon Mike va repartir sans moi. Tenez, voici ma carte. N'hésitez pas à m'appeler si vous avez besoin d'autres conseils ou si vous changez d'avis.

— D'accord. Je ne vous remercierai jamais assez pour ce que vous avez fait ce week-end. Je suis encore sous le choc.

— C'était avec plaisir, Laura.

— Merci.

Elle embrassa Katherine, attendit que celle-ci s'éloigne et ferma la porte.

— Que dis-tu de ça, Millie ?

Millie répondit par un jappement et remua la queue.

— Tu as besoin de sortir, on dirait. Moi aussi. Il faut que je m'aère la tête.

— Alors, maman, comment ça s'est passé avec Laura ?

— Très bien. Elle est adorable. Tu aurais pu trouver nettement pire, mais cela t'est déjà arrivé avec Karen. Laura est parfaite pour toi.

Il feignit de se concentrer sur la bouilloire, la gorge nouée à la pensée que tout espoir d'une vie avec Laura s'était maintenant envolé.

— Tu te fais des films, maman. Nous sommes de simples amis, de simples collègues.

— À d'autres ! Elle t'adore. Et j'ai bien vu comment tu la regardes.

— Je l'aime beaucoup et je l'ai tout de suite beaucoup aimée. Mais nous sommes juste amis.

— Eh bien, donnez-vous un peu de temps.

— C'est une impasse, maman, je te dis.

D'un simple « ouais ! » dont elle avait le secret, sa mère lui exprima clairement son scepticisme.

— Voilà, le thé est prêt, annonça-t-il sans relever. Prends les tasses, s'il te plaît. Moi, j'apporte les sandwichs.

Tous deux ainsi chargés sortirent dans le jardin.

— Ah ! Il est plus joli qu'à notre arrivée ! s'exclama Katherine.

— Heureusement ! Nous y avons travaillé toute la matinée.

Papa prend sa douche, et il descend. En attendant, allons nous asseoir sur le banc sous l'arbre, là.

Quelques instants plus tard Mike les rejoignit, au grand soulagement de Tom qui avait hâte de changer de sujet de conversation. Malheureusement…

— Alors, dis-nous, que se passe-t-il, Thomas ? demanda son père quand il se fut restauré. Tu as été bizarre pendant tout le week-end.

Tom avala sa salive et évita le regard scrutateur de son père.

— Mais non, pas du tout.

— Arrête ! C'est ce truc aux yeux qui te tracasse, hein ?

— Oui, c'est mon truc aux yeux, avoua-t-il dans un soupir en posant sa tasse sur la vieille table de jardin qu'il avait découverte dans la remise et tirée devant le banc. J'ai vu le spécialiste vendredi, et je suis atteint de rétinite pigmentaire. C'est une maladie qui détruit progressivement les bâtonnets et les cônes de la rétine. Elle débute par une héméralopie, c'est-à-dire une cécité nocturne, et un champ visuel périphérique réduit, qui rétrécit de plus en plus au fil du temps pour ne plus laisser qu'une vision centrale extrêmement limitée, voire aucune.

— Comment peut-on la soigner ? demanda son père, avec son habituel sens pratique.

— Il n'existe aucun traitement. D'ici une dizaine d'années, on ne sait pas exactement, j'aurai quasiment perdu la vue, et personne n'y pourra rien.

— Oh ! Tom ! C'est ma faute, n'est-ce pas ? s'écria sa mère dans un sanglot.

— Non, maman, ce n'est absolument pas ta faute. Tu ne pouvais pas savoir.

Katherine se redressa et le regarda droit dans les yeux.

— C'est héréditaire ou pas ? demanda-t-elle sans ambages.

— Apparemment oui. Ils pensent que cela peut expliquer l'accident de ton oncle. Il n'a vraisemblablement pas vu le virage à cause de la transition brutale entre forte luminosité et ombre. C'est courant chez les personnes atteintes de ce trouble.

— Tes enfants vont en hériter ?

— Oui. Je n'aurai donc pas d'enfants. C'est pour cette raison que tout avenir avec Laura est impossible…

Sa voix se brisa, et il se détourna, incapable de supporter le regard de ses parents, incapable de supporter quoi que ce soit et en particulier une conversation sur ce sujet.

Il se leva, partit vers la maison, grimpa dans sa chambre et s'allongea à plat dos sur son lit.

Laura. Sa chère Laura. Sa belle Laura. Toujours loyale, toujours là. Laura, qui ne se dérobait jamais à son devoir. Il devait le lui annoncer. Mais comment ? Elle allait être effondrée, comme son père et sa mère. Et, comme eux, elle voudrait l'épauler. Mais il ne pouvait pas le lui permettre. Ce serait trop injuste pour elle.

Il devait pourtant lui apprendre la nouvelle. Et tout de suite, pour lui donner le temps de reprendre ses esprits avant de retourner au travail le lendemain midi.

On frappa à la porte, et son père entra, le visage marqué par l'inquiétude.

— Ça va, Tom ? Y a-t-il quelque chose que nous puissions faire ?

— Non, répondit Tom en se redressant. Ça va aller, papa. Il faut juste que je m'habitue à l'idée. J'ai le temps, car la maladie évolue lentement. Et il est possible que je ne devienne jamais complètement aveugle.

— Tu vas pouvoir continuer à travailler ?

— Oui. Pendant quelques années encore.

Du moins l'espérait-il.

Son père se tut, le temps de digérer ces informations. Puis il reprit la parole :

— Écoute, Tom, il faut qu'on y aille. Nous sommes invités à dîner ce soir, et nous ne pouvons pas annuler.

Une heure plus tard, après le départ de ses parents qu'il s'était efforcé de rassurer du mieux qu'il pouvait, Tom alla se doucher et se changer avant de se rendre chez Laura. Si elle était sortie, il l'attendrait, car il ne voulait pas lui annoncer le désastre par téléphone.

Quand Laura ouvrit la porte à Tom et qu'elle vit son expression, son sourire vacilla.

Il avait une tête à faire peur. Une catastrophe s'était certainement produite. D'ailleurs, il s'était comporté bizarrement pendant le week-end : son enjouement avait sonné faux, et quand il l'avait prise dans ses bras, il l'avait serrée contre lui avec une force presque effrayante. Avec désespoir, aurait-on dit.

— Tu n'es pas occupée ? Je voulais… Je voulais juste te voir.

Elle le fit entrer sans répondre, ferma la porte et le dévisagea.

— Allez, Tom ! Si tu as quelque chose à me dire, vas-y.

Il lâcha l'air qu'il retenait et alla droit au but.

— Un patient s'est désisté vendredi.

— Oh ! Tom !

Elle voulut le prendre dans ses bras, mais il recula.

— Non, ne…

Il s'enfuit vers la cuisine et s'arrêta devant la fenêtre, le regard perdu sur le jardin.

Elle le suivit, son cœur saignant pour lui.

— Tom, je…

— Ne dis rien, s'il te plaît, Laura. Je ne veux pas de ta compassion. Je ne la supporterais pas. Je voulais juste te tenir au courant.

Elle s'approcha de lui et lui prit le visage entre les mains.

— Regarde-moi, Tom.

Il ouvrit les yeux.

Ils luisaient de larmes. Ses cils étaient collés entre eux. Ses iris avaient la couleur gris foncé de l'ardoise mouillée. Son beau regard habituellement si expressif, qui passait en une seconde de la tendresse au rire, avait perdu tout éclat. Il était terrorisé.

Elle se hissa sur la pointe des pieds et lui embrassa les paupières avant de l'enlacer en pleurant de tristesse pour lui.

— Arrête.

— Pourquoi ? Pourquoi ne pleurerais-je pas pour toi, mon amour ?

— Je ne suis pas ton amour.

— Si ! protesta-t-elle en rejetant la tête en arrière pour

le regarder. Et tu le sais ! Je t'aime, Tom. Je t'aime depuis la première fois que je t'ai vu, et rien n'a changé. Sauf que je t'aime encore plus maintenant que je sais qui tu es vraiment.

— Et qui suis-je, Laura ? demanda-t-il en la repoussant. Un handicapé, un bon à rien, inutile, fini…

— Ça suffit ! Arrête ça tout de suite, Tom, et écoute-moi. Tu n'es rien de tout ça. Comment vois-tu actuellement ?

— Actuellement ? Très bien, répondit-il sans comprendre. Mais ça ne va pas durer. Ma vision nocturne s'est déjà dégradée, tu le sais.

— Peut-être, mais ce n'est pas si grave. Avec les nouveaux moyens technologiques et les découvertes sur les effets de l'électricité, un traitement sera trouvé pour soigner la cécité nocturne. Quant au reste, ta vision ne se détériorera peut-être pas de façon significative avant des années et des années. Des dizaines et des dizaines d'années. Rien ne dit que tu deviendras aveugle un jour.

— Si, un jour ou l'autre, je perdrai la vue. Je ne veux pas que tu m'aimes, Laura. Je n'ai rien à t'offrir. Absolument rien. Je n'ai pas la moindre idée de ce que l'avenir me réserve. Il est hors de question que tu restes coincée avec moi par pitié…

— Je n'éprouve pas de pitié ! Je suis désolée de ce qu'il t'arrive, profondément désolée, mais tu as la force de caractère nécessaire pour faire face. Quant à « rester coincée » avec toi, tu peux toujours rêver. Rester avec quelqu'un qu'on aime pendant qu'il traverse une période difficile est un privilège, pas une punition. Nous pouvons surmonter cette épreuve ensemble.

— Tu ne sais pas de quoi tu parles…

— Bien sûr que je le sais ! Mon grand-père était aveugle, je te rappelle. Le fait de pouvoir l'aider à garder son indépendance et sa mobilité et de le voir heureux m'a procuré un réel bonheur. Pas une seconde je ne l'ai considéré comme un fardeau.

— Non, Laura, tu ne comprends pas, dit Tom avec dans les yeux une tristesse poignante. Si ma RP est héréditaire, comme c'est très vraisemblablement le cas au vu de ce que j'ai appris sur ma mère et sur mon grand-oncle, je n'aurai pas d'enfants. Je ne peux pas t'infliger ce sacrifice. Tu dois rester libre, Laura. Libre de trouver celui qui te donnera la famille que tu mérites. Je ne suis pas celui qu'il te faut. Ni à toi ni à personne, d'ailleurs.

— Tu oublies un petit détail, Tom : j'ai besoin de toi. En outre, tu pars du postulat que je veux des enfants. Or, je ne suis pas sûre que ce soit le cas, car je crois que je ne saurai pas comment être une bonne mère. Et de toute façon, avant de te condamner à une vie d'ermite, prends les choses dans l'ordre. Des tests génétiques ont-ils été pratiqués ?

— Je ne sais pas. J'ai eu droit à toute une batterie d'examens divers et variés qui ne diront peut-être rien là-dessus. Mais moi, je le sais. Je sais que mon grand-oncle en était atteint et que le gène est passé à ma mère, qui est donc porteuse. Mais seuls les hommes développent des symptômes graves. Je vais perdre la vue, il n'y a rien à faire.

— Pour le moment, insista-t-elle. Des travaux de recherche sont en cours. Des essais cliniques sur des médicaments, par exemple. Des travaux sur la thérapie génique, sur les cellules-souches. On trouvera un traitement un jour, Tom.

— Mais pas maintenant, pas à temps pour moi, ni même peut-être pour la génération suivante. Je ne peux pas avoir des enfants en sachant qu'ils risquent de devenir aveugles et de transmettre eux-mêmes la maladie à leur descendance. Tu ne te rends pas compte de ce que ça représente.

— Tu plaisantes ? J'ai eu l'expérience de mon grand-père. Je sais parfaitement ce qu'il te sera possible et impossible de faire. Tout ira bien, je te le promets. Et le moment venu, si cela s'avère nécessaire, tu pourras prendre un chien guide comme Millie qui te permettra de conserver ton indépendance sans te mettre en danger.

Il regarda Millie qui était assise contre sa jambe. Celle-ci agita la queue timidement et lui lécha la main.

— Elle a l'air inquiète.

— Bien sûr ! Elle sent que tu n'es pas bien, et elle t'aime,

Tom. Viens t'asseoir. Je fais du thé, et ensuite nous discuterons de tout ça en détail.

Il était visiblement tiraillé.

— Il faut que je rentre, finit-il par dire sans réelle conviction.

— Non. Reste avec moi. Laissons tomber le thé. Viens te coucher. Laisse-moi te faire un gros câlin.

— Je ne peux pas.

— Si. Tu as besoin de moi, et moi de toi.

Elle le prit par la main pour le conduire à la chambre et l'allongea sur le lit en le serrant dans ses bras.

Il poussa un soupir déchirant et posa la tête contre la sienne.

— Je veux te le dire depuis vendredi, mais je n'y arrivais pas. Surtout avec mes parents qui étaient là. Je me suis senti si…

— Seul ?

— Oui. Et terrorisé. Je déteste le noir. Depuis toujours. Rien que d'y penser… Tu m'as manqué, Laura. J'avais tellement besoin de toi.

— Chut ! souffla-t-elle avec une émotion à peine supportable. Tout va bien. Toi aussi, tu m'as manqué. Mais je suis là pour toi, maintenant et pour toujours.

Tant qu'il le lui permettrait.

8.

Le lundi matin, Tom partit tôt de chez Laura, et elle ne le revit que le mardi, où ils eurent seulement le temps pour un bref échange. Le mercredi, leurs horaires ne correspondant pas une fois de plus, elle travailla avec Livvy. Une journée de folie comme d'habitude, qui connut malgré tout un moment de répit.

— Si on en profitait pour aller prendre un café ? proposa Livvy.

— Avec plaisir, répondit Laura, ravie d'avoir quelqu'un à qui parler pour la distraire de ses pensées au sujet de Tom. Je meurs de faim. Je me suis réveillée trop tard pour prendre mon petit déjeuner.

— James, nous nous octroyons une pause, lança-t-elle – et elles sortirent avant que leur patron ne les retienne.

À l'instant où elles entrèrent dans le Park Café, Laura fut prise de nausée. Il faisait chaud, et une odeur de friture flottait. Elle acheta une banane et un muffin au chocolat avec son café.

— Cela t'ennuierait qu'on s'asseye à l'extérieur ? Je sais qu'il y a du vent, mais j'ai besoin de respirer.

— Si tu veux.

— Ah ! ça va mieux, dit-elle une fois dehors. Je ne sais pas ce que j'ai. Le matin, je me réveille fatiguée comme si j'étais en plein décalage horaire. Ce doit être de l'hypoglycémie.

Elle s'apprêta à boire son café mais le reposa, écœurée par l'odeur. Elle se contenta de la banane et du muffin.

— Décidément, ce café n'est pas bon, dit-elle quand elle essaya de nouveau de boire. Impossible de l'avaler.

Livvy la dévisagea.

— Tu ne serais pas enceinte, par hasard ?

— Mais non, voyons ! Comment serais-je tombée enceinte ?

— Eh bien… comme tout le monde.

— Non, c'est impossible…

— Arrête, Laura ! s'esclaffa Livvy. Tout le monde sait que Tom et toi, vous sortez ensemble. On ne peut pas garder ce genre de secret, ici.

— Mais non, je ne peux pas être… Ce n'est pas possible. Il doit y avoir un problème avec l'eau. C'est pareil à la maison depuis quelques jours…

Livvy ne semblait pas convaincue, et Laura réfléchit à toute allure.

Était-ce possible ? Non ! Comment cela pourrait-il l'être ?

Elle prit une gorgée de café, fit passer le goût avec le muffin, qu'elle mangea en entier pour calmer son mal au cœur, et décida d'attendre d'être de retour aux urgences pour boire un verre d'eau à la fontaine. Elle avait vraisemblablement soif, tout bonnement…

Ou alors, elle était enceinte.

Tom avait pris son service à midi, mais comme il faisait équipe avec Sam, Laura ne le vit pas suffisamment longtemps pour parler avec lui.

Tant mieux ! Elle préférait ne rien lui dire pour le moment. D'autant plus qu'elle se sentait bien, à présent. Elle avait certainement manqué de sucre.

Le lendemain, la nausée ne revint pas.

Ouf ! Elle se prépara un petit déjeuner roboratif et partit à l'hôpital.

Cette fois, elle travaillait avec Tom.

— Bonjour, belle inconnue. Comment vas-tu ?

— Très bien, répondit-elle, contente de ne pas avoir à mentir. Et toi ?

— Ça va. Un peu mal à l'épaule. J'ai dû me froisser un muscle en jardinant, ce week-end. Mais le jardin est beau, maintenant. Passe donc le voir. Et tu resteras dîner.

— Volontiers. Je peux amener Millie ?

— Bien sûr. J'adore cette chienne, tu le sais bien.

— Elle te le rend bien. Figure-toi qu'elle s'allonge sur le dossier du canapé et regarde les passants. Quand elle se met à frétiller de la queue, je sais que tu ne vas pas tarder à frapper à la porte.

— Alors, qu'est-ce qui te ferait plaisir de manger ? J'ai des filets de saumon.

— Parfait. Bon, je te laisse. Je fais les visites avec Livvy. Si tu as besoin de moi en réa, appelle-moi.

— D'accord.

À peine eut-elle mis le pied dans la salle du personnel que Livvy l'entraîna à l'écart.

— Alors ? Tu l'es ?

— Chut ! Non ! Je te l'ai déjà dit.

— Tu as fait un test ?

— Tais-toi, tu veux ? Nous ne pouvons pas discuter de ça ici. Et de toute façon, il n'y a rien à discuter.

Livvy sourit d'un air sceptique, s'empara d'un dossier et partit. Laura entra quelques notes sur l'ordinateur et retourna à ses visites.

C'était une soirée magnifique. Ils dînèrent dehors.

Tom avait cuisiné un repas simple et sain - saumon en papillote, pommes de terre et haricots verts - dont Laura, à qui son taux de sucre jouait de nouveau des tours, ne laissa pas une miette.

— Merci. C'était délicieux.

— De l'apple-pie en dessert ?

— Volontiers. Avec une tasse de thé, si c'est possible.

— Tout de suite, madame, dit-il en emportant les assiettes sales, suivi de près par Millie qui espérait grappiller des rogatons.

— Ne lui donne rien, lui cria Laura.

Tom et Millie revinrent ensemble. À l'air coupable de Tom quand il lui tendit son gâteau sans la regarder, Laura comprit que Millie était arrivée à ses fins, et elle se mordit la lèvre pour ne pas pouffer de rire.

— À quelle heure commences-tu demain ? demanda Tom quand ils eurent fini leur dessert.

— À 8 heures. Et je termine à 18 heures.

— Moi aussi. Pour une fois, ce sont des horaires normaux.

— Tu veux dormir chez moi ? proposa-t-elle.

— Non, répondit-il après un moment de réflexion. Mais je te raccompagne. Je charge le lave-vaisselle, et on y va.

Tom n'avait pas voulu passer la nuit chez Laura.

Cela aurait été trop intime, trop normal, trop… En fait, cela aurait donné l'impression d'une vraie relation, avec un avenir, et ça n'aurait pas été correct vis-à-vis d'elle.

Pourtant il brûlait de lui faire l'amour, de lui montrer combien il l'aimait.

Mais il ne le pouvait pas.

Heureusement qu'ils ne s'étaient pas mis ensemble sept ans plus tôt ! Aujourd'hui, ils auraient sans doute des enfants qui auraient peut-être hérité de son gène. Une pensée insupportable.

Les résultats concernant le côté héréditaire de son affection n'étaient pas encore arrivés, mais il n'en avait pas besoin. Sa grand-mère s'était rappelé d'autres détails sur son frère. Sa maladresse par exemple, ou le fait qu'il réclamait systématiquement qu'on allume toutes les lumières le soir, ou encore le jour où il avait traversé juste devant une voiture qu'il n'avait pas vue venir.

Des détails qui ne signifiaient rien pris isolément mais qui, mis bout à bout, formaient un tableau convaincant… qui le convainquait. Et qui le désespérait à cause de Laura.

Laura qui l'aimait. Laura qui était prête à rester à ses côtés pour l'aider dans l'épreuve qui l'attendait. Laura qui déclarait ne pas vouloir d'enfants alors qu'elle aurait été une mère géniale.

Il ne pouvait pas la laisser se sacrifier pour lui. Il devait donc s'éloigner d'elle, faire comme si elle n'existait pas. Ce qui s'avérait plus facile à dire qu'à faire, car elle ne voulait pas en entendre parler, et lui-même manquait du courage nécessaire pour lui tenir tête.

Mais il l'aimait aussi trop pour supporter de la voir souffrir. Or, elle souffrirait.

Comme par un fait exprès, ils travaillaient aux mêmes horaires le lendemain. Difficile dans ces conditions de s'éloigner d'elle. Mais il inventerait une excuse pour ne pas la rejoindre après le service.

Tom n'était pas resté hier soir.

Laura se leva donc tôt, emmena Millie courir, se doucha, s'habilla et se força à prendre son petit déjeuner. Mais le thé avait encore un drôle de goût, et elle le jeta dans l'évier.

Le même phénomène se produisit de nouveau au café pendant sa pause. Et le lendemain aussi. Et le surlendemain. Si bien qu'elle finit par se demander si Livvy n'avait pas raison.

Heureusement, elle ne faisait pas équipe avec Tom aujourd'hui. Mais la simple possibilité de le croiser au détour d'un couloir ou seulement d'entendre sa voix l'oppressait. Il serait effondré. Tout comme elle.

Non, ce n'était pas possible.

Le lendemain matin, elle se mit à vomir.

Impossible désormais de balayer tous ces symptômes d'un revers de main.

Elle s'obligea à avaler un morceau avant de partir à l'hôpital, où elle effectua ses heures sans devoir se rendre en urgence aux toilettes, et elle quitta pour une fois son travail à l'heure. Après avoir sorti Millie, elle se rendit au supermarché pour acheter des fruits, et un test de grossesse.

Non qu'il puisse être positif, mais…

Il l'était bel et bien. Sans équivoque possible. Elle était enceinte.

C'était incompréhensible ! Elle avait pris la pilule tous les jours, sans jamais oublier, et toujours à la même heure ou quasiment.

Sauf le jour de l'accident de moto de Rob Wilding.

Mais cela ne remontait qu'à un peu plus de trois semaines. Les nausées ne pouvaient survenir aussi rapidement ? À moins qu'elle n'ait déjà été enceinte à ce moment-là ?

Elle sortit de la salle de bains et s'assit sur le bord du lit, le regard vide.

Contre toute vraisemblance, elle attendait un bébé sans l'avoir voulu. Comme sa mère.

Elle qui s'était promis de ne jamais l'imiter ! Et pourtant, elle était là, seule, enceinte, sans travail stable et donc sans droit à un congé de maternité, sans droit au chômage, sans revenu en dehors de maigres allocations familiales.

Le fait de savoir que Tom était le père ne la réconfortait pas parce qu'elle connaissait d'avance sa réaction.

Comme un automate, elle alla se mettre en boule dans le fauteuil du bureau de son grand-père.

Elle avait un tel besoin de sa présence affectueuse, de son bon sens, de ses conseils, de son amour inconditionnel ! Hélas, il ne pouvait pas l'aider.

Mais bien sûr que si ! C'était déjà fait d'ailleurs. Même après sa mort, il continuait de veiller sur elle : il lui avait donné le moyen de subvenir à ses propres besoins et à ceux de son enfant pendant des années, grâce à sa bibliothèque.

Peut-être Tom changerait-il d'avis ou, au moins, prendrait en partie en charge l'éducation de son enfant, mais dans le cas contraire, elle s'en sortirait quand même.

— Merci, grand-père, murmura-t-elle en essuyant une larme. Et ne t'inquiète pas pour moi. Je ne serai pas comme elle. Promis. J'essaierai d'être la meilleure mère possible, et je parlerai de toi à mon enfant.

Il fallait maintenant qu'elle annonce la nouvelle à Tom.

Peu importe que cette perspective l'effraie, peu importe qu'elle ne sache pas comment s'y prendre, elle devait le lui dire. Pas aujourd'hui, il était trop tard. Mais demain. Ils ne travaillaient ni l'un ni l'autre. Elle lui téléphonerait demain matin.

Pourquoi Laura l'appelait-elle ? se demanda Tom en fixant le nom qu'affichait l'écran de son téléphone portable.

Il avait beau s'efforcer de l'éviter, il s'avérait difficile de maintenir ses distances quand il la voyait tous les jours à l'hôpital. Certes, il avait demandé à James de modifier les équipes pour qu'ils ne travaillent plus ensemble, mais il en souffrait. En fait, en raison de la présence de Laura, il passait ses journées sur les nerfs, tiraillé entre son désir de la voir et sa crainte d'entendre sa voix et de se mettre à hurler de frustration. C'était insoutenable. Un véritable supplice.

Et voilà qu'elle lui téléphonait, un jour de congé, pour le torturer un peu plus.

Pourquoi ? Que voulait-elle ?

Il laissa son téléphone passer en mode messagerie.

« Coucou, Tom… J'ai quelque chose à te dire. Tu peux m'appeler, s'il te plaît ? »

Rien d'autre. Un ton très calme, très posé, très Laura.

Alors qu'il écoutait une seconde fois le message, juste pour entendre sa voix, il y décela une pointe de nervosité qu'il n'avait pas remarquée d'abord.

De quoi voulait-elle lui parler ? Il n'y avait rien à ajouter à ce qu'ils s'étaient déjà dit.

Il savait que Laura, en bonne samaritaine, volerait à son secours sans penser à elle. Mais jamais il ne la laisserait se dévouer corps et âme pour lui, surtout quand ce sacrifice-là serait encore plus lourd que ceux qu'elle avait consentis pour ses études à la fac, et même pour son grand-père, puisqu'elle devrait abandonner tout espoir de fonder une famille.

Elle qui ferait une mère formidable ! Il avait vu sa douceur avec les enfants, et il savait qu'elle prendrait le contre-pied de sa propre mère.

Alors, que devait-il faire ? L'appeler ? L'ignorer ? Passer chez elle ?

Il opta pour cette dernière solution, car le fait de la voir en personne lui permettrait d'interpréter son langage corporel et donc de comprendre ce qu'elle voulait vraiment.

Mais quel idiot ! s'exclama-t-il en se frappant le front alors qu'il approchait de chez elle. Elle avait simplement décidé de vendre ses livres et souhaitait en discuter. Rien à voir avec lui. Ni avec eux, pour autant qu'il y ait encore un « eux ».

Quand il sonna, il vit un mouvement derrière la fenêtre du salon : Millie, qui guettait comme d'habitude les passants depuis le dossier du canapé, se tortillait d'excitation comme chaque fois qu'elle le voyait.

Puis elle disparut, et il comprit que Laura venait lui ouvrir. Il s'arma de courage en respirant profondément.

La porte s'entrebâilla.

— Tom !

Elle paraissait… bizarre. Maîtresse d'elle-même, mais bizarre.

Il sentit les battements de son cœur s'accélérer.

— Tu voulais me parler ?

Elle ouvrit la porte en grand pour le laisser entrer, et Millie l'accueillit avec des manifestations de joie rassurantes.

— Tu veux boire quelque chose ?

— Non, merci. C'est au sujet des livres, je présume ?

— Non. Ne restons pas dans le vestibule. Allons dans la cuisine. Tu es sûr que tu ne veux rien ? demanda-t-elle en se versant un verre d'eau fraîche.

— Oui. Je viens de boire un café.

Allez, Laura ! Viens-en au fait !

Elle rangea la bouteille dans le réfrigérateur puis s'appuya contre le plan de travail. Après avoir respiré à fond plusieurs fois, elle leva la tête vers lui.

— Je suis enceinte.

Tom se décomposa. Il sentit ses poumons se solidifier, et une douleur horrible l'envahit.

— Non, ce n'est pas possible, Laura. Nous…

— Pourtant, c'est la réalité.

Elle lui tendit le bâtonnet en plastique. Il le prit entre ses doigts à moitié paralysés et vit le mot « enceinte » flotter devant ses yeux.

La pire chose qui pouvait arriver !

Il sentit la panique le gagner.

— C'est impossible. Je ne peux pas avoir de bébé. Non ! Ça ne peut pas être vrai.

Laura croisa les bras sur la poitrine et releva imperceptiblement le menton.

— Je ne te demande rien, Tom. J'ai largement de quoi vivre grâce à mon grand-père. Simplement, tu as le droit de savoir que tu vas être père. C'est évidemment à toi de décider si tu acceptes cette responsabilité, mais sache que je le souhaite. Le père que je n'ai jamais eu m'a terriblement manqué. Je ne voudrais pas que mon enfant en soit privé, lui…

— Tu *ne peux pas* garder ce bébé !

— Et pourquoi, s'il te plaît ? C'est mon enfant aussi. Non seulement je peux le garder, mais je *vais* le garder.

— Non, Laura, s'il te plaît. Non. Tu ne comprends pas.

— Alors, explique-moi, Tom.

— Pour la nième fois, parce que je perds la vue et que c'est héréditaire !

— Je le sais ! Et, crois-moi, je m'en serais bien passée, moi aussi. Mais, que cela te plaise ou non, nous avons conçu un bébé. Fin de la discussion.

— Non ! Je ne peux pas… Je… Je t'en supplie, ne le condamne pas à la cécité.

— C'est la seule raison ? Ou bien ne veux-tu tout simplement pas d'enfants ?

— Bien sûr que je veux des enfants ! s'écria-t-il d'une voix enrouée d'angoisse. Rien ne me ferait plus plaisir que d'avoir ce bébé. Mais je ne peux pas, Laura. Nous ne pouvons pas. Je vais devenir aveugle. Je ne pourrai plus travailler. Ni conduire, ni m'occuper de lui, ni écarter les dangers qui le guetteront. Bref, je ne pourrai remplir aucun des devoirs qui incombent à un père. Et, pire encore, bien pire, je saurai cet enfant assis sur une bombe à retardement, attendant le jour où il ne verra plus dans le noir, puis où son champ visuel périphérique se rétrécira et où finalement la vision centrale disparaîtra aussi, et où il ne restera que du noir. Un noir total, définitif…

Sa voix se brisa.

Laura s'approcha de lui et lui prit le visage entre les mains.

— Regarde-moi, Tom.

Il se força à ouvrir les yeux et vit le regard calme de Laura.

— Nous pouvons le faire. Ensemble…

— Non. Même pas en rêve. Je t'en supplie, Laura, écoute-moi.

— Je t'écoute, Tom. Comme l'autre fois. Nous avons déjà eu cette conversation, et je connais ton sentiment. Je le partage, mais nous devons nous montrer rationnels. Si nous avons un garçon, il n'aura pas le gène parce qu'il n'aura pas pris ton chromosome X, et si nous avons une fille, elle ne sera que porteuse du gène. Même si elle présente quelques symptômes, comme ta mère et ta grand-mère, un traitement aura peut-être été trouvé d'ici là.

— Tu n'en sais rien.

— Pas plus que toi tu ne sais qu'il n'en existera pas. Quant à ta crainte de ne pas pouvoir exercer tes devoirs… Ta vue ne se détériorera pas de façon significative avant des années, et même alors, tu continueras à être toi. Tu pourras toujours assumer tes devoirs de père, de mari, de médecin quand tu perdras – ou plutôt *si* tu perds - la vue. Et ton enfant t'adorera, Tom.

Transpercé de douleur, il étouffa un sanglot.

— Décidément, tu ne comprends pas, Laura ! Si c'est une fille, et même si elle n'est pas affectée, ce serait reculer pour mieux sauter car son fils aura cette épée de Damoclès suspendue au-dessus de sa tête. Tu ne peux le souhaiter à aucun enfant.

— Bien sûr que je ne le souhaite à personne. Mais es-tu en train de me dire que tu regrettes d'avoir vu le jour ? Que tu regrettes de ne pas être mort avant de naître parce que ta vie ne valait pas la peine d'être vécue ? Et que fais-tu de tous les malades que tu as sauvés ? Rob Wilding, par exemple, qui, grâce à toi et à l'équipe, va s'en sortir. Si ta mère avait fait ce que tu me suggères de faire, il serait mort ainsi que tous les autres patients que tu as contribué à sauver pendant les sept dernières années. Demande à ta mère si elle pense avoir mal agi en te mettant au monde. Cela m'étonnerait beaucoup qu'elle réponde oui.

— Quelqu'un d'autre les aurait sauvés, objecta-t-il en détournant le regard.

— Arrête, Tom ! Tu as changé la vie de beaucoup de gens, et notre enfant mérite lui aussi le droit de grandir, d'apporter sa contribution à la société, de faire partie du monde. Il ne serait pas juste de l'en empêcher au nom d'un risque potentiel. J'aurai cet enfant avec ou sans toi, parce que je l'aime déjà. Parce que je t'aime. Parce que je veux vivre avec toi et partager tout avec toi. Il n'existe aucune raison valable pour que cela n'arrive pas.

Il secoua la tête, abattu.

— Tu ne comprends toujours pas. Je ne pourrai pas vivre en paix avec ma conscience après avoir transmis cette maladie.

— Rien ne dit que tu l'as transmise. Et de toute façon, ce ne serait pas la fin du monde.

Elle lui prit les mains, qu'elle embrassa avant de les poser sur son cœur.

— Tu as peur, Tom, c'est tout, dit-elle avec douceur. Tu n'as pas à en avoir honte, mais tu n'as rien à craindre. Viens t'asseoir. Discutons calmement autour d'une tasse de thé.

Il doutait de leur capacité à résoudre le problème. À deux ou pas, ils ne pouvaient pas changer le cours du destin. Et elle avait raison : il avait peur. Comme jamais auparavant au cours de son existence.

Néanmoins, il obéit. Il se laissa tomber sur le canapé.

Aussitôt, Millie sauta sur ses genoux et, la tête contre sa poitrine, le regarda dans les yeux.

Il se mit à la caresser d'un geste automatique. Les caresses qu'il lui prodiguait le calmaient lui-même quelque peu.

— Es-tu réellement assez intelligente pour veiller sur quelqu'un, Millie ?

Elle agita la queue, et il ne put retenir un sourire.

Après lui avoir tendu une tasse fumante, Laura s'installa en boule à l'autre extrémité du canapé et le considéra d'un air pensif.

— Comment faisait-elle pour guider ton grand-père ? demanda-t-il d'un ton un peu bourru.

— C'est le résultat d'années d'apprentissage. Les golden retrievers sont choisis pour leur calme, leur fiabilité, leur intelligence, leur douceur et leur loyauté.

— Le plus difficile doit être de leur faire confiance.

— Non, dit-elle dans un sourire. Au contraire, c'est le plus facile, une fois qu'on a pris l'habitude. Termine ton thé, et nous irons nous promener. Elle te montrera.

— OK. Je suis prêt, dit-il une fois qu'il eut vidé sa tasse.

— Millie ? Au travail, ma belle !

Elle équipa Millie de son harnais de chien d'aveugle, laissant pour le moment la poignée sur son dos, et tous trois prirent le chemin du haut de la falaise.

— Bien. Il faut que tu te tiennes sur sa droite. Tu prends la poignée avec ta main gauche et tu te contentes d'accompagner les mouvements de Millie. Elle restera au milieu du trottoir. Allez ! Vas-y ! Laisse-toi guider.

— Je dois fermer les yeux ? demanda-t-il, plein d'appréhension.

— Non, mais n'essaie pas de la guider. Dis juste « Millie, en route » quand tu es prêt.

Et ce ne fut pas plus compliqué. Millie le conduisit dans le quartier, s'arrêtant avant de traverser une route, se décalant vers la gauche ou vers la droite pour éviter un obstacle et l'emmenant même acheter le journal lorsque, sur les instructions de Laura, il ordonna : « Millie, marchand de journaux ».

— Elle est incroyable ! s'exclama-t-il en riant.

— Oui. Et en plus, c'est une véritable amie. Grand-père prétendait que cela valait presque la peine de perdre la vue pour avoir la chance de sa compagnie. On rentre à la maison, maintenant ? ajouta-t-elle en lui adressant un sourire plein d'amour.

Il eut alors l'impression qu'une fleur s'épanouissait dans sa poitrine. Une belle fleur aux couleurs vives qui ressemblait étonnamment à de l'espoir. Et il rendit son sourire à Laura.

— Oui, bonne idée. Millie, on rentre.

Il ferma les yeux et laissa la chienne le conduire, recevant des informations grâce aux mouvements de la poignée, aux balancements de son dos, aux changements de rythme ou de direction à l'approche d'un obstacle. Quand il ouvrit les yeux, ils étaient pratiquement arrivés devant la maison de Laura. Dès qu'ils furent entrés, il débarrassa Millie de son harnais et lui fit un énorme câlin.

— Tu es un vrai génie, ma fille.

Et il ajouta, lorsque Millie roula sur le dos en lui souriant et en balayant le sol de sa queue :

— Et une sacrée dragueuse !

Laura éclata de rire.

— Allez ! C'est l'heure de son biscuit. Et toi, à quand remonte ton dernier repas ?

— Je ne sais plus.

— OK. Je propose que nous déjeunions et que nous continuions à discuter.

— Je préférerais que nous allions au lit. J'ai envie de te serrer contre moi. Tu m'as tellement manqué. Et j'ai été tellement…

— Malheureux ?

— Oui. J'étais anéanti à l'idée de passer ma vie sans toi. Et maintenant…

— L'avenir est à nous, Tom. Allez ! Une fois que Millie sera calmée, au lit ! Je ne refuserais pas un câlin, moi non plus.

9.

— Tu n'imagines pas à quel point tu m'as manqué cette semaine, dit Tom en serrant Laura contre lui pour que l'ombre froide qui l'envahissait intérieurement se dissipe à la chaleur de son corps.

— Toi aussi, tu m'as manqué. Je me suis fait un sang d'encre. Je te trouvais tellement bizarre !

— Je me sentais bizarre. Écartelé. Perdu. Et maintenant, ça… De vraies montagnes russes émotionnelles. Je ne parviens pas à croire que tu es enceinte. Depuis quand le sais-tu ?

— Depuis ce matin. Plus exactement, j'ai fait le test ce matin, mais je le soupçonnais depuis quelques jours.

— Et tu ne m'as rien dit ? Comment as-tu pu me cacher une pareille nouvelle ?

Avec un sourire triste, elle lui caressa la joue.

— Tu le demandes vraiment ? Parce que j'imaginais d'avance ta réaction.

— Et tu ne t'étais pas trompée. Excuse-moi. J'aurais dû deviner qu'il ne servait à rien que je dresse des barrières entre nous, parce que tu réussirais à toutes les abattre. J'ai toujours su que tu penserais d'abord à moi avant de penser à toi. Tu ne peux pas t'en empêcher.

— Tu présentes ça comme un défaut, murmura-t-elle.

— Non, ce n'est pas un défaut, s'esclaffa-t-il doucement en l'embrassant. Mais il était hors de question que je te laisse faire. Suivre mon cœur et donc poursuivre notre relation, cela aurait fait de moi un monstre d'égoïsme.

— Non, ce n'est pas de l'égoïsme, Tom. Nous surmonterons, je t'assure. Tout ira bien.

— Tu le crois pour de bon ?

Il posa sa main sur le ventre encore plat de Laura.

— J'espère que c'est un garçon. Cela soulagerait ma conscience.

— Arrête avec ça, Tom. Fille ou garçon, quelle différence ? Notre enfant sera entouré d'amour. Si l'échographie révélait que notre bébé est trisomique, ou qu'il souffre d'une malformation cardiaque, ou qu'il lui manque un bras ou une jambe, ou qu'il a un spina-bifida, que déciderais-tu ?

La question de Laura arrêta net les ruminations de Tom. Obsédé par son problème ophtalmique, il avait oublié l'existence de maladies plus graves et plus handicapantes susceptibles d'affecter leur enfant. Pourtant, ils voudraient le garder. Ils l'aimeraient tout autant, et ils se battraient pour lui de toutes leurs forces.

— Tu connais la réponse. Je ne veux pas que tu avortes, Laura, bien évidemment. Simplement, ça m'a fichu un coup. Je ne m'y attendais pas, et j'ai été pris de panique. J'ai réagi impulsivement. C'est vrai, une fille ne deviendra pas aveugle, et un traitement existera peut-être le moment venu. Il n'empêche que je préférerais que ce soit un garçon.

— Tu es un vrai sentimental, le taquina Laura en l'embrassant. Fais-moi l'amour, Tom. Tu m'as tellement manqué.

— Et toi donc ! Allez, viens ici.

Ils étaient restés des heures à parler, enlacés sur le lit, jusqu'à ce que la faim les pousse vers la cuisine.

Ils se préparèrent des sandwichs qu'ils mangèrent sur le canapé, avec Millie entre eux qui les regardait avec envie. Ils l'emmenèrent ensuite courir sur la falaise, avant d'aller chercher les affaires de Tom pour la nuit.

Laura n'envisageait pas une seconde qu'ils se quittent désormais. Il était resté suffisamment longtemps seul à ruminer. À partir de maintenant, elle serait là pour lui, quoi qu'il advienne.

À condition qu'il le souhaite. Car il ne lui avait toujours pas dit qu'il l'aimait. Elle devait donc regarder la réalité en face : elle ignorait où ils allaient.

Elle s'assit en tailleur sur le lit pendant qu'il mettait des vêtements dans un sac, juste ce qu'il lui fallait pour le lendemain.

Mais le surlendemain ? Et le jour d'après ? Et les suivants ? Avaient-ils seulement un avenir tous les deux ?

— Qu'allons-nous faire, Tom ? demanda-t-elle doucement.

Il s'arrêta et la regarda avec perplexité.

— À quel propos ?

— De nous. De toi et moi. Vas-tu continuer à habiter ici et à passer de temps en temps la nuit avec moi, ou bien allons-nous vivre ensemble ? Autrement dit, comment envisages-tu la suite ?

Il s'assit sur le bord du lit et lui prit la main.

— Je n'en sais encore rien, avoua-t-il un peu brusquement. À un moment, tu as utilisé le mot « mari ». Étais-tu sérieuse, ou était-ce seulement… ?

— Oui ! J'étais sérieuse. Si c'est aussi ce que tu souhaites.

— Dois-je le prendre comme une demande en mariage ? Si c'est juste à cause du bébé…

— Non.

Un sourire hésitant étira la bouche de Tom.

— Non quoi ? Tu ne me demandes pas en mariage, ou ce n'est pas juste à cause du bébé ?

Les yeux humides, elle répondit dans un rire :

— Non, ce n'est pas juste à cause du bébé, espèce d'idiot. Ni parce que tu es menacé de cécité. Mais parce que je t'aime. Je te l'ai répété je ne sais combien de fois. Moi, en revanche, je ne connais toujours pas tes sentiments. Et je ne sais pas ce que tu attends de moi, de nous. Or, j'ai besoin de le savoir.

— Je t'aime, Laura, évidemment ! dit Tom avec un sourire encore plus éloquent que ses mots. Tu dois le savoir, tout de même.

— Non, je ne le sais pas. Tu ne me l'as jamais dit.

— Eh bien, c'est un tort. J'aurais probablement dû le faire

il y a des années. Je t'aime depuis le jour où je t'ai rencontrée, mais tu ne voulais pas l'entendre. J'ai même bêtement couché à droite et à gauche pour te rendre jalouse, mais cela n'a servi qu'à t'éloigner un peu plus. Tu n'as pas idée comme je m'en veux, comme je regrette toutes ces années perdues où nous aurions pu être ensemble et apprendre à bien nous connaître.

— Nous n'étions vraisemblablement pas prêts à l'époque. Et, comme tu l'as dit un jour, notre relation n'aurait peut-être pas résisté à l'instabilité géographique du début de carrière des médecins.

— Et à présent ?

Elle posa tendrement une main sur la joue de Tom, savourant les picotements de sa barbe naissante sur sa paume, une virilité à l'état brut qui contrastait tellement avec la douceur de son caractère.

— À présent, je crois que nous sommes prêts… Alors, c'est oui ? Tu veux bien m'avoir pour épouse pour le meilleur et pour le pire ?

Son sourire chaleureux et la patte-d'oie qui se forma au coin des yeux de Tom adoucirent ses traits quand il lui embrassa la main.

— Oui, Laura. Je le veux. Dès que tu le souhaites. Parce que je t'aime plus que ne peuvent le dire des mots. Je ne peux pas…

— Chut ! coupa-t-elle en lui posant son index sur les lèvres. Inutile d'épiloguer. Un simple « je t'aime » me suffit. Et me suffira toujours.

— Tant mieux, parce que ça, au moins, c'est dans mes capacités. Je t'aime, ajouta-t-il en l'embrassant.

— Moi aussi. Mets donc un peu plus d'affaires dans ton sac.

Le lendemain, quand ils arrivèrent aux urgences en se tenant par la taille, les têtes se tournèrent sur leur passage.

— Vous avez l'air réjoui, tous les deux, observa James.

— Oui, répondit Tom. En fait, nous avons une bonne nouvelle. Nous allons nous marier.

Une rafale de félicitations suivit aussitôt l'annonce, et Livvy se jeta au cou de Laura.

— Je suis tellement contente pour toi, Laura !

Et Laura, malgré le ridicule, se mit à rire et pleurer en même temps.

— Désolée, ce n'est pas très professionnel, dit-elle en essuyant ses larmes.

Mais James riait bêtement, et tout le monde souriait autour d'eux.

— C'est quand, le grand jour ? voulut savoir Livvy quand l'effervescence fut un peu retombée.

— Bientôt, mais nous n'avons pas encore eu le temps d'y réfléchir.

— Tu l'es, n'est-ce pas ? murmura Livvy, enlevant à Laura tout espoir de garder le secret.

— Oui. Mais ce n'est pas pour cette raison que nous nous marions. Nous nous marions parce que nous nous aimons.

— Je ne m'en serais jamais doutée, ironisa Livvy. Et tes nausées ?

— Affreux ! Nous allons attendre deux mois pour la célébration, afin que je puisse profiter de la fête. Ce sera une cérémonie intime, mais cela me ferait très plaisir que tu y assistes.

— Oh ! très volontiers ! s'écria Livvy en l'embrassant de nouveau. Merci. Et si tu as besoin d'aide pour l'organisation…

— Je n'hésiterai pas à te le dire. Bon, maintenant, il faut que j'aille voir James.

— À cause des rayons X, je suppose ? Personnellement, je suis obligée de sortir de réa à chaque fois, et cela finit par gêner le fonctionnement du service. À mon avis, je vais bientôt être affectée en médecine générale ou bien quelque part où je courrai moins de risques. Mais j'y pense, tu ne vas pas pouvoir prendre ma place ! James va pester.

— Mais non ! C'est un grand romantique, tu sais. Et puis, qui dit que tu ne vas pas changer d'avis et décider que la maternité ne vaut pas tout le battage qu'on en fait ? ajouta Laura dans un rire.

— Non, répondit Livvy en secouant énergiquement la tête. Je veux arrêter de travailler, ne serait-ce que pour Amber et Charlie. Mais peut-être James pourra-t-il geler mon poste jusqu'à ce que tu reviennes… Si tu reviens, parce que tu vas peut-être changer d'avis et décider que la maternité vaut « tout le battage qu'on en fait ».

Là-dessus, visiblement contente de sa repartie, elle s'en alla.

Laura sentit la main de Tom se glisser sur la sienne et la serrer.

— Viens avec moi voir James. Il est dans son bureau. Moi aussi, j'ai des choses à lui dire.

L'entretien avec James s'avéra plus facile que prévu. Leur patron réagit avec calme et bon sens.

— Tes yeux t'empêchent-ils de travailler actuellement, Tom ?

— Non, pas du tout. À condition qu'il n'y ait pas de panne d'électricité.

— Dans ce cas, nous serions tous bien embêtés. Je vais devoir donner des instructions à la maintenance, plaisanta James. Simplement, dis-le si tu as besoin d'aide ou de temps pour tes rendez-vous. Ou pour le mariage, d'ailleurs. C'est pour quand ?

Tom et Laura échangèrent un regard et haussèrent les épaules.

— Bientôt, assura Tom.

— Pas trop tôt quand même, parce que je voudrais en profiter, intervint Laura.

Elle regarda James dans les yeux avant d'ajouter dans un sourire :

— Je vais avoir besoin de quelques aménagements dans mon travail. J'attends un bébé.

Le visage de James s'illumina. Il se leva et vint la prendre dans ses bras.

— C'est une nouvelle formidable, Laura. Je suis si content pour vous deux !

— Vraiment ? Je croyais que tu comptais sur moi pour remplacer Livvy.

Avec un petit rire, James cala une fesse sur le bord de son bureau.

— Absolument, et le poste ne disparaîtra pas, bien sûr. Officiellement, rien n'oblige Livvy à déposer son préavis avant les deux derniers mois de son congé de maternité. À ce moment-là, si cela t'intéresse toujours, nous te nommerons dessus. Et nous bricolerons tes horaires et ceux de Tom pour qu'ils ne se chevauchent pas trop. Tu pourrais aussi te mettre à temps partiel, ou à mi-temps avec Livvy, si elle est d'accord. Si tu veux continuer à travailler, bien sûr. Informe-moi de ta décision le moment venu. En attendant, prends toutes les précautions nécessaires en réa et ménage-toi.

— Merci, James.

— Ne me remercie pas, Laura. Contente-toi de m'inviter à votre mariage.

— Oh ! pas de souci, tu es sur la liste ! Si tu n'avais pas enfreint le règlement en acceptant le dossier de Tom après la date limite de dépôt, nous n'en serions pas là.

— Tout est ma faute, c'est ça ? s'esclaffa James en gratifiant Tom d'une bourrade. Maintenant, filez vous mettre au travail tous les deux avant que je change d'avis et que je trafique le tableau de service dans un sens qui ne vous arrangerait pas.

Deux heures plus tard, alors que Laura sortait d'un box, elle aperçut un jeune homme en fauteuil roulant qui se dirigeait vers elle, poussé par un homme plus âgé. C'est à ses blessures qu'elle le reconnut : jambe gauche dans un fixateur externe, bras droit dans un plâtre.

— Rob ! Ça fait plaisir de te voir enfin ! Tu as l'air en forme. Une seconde, je vais chercher Tom.

Elle passa la tête par la porte de la réa.

— Tom ? Il y a là quelqu'un qui veut te voir. Quelqu'un qui justifie ta présence sur terre.

Avec un froncement de sourcils perplexe, il la suivit, et son visage s'illumina.

— Incroyable ! Comment vas-tu, Rob ?

— Pas mal. Je sors aujourd'hui. Encore quelques douleurs ici et là, mais je vais de mieux en mieux. Je peux me servir un peu de ma main. J'arrive presque à tenir mon téléphone, maintenant.

— C'est l'essentiel, plaisanta Tom. Et tes jambes ?

Rob fit une grimace.

— Ma jambe droite, ça va, mais la gauche… Voyez vous-même. Je dois garder cet appareillage pendant encore trois semaines au moins, et ensuite on va la plâtrer. Mais, d'après les médecins, je pourrai entamer la rééducation d'ici deux mois. En tout cas, vous m'avez sauvé la vie, et je tenais à vous remercier avant de partir.

— C'est très gentil d'être passé nous voir, Rob. Prends soin de toi… Et surtout, plus de moto !

— Plus jamais. J'ai compris la leçon, croyez-moi. Et encore merci. Vraiment.

Voyant les yeux de Rob s'embuer de larmes, pour ne pas l'embarrasser Tom et Laura se tournèrent vers ses parents avec qui ils échangèrent quelques mots avant de prendre congé.

— Il est encore sacrément handicapé, commenta Tom. À mon avis, sa jambe gauche va lui causer des soucis pendant un moment, voire jusqu'à la fin de ses jours.

— Mais il ne l'a pas perdue. Sa main droite non plus. Il est toujours en vie, il parle, et son cerveau fonctionne. Pour moi, c'est une réussite.

— Absolument, dit Tom en la serrant brièvement dans ses bras. Il faut que je retourne en réa. Tu te sens bien ?

— Oui. Livvy a pris le mors aux dents : nous discutons organisation des festivités.

— Amuse-toi bien !

Ils se marièrent deux mois plus tard par une magnifique journée ensoleillée du début juillet.

La cérémonie, sans tralala, se tint dans les jardins de l'hôtel où Tom avait pris une chambre la nuit de l'entretien, sous une jolie pergola en fer forgé croulant sous les roses rouges. Une brise rafraîchissante embaumée par les fleurs jouait le rôle de climatiseur. Ce choix clin d'œil leur avait été recommandé par Livvy et Matt qui y avaient célébré leur union deux ans plus tôt. Les quelques invités triés sur le volet avaient pris place devant eux sur des chaises installées sur la pelouse.

Les parents de Tom étaient là, bien sûr. Bien qu'encore sous le choc du diagnostic concernant leur fils, ils se réjouissaient sans réserve de ce mariage et de l'arrivée du bébé. Il y avait aussi Livvy et Matt, James et Connie, Ryan et Beth avec leur bébé Raoul. Après l'échange des consentements, on servit un goûter arrosé de champagne et de mousseux sans alcool pour Laura et Livvy. Tout était parfait.

Bien qu'ils aient décidé de se dispenser de discours, Tom se leva brusquement et réclama le silence en tapotant son verre avec une cuillère.

— Vous pensiez y échapper, n'est-ce pas ? commença-t-il dans l'hilarité générale. Je ne pouvais pas laisser passer la journée sans quelques remerciements. D'abord et avant tout à mes parents qui m'ont supporté pendant de nombreuses années et qui doivent être ravis de passer le relais à Laura. Je n'en serais pas là où j'en suis sans vous et votre soutien indéfectible. Alors, merci à vous deux du fond du cœur.

Les larmes montaient aux yeux de Katherine, et Mike, en toussotant, lui tendit un mouchoir. Mais Tom poursuivait déjà.

— James… Tout ceci est ta faute. Si tu n'avais pas accepté que je passe l'entretien malgré ma candidature hors délai, je n'aurais jamais revu Laura, et si tu ne l'avais pas gardée comme remplaçante, nous n'aurions pas travaillé ensemble et n'aurions pas eu l'occasion de rétablir les anciens ponts et d'en construire de nouveaux. Alors merci de nous avoir involontairement jetés dans les bras l'un de l'autre. Nous avons une grande dette envers toi.

Il se tourna ensuite vers Laura, qui sentit aussitôt son cœur chavirer.

— Et puis, il y a Laura, la seule femme que j'aie jamais vraiment aimée. Laura qui m'a systématiquement éconduit quand nous étions à la fac. Laura qui a vu mon arrivée ici d'un très mauvais œil. Laura à qui j'ai volé son poste, puis volé son cœur – ce qu'apparemment j'avais déjà fait mais qu'elle m'avait toujours caché…

Il ménagea une pause avant de reprendre :

— Ce n'est qu'un juste retour des choses, puisqu'elle a volé le mien il y a des années. En dépit de mes efforts, je ne parviens pas à me débarrasser d'elle. Car elle s'accroche courageusement, cette femme qui est devenue la mienne. Je ne sais pas combien d'entre vous sont au courant mais je vais perdre la vue à plus ou moins long terme. N'importe quelle femme saine d'esprit aurait fui ventre à terre, mais pas ma Laura. Elle est restée, et elle est devenue mon roc. Elle m'a appris à ne pas avoir peur et, à sa façon inimitable, elle m'a dit, je la cite : « Le bon côté des choses, c'est que tu ne verras pas mes rides. »

Il attendit la fin des rires pour continuer.

— Avec un tel amour pour me porter, je sais que nous nous en sortirons, et quoi qu'il arrive, je garderai jusqu'à la fin de mes jours le souvenir de sa beauté resplendissante d'aujourd'hui. Merci pour tout, ma chérie.

Sa voix vacilla, et il l'attira vers lui pour l'embrasser.

Elle posa la tête sur la poitrine de son mari, s'efforçant de retenir ses larmes.

— Je t'aime, murmura-t-elle. Je suis heureuse de fonder une famille avec toi. Heureuse à l'idée de vieillir à tes côtés. Tu es la meilleure chose qu'il me soit arrivé, et notre enfant sera un petit veinard de t'avoir comme père.

Dressée sur la pointe des pieds, elle l'embrassa et se mit à rire quand les invités les encerclèrent en les arrosant de pétales de roses.

Après les réjouissances, ils rentrèrent chez elle – c'est-à-dire chez eux, car ils avaient décidé de vivre dans sa maison et de louer celle de Tom quand celle-ci serait rénovée. Katherine et Mike les raccompagnèrent jusqu'à leur porte avant de se rendre chez Tom, où ils avaient élu domicile le temps des noces.

Après leur départ, Tom ouvrit la porte de la maison et souleva Laura de terre.

— Un véritable adepte des traditions ! s'amusa-t-elle.

— Absolument. Il y a des règles à respecter.

— Comme celle du discours ? fit-elle, espiègle.

— Il fallait bien que je dise quelques mots, répondit-il en la déposant à l'intérieur. Sache que je pensais chacun d'entre eux.

— Y compris ceux sur ma santé mentale ?

Dans un éclat de rire, il l'attira entre ses bras, et elle se blottit contre lui.

— Tout va bien se passer, assura-t-il dans un souffle. Pour toi, pour moi, pour le bébé.

— N'oublie pas Millie.

Il jeta un coup d'œil à la chienne qui agitait la queue à leurs pieds, quêtant une caresse.

— Comme si je pouvais oublier Millie !

CARO CARSON

Leur amour impossible

Traduction française de
MARCELLE COOPER

BLANCHE

HARLEQUIN

Titre original :
NOT JUST A COWBOY

Ce roman a déjà été publié en 2016

1.

Patricia Cargill ne décolérait pas. Juste au moment où elle s'apprêtait à passer à la vitesse supérieure avec Quinn MacDowell, il avait eu le coup de foudre pour une autre ! Pour une fois qu'elle trouvait un homme parfaitement assorti à elle sur tous les plans — caractère, âge, revenus, ambition professionnelle, physique — et qu'elle envisageait le mariage comme aboutissement logique de leur relation, ses projets tombaient à l'eau à cause des velléités sentimentales de Quinn, ce qui prouvait qu'il n'était pas aussi sensé qu'elle l'avait cru.

Un an d'efforts investis en pure perte dans leur amitié ! Qu'à cela ne tienne. En digne descendante de la lignée des Cargill d'Austin, elle ne se laisserait pas abattre. Si elle pilonnait son bloc-notes de la pointe de son stylo, c'était de contrariété, non de désespoir. Soupirer après un prétendant perdu ou verser des larmes, ce n'était pas son genre. Elle surmonterait sa tempête personnelle.

Plus tard. Pour le moment, il y avait plus urgent. Une tempête, une vraie, s'était abattue sur la côte du Texas en laissant un champ de ruines dans son sillage, et Patricia se trouvait en première ligne pour aider les habitants à s'en relever. C'était elle qui organisait la logistique des secours dépêchés par la *Texas Rescue and Relief Organization* et qui coordonnait les opérations sur le terrain, et il va sans dire qu'elle avait remisé au vestiaire son costume et ses manières policées de riche héritière pour distribuer des ordres aux médecins, infirmiers et techniciens qui s'affairaient sous les grandes tentes blanches de l'hôpital de campagne.

Afin de couvrir le grondement des générateurs, elle était

obligée de hausser la voix pour se faire entendre de ces bénévoles qu'elle avait patiemment recrutés tout au long de l'année dans les cafétérias rances des hôpitaux et les antichambres des colloques médicaux, mais également au cours de soirées caritatives, dîners de gala, cocktails mondains et autres congrès de yachtmen ou d'éleveurs de bétail auxquels elle se devait d'assister en tant qu'héritière d'une des plus grandes dynasties pétrolières du Texas. À force de persuasion, elle avait obtenu la promesse de dizaines de personnes de rejoindre les rangs de *Texas Rescue* en cas de catastrophe naturelle. Ainsi, le moment était venu de battre le rappel de ses troupes et d'utiliser leurs expertises respectives pour répondre aux besoins de la population sinistrée d'Aransas.

— Ah, Patricia, j'ai besoin de vous parler !

La voix venait du bout du parking. Une main en visière pour se protéger de la réverbération du soleil, Patricia aperçut Mary Hodge, l'une de ses nouvelles recrues issues du secteur privé qui se dirigeait vers elle en courant. C'était la première participation de Mary à une opération de *Texas Rescue* et elle portait une blouse blanche sur la tenue verte de secouriste comme pour bien afficher sa qualité de médecin au cas où d'aucuns l'auraient confondue avec une vulgaire brancardière. La veille, elle avait déjà fait perdre de précieuses minutes à Patricia en exigeant que sa blouse soit nettoyée par la blanchisserie de l'hôpital de campagne car il était impensable qu'elle porte une tenue sale jusqu'à la fin de la semaine. À quoi Patricia avait répondu qu'il n'en était pas question.

Deux jours auparavant, l'ouragan Hector avait frappé cette petite ville balnéaire du Texas, et la blanchisserie du camp avait déjà fort à faire avec les articles indispensables — uniformes de secouriste, serviettes et draps — sans s'encombrer du superflu. Quant à payer les services d'un teinturier en ville — un dont le magasin aurait résisté au passage d'Hector —, cela ne figurait certainement pas sur la liste des priorités de Patricia.

Outre que des volutes de chaleur montaient de l'asphalte du parking, l'air était de plus en plus étouffant après le passage de l'ouragan et Patricia avait hâte de rentrer se mettre à l'abri sous sa tente. Guère pressée d'entendre ce que Mary avait à lui demander, elle resta sur place sans aller au-devant d'elle, mais elle se refusait à s'éloigner en faisant la sourde oreille. Les bénévoles relevaient de sa responsabilité.

Le soleil de cet après-midi de juin ne la gênait pas trop. Sachant qu'elle passerait de longues journées à fouler l'asphalte brûlant ou à crapahuter dans les décombres, elle avait chaussé ses mocassins de bateau à semelles en caoutchouc. Avec ses chaussures, son polo bleu marine et son bermuda blanc, elle semblait prête à embarquer à bord d'un yacht, sauf qu'il ne serait venu à l'idée de personne sur le site de la prendre pour une riche oisive. Quand elle effectuait une mission pour *Texas Rescue*, elle était Patricia, la coordinatrice du personnel, et personne d'autre.

En attendant que Mary arrive à sa hauteur, elle consulta son bloc-notes, pas le virtuel de la tablette, mais la planchette en PVC avec sa pince métallique et ses feuilles qui la suivait depuis l'époque du lycée. Dans les zones dévastées privées de courant, de téléphone, de relais wifi, les bons vieux instruments manuels reprenaient du service. Son bloc-notes était muni d'une couverture plastique pour le protéger des intempéries.

Rabattant le volet, elle lut la première note figurant en haut de la liste.

– *Trouver une relève de nuit pour l'assistant en radiographie.*

Il n'y avait que deux équipes dans cet hôpital de campagne, celle de jour et celle de nuit. Patricia faisait partie des deux, mais elle veillait à ce que le personnel ait les huit heures de repos stipulées dans le contrat.

À côté du problème, elle inscrivit la solution : Kim Wells. Son assistante dont elle se déferait pour que la radiologie puisse continuer à fonctionner sans interruption.

Deuxième ligne :

– *Ajouter une machine à électrocardiogramme dans la tente E4.*

Le territoire de Quinn, le cardiologue qu'elle n'épouserait pas.

Il lui suffirait de passer un appel par téléphone satellite pour faire venir la machine d'Austin avec le prochain médecin, et Quinn disposerait de tout le matériel nécessaire pour travailler dans de bonnes conditions. S'il l'avait voulu, elle aurait pu s'occuper de sa vie privée avec la même efficacité. Un homme ambitieux n'aurait pu rêver meilleure épouse qu'elle. Hélas, l'efficacité était sans doute le cadet des soucis de Quinn maintenant qu'il était amoureux.

En tant que fille de Daddy Cargill, le terrible magnat du pétrole dont les frasques amoureuses défrayaient la chronique, Patricia était bien placée pour savoir que les hommes avaient besoin d'être canalisés et dirigés. Comme elle conservait son amitié à Quinn, elle espérait que l'élue de son cœur serait une bonne organisatrice, quoiqu'elle en doutât. S'ils s'étaient mariés, elle n'aurait pas eu beaucoup de mal à l'encadrer car c'était un homme logique et cartésien qui savait garder la tête froide en toutes circonstances — hormis ce coup de foudre complètement ridicule qui lui ressemblait si peu…

Enfin, il ne servait à rien d'épiloguer à ce sujet pendant cent sept ans. Il était amoureux. Point barre. À elle de tourner la page.

Troisième dans l'ordre des priorités :

— *Installer un abri couvert supplémentaire dans le prolongement de la zone d'attente.*

Karen Weaver, la directrice des opérations de *Texas Rescue* pour Austin, était en principe responsable de la configuration du camp et de l'équipement — c'était elle qui aurait dû par exemple se charger de la machine à électrocardiogramme. Sauf qu'elle manquait singulièrement d'initiative. Si on attendait qu'elle prenne des décisions, on risquait de prendre racine, et ce serait les patients qui en feraient les frais.

Plutôt que de passer par Karen, Patricia se promettait de trouver quelqu'un pour décharger une tente du camion et la monter près de la zone de soins. Vite fait bien fait.

— Patricia, enfin, je vous tiens.

En sueur, Mary Hodge s'arrêta près d'elle.

— Docteur Hodge…, répondit Patricia sans lever les yeux de sa liste.

Autant lui donner son titre, même si elle n'appréciait guère ses manières.

— Écoutez, finalement, je ne pourrai pas rester jusqu'à vendredi, annonça Mary Hodge. Un empêchement.

— Vraiment ?

Avec une lenteur délibérée, Patricia passa le bloc-notes sous son bras tout en relevant la tête pour accorder sa pleine attention au médecin.

— Expliquez-moi ça.

Visiblement guère habituée à recevoir des ordres, le Dr Hodge fronça les sourcils.

Patricia savait se montrer diplomate lorsqu'il le fallait, et elle était aussi passée maître dans l'art de manipuler ses interlocuteurs, de les persuader par exemple que son idée était la leur. Mais elle était également une Cargill, une descendante des pionniers qui avaient fait fortune grâce à des accords scellés par une simple poignée de main, et elle ne s'encombrait pas de politesses lorsqu'une personne était sur le point de manquer à sa parole, comme le Dr Hodge en cet instant.

— J'ai des obligations ailleurs, dit cette dernière.

Son ton péremptoire lui signifiait qu'elle n'avait pas besoin d'en savoir plus.

— Votre contrat précise que vous vous engagez à nous donner quatre-vingt-seize heures. Si vous vous en allez, je n'aurai personne pour vous remplacer.

— Je dois retourner au *West Central*. On a besoin de moi là-bas.

Le *West Central Texas Hospital* était l'endroit principal où Patricia recrutait ses bénévoles. L'hôpital avait été fondé par le père de Quinn MacDowell dont le frère, Braden, occupait depuis peu le siège d'administrateur en chef. Patricia connaissait bien l'établissement et cela avait d'ailleurs été l'une des raisons qui l'avaient poussée à envisager un mariage avec Quinn.

En l'occurrence, si le Dr Hodge croyait pouvoir lui raconter des sornettes en toute impunité, elle allait déchanter.

— Les gens du *West Central* savent que vous êtes ici jusqu'à la fin de la semaine. Si vous y retournez plus tôt que prévu, ils risqueront de se demander pourquoi.

Comme le médecin ouvrait la bouche pour protester, Patricia leva une main, très calme. Le moment était venu de paraître conciliante avant d'assener le coup de grâce.

— Vous avez vos obligations là-bas, bien sûr, mais je me dois de vous signaler que certains de vos collègues interpréteront votre retour anticipé comme un refus de votre part de travailler sur un site de catastrophe naturelle. Dans un hôpital où tant de médecins se vantent de faire partie de nos bénévoles, cela risque de donner de vous une mauvaise image. J'espère de tout cœur que vous pourrez honorer votre contrat avec nous dans l'intérêt de votre réputation professionnelle.

Plus les mots étaient menaçants, plus la voix de Patricia se faisait douce.

— Bon, je vais m'arranger, marmonna le Dr Hodge qui avait perdu de sa superbe. Mais je vous préviens, je m'en irai vendredi matin.

— Après 10 heures, précisa Patricia en soutenant froidement son regard.

Le Dr Hodge s'éloigna d'un pas furieux vers la tente abritant la salle d'opération où elle était censée recoudre les entailles et blessures qui survenaient quand, après la tempête, les gens commençaient à fouiller dans les décombres pour tenter de récupérer leurs biens.

Patricia se souciait comme d'une guigne de la colère de Hodge. C'était le problème du médecin, pas le sien.

L'histoire qui la tourmentait n'avait rien à voir avec l'hôpital de campagne. Chaque fois que *Texas Rescue* lui laissait un peu de répit, elle revenait sans cesse à la même question : comment faire pour empêcher son père de dilapider la fortune des Cargill ?

Une voix grésilla dans son talkie-walkie. Patricia saisit l'appareil et appuya sur le bouton.

— Je vous écoute.

— C'est Mike, de la pharmacie. On sera bientôt à court de comprimés sublinguaux de nitroglycérine.

C'était à prévoir. Après chaque catastrophe naturelle, il y avait une recrudescence de douleurs thoraciques parmi la population, ce qui expliquait la présence de Quinn dans l'équipe car Patricia avait besoin d'un cardiologue pour faire la part entre les angines de poitrine et les alertes cardiaques. Pour les unes comme pour les autres, le traitement de départ consistait en des comprimés de nitroglycérine à laisser fondre sous la langue. Les pharmaciens de *Texas Rescue* veillaient d'habitude à avoir un stock suffisant de nitro dans leurs malles, mais une nouvelle préparatrice s'était montrée très prodigue dans la distribution des comprimés aux patients, et la réserve censée durer un mois était presque épuisée.

Patricia assumait la faute de ce dysfonctionnement puisque c'était elle qui avait recruté la préparatrice. De toute façon, même si elle n'y avait été pour rien, c'était elle qui aurait dû trouver une solution.

— Il va falloir tenir quelques heures avec ce qu'il vous reste, Mike, le temps que je trouve une source de réapprovisionnement dans une autre ville.

Elle la trouverait. Tous les problèmes avaient des solutions, et le mot échec ne faisait pas partie de son vocabulaire.

Par les tentes blanches en enfilade, elle regagna celle du personnel administratif où se trouvait son bureau. Le parking où ils étaient installés était celui de l'hôpital public d'Aransas dont le toit avait été emporté par l'ouragan. En prévision de la tempête, les patients avaient été évacués quelques jours auparavant vers les hôpitaux de Corpus Christi et de San Antonio, et les tentes de *Texas Rescue* s'entassaient à l'ombre des bâtiments désormais vides. Le moindre coin d'ombre était le bienvenu dans la chaleur étouffante qui montait des eaux du golfe du Mexique après le passage d'Hector, et Patricia remarqua que les pompiers avaient également déplacé leur camion pour le ranger contre l'un des murs tandis qu'ils taillaient à coups de hache dans l'enchevêtrement de tôle des ambulances retournées. Branché sur le puissant moteur de leur camion, un treuil, toutes cordes tendues, était en train de soulever une ambulance.

Et voilà. Renversé la minute d'avant, le véhicule reposait à présent sur ses roues. Si tout pouvait se régler aussi facilement… Hélas, Daddy Cargill se livrait à un pillage en règle de la fortune familiale et il faudrait plus qu'un treuil pour redresser la situation.

L'ombre du bâtiment n'apportait qu'une protection dérisoire aux pompiers qui devaient étouffer dans leurs épaisses combinaisons. Comment supportaient-ils ce lourd harnachement alors qu'elle-même transpirait à grosses gouttes dans son polo et son bermuda de lin ? Ne supportant pas de sentir ses cheveux dans son cou, elle les avait relevés en un chignon serré.

Pas un nuage dans le ciel, pas un souffle de vent… La chaleur gagnait du terrain au fil des heures. Grâce à Dieu, et surtout au générateur, la tente réservée au personnel administratif avait la climatisation. Comme elle s'apprêtait à pousser le rabat en toile lestée de plomb qui servait de porte, Patricia aperçut la haute silhouette familière de Quinn à l'autre bout du parking. Debout à côté d'une Volkswagen Coccinelle verte, il était en train de parler, de très près, à la jeune femme rousse qui avait ravi son cœur — un cœur aux élans romantiques dont Patricia n'avait pas soupçonné l'existence.

Elle s'appelait Diana, et son nom figurait sur l'organigramme. Ses quarante-huit heures de bénévolat écoulées, elle était visiblement en partance pour Austin où l'attendait son travail. Quinn s'était engagé à passer toute la semaine sur le site sans sa dulcinée.

Les deux tourtereaux étaient sur le point de se séparer. Quinn se pencha vers Diana pour lui dire quelque chose qu'elle seule pouvait entendre puis il l'embrassa.

Tel un voyeur observant des amoureux, Patricia avait du

mal à détacher son regard du couple. Ce n'était pas la sensualité du baiser qui la fascinait bien que la manière dont Quinn serrait sa belle contre lui ne laissât aucun doute sur l'attirance physique qu'elle lui inspirait. Non, ce n'était pas uniquement sexuel entre ces deux-là. Le baiser témoignait d'une intensité émotionnelle, d'une complicité, de la profondeur des sentiments qui les liaient.

Puis Diana se glissa derrière le volant de sa petite voiture et s'éloigna sous le regard mélancolique de Quinn. Malgré la chaleur, Patricia frissonna.

C'était trop intense, trop fusionnel. Dieu la préserve de connaître un jour ce genre d'aliénation.

La nitroglycérine.

Animée d'un regain d'énergie, elle poussa la porte en toile et entra dans le bureau de fortune. Elle soupira de bonheur, accueillie par un air délicieusement frais comparé à la fournaise de l'extérieur. Un générateur alimentait les ordinateurs, l'appareil à air conditionné ainsi qu'un ventilateur d'appoint. Spacieuse, la tente abritait plusieurs tables pliantes où s'alignaient ordinateurs, imprimantes et tout le nécessaire pour diriger un hôpital — les dossiers des patients, les contrats des volontaires, les factures des fournisseurs. Cette tente était le centre névralgique du camp.

Assises sur des chaises pliantes, ses assistantes administratives, toutes vêtues de la chemisette au logo de *Texas Rescue*, ne levèrent pas la tête de leurs écrans quand Patricia se dirigea vers la table de bridge qui lui servait de bureau.

Patricia n'était pas dupe. Ses assistantes se donnaient beaucoup de mal pour paraître occupées, mais elle savait que, derrière son dos, les bavardages allaient bon train.

En un sens, tant mieux qu'elle n'ait pas à leur adresser la parole car elle ne se sentait pas d'humeur à échanger des futilités. Elle s'assit devant son ordinateur portable, l'ouvrit, plaça le talkie-walkie et le bloc-notes à côté, et attendit que la page de garde apparaisse sur l'écran tout en ne cessant de penser au baiser de Quinn et Diana.

La relation qui les unissait était différente de ce qu'elle voyait tous les jours dans son entourage. Son père en était à sa troisième épouse et sa énième maîtresse. Il donnait du « ma chérie » à tout le monde, distribuait papouilles et caresses et courait derrière tout ce qui portait jupon — et avait moins de la quarantaine —, en quête éperdue d'aventures polissonnes. Quinn avait regardé la femme qu'il aimait d'une manière complètement différente, comme si elle comptait pour lui. Non, comme si elle lui était essentielle, comme si elle représentait tout son monde.

Ce genre d'amour exclusif lui semblait ravageur, malsain. Quel fardeau de traîner à ses basques un homme qui éprouverait ce besoin d'elle en permanence ! Il l'encombrerait, l'empêcherait d'atteindre les objectifs qu'elle s'était fixés.

Elle savait parfaitement ce qu'elle ne voulait pas. Très peu pour elle, les hommes nostalgiques de leur adolescence perdue et qui tentaient de la retrouver en fréquentant des jeunettes, comme Daddy Cargill. Mais Patricia ne voulait pas non plus d'un homme qui la révérerait, la mettrait sur un piédestal, lui jurerait un amour absolu et éternel. L'âme sœur et autres balivernes, elle n'y croyait pas, et si, d'aventure, cela existait, ce n'était pas pour elle.

Tout ce qu'elle demandait, c'était un mari qui soit un atout pour elle, socialement, qui la soutienne et l'aide à atteindre ses objectifs. Un homme qui se glisserait discrètement, sans créer de remous, dans sa vie tel l'un de ses chers voiliers sur la surface du lac.

— Dégagez le passage !

Un pompier fit irruption dans la tente en soutenant l'un de ses collègues. Il lui enleva son casque qu'il jeta par terre.

— De l'eau, vite !

Personne ne bougea. Alignées en rang d'oignons derrière leurs tables, les assistantes de Patricia fixaient les intrus, leurs doigts suspendus au-dessus des claviers.

Patricia se leva et contourna son bureau pour se diriger vers les nouveaux venus. Le visage congestionné, le second pompier souffrait visiblement d'un coup de chaleur et semblait sur le point de faire un malaise.

— Il y a une sortie d'air froid ici, dit-elle en désignant la bouche d'aération de l'air conditionné.

Géant avoisinant les deux mètres, le premier pompier traîna son camarade jusqu'au caisson de la clim devant lequel il l'allongea. Puis il ôta son propre casque qu'il posa au sol. La tête inclinée, il inhala l'air froid. Ses cheveux noirs trempés collaient à son front et son visage ruisselait de sueur. Cette brève pause dut lui suffire à recharger ses batteries car, se remettant en mouvement, il se pencha sur son collègue.

Leurs uniformes beige étaient si volumineux, avec tant de poches, de bandes Velcro, de lanières et d'autres poches d'où émergeaient des lampes torches et des outils, qu'il fallut un moment à Patricia pour comprendre ce qu'il faisait. Il était en train de s'escrimer sur les barrettes qui fermaient la veste de son compagnon.

Ce dernier porta une main lourdement gantée à sa poitrine.

— Laisse. Je peux me déshabiller tout seul, murmura-t-il d'une voix mal assurée.

— C'est ça…, dit l'autre en lui écartant la main.

Tandis qu'il lui déboutonnait sa veste, Patricia s'agenouilla à côté d'eux pour enlever les gants de l'homme en hyperthermie.

— Voulez-vous que j'appelle les urgences ? On a un brancard au fond de la tente. Apportez-moi mon talkie-walkie, ordonna-t-elle par-dessus son épaule à une bénévole qui s'était approchée.

— Inutile, il ira mieux dans un instant, dit le pompier aux cheveux noirs en retirant le lourd vêtement de son camarade puis en le recouchant devant la clim. Ça va aller, hein, Zach ?

Du dos de sa main gantée, il administra des petites gifles sur les joues de Zach sous le regard mi-inquiet mi-intrigué des assistantes qui s'étaient groupées en cercle autour d'eux.

Patricia prit le talkie-walkie que la bénévole était allée lui chercher. Quant au camarade de Zach, il déboucha la bouteille d'eau qu'on lui tendait pour la vider sur la tête de son équipier. L'eau forma une flaque par terre.

— Hé, doucement, mec…, marmonna Zach. Tu cherches à me noyer ou quoi ?

Sa voix avait gagné en fermeté, ce qui était bon signe, mais Patricia trouva le discours un peu fruste.

« Qu'attends-tu d'un pompier ? se demanda-t-elle. Qu'il s'exprime en alexandrins ? »

L'homme aux cheveux noirs se tourna vers elle pour lui adresser un clin d'œil.

— Je vous avais dit qu'il se remettrait.

Patricia le regarda et en oublia ce qu'elle avait été sur le point de lui dire. Malgré la poussière mêlée de sueur qui recouvrait son visage, il était incroyablement beau, avec des yeux d'un bleu ! Un bleu qui lui rappelait celui du lac où elle faisait de la voile.

Il enleva ses gants puis sa veste qu'il roula en boule pour la placer sous la tête de Zach. Patricia se baissa dans le but de l'aider, mais vit qu'il n'en avait pas besoin. D'une main, il maintenait la nuque de son ami et, de l'autre, mettait en place le polochon improvisé. Elle se redressa, s'essuya les genoux, mais resta près de lui, prête à l'assister.

Elle ne se priva donc pas d'observer la manière dont ses bretelles bougeaient au gré des mouvements de ses muscles sous le T-shirt noir. À présent, elle comprenait l'utilité de ces accessoires légendaires. Bien que musclé, le camarade de Zach était mince, et le large pantalon en toile ignifugée n'aurait pas tenu sur ses hanches sans leur aide. Faire défaillir les groupies n'était donc pas leur seule fonction.

Quand il releva la tête, elle détourna vivement le regard.

— Merci pour votre aide, m'dame…

Malgré l'accent texan prononcé, sa voix était rauque et agréable.

— Je m'appelle Luke Waterson. Enchanté de faire votre connaissance, ajouta-t-il, la main tendue.

Il avait des manières de cow-boy, un peu rustre mais bien

élevé avec les dames. Elle lui serra la main et fut agréablement surprise de voir qu'il ne broyait pas la sienne. Certains hommes n'étaient pas conscients de leur force, tandis que d'autres, les amis de son père pour ne pas les nommer, utilisaient la poignée de main virile comme une forme d'intimidation. Malgré son gabarit impressionnant, Luke ne s'amusait pas à ce petit jeu, sinon, il aurait trouvé à qui se mesurer.

Il garda ses doigts dans les siens juste le temps qu'il fallait puis les relâcha, le sourire au beau fixe et les yeux bleus charmeurs au possible.

Patricia fut la première à baisser le regard. Ce n'était pas très Cargill comme attitude, mais peu d'hommes l'avaient regardée ainsi. Si elle savait comment répondre aux poignées de main intimidantes et aux autres manifestations de l'arrogance masculine, elle s'avouait vaincue devant un sourire de ce genre.

Ce jeune pompier serait-il en train de flirter avec elle ?

Même à l'université, elle ne s'était jamais adonnée à ce sport. Laissant ses camarades de campus flirter avec les coqs de l'équipe de football, elle rentrait à la maison chaque week-end pour s'assurer que la dernière conquête de son père n'était pas en train de les plumer. Elle passait au peigne fin toutes les dépenses, vérifiait les talons des chèques et épluchait les relevés bancaires à la recherche de la moindre anomalie.

Pourquoi ce Luke Waterson la ramenait-il à l'époque de ses vingt ans alors qu'elle en avait trente-deux bien sonnés ? Qu'avait-il de si spécial pour la faire rougir et la décontenancer ainsi ?

Le biceps saillant, il était en train d'éventer son camarade à l'aide de son casque. Trop beau pour être vrai, il ressemblait à un strip-teaseur en costume de pompier, ce qui n'expliquait toujours pas la réaction qu'elle avait eue, songea Patricia. À tous les enterrements de vie de jeune fille auxquels elle avait assisté — et Dieu sait qu'ils avaient été nombreux —, il y avait toujours un mâle déguisé en pompier qui s'effeuillait en coinçant dans son string les dollars donnés par l'assistance en folie. Généralement, ces beaux spécimens aux muscles huilés ne lui faisaient guère d'effet. Alors, pourquoi tant d'émoi devant Luke ?

À l'approche de la trentaine, ses amies de la bonne société en étaient à leur deuxième ou troisième mariage, et Patricia déclinait désormais toute invitation aux week-ends de débauche prénuptiale. En revanche, elle se faisait un point d'honneur d'assister aux mariages qui lui permettaient d'élargir son cercle de contacts et de sponsors éventuels pour *Texas Rescue*. « Demoiselle d'honneur, d'accord, mariée, jamais » avait été sa devise pendant longtemps.

Jusqu'à cette année où elle avait cru trouver la perle rare en la personne de Quinn.

Du revers du bras, Luke s'essuya le front, et le biceps gonfla dans toute sa splendeur. Waouh, cet homme était un régal pour les yeux ! Musclé, mais pas trop, le corps svelte et affûté…

« Cesse de fantasmer sur lui. »

Elle était chef du personnel et ce pompier était en train de s'essuyer le front parce qu'il transpirait à grosses gouttes tout comme son copain, le pauvre Zach mis K-O par la chaleur. Si elle ne faisait rien, Luke allait connaître le même sort, et son équipe serait diminuée de deux pompiers.

L'eau potable était strictement rationnée sur le site, mais aux grands maux les grands remèdes. Elle arracha une bouteille des mains d'une de ses assistantes qui, les yeux rivés sur Luke, ne parut même pas s'en rendre compte.

Patricia se dit qu'elle n'était visiblement pas la seule à être fascinée par le beau soldat du feu.

— Je vous remercie, mesdemoiselles, dit-elle ses assistantes. Vous pouvez retourner à vos postes.

Les jeunes filles se dispersèrent et Patricia s'efforça de reprendre ses esprits.

— Buvez ça, dit-elle en tendant la bouteille à Luke.

Un genou toujours au sol, il obéit sans la lâcher du regard

et elle aurait pu jurer qu'il souriait tout en laissant l'eau couler dans sa gorge.

« Ça suffit, Patricia. Concentre-toi sur ton travail. Appelle le chef des pompiers pour l'avertir de la situation. »

Mais elle resta à regarder Luke se désaltérer. Une fois la bouteille vide, il visa la poubelle près des tables. En plein dans le mille. Puis il se pencha de nouveau vers son ami pour poser les doigts sur son poignet.

— Le pouls est redevenu normal, annonça-t-il après avoir compté les pulsations. C'est normal d'avoir un malaise sous ce soleil de plomb. Il fallait juste un peu d'air frais, de l'ombre et de l'eau.

— Avez-vous besoin d'autre chose ?

Deux doigts serrés en un salut militaire, il toucha le bord d'un Stetson imaginaire.

— Merci pour tout, m'dame. Vous ne m'avez toujours pas dit votre nom.

— Patricia…

Elle s'éclaircit la gorge puis, au lieu d'ajouter « Cargill » comme elle le faisait d'habitude, dérogea à la règle.

— Je suis la chef du personnel.

— Eh bien, Patricia, je suis content de faire votre connaissance, dit-il avec un sourire éblouissant.

Il pensait vraiment ce qu'il disait, elle n'avait aucun doute là-dessus. Il l'avait jaugée, trouvée à son goût, et maintenant, il jouait de son charme pour l'inviter à lui sourire en retour et, pourquoi pas, faire plus ample connaissance.

Pas question d'entrer dans son jeu. Les flirts, c'était pour les oisifs, ceux qui n'avaient rien de mieux à faire de leur temps. De toute façon, elle ne savait pas comment flirter. Toute sa vie, elle n'avait connu que des obligations et des responsabilités, même à vingt ans quand les garçons s'intéressaient à elle pour autre chose que son compte en banque, sa position sociale et son carnet d'adresses.

Cela lui faisait presque mal de voir le sourire franc de Luke

Waterson, l'intérêt qui se lisait dans ses yeux, en sachant qu'elle ne pouvait y répondre.

Comme l'une de ses règles d'or était de ne pas s'éparpiller en émotions inutiles, elle se contenta d'un hochement de tête avant de lui tourner le dos.

2.

La princesse ne voulait pas jouer.

Luke venait de lui offrir son plus beau sourire, celui qui lui servait à ferrer ses conquêtes, que ce soit autour d'un feu de joie célébrant une victoire au foot ou dans un bar après la clôture d'un salon de l'élevage à Austin. En principe, aucune femme n'y résistait.

Sauf Patricia-la-directrice-du-personnel.

Dommage. Cela faisait des lustres qu'il n'avait pas rencontré une femme aussi… lisse. Tout en elle était lisse, sa peau, ses cheveux, ses manières, sa voix.

Sans hausser le ton, elle menait visiblement tout le monde à la baguette. Véritable beauté texane avec des airs de princesse, elle semblait l'incarnation parfaite de l'expression « une main de fer dans un gant de velours ».

Hélas, force était d'admettre qu'elle n'était pas intéressée par lui. Tant pis. Il la regarda s'éloigner vers son bureau. Tout dans sa démarche et son langage corporel disait : « Je suis la responsable sous cette tente, c'est moi qui commande. »

Mais bien sûr ! Qu'il était bête de ne pas y avoir songé plus tôt ! En tant que chef, elle ne pouvait se permettre d'être surprise en train de flirter. Si le personnel n'avait pas été là, aurait-il pu lui arracher un sourire ?

Quand ils avaient échangé une poignée de main, il aurait juré qu'elle avait été troublée à son contact et qu'elle avait détourné le regard pour ne pas trahir son émoi. Avait-elle été autrefois échaudée par la gent masculine ? S'était-elle retirée du marché pour quelque mystérieuse raison ?

Elle portait des petits diamants aux oreilles, mais rien aux doigts. Si elle n'était ni mariée ni fiancée, pourquoi n'avait-elle pas répondu à son sourire ?

Quand il voulut reprendre le pouls de Zach, celui-ci se dégagea.

— Ça va, cesse de me traiter comme un mourant !

Du coin de l'œil, Luke continuait d'observer Patricia. Arrivée à sa table, elle avait pris son bloc-notes puis elle s'était retournée pour les regarder.

Luke se pencha vers Zach.

— Rends-moi service, vieux, chuchota-t-il à son oreille. Reste couché.

— J'y crois pas…, murmura Zach, la mine consternée.

Mais il obéit en bon camarade qu'il était, et la ruse paya. Patricia revint vers eux. Toujours sans sourire. Comme elle s'agenouillait à leur côté, elle lui frôla par mégarde le bras et s'écarta comme si elle avait touché un fer chauffé à blanc, ce qui le conforta dans sa première impression. Il lui faisait de l'effet.

Et c'était ô combien réciproque.

— Reposez-vous, lui dit-elle. Je vais prendre la relève pour éventer votre ami. Vous avez besoin de vous rafraîchir, vous aussi.

« Continue à me parler, beauté. »

Froide, sophistiquée et hautaine, sa voix s'accordait à son physique. Elle se teintait d'un très léger accent texan, à peine discernable. Cette fille-là n'avait pas grandi dans un ranch. Née avec une cuillère d'argent dans la bouche, elle avait dû fréquenter les meilleures universités pour étudier l'histoire de l'art, par exemple.

À l'aide de son bloc-notes, elle se mit à éventer Zach, ce qui permit à Luke d'observer à loisir son profil. Sentant sans doute son regard, elle lui jeta un coup d'œil et il crut lire de l'irritation dans ses yeux marron foncé qui formaient un joli contraste avec ses cheveux blond pâle.

Mais il était vraiment partagé entre l'envie de se comporter en gentleman et celle de continuer à la dévorer du regard pour la voir perdre ses moyens une fois de plus.

De sa main libre, elle lui tendit une bouteille d'eau.

— Buvez. Vous êtes chaud comme votre camarade.

Sans doute le double sens n'était-il pas voulu, mais il ne put résister à l'envie de saisir la balle au bond.

— Merci pour le compliment, m'dame, quoique ce ne soit pas très flatteur d'être comparé à Zach. Il n'est pas mal, d'accord, mais ce n'est pas non plus Monsieur Univers, vous en conviendrez, et, en plus, il saisit toutes les occasions de se la couler douce au travail.

Zach grogna tout en gardant les yeux fermés. Complice et solidaire, même quand on le dénigrait.

— Ce grognement d'homme des cavernes signifie qu'il est d'accord, dit Luke, en rajoutant une couche pour le taquiner.

Un sourcil levé, la princesse ne répondit pas. Sans doute ne s'abaissait-elle pas à faire des commentaires sur les gueux.

Luke sourit. C'était la première fois qu'il se frottait à une aristocrate doublée d'une reine de beauté et il ne boudait pas son plaisir.

Elle pointa du doigt la bouteille.

— D'accord, d'accord, dit-il en devançant son ordre.

Il dévissa le bouchon et quand il commença à boire, Patricia se redressa pour aller chercher une chaise pliante.

— Tenez, dit-elle en l'installant à côté de lui. Vous serez mieux assis.

Une princesse libérale, qui montrait de la sollicitude pour ses sujets et qui travaillait de toute évidence aussi dur qu'eux, sinon davantage.

— Merci, m'dame.

Avant de se redresser, il tapa sur l'épaule de Zach.

— Si tu t'asseyais pour boire un peu d'eau ?

— Je vais chercher une autre chaise, dit aussitôt Patricia.

Elle joignit le geste à la parole tandis qu'il aidait son copain à se relever.

Puis l'incident se produisit.

Comme s'ils avaient synchronisé leurs gestes, Patricia et lui se retournèrent au même moment et entrèrent en collision. Elle se rattrapa à l'une de ses bretelles pour ne pas tomber et il l'agrippa par les épaules pour l'aider à recouvrer son équilibre, la ramenant ainsi vers lui. Bien qu'elle fût grande, il la dépassait d'une tête, et il sentit son souffle chaud et rapide contre son cou.

Le petit « Oh » qu'elle murmura suffit à envoyer ses cent kilos au tapis. Symboliquement.

Puis elle lâcha la bretelle et s'écarta, ses joues en feu témoignant de son embarras.

— Restez autant de temps que nécessaire pour vous reposer, dit-elle sans croiser son regard. Je vais avertir votre chef que vous êtes ici.

Elle ramassa son bloc-notes puis s'empressa de sortir de la tente.

Luke s'affala sur la chaise à côté de Zach qui était en train de vider d'une traite sa bouteille. Il mettrait sa main au feu que Patricia avait senti tout comme lui le courant qui passait entre eux. Il l'attirait, et pas qu'un peu, mais elle s'efforçait de n'en rien montrer et de le fuir. Si seulement il pouvait comprendre pourquoi…

Zach entama une seconde bouteille puis s'arrêta pour reprendre son souffle.

— Lâche l'affaire…, dit-il en désignant la porte en toile par laquelle elle était sortie. C'est pas pour toi.

Luke mit un doigt sur sa bouche pour lui faire signe de se taire. Trop de petites secrétaires occupées à remplir des rapports étaient sans doute en train de tendre l'oreille, avides de tout ce qui pourrait les distraire de la morne paperasserie. Un duo de pompiers dont l'un d'eux était K-O, allongé au sol, à deux doigts de leur bureau, constituait un spectacle inespéré pour elles.

S'adossant à son siège, Luke se mit à réfléchir.

Patricia ne voulait pas flirter, ce qui était son droit le plus strict. Pourtant, il avait l'impression que son refus n'avait rien à voir avec ses responsabilités ni la présence de son personnel. Elle avait filé d'ici comme si elle avait le diable aux trousses juste après le contact qui avait révélé la puissante alchimie entre eux. Et il n'avait pas l'intention d'en rester là.

— Prêt ?

Sans attendre la réponse de son camarade, il entreprit de ramasser vestes, gants et casque. Comme ils se dirigeaient vers la sortie, il laissa tomber à dessein un gant qu'il expédia d'un coup de botte sous la chaise pliante du bureau de Patricia.

— À quoi tu joues ? demanda Zach qui l'avait vu.

Pour toute réponse, Luke lui adressa un clin d'œil. À la porte, il récupéra le casque de Zach et ils émergèrent en plein soleil.

— Tu m'expliques ? dit Zach en enfilant sa veste.

— Je vais laisser Patricia nous rapporter le gant.

— L'une des règles de base des pompiers est de ne jamais se séparer de l'équipement. Tout nouveau que tu es, tu devrais le savoir.

— Je le sais.

Luke faisait ses armes chez les pompiers, mais il n'était pas un petit jeunot débutant. À vingt-huit ans, il avait sept ans de ranch d'élevage derrière lui. Aucun cow-boy ne travaillait sans gants et il avait appris à se munir de plusieurs paires. Libre à Patricia de leur rapporter le gant « perdu » ou non.

Zach essuya la poussière de son casque.

— Pour ta gouverne, le bleu, sache qu'il ne faut pas jeter les casques par terre comme tu l'as fait tout à l'heure, ça raye la coque argentée.

— Ce sont des blessures de guerre, Zach. On en a tous.

Zach s'obstinait à l'appeler « le bleu » bien qu'ils eussent usé leurs fonds de culotte sur les mêmes bancs à l'école. Ensemble, ils avaient joué au foot, souffert durant les explications de texte de *Moby Dick* de Herman Melville et nourri les chèvres dans les centres aérés censés transformer les jeunes des campagnes en citoyens modèles.

— Tu as peut-être la manière avec les chevaux, mais cette fille n'est pas une pouliche rebelle. Elle dirige ce barnum, ajouta

Zach avec un geste à la ronde englobant le camp. C'est elle la véritable chef de *Texas Rescue*, même si elle n'en a pas le titre. L'été dernier, j'ai travaillé sous ses ordres après la vague de tornades en Oklahoma, et crois-moi, c'est une pointure. Si tu penses qu'il va te suffire d'un peu de patience pour qu'elle te tombe dans les bras, tu risques de déchanter.

— On verra bien.

Harnachés dans leurs lourdes tenues et bottes qui les obligeaient à marcher comme des cosmonautes, ils se dirigèrent vers leur camion.

— Tu es trop sûr de toi, Waterson. Vas-y, n'écoute pas mes avertissements. Cela te servira de leçon quand elle t'éconduira comme un malpropre. Tu ne parviendras même pas à lui voler un baiser.

— Un baiser ? Tu te crois encore au lycée ou quoi ?

— Rigole… Je t'aurai prévenu. Tu perds ton temps avec elle, tu n'es pas son genre.

Faux. Un courant de cent mille volts était passé entre eux tout à l'heure.

Luke se contenta de sourire.

— Tu sais quoi ? poursuivit son ami. Si tu réussis à l'embrasser, je ne t'obligerai pas à repeindre mon casque.

Le sourire de Luke vacilla. En apparence, le défi que lui lançait Zach semblait bien innocent puisqu'ils passaient leur temps à se défier.

« Si tu parviens à entraîner cette serveuse sur la piste de danse alors qu'elle est encore en service, je te paierai une bière. »

Ceci était différent.

— Tu oublies deux choses, Zach. Primo, ma mère m'a appris à ne jamais embrasser une fille pour gagner un pari. Secundo, mon père m'a répété tout au long de mon enfance que quand je cassais quelque chose c'était à moi de le réparer. Je repeindrai ton maudit casque dès notre retour à Austin.

— Moi aussi, j'ai deux choses à te dire, répliqua Zach en lui posant sa lourde main gantée sur l'épaule. D'abord, je voulais te remercier pour m'avoir sorti de la fournaise alors que je n'avais plus la force de mettre un pied devant l'autre. Non seulement on est quittes, mais je te dois une fière chandelle.

— Tu aurais fait la même chose pour moi.

— Sûr..., dit Zach en lui relâchant l'épaule. Ce qui m'ennuie plus que les éraflures sur le casque, c'est le gant. Eh oui, Casanova, c'est *mon* gant que tu as laissé sous la tente. Alors, si l'élue de ton cœur ne te le rapporte pas, tu vas me faire le plaisir d'aller le chercher toi-même. Et pas plus tard qu'aujourd'hui...

3.

Un vent frais se leva à la tombée de la nuit, au grand soulagement de Luke qui avait passé l'après-midi dans une chaleur étouffante, hache à la main, à dégager les véhicules des arbres abattus par la tempête. Quand avait enfin sonné l'ordre du retour à leur caserne de fortune, il ne s'était pas fait prier pour regagner les grandes tentes qui abritaient le quartier général, les dortoirs et les sanitaires au bout du parking. Manier une hache pendant des heures sous un soleil de plomb était un travail exténuant, même pour un homme en excellente forme physique comme lui.

Malheureusement, Patricia ne s'était pas montrée. Les attributions de la belle directrice du personnel ne la menaient sans doute pas dans cette partie du camp, et il allait falloir qu'il aille récupérer le gant lui-même pour le rendre à son impatient propriétaire.

Décidé à profiter de l'occasion pour faire plus ample connaissance avec sa belle, Luke prit une douche, enfila un T-shirt et un jean propres, se passa un peigne dans les cheveux pendant qu'ils étaient encore mouillés puis se rasa. Heureusement, il n'attira pas l'attention sur lui, le rasage étant obligatoire car une barbe pouvait empêcher le masque antifumée d'adhérer au visage.

Il dit à Zach et aux autres qu'il les rattraperait sur le chemin du réfectoire puis il se dirigea vers la tente de Patricia. Pourvu qu'elle soit là. Bon sang, qu'il avait hâte de la voir !

À mi-chemin sur le parking, il entendit sa voix là où il ne s'y attendait pas, en provenance de la pharmacie du camp — la seule tente qui soit équipée d'une vraie porte au châssis de bois munie d'un cadenas.

— Les règles ne sont pas faites pour les chiens, disait-elle de sa voix à la fois calme et intransigeante.

— Je croyais que nous étions là pour aider les gens, répondit une autre voix féminine plus vindicative. Ils ont tout perdu, leurs maisons, leurs meubles, les souvenirs de toute une vie. On peut bien leur offrir gratuitement quelques médicaments, non ? Quand j'étais à Haïti, je donnais à chaque famille une réserve des médicaments dont ils avaient besoin pour plusieurs mois afin qu'ils n'aient pas à se déplacer à Port-au-Prince.

Un silence se fit puis Patricia reprit la parole sur un ton presque maternel.

— Sylvia, il serait bon de vous rappeler que nous ne sommes pas à Haïti. La moitié des maisons de cette ville sont des résidences secondaires appartenant à des citadins qui viennent y passer un ou deux mois dans l'année et qui ont parfaitement les moyens de payer leurs médicaments. Il est inutile de leur donner pour un mois de médicaments. Quelques doses suffiront jusqu'à la réouverture de la pharmacie de la ville.

— À supposer qu'elle ne rouvre pas tout de suite, il est de mon devoir de veiller à ce qu'ils puissent continuer à se soigner. Je ne vois pas où est le problème, les comprimés de nitroglycérine ne coûtent pas cher…

— Ce n'est pas leur coût qui me dérange, mais leur rareté. J'ai dû envoyer quelqu'un jusqu'à Victoria pour reconstituer notre stock de nitro. Le trajet aller-retour a duré quatre heures et coûté des litres d'essence que nous ne pourrons pas remplacer étant donné que les stations-service sont fermées puisqu'il n'y a plus d'électricité pour alimenter les pompes.

La note ferme et inflexible était de retour dans la voix. Luke leva la tête vers les étoiles. Quand toute une ville était plongée dans le noir, elles brillaient encore plus dans le ciel, et le bruit des vagues s'entendait jusqu'à l'intérieur des terres en l'absence de trafic.

Les étoiles, la mer… Le cadre idéal pour laisser se développer l'alchimie entre Patricia et lui. Le problème, c'était qu'elle n'était pas seule. Il aurait aussi mieux valu qu'elle vienne à lui de son propre chef, sauf qu'il devait récupérer ce satané gant.

Plus gênant, elle travaillait encore à cette heure. S'il se risquait à lui conter fleurette maintenant, elle l'enverrait promener tout de suite.

Il devait laisser tomber et aller au réfectoire. Dans deux ou trois heures, elle aurait peut-être terminé son service et serait alors plus réceptive. Et si elle travaillait encore, elle serait seule dans sa tente car les petites assistantes ne faisaient sûrement pas des heures supplémentaires comme elle.

Pourtant, il ne put se résoudre à s'éloigner et écouta la suite de la conversation, admiratif de l'habileté avec laquelle Patricia alternait logique et sentiments pour ranger Sylvia à son avis. Elle y parvint tant et si bien que celle-ci finit par s'excuser des problèmes qu'elle avait causés bien involontairement, et Patricia, de nouveau en mode princesse libérale, lui accorda une seconde et dernière chance de faire ses preuves dans l'équipe de *Texas Rescue*.

Puis la porte s'ouvrit et Patricia sortit. Comme elle se retournait pour écouter ce que lui disait Sylvia, la lampe de la tente éclaira son visage à la peau de pêche, ses pommettes et son cou de cygne ainsi que son chignon de cheveux dorés.

— Ne vous inquiétez pas, les pharmacies vont rouvrir, nous ne sommes pas à Haïti. Les bâtiments sont endommagés, mais la plupart tiennent debout. Si la ville avait été rayée de la carte, nous aurions activé un autre plan, celui des séismes et des catastrophes majeures. Heureusement, Hector avait perdu de sa force en atteignant dans les terres.

L'ouragan s'était transformé en tempête tropicale qui avait néanmoins causé des dégâts matériels considérables.

Patricia était visiblement à son affaire pour faire rentrer les contestataires dans le rang car la pharmacienne invisible se répandait en excuses.

Un sourire indulgent s'inscrivit sur le visage de Patricia.

— Je suis sûre que vous vous montrerez désormais digne

de ma confiance. Appliquez le protocole et tout ira bien. Bonsoir, Sylvia.

Elle referma la porte et son sourire s'évanouit. D'un air excédé, elle secoua la tête. Elle était en colère contre l'inconséquence de cette pharmacienne qui avait distribué trop généreusement les médicaments, et peut-être aussi à cause du temps qu'elle lui avait fait perdre. Sans un regard vers le ciel étoilé, elle se dirigea vers la tente de l'administration.

À distance respectable, Luke la suivit en se disant que, de toute façon, il devait emprunter ce chemin pour aller au réfectoire.

Soudain, elle s'arrêta et, son bloc-notes serré contre elle tel un bouclier, bifurqua vers l'arrière de l'hôpital. Sans doute éprouvait-elle le besoin de se retrouver seule pour souffler un peu ou réfléchir.

Elle s'assit à une table de pique-nique sous un palmier et posa la tête sur ses avant-bras.

Mais bien sûr... Elle n'était pas en colère, mais tout simplement épuisée. Comment avait-il pu ne pas s'en rendre compte plus tôt ?

Désireux de ne pas la déranger durant ce moment de répit qu'elle s'accordait, il resta à l'observer de loin. Si elle ouvrait les yeux et l'apercevait, il aurait du mal à lui expliquer ce qu'il faisait là, à l'épier dans le noir. D'un autre côté, il se refusait à la laisser là, seule et sans protection, à la merci des bêtes errantes et affamées qui divaguaient parmi les ruines.

Il n'avait pas le choix, il lui fallait la réveiller.

En s'approchant d'elle, il s'éclaircit la gorge pour la prévenir de sa présence, mais elle dormait profondément. En femme du monde, elle était assise les genoux serrés, et seul le haut de son corps témoignait d'un abandon total.

Quand il s'assit à côté d'elle, le banc plia sous son poids et elle entrouvrit les yeux.

— Bonsoir, mademoiselle Patricia.

Ce qui acheva de la réveiller. Elle redressa vivement la tête et regarda autour d'elle d'un air désorienté.

— Oh…

— C'est moi, Luke Waterson, dit-il pour le cas où elle ne l'aurait pas reconnu sans son uniforme. Le pompier qui a fait irruption dans votre tente aujourd'hui.

— Je me souviens de vous.

Elle coinça une mèche rebelle dans son chignon, posa les mains sur ses genoux et prit une profonde inspiration.

— Voilà, je vous écoute. De quoi avez-vous besoin ?

C'était un automatisme chez elle. Tout le monde venait la voir pour réclamer quelque chose et elle pensait qu'il en allait de même avec lui. Personne ne recherchait-il donc sa compagnie pour bavarder, jouer aux cartes durant les pauses, partager un repas ?

— Rien, dit-il, répondant à sa question.

La mine méfiante, elle plissa les yeux.

— Alors, que faites-vous ici ?

« Je ne cesse de penser à vous. J'aimerais encore vous sentir contre moi. »

Sa mère lui avait appris à dire la vérité en toutes circonstances, mais il se garderait bien de le faire maintenant. Il se rabattit sur une explication plus prosaïque, sans mentir pour autant.

— J'ai oublié un gant dans votre tente et je venais le chercher lorsque je vous ai aperçue. Comme je m'inquiétais pour votre sécurité, je vous ai suivie.

— Vous vous *inquiétiez* ?

L'idée lui paraissait de toute évidence si saugrenue qu'elle se mit à rire. Ramassant son bloc-notes et son talkie-walkie, elle se leva.

Luke l'imita puis il s'approcha d'elle d'un pas lent et mesuré comme devant un pur-sang ombrageux. Contrairement à tout à l'heure, elle ne recula pas.

Il ne l'avait pas rêvée, cette alchimie physique entre eux. Elle était là dans l'air, presque tangible. À la lueur de la lune , il la regarda, brûlant du désir de la tenir de nouveau dans ses bras, et d'embrasser ses lèvres pour en découvrir le goût.

Mais il n'en ferait rien. Depuis que l'avis de tempête avait été émis, Patricia n'avait pas dételé et elle avait sans doute enchaîné les situations d'urgence en se privant de sommeil et de nourriture. À présent, sa fatigue était telle qu'elle s'était endormie assise à une table.

— Retournons, dit-il.

C'était plus sage. Et tant pis pour son projet de rapprochement sous les étoiles.

Il prit le bloc-notes et le talkie-walkie puis lui offrit son bras. À sa grande surprise, elle le prit sans protester, presque machinalement, en jeune fille de la bonne société habituée à accepter le bras de ses chevaliers servants. Comme quoi l'étiquette de l'élite et les manières de cow-boy pouvaient parfois faire bon ménage…

Mais sans doute s'était-il réjoui trop vite Car elle commença à retirer sa main comme si elle se rendait soudain compte de ce qu'elle faisait.

— La nuit est tombée, dit-il en lui coinçant les doigts dans le creux de son coude. Ainsi, vous pourrez me rattraper si je trébuche.

— Ou vous m'entraînerez dans votre chute, ce qui est plus probable, répliqua-t-elle sèchement.

Mais elle ne tenta pas de se dégager.

Ils marchèrent en silence. Le but de Luke était de l'amener à faire une pause, par exemple en dînant avec lui au réfectoire.

— Votre gant…, dit-elle en s'arrêtant devant la tente de l'administration.

Les traits de son ravissant visage se distinguaient clairement à la lumière qui filtrait des toiles blanches. Elle était belle comme un ange. Un ange très fatigué.

— J'étais venu pour le gant. Mais je m'en fiche à présent. J'ai besoin d'autre chose.

Il fit un pas vers elle et l'entendit retenir son souffle.

— Quoi donc ?

— J'ai besoin de vous avoir dans mon lit. Maintenant.

4.

Il voulait coucher avec elle ?

Quelle idée incongrue ! Ils se trouvaient dans un hôpital de campagne, au milieu d'une ville ravagée par un ouragan ; elle était sale, elle avait faim et chancelait de fatigue, et elle ne pouvait penser qu'à une seule chose. Son lit.

Pas pour les mêmes raisons que Waterson.

— Vous plaisantez ?

Il lui sourit de cet air moqueur qui aurait dû l'exaspérer. Et qui l'exaspérait, tenta-t-elle de se convaincre en se redressant de toute sa hauteur devant lui.

— Pendant quelques secondes, l'expression de votre visage était impayable.

Donc, il plaisantait, et elle préférait ne pas analyser la déception qu'elle en éprouvait.

— J'espère que vous vous êtes bien amusé. À présent, si vous voulez m'excuser…

Il ne lâcha pas le bloc-notes et le talkie-walkie quand elle voulut les reprendre.

— Non, dit-il. Puisque vous êtes inséparable de ces objets, il va falloir me suivre pour les récupérer.

Puis il s'éloigna et disparut dans l'allée entre les tentes, non sans avoir agité une dernière fois le talkie-walkie dans sa direction.

La colère qui monta en elle lui redonna de l'énergie, et elle le rattrapa en quelques pas pour lui arracher le talkie-walkie des mains.

— Ce que vous faites est enfantin et stupide.

— Je sais, dit-il en continuant à marcher.

— Nous ne sommes pas en colonie de vacances. Les habitants de cette ville comptent sur moi, et sur vous aussi.

— Cette promenade au clair de lune ne m'empêchera pas d'entendre la sirène d'urgence. Tout va bien, Patricia, détendez-vous.

Se détendre. C'était beaucoup lui demander.

Elle lui prit le bloc-notes et tourna les talons dans l'intention de regagner son bureau. Mais Waterson et ses muscles lui barrèrent la route et elle eut l'impression de faire un saut en arrière, à l'époque de ses dix-neuf ans, lorsqu'elle avait tendu une carte d'étudiante à la date de naissance trafiquée à un videur de boîte de nuit qui, pas né de la dernière pluie, lui avait interdit l'accès de l'établissement.

— Tout ne va pas bien…

Sa mâchoire lui faisait mal à force de serrer les dents.

— Vous m'empêchez de faire mon travail. Laissez-moi passer.

Luke lui montra une grande tente qui se dressait à quelques mètres de là.

— C'est le dortoir des femmes. À mon avis, vous n'avez pas dû y séjourner souvent depuis votre arrivée sur les lieux. Puisque vous semblez tellement à cheval sur le règlement, vous savez que chaque membre de l'équipe a droit à huit heures de repos par jour, y compris vous. Combien d'heures de repos vous êtes-vous accordées ?

— Ne prenez pas ce ton condescendant avec moi.

— Je vous ai vue piquer du nez sur un banc, dit-il, la mine soudain très grave. Plus de deux jours sans dormir, c'est long. Faites une pause, Patricia.

Alors qu'elle ne le connaissait ni d'Eve ni d'Adam, il croyait pouvoir lui faire la morale et lui donner des ordres. Comme tous les hommes, il savait bien sûr mieux que vous ce dont vous aviez besoin !

Sa colère était telle qu'elle avait envie de hurler, de le repousser violemment, de lui dire ce qu'il pouvait faire de ses conseils. Mais elle était Patricia Cargill, et elle savait d'expérience qu'elle devait conserver son calme pour obtenir gain de cause.

Elle avait été à bonne école avec Daddy Cargill. Quand les petites amies ou épouses du moment s'emportaient et trépignaient pour quelque tour pendable qu'il leur avait joué, il les tournait en dérision en applaudissant à leurs imprécations et en les encourageant à crier plus fort.

Les amis de Daddy, des don Juans sur le retour comme lui, déclaraient que les femmes se laissaient trop facilement gouverner par leurs émotions pour faire des associées fiables en affaires. Pour finir, les banquiers qui géraient la fortune tentaient de calmer la « harpie » avec un gros chèque.

Jamais personne ne la traiterait ainsi pour la bonne raison que Patricia ne laissait jamais voir ses émotions ; et pourtant, elle en avait, tout comme les laissées-pour-compte de son père.

Luke se piquait d'être son garde du corps. Sans doute à cause de quelque déformation professionnelle propre aux pompiers, il avait décidé qu'elle avait besoin de protection — une situation qu'elle pourrait tourner à son avantage.

Affichant son sourire le plus reconnaissant, elle posa légèrement la main sur son bras.

— Cette micro-sieste m'a permis de me reposer, dit-elle de sa voix de femme fragile. Je vous remercie de votre sollicitude, mais je vous assure que je vais bien.

Puis elle recula de quelques pas.

— Où allez-vous ?

— Votre gant. Cela ne prendra qu'une minute.

Dès qu'elle serait sous sa tente, elle abandonnerait la comédie de l'amitié, lui fourrerait son maudit gant dans les mains et le congédierait vite fait.

— Oubliez le gant. Je ne sais à quoi vous jouez, Patricia, ajouta-t-il, visiblement pas dupe. Mais je suis sûr d'une chose : vous êtes morte de fatigue.

Pendant une fraction de seconde, elle eut peur. Elle venait d'échouer dans un domaine où elle excellait. Non seulement cet homme refusait de se laisser manipuler, mais il semblait l'avoir percée à jour.

— La règle des huit heures de repos par jour n'est pas pour les chiens, poursuivit-il. Si vous persistez à travailler, vous risquez de faire un malaise ou d'avoir un accident. Qui est censé vous remplacer lors de vos pauses ?

Il désigna le bloc-notes.

— Je parie que vous avez tout votre organigramme du personnel là-dedans. Comme vous régentez tout sur ce camp et que vous semblez croire que le règlement ne s'applique pas à vous, j'aimerais bien savoir qui est *votre* supérieur hiérarchique.

— Karen Weaver, répondit-elle à contrecœur en ravalant sa colère. Elle dirige l'antenne de *Texas Rescue* pour Austin.

— Et elle ne s'assure pas que vous prenez vos heures de repos ? dit-il en promenant légèrement les doigts sur son bras.

C'était l'arroseur arrosé. En quelques mots, il avait su reprendre le contrôle de la situation.

— Karen est… nouvelle.

Il se mit à rire.

— Donc, elle n'est pas au courant de la moitié de ce que vous faites ? Avouez que cela vous arrange. Vous ne lui faites pas confiance et vous préférez vous tuer à la tâche plutôt que de lui confier votre bébé, n'est-ce pas ?

En plein dans le mille. Mais, bien entendu, elle se ferait écorcher vive plutôt que de l'admettre.

Ferme et chaude, la main de Luke se referma sur son bras.

— Karen n'a certainement pas vos compétences, mais je suppose qu'elle est tout de même capable de garder le fort pendant que tout le monde dort.

D'autorité, il l'entraîna vers le dortoir et souleva le volet en toile servant de porte.

— S'il vous plaît, Patricia, reposez-vous.

« C'est moi qui prends les décisions ici », aurait-elle voulu protester. Mais son indignation ne faisait pas le poids face à sa fatigue.

Au seuil des quartiers de nuit, elle était à quelques mètres de son matelas gonflable qui l'attendait… Même les âmes les mieux trempées ne pourraient résister à la tentation.

— Je ne suis pas votre chef, reprit Luke, et vous n'êtes pas le mien. Vous rendez des comptes à Karen, et moi au capitaine de la caserne. Pourtant, cet après-midi, quand vous m'avez donné des ordres, je les ai écoutés car ils étaient pertinents. Vous m'avez dit de boire puis de m'asseoir, et je l'ai fait. Alors, à votre tour de m'obéir et de vous préparer à aller vous coucher. Dans quelques minutes, je vous rapporterai un sandwich du réfectoire que je laisserai à l'entrée de la tente, car je suis à peu près sûr que vous n'avez rien avalé de la journée. Après avoir mangé, vous me ferez le plaisir d'éteindre votre talkie-walkie que vous ne rallumerez que huit heures plus tard. Compris ?

Jamais aucun homme ne lui avait parlé ainsi. Même si cela l'irritait, elle savait qu'il le faisait pour son bien et elle s'en sentait tout émue. Tellement émue que ses genoux flageolaient et qu'elle avait peur de faire un pas de crainte de défaillir.

« Ne montre pas ta faiblesse. »

— Je ne vous autorise pas à me donner des ordres.

Mais sa voix épuisée manquait de conviction.

— C'est pourtant ce que je viens de faire.

La poussant doucement dans le dos, il l'obligea à entrer dans la tente puis rabattit le volet de toile.

Le lendemain, Patricia eut du mal à se remettre au travail. Cela aurait dû être plus facile de se concentrer sur les opérations de sauvetage après un repas et une bonne nuit de sommeil, mais c'était le contraire. Le problème, c'était qu'elle ne cessait de penser au pompier qui les lui avait imposés, un homme qui ressemblait à…

Cela suffisait. Elle avait assez perdu de temps à rêvasser à Luke Waterson.

La liste de son bloc-notes comportait de plus en plus de lignes cochées, ce qui n'était pas une raison pour crier victoire. Piloter une mission de sauvetage était comme barrer un voilier.

Il ne servait à rien de se féliciter d'avoir redressé le bateau durant un grain car il risquait de se retourner au prochain coup de vent. Tout était toujours à refaire. Il fallait anticiper, prévoir, garder un œil sur l'horizon — en l'occurrence le bloc-notes.

Elle parcourut la liste et vit que toutes les tâches urgentes avaient été exécutées sauf une : l'abri supplémentaire à installer près de la zone d'attente.

La tente se trouvait dans la remorque, et il lui manquait juste quelques paires de bras pour la monter, une opération qui, d'après le manuel, nécessiterait trois hommes et prendrait vingt minutes — donc, en réalité, le double.

Bien sûr, il était hors de question de réquisitionner des médecins ou des infirmiers pour ce travail. Elle pouvait payer de sa personne, sauf qu'elle n'excellait pas dans l'art d'enfoncer des piquets de fer dans l'asphalte à l'aide d'une masse, fût-ce de l'asphalte craquelé et fondant sous le soleil.

L'image de Luke Waterson surgit de nouveau à son esprit. Et tout particulièrement celle de ses muscles. Elle les avait sentis sous ses doigts lorsqu'il l'avait escortée jusqu'au dortoir dans l'obscurité.

Planter des piquets dans le revêtement du parking serait un jeu d'enfants pour lui.

Entrant dans la tente de l'administration, Patricia alla chercher le gant.

5.

Jusqu'à présent, le travail de Luke répondait à ses attentes. Être le « bleu » de service l'exonérait de toutes responsabilités et lui permettait de vivre des aventures palpitantes, ce qui était précisément la raison pour laquelle il avait postulé.

Cela le changeait du James Hill Ranch où il devait décider de tout, donner des ordres du matin au soir et veiller à ce qu'ils soient exécutés.

Le dimanche, leur camion avait quitté la caserne d'Austin et, à mesure qu'ils progressaient vers la côte, ils avaient croisé des scènes de désastre absolu. Bien que n'ayant rien de comparable avec le monstre Katrina, Hector avait semé le chaos sur son passage sans compter les dégâts collatéraux : incendies, inondations, effondrements de ponts et de chaussées. Dès leur arrivée à Aransas, ils avaient enchaîné les sauvetages.

Les exercices d'entraînement sur la grande échelle qu'ils avaient pratiqués durant des mois avaient porté leurs fruits lorsqu'ils avaient sauvé une famille bloquée sur le toit de leur maison par les eaux montantes.

La même échelle, posée entre deux berges, leur avait ensuite servi à sauver de la noyade un homme tombé dans les flots en furie d'un cours d'eau qui avait gonflé et débordé de son lit. Le « bleu » qu'il était avait également connu un moment d'intense émotion en arrachant aux eaux bouillonnantes un enfant en bas âge qu'il avait ramené sur la rive.

Ce dernier sauvetage lui avait fait réviser l'ordre de ses priorités. Il s'était engagé dans le corps des pompiers bénévoles pour l'aventure, l'adrénaline, mais cet enfant lui avait fait prendre conscience de la mission véritable des soldats du feu : sauver des vies.

La nature l'avait doté d'une excellente santé et d'un corps solide qui lui avait permis de résister à la violence du courant et de parvenir jusqu'à ce bambin qui s'accrochait désespérément à un tronc mort flottant sur l'eau. Le sauver avait été un privilège, et son engagement au sein des pompiers prenait désormais tout son sens.

Aujourd'hui, mercredi, le cours d'eau était revenu à son lit initial, l'océan s'était calmé, et ils avaient passé la matinée à déblayer les débris accumulés aux abords de l'hôpital et à découper à la tronçonneuse les épaves des ambulances.

En ce moment, ils étaient en train de nettoyer et de briquer leur camion. Luke était chargé de passer un balai muni d'un long manche dans le logement de l'échelle, une longue boîte en acier qui courait sur la longueur du véhicule, pour évacuer toute la boue séchée qui s'y était accumulée suite à leur dernière intervention. Cette corvée ne le changeait pas beaucoup du nettoyage des box des chevaux, et il y avait l'odeur du crottin en moins.

Ici, il n'exerçait aucune responsabilité, ce qui était reposant, mais il y avait le revers de la médaille : il obéissait bêtement aux ordres sans utiliser son cerveau.

Les nouveaux n'étant pas autorisés à prendre des initiatives, il n'était même pas libre d'enchaîner de lui-même sur une autre tâche après le nettoyage du camion. Résultat, il se retrouvait avec beaucoup trop de temps pour réfléchir, et penser aux erreurs qu'il avait commises avec Patricia, la veille. Il lui avait confisqué son bloc-notes pour la forcer à le suivre, il l'avait poussée dans la tente-dortoir comme si elle était une pouliche rétive à rentrer dans son box, et il avait terminé en beauté en laissant un sandwich, un paquet de chips et une bouteille de Gatorade à la porte pour la prisonnière.

Un comportement ridicule. En voulant être aux petits soins pour elle, il ne s'était pas montré attentionné, mais tyrannique.

Pour pouvoir pousser le balai jusqu'au bout, il entra la tête et une épaule dans le long compartiment. Il était en train de le ramoner énergiquement lorsqu'il entendit siffler à l'extérieur. Un coude s'enfonça dans ses côtes.

— Ne regarde pas, dit Zach. La pouliche de tes rêves s'approche enfin du corral pour venir te renifler. Tu as gagné ton pari, le bleu.

Luke sortit du conduit et, dans sa hâte, se cogna la tête contre le bord métallique.

Appuyé contre le flanc du camion, la botte sur le marchepied en chrome, Zach l'observait d'un air affligé.

— Je t'ai dit de ne pas regarder, et qu'est-ce que tu fais ? Tu sors de ta cachette pour la dévorer des yeux. Cette fille t'a jeté un sort, Waterson. Méfie-toi.

Patricia se dirigeait droit vers eux. Aujourd'hui, son chignon était non sur sa nuque, mais perché au sommet de son crâne, et elle portait une chemisette d'un blanc immaculé. Bon sang, qu'elle était belle au soleil, ses cheveux blonds se découpant sur tout ce ciel bleu !

— Elle a le gant.

— Hier, je n'étais pas en état d'admirer la vue, mais je reconnais qu'elle est canon. Étant donné que c'est *mon* gant, c'est moi qui vais m'en occuper. Continue à balayer, le bleu, ajouta Zach en faisant un pas vers Patricia.

Luke s'apprêtait à suivre Zach lorsque leur capitaine apparut au détour de la calandre. C'était un Amérindien dont les ancêtres s'étaient battus à Apache Pass au côté de Geronimo, et tous les hommes de la caserne l'appelaient chef Rouhotas.

— Je vais voir ce que nous veut la directrice du personnel, dit ce dernier, la main impérieusement levée pour arrêter Zach. Retournez au travail, lieutenant Bishop.

Chef Rouhotas alla au-devant de Patricia qu'il salua en inclinant bas la tête comme si elle était vraiment une princesse. Elle répondit par un sourire gracieux et ils s'entretinrent quelques instants puis elle lui tendit sa main qu'il serra avec déférence.

Ce n'étaient pas leurs assauts de politesses qui intéressaient Luke, mais le gant que Patricia tenait dans sa main gauche qu'elle avait subrepticement ramenée derrière son dos. Elle aurait pu le donner au chef ou lui demander de le lui remettre, ce qui aurait valu à Luke une nouvelle séance corsée de bizutage — tous les nouveaux qui perdaient une pièce de leur équipement y avaient droit.

Mais non, Patricia cachait le gant au chef tout en paraissant négocier quelque chose avec lui. Maintenant, à voir la manière longue et appuyée dont ils étaient en train de se serrer la main, ils étaient parvenus à un accord.

Puis Patricia s'éloigna sans un regard en arrière, et chef Rouhotas revint vers eux.

— Waterson, Bishop, Murphy, allez vous présenter à la remorque du matériel derrière l'hôpital, ordonna-t-il. Emportez des masses. Ils ont besoin d'aide pour planter une tente qui servira de salle d'attente aux patients en ambulatoire.

Zach et Luke échangèrent un regard résigné, mais Murphy se mit à soupirer. À dix-neuf ans, il avait encore des réactions d'adolescent.

— On est obligés, chef ? Il fait déjà 38°.

— C'est pour ça qu'ils ont besoin d'une tente... Pour s'abriter du soleil, répliqua le chef.

Murphy ouvrit la porte du camion pour récupérer ses gants de travail.

— On ne fait même pas partie de l'hôpital...

— Ils nous nourrissent et les tentes qu'ils ont mises à notre disposition vous évitent de dormir dans ce camion, Murphy, alors, cessez vos jérémiades, ou je demanderai à Mlle Cargill de vous garder sous ses ordres une journée entière afin que vous sachiez vraiment ce que c'est que de travailler.

Mlle Cargill ? Patricia Cargill. Cela sonnait bien. En tout cas, Luke avait hâte d'être sous ses ordres. Enfoncer les piquets dans l'asphalte sous cette chaleur ne serait pas une partie de plaisir, mais entre gratter la boue du camion ou avoir Patricia dans son champ de vision durant une heure, il n'y avait pas photo.

Si elle avait gardé le gant, c'était qu'elle désirait lui parler, peut-être pour lui reprocher son comportement de la veille.

En un sens, il souhaitait presque que ce soit pour cette raison car celui lui donnerait l'occasion de s'excuser. Et d'avoir une seconde chance.

Un quart d'heure plus tard, après avoir remis le matériel du camion en place afin qu'il soit prêt à partir en cas d'alerte, Luke, Zach et Murphy se dirigeaient vers la remorque où les attendait Patricia.

Grands et athlétiques tous les trois, ils n'eurent aucun mal à sortir la caisse contenant la tente qui pesait plusieurs centaines de kilos et à la porter en suivant Patricia vers la zone de soins.

Ils portaient les T-shirts et pantalons noirs ignifugés qui constituaient leur tenue « d'intérieur » dans la caserne, et plusieurs infirmières se retournèrent sur leur passage. Plus hardie que les autres, l'une d'elles poussa un sifflement admiratif, et Luke sourit. Que ce soit au ranch ou sur la scène d'un incendie, des marques d'appréciation féminine faisaient toujours plaisir.

Malheureusement, la femme qui l'intéressait semblait aujourd'hui parfaitement hermétique à son charme. À moins qu'elle ne fasse semblant de l'être.

À l'emplacement indiqué par Patricia, Murphy et Zach commencèrent à déplier la tente, et Luke posa les masses au pied de celle qui l'ignorait superbement.

— On m'a dit que vous alliez être notre patron aujourd'hui, dit-il en lui souriant. Alors, qu'allez-vous m'ordonner de faire ? Aller au diable, peut-être ?

Sans daigner lui répondre, elle considéra son téléphone portable et claqua la langue d'un air réprobateur.

— Toujours pas de signal. Les relais ne sont pas rétablis.

— Les rôles sont inversés aujourd'hui et je trouve ça très bien. Hier, j'ai été un peu autoritaire, et, à présent, c'est votre tour. Si vous me demandez de vous suivre au lit, je serai très obéissant.

Délaissant le portable, elle le regarda d'un air exagérément patient.

— Il ne vous arrive jamais d'être sérieux ?

— Mais je suis très sérieux.

Elle eut beau secouer la tête tel un professeur excédé par les facéties d'un cancre, il perçut une ombre de sourire au coin de ses lèvres. Finalement, elle ne le détestait pas tant que cela.

— Merci pour le sandwich, hier soir…

Sans lui laisser le temps de répondre, elle poursuivit :

— Le rétablissement des relais de téléphonie mobile est d'habitude une priorité sur les scènes de catastrophe naturelle afin de faciliter le travail des secouristes. Je ne comprends pas pourquoi, en trois jours, ils ne l'ont pas encore fait…

— De rien, répondit-il comme s'il n'avait pas entendu le discours sur les relais. Seriez-vous libre ce soir pour dîner en ma compagnie ?

— Certainement pas. Je suis votre chef. Je ne peux dîner avec l'un de mes subordonnés.

— Vous ne serez plus mon chef dès que cette tente sera érigée, ce qui devrait prendre une vingtaine de minutes maximum.

— Je penche pour le double. Au moins…

— On parie ? Si je gagne, vous dînerez avec moi.

— Vous avez perdu d'avance.

Mais elle lui tendit la main pour sceller leur pari.

À grands coups de masse, ils entreprirent d'enfoncer les piquets sous une chaleur dantesque. Zach et Murphy ôtèrent leurs T-shirts sous les regards intéressés des infirmières qui observaient la scène. Très conscient de la présence de Patricia, Luke préféra garder le sien. Il aurait pu jurer que, sous son masque impénétrable, elle était contrariée de l'attention que son personnel féminin leur accordait. Parce que, en s'attardant sur le spectacle qu'ils offraient, c'était autant de temps qu'elles n'accordaient pas à leur travail.

Patricia ne se contenta pas de leur donner des ordres. Elle mit la main à la pâte pour défroisser la toile, leur tendre les piquets, dénouer les cordages. Estimant que Murphy avait mal noué la corde au piquet, elle l'enleva et fit un nœud de marin impeccable.

Elle paya également de sa personne pour monter le toit

et le tendre, rapide et efficace dans tous ses gestes. Patricia Cargill ne restait pas là, en spectatrice, à glousser de rire et à montrer du doigt des hommes au torse dénudé. Elle travaillait.

Il se serait presque senti un petit peu amoureux. Ce soir, il en aurait confirmation, ou non, au cours du dîner.

Dix minutes à peine s'étaient écoulées depuis qu'ils avaient commencé. Mais il restait à enfoncer les piquets de l'autre côté de la tente, dans l'asphalte. Bien qu'ils aient choisi les points d'arrimage en prenant avantage de toutes les failles et anfractuosités du terrain, ils progressèrent très lentement étant donné qu'il fallait une vingtaine de coups de masse pour enfoncer chaque piquet dans le revêtement du parking.

Le soleil cognait, l'asphalte leur résistait. Puis le talkie-walkie de Patricia se mit à grésiller. Elle le porta à son oreille.

— Je suis désolée, messieurs, dit-elle après avoir écouté son interlocuteur. On me demande ailleurs. Dès que vous aurez terminé, vous serez libres de vous en aller. Je repasserai plus tard pour vérifier le travail.

— Elle ne nous fait pas confiance, marmonna Murphy en sourdine.

Patricia était une perfectionniste, ce qui n'avait rien de péjoratif aux yeux de Luke. Elle voulait que les choses soient bien faites, et elle avait raison. Le bulletin météo prévoyait de la pluie pour le soir et, si le toit de la tente n'était pas bien tendu, il s'affaisserait sous le poids de l'eau qui s'y accumulerait, en risquant de blesser les occupants.

— Ne vous inquiétez pas, lui dit Luke. Ce toit sera tendu comme la peau d'un tambour, et je vérifierai les cordes avant de partir.

L'air un peu surpris, elle le regarda.

— En d'autres termes, ajouta-t-il, je repasserai derrière Murphy.

— Merci, dit-elle, souriant presque.

Puis elle s'éloigna.

— Je sais qu'on a dépassé les vingt minutes ! lui cria Luke. Mais vous pourriez tout de même dîner avec moi.

Sans s'arrêter de marcher, elle tourna la tête par-dessus son épaule et, miracle, lui adressa un sourire sans réserve.

— On ne change pas les termes d'un pari. Soyez bon perdant.

— Dis donc, Roméo…, intervint Zach tandis que Patricia disparaissait entre les tentes. Si ça ne te dérange pas, j'aimerais bien me dépêcher de terminer ce boulot avant d'attraper une nouvelle insolation.

Luke enleva son T-shirt sous les applaudissements de la foule essentiellement féminine qui s'était rassemblée autour d'eux et étala le vêtement au sol pour qu'il sèche. Privées de portables, de télévision et de radio, ces femmes se distrayaient comme elles pouvaient.

Oubliant qu'il était pressé, Zach fit le beau en prenant des poses de culturiste au bénéfice de l'assistance, mais un quart d'heure plus tard, Luke se reculait pour voir le résultat de leurs efforts. La tente se dressait fièrement dans le prolongement de la zone de soins.

Il vérifia la traction des cordes puis ramassa son T-shirt complètement sec. Comme il l'enfilait, il aperçut Patricia qui, adossée à un arbre quelques mètres plus loin, l'observait. Elle ne détourna même pas le regard, sans doute parce qu'elle ne se rendait pas compte qu'il l'avait prise en flagrant délit de lorgner son torse et ses abdominaux.

Soudain, elle baissa le nez vers son bloc-notes. Voilà, elle venait de comprendre. Elle ne releva plus la tête de ses papiers.

Sans hésiter, il mit le cap vers elle. Cela tombait bien, elle était dans l'allée qu'il devait emprunter pour retourner au camion.

Il s'approcha si près qu'il aurait pu lui murmurer à l'oreille, mais elle fit celle qui ne voyait pas qu'un homme de cent kilos venait d'empiéter sur son espace personnel.

— Ça ne fait rien, chérie, dit-il en lui tapotant le bras. Moi aussi, j'aime bien vous regarder.

Puis il passa son chemin.

Patricia n'osait pas relever la tête de son bloc-notes. « Lâche », se sermonna-t-elle. Humiliée par sa propre faiblesse. Heureusement, Luke ne s'était pas arrêté pour la narguer davantage.

Il l'avait surprise en train de l'observer, et il en jubilait certainement, tout comme il avait aimé voir les infirmières se régaler du spectacle de son torse dénudé. Tous les hommes sur cette Terre étaient-ils donc des crâneurs, prêts à exhiber leurs dollars ou leurs pectoraux pour se faire adorer d'écervelées qui n'en demandaient pas plus ?

Elle se força à regarder en direction de la tente. Les collègues de Luke, rhabillés, étaient en train de reprendre la direction de leur caserne de fortune. Quand ils passèrent près d'elle, elle les remercia d'un ton sec et professionnel.

Tous les hommes de son entourage couraient après les femmes, à commencer par son père qui, avec son gros ventre, n'était pourtant plus un Apollon, mais qui avait compris que le meilleur moyen de s'attacher la compagnie des femmes était de flamber, de dépenser sans compter, et de la manière la plus tape-à-l'œil possible. Des bagues en diamants à tous les doigts, il conduisait une Cadillac décapotable avec des cornes de taureau — de vraies cornes — fixées sur la calandre. Toutes les jeunettes d'Austin se battaient pour faire un tour dans le fameux véhicule, quitte à se soumettre aux mains baladeuses de Daddy Cargill.

Finalement, elle ne valait pas mieux que les bimbos de son père. Au lieu de feindre de l'intérêt pour un vieux et gros milliardaire, elle avait « maté » — il n'y avait pas d'autre mot — un homme tout aussi vain qui exhibait ses muscles.

De vrais muscles, par ailleurs, qui n'avaient rien à voir avec la gonflette des abonnés de salles de sport. Luke possédait un corps d'athlète capable de manier avec une aisance déconcertante des masses ou des haches. Que ne donnerait-elle pour avoir, ne serait-ce qu'un jour, sa force herculéenne afin de pouvoir écarter les obstacles de son chemin…

Pourtant, il lui avait serré la main avec douceur.

Une sirène l'arracha à ses pensées. Ce n'était pas une sirène d'ambulance, mais une série de trois notes stridentes qui se répétèrent. Ce devait être une espèce de signal car Luke et ses collègues se mirent aussitôt à courir en direction de leur camion. Ralentissant le pas, Luke se retourna et la surprit de nouveau en train de le regarder. Comme la veille, il porta la main à un Stetson imaginaire puis rattrapa ses camarades pour sans doute aller éteindre un incendie.

Le petit jeu qui s'était instauré entre eux était très amusant à un niveau primaire, du genre petites annonces « femme cherche homme pour se distraire ». Le problème, c'était que Patricia cherchait un mari. Cela devenait urgent. Elle avait passé un accord avec Daddy Cargill et il ne fallait pas espérer qu'il consente à en assouplir ou en modifier les termes maintenant.

Le temps qu'elle passait à jouer à cache-cache avec son cow-boy-pompier était autant de temps perdu pour sa recherche de l'homme possédant l'étoffe d'un bon mari. Dommage pour Luke Waterson qui aurait fait un très bon partenaire de « distraction ».

Son dernier amant, un Français qui vendait des yachts, avait su la distraire un temps. Plutôt agréable à l'œil, Marcel avait été presque aussi calé qu'elle en voile et portait fort bien le smoking lors des galas de charité où il lui servait de chevalier servant. Mais il n'avait aucune envergure ; la preuve, il s'était laissé congédier sans protester lorsqu'elle avait cru trouver la perle rare en la personne de Quinn.

« Ne pense plus à Quinn. »

Pour en revenir à Luke, elle avait le sentiment qu'il ne serait pas un amant aussi malléable et docile que Marcel.

Donc, malgré son physique et sa poignée de main, il fallait tout de suite arrêter de jouer avec lui.

6.

Dans un moment d'égarement, Patricia avait entretenu l'idée d'avoir une aventure avec Luke, mais quelques heures plus tard, elle ne pensait plus du tout à ce genre de sottises.

Luke et ses collègues avaient été appelés pour éteindre un incendie dans une école. La nuit tombée, ils n'étaient toujours pas rentrés au camp et les rares nouvelles que Patricia recevait de la part de patients couverts de suie et souffrant d'intoxication aux fumées semblaient peu fiables étant donné la nature contradictoire des récits — certains disaient que l'école n'était plus qu'un tas de cendres, d'autres rapportaient que seul le réfectoire avait brûlé ; d'autres encore racontaient que l'étage supérieur s'était écroulé en tuant un pompier qui tentait de sauver le chien de la directrice. Patricia avait senti son cœur se glacer en entendant ce dernier témoignage qui s'était heureusement révélé faux : un chien était bien mort, mais le pompier avait émergé vivant des décombres en portant son cadavre.

Ce qui ne la rassurait qu'à moitié. Luke, le beau pompier aux yeux azur et aux plaisanteries plus ou moins fines, était en train de combattre un incendie qui pouvait lui coûter la vie. Et elle s'inquiétait pour lui.

Comme elle s'inquiétait pour tous les gens qui relevaient de sa responsabilité, du moins tentait-elle de s'en convaincre. Bien que les pompiers ne fussent pas directement placés sous ses ordres, ils avaient fait de l'hôpital de campagne de *Texas Rescue* leur camp de base et elle s'était habituée à leur présence. Elle les avait même réquisitionnés pour dresser la tente qui servirait de salle d'attente d'appoint. Pourtant, en entendant parler de victime potentielle, elle ne pensait pas à Zach, ni à chef Rouhotas ni à Murphy, mais à Luke.

Afin d'obtenir des informations, elle avait réglé son talkie-walkie sur la fréquence de la police. Selon la source officielle, les régiments de pompiers d'Austin — celui de Luke —, de Houston et de San Antonio réunis étaient parvenus à circonscrire le feu et on ne dénombrait jusqu'à présent que des blessés légers victimes de brûlures au premier degré ou d'intoxication aux fumées.

Au sud de la zone, la Croix-Rouge venait d'ouvrir un centre de premier secours, au grand soulagement de Patricia qui avait assisté à quelques algarades entre des rescapés de l'incendie qui se rejetaient mutuellement la faute quant à l'origine du feu qui s'était rapidement propagé aux annexes : des bougies pour pallier l'absence d'électricité, que quelqu'un qui ne voulait manifestement pas se dénoncer avait laissées allumées dans le bâtiment principal. À mesure que les blessés arrivaient à l'hôpital, Patricia s'empressait de les faire monter dans les camions en partance pour le camp de la Croix-Rouge car elle n'avait ni l'envie ni le temps de jouer les conciliatrices.

Elle affichait un sourire rassurant pour les nouveaux venus afin de leur montrer que la situation était sous contrôle, même si la peur commençait à lui nouer le ventre. Incapable elle-même d'avaler quelque chose, elle s'assurait en revanche que ses bénévoles dînent tous par roulement.

En entrant dans la tente-réfectoire, elle remarqua que Karen était en train de remplir de purée de pommes de terre encore fumante un grand récipient en plastique.

— La Croix-Rouge a appelé, dit la directrice en titre de *Texas Rescue*. Nous allons leur donner nos restes.

— Certainement pas. Nous avons besoin de cette nourriture.

Karen suspendit son geste, louche en l'air.

— Tout le monde a dîné chez nous.

— Non. On attend les pompiers.

Patricia crispait les doigts sur son bloc-notes pour ne pas être tentée d'arracher la louche géante des mains de sa supérieure.

— On risque de les attendre longtemps. Cet incendie ne sera peut-être pas maîtrisé avant demain matin.

Puis Karen se remit à remplir le Tupperware.

— S'il vous plaît, ne faites pas ça, dit Patricia en tendant la main pour l'arrêter.

Devant l'air déconcerté de la directrice, elle secoua la tête.

— Je n'ai pas encore dîné. Et je suis sûre que certains de nos urgentistes n'ont pas eu le temps de prendre leur pause.

Elle remit son talkie-walkie sur la fréquence des urgences pour s'en assurer. Mais comme il y avait un appel en cours sur la ligne, elle dut attendre.

« Ne vous avisez pas de toucher à cette purée », signifia-t-elle à Karen en la foudroyant du regard.

Patricia savait qu'elle ne se comportait pas de manière rationnelle. Le règlement de la cuisine ne lui permettait pas de garder cette purée au chaud jusqu'au lendemain matin, mais elle souhaitait tellement la servir à Luke, et dîner en sa compagnie, comme il le lui avait demandé… Tout à l'heure, elle avait décliné son offre en montant sur ses grands chevaux — « je ne peux dîner avec l'un de mes subordonnés », lui avait-elle dit, méprisante — alors qu'il avait eu la gentillesse de lui apporter un sandwich, la veille.

Les messages du talkie-walkie attirèrent son attention. La plupart des urgentistes étaient encore en opération sur le terrain. Un pompier était tombé de son échelle et souffrait de multiples fractures ; étant donné que l'hôpital de campagne ne possédait pas d'IRM pour voir si des organes vitaux n'avaient pas été perforés par des fragments osseux, le médecin avait demandé un hélicoptère pour l'évacuer sur l'hôpital de San Antonio.

Alors qu'elle avait été occupée à écouter la fréquence de la police, des événements graves étaient en train de se dérouler.

— Ne touchez pas à cette nourriture, ordonna-t-elle à Karen sans plus s'embarrasser de politesses.

Puis elle se précipita dehors. Dans l'obscurité, le camp ressemblait à un labyrinthe et elle trébucha contre un piquet en voulant prendre un raccourci pour se rendre à la tente des urgences.

Un pompier avait fait une chute car ses bras fatigués avaient lâché. Luke avait les bras fatigués. Il avait manié une masse pour enfoncer les piquets de la tente qu'*elle* lui avait demandé d'installer. Par ailleurs, la veille, il n'avait cessé d'abattre des arbres à l'aide d'une hache. C'était peut-être lui, le polytraumatisé.

Elle n'en avait pas la certitude. À l'appel de *Texas Rescue*, les pompiers avaient afflué de tout l'État.

Il fallait qu'elle sache. Son cœur battait à tout rompre, ses jambes tremblaient, elle détestait se sentir aussi faible et vulnérable.

Au bruit des pales d'un hélicoptère qui provenait du terrain vague se trouvant derrière le parking, Patricia se mit à courir.

Elle arriva trop tard car des brancardiers étaient en train de rouler un lit-brancard vers l'hélico. Comme l'appareil s'était posé très loin des tentes de l'hôpital, sécurité oblige, ils avaient une centaine de mètres à parcourir pour l'atteindre, mais le vent des pales faisait tout de même trembler les bâches des tentes en lisière du terrain.

Tout essoufflée par sa course, Patricia parvint à la hauteur du brancard où reposait une forme allongée au visage recouvert d'un masque à oxygène. Quelques pompiers se trouvaient là, couverts de suie, sans casque. Au dos de leur veste était inscrit le nom de leur caserne. Houston.

Elle reprit un peu espoir. Chef Rouhotas et ses hommes, dont Luke, venaient d'Austin. À moins que les soldats du feu de Houston et d'Austin n'aient travaillé ensemble sur cette mission…

L'absence de Zach sur les lieux la rassurait. Si Luke avait été allongé sur ce brancard, son coéquipier et ami l'aurait sûrement accompagné.

— S'il vous plaît, savez-vous où se trouve le camion d'Austin ? dit-elle en arrêtant une femme pompier à la mine exténuée.

Sans doute trop fatiguée pour parler, la femme se contenta de pointer quelque chose du doigt par-dessus son épaule tout en continuant à marcher vers ses collègues.

Mais Patricia eut beau regarder dans la direction qu'elle avait indiquée, elle ne vit pas de camion.

Pas question d'aller déranger les secouristes qui étaient en train d'installer le blessé dans l'hélico pour leur demander son identité.

Impuissante, elle regarda les brancardiers regagner l'extrémité du terrain vague avec le brancard vide.

Si c'était Luke, Zack ou Murphy, le polytraumatisé, elle aurait sa part de responsabilités. Seigneur, faites que ce ne soit pas Luke…

Mais se perdre en conjectures ne lui ressemblait pas. Il lui fallait être fixée au plus vite.

D'un pas déterminé, elle mit le cap vers la tente des urgences et, au détour d'une allée, entra en collision avec un grand gaillard vêtu d'un T-shirt noir et du pantalon des pompiers.

— Luke ?

L'homme la rattrapa par les bras pour lui éviter de perdre l'équilibre. Il empestait la fumée et il était difficile de distinguer le visage sous la couche noire de suie qui le recouvrait, mais les yeux bleus étaient reconnaissables entre mille.

— Oh ! ce n'était pas vous ! dit-elle.

Il rit et elle vit ses dents blanches étinceler dans le noir.

— En fait, si, c'est moi.

L'hélicoptère les survola à cet instant.

— Je veux dire, ce n'est pas vous là-dedans…, dit-elle en haussant la voix pour couvrir le grondement des pales. Je pensais qu'à cause de la fatigue d'avoir monté la tente… Je pensais…

Il la fixait intensément, les yeux brillant tels des saphirs.

— Un pompier est tombé de l'échelle, expliqua-t-elle, tentant de se ressaisir. Ses bras trop fatigués ont dû lâcher, et je me suis dit…

Il pouvait très bien s'agir d'un des camarades de Luke.

— Vos équipiers sont avec vous ?

— Oui. Personne ne manque à l'appel.

Luke était là, sain et sauf, et ses collègues aussi. Son soulagement était tel qu'elle en avait les jambes tremblantes.

— Vous rendez-vous compte que ça aurait pu être vous sur le brancard ? dit-elle, cachant son émotion sous un ton agressif. Vous n'auriez pas dû accepter de monter cette tente pour moi après votre matinée de travail, manier la masse en plein soleil…

De nouveau, il se mit à rire.

— Nous aurions dû désobéir aux ordres ?

— À *mes* ordres, oui. Je ne suis pas votre chef, je n'avais pas à vous mettre à contribution.

— Patricia, tout va bien, dit-il en lui pressant l'épaule d'un geste presque affectueux.

Elle se dégagea et, les poings contre son torse, le repoussa. L'attendrissement, très peu pour elle. Et elle n'avait pas l'habitude de faire son mea culpa. L'exercice lui coûtait, mais elle devait s'y plier.

— Il ne faut plus laisser personne vous épuiser ainsi, c'est dangereux. Je regrette de vous l'avoir demandé. C'était commode de vous avoir à disposition, et j'en ai profité, mais je n'aurais pas dû.

— Cessez de vous autoflageller, dit-il en lui retenant la main contre son torse. C'est chef Rouhotas qui nous en a donné l'ordre, pas vous, si ça peut vous consoler. Et le pompier qui est en ce moment dans l'hélicoptère s'est blessé car son échelle est tombée, et non parce qu'il avait les bras fatigués…

Sous le fin coton du T-shirt, elle sentait les pectoraux musclés et elle devait faire un effort pour résister à la folle envie de se blottir contre lui.

— C'était sa faute…, ajouta-t-il. Il n'avait pas verrouillé correctement son échelle et elle s'est repliée. Cela ne risque pas de nous arriver avec tous les entraînements auxquels nous soumet chef Rouhotas.

— Il y a tant d'impondérables dans une mission. Aujourd'hui, vous êtes indemne, mais qui sait, la prochaine fois ? En tout cas, moi, je ne veux plus revivre ça. C'est trop effrayant. Vous ne m'êtes même plus sympathique, à supposer que je vous aie un jour trouvé sympathique.

— Je vois ça.

Le regard bleu pétillait de malice.

— Je suis sérieuse ! dit-elle en dégageant sa main. Mais j'ai tout de même veillé à ce qu'on vous mette quelque chose de côté pour le dîner. De la purée de pommes de terre… Elle nous attend dans le réfectoire.

— Alors, ce sera notre premier dîner aux chandelles ensemble ?

— Ne rêvez pas. Il n'aura rien de romantique. Jamais je ne sortirai avec un pompier, surtout pas vous.

Le sourire de Luke disparut.

— Patricia…

Il la prit par le bras pour l'entraîner à l'arrière d'une tente, dans une zone plongée dans l'obscurité, et il l'enlaça.

— Vous vous inquiétiez pour moi, admettez-le. Et cessez de me crier dessus.

Il s'empara de ses lèvres pour l'embrasser lentement, posément, comme s'il avait tout son temps. D'une main, il lui soutenait la nuque, et de l'autre, il la serrait contre son corps. Quand il approfondit le baiser, Patricia sentit ses genoux se dérober, mais le bras de Luke la tenait solidement contre lui.

Après l'avoir goûtée à loisir, il se mit à déposer des petits baisers au coin de sa bouche et elle se languit de sentir de nouveau sa langue danser avec la sienne. Ce besoin qu'elle avait de lui dépassait l'entendement.

Voyant qu'il ne l'embrassait toujours pas, elle prit l'initiative pour prendre ce qu'elle voulait.

La manière dont il l'embrassa en retour lui coupa les jambes. Quand il s'écarta de nouveau, elle aurait pu en pleurer. Ce baiser avait été le meilleur de toute sa vie.

— Patricia, Patricia…, dit-il en lui caressant la joue.

Sa bouche lui manquait déjà, et elle regrettait d'autant plus que ce soit terminé qu'elle savait que l'expérience ne se renouvellerait pas. Elle ne pouvait se permettre de s'abandonner ainsi dans les bras d'un homme, de se montrer aussi vulnérable. Non seulement cela ne servait à rien, mais c'était imprudent, voire dangereux, car Luke gagnait ainsi un pouvoir sur elle.

— Euh… Ce qui vient de se passer entre nous ne doit pas se reproduire.

— Pourquoi pas, chérie ? C'était plutôt agréable.

— Ne m'appelez pas « chérie ». Je… On ne peut pas s'embrasser ainsi. J'ai des responsabilités, des obligations.

Luke fit un pas vers elle, mais seulement pour poser le front contre le sien.

— Je suis couvert de cendres, et toi, tu es épuisée, de fatigue et d'inquiétude, alors, on va en rester là pour ce soir. Je sais que tu es la chef du camp et que tu ne veux pas que ton personnel te surprenne en train d'embrasser un bénévole en cachette. Je le comprends parfaitement, mais ne crois pas que je vais me contenter de ce petit baiser. Maintenant, file avant que je change d'avis. On se retrouvera dans quelques minutes au réfectoire et nous ferons comme si de rien n'était.

Elle obéit et se retourna au bout de l'allée dans l'intention de le voir encore une fois, sain et sauf, au milieu de son hôpital, mais il avait déjà disparu dans les ténèbres, visiblement encore plus pressé qu'elle de s'en aller.

Assise devant la tente abritant les douches en compagnie d'une femme pompier, Patricia attendait que les hommes aient terminé afin que les femmes puissent à leur tour en profiter. La tente était équipée de six bacs à douche et d'autant d'éviers. En provenance d'une citerne, l'eau était réchauffée grâce au groupe électrogène des sanitaires. L'accès aux douches n'était autorisé que jusqu'à 21 heures afin que le bruit du générateur ne dérange pas le sommeil du personnel des tentes voisines.

Seuls les générateurs alimentant les appareils médicaux fonctionnaient durant la nuit.

Ce soir, Patricia avait ouvert les douches et consenti une exception à la règle sans se soucier d'en informer Karen qui, de toute façon, dormait déjà. Pourquoi la réveiller pour lui demander une permission qu'elle savait de toute façon acquise ? Une douche froide n'était pas du luxe pour les pompiers après la journée et la soirée qu'ils avaient eues.

Sa serviette de bain sur l'épaule, chef Rouhotas sortit le premier de la tente et, s'approchant d'elle, se confondit en remerciements. Il lui parlait toujours avec tant d'égards que Patricia le soupçonnait de savoir qui elle était. En général, les gens ne s'adressaient pas à la fille d'un milliardaire texan comme à un responsable lambda d'une organisation caritative.

Toutefois, d'après les facéties et les taquineries bon enfant que Luke, Zach et Murphy avaient échangées en sa présence, elle en déduisait qu'ils n'avaient pas fait le rapprochement entre Patricia Cargill, chef du personnel, et le magnat du pétrole du même nom.

Le chef des pompiers lui exprimait toujours sa reconnaissance avec une faconde étonnante quand Luke, vêtu d'un T-shirt et d'un pantalon de survêtement, émergea à son tour des douches.

Il s'arrêta pour les observer d'un air médusé comme s'il se demandait quelle mouche piquait son capitaine, d'ordinaire si strict avec ses hommes, pour qu'il se comporte avec tant de fougue avec elle.

— Je n'ai rien fait de très extraordinaire. Les clés des douches étaient dans mon bureau..., ajouta-t-elle en faisant tinter le trousseau dans sa main. J'apprécierais en revanche que vos hommes ne s'en vantent pas.

— N'ayez crainte, j'y veillerai, dit chef Rouhotas en riant.

Il riait non parce qu'elle avait dit quelque chose de drôle, mais parce qu'elle était une Cargill.

Luke s'approcha d'elle.

— Alors, c'est vous qu'on doit remercier pour la douche froide ?

Au moins, devant témoins, il la vouvoyait, se félicita-t-elle.

— On est en juin, dit-elle de son air le plus détaché. L'eau ne devait pas être si froide que ça.

— Ce n'était pas un problème. Après cette soirée *torride*, une douche froide m'a fait du bien.

Les joues en feu, elle le regarda s'éloigner. Elle seule pouvait comprendre ce qu'il entendait par « torride » et elle espérait qu'il ne s'en vanterait pas davantage que de la douche.

Seigneur ! Qu'est-ce qui lui avait pris de se compromettre avec un homme comme lui ?

7.

Après sa douche, Patricia dut attendre que les autres femmes aient terminé de prendre la leur car il lui appartenait ensuite de fermer à clé.

Averties par le téléphone arabe qui fonctionnait à plein régime dans le camp, même la nuit, la cuisinière et quelques infirmières se joignirent aux femmes pompiers et une petite file d'attente s'étira bientôt devant la tente. Il y en aurait pour au moins une heure avant que tout le monde soit passé.

Dans l'intervalle, Patricia décida de s'aérer un peu et elle s'éloigna vers le terrain vague avec sa serviette, ses clés et sa trousse de toilette. Debout sous le ciel étoilé, vêtue du short et du T-shirt qu'elle mettait pour la nuit, elle emplit ses poumons de l'air frais qui annonçait la pluie. Dans le silence de la nuit, on entendait la mer.

Fermant les yeux, elle essaya de penser à autre chose que *Texas Rescue*, les hôpitaux ou les pompiers.

Des voiliers. Des catamarans sur lesquels elle pourrait sillonner les mers du globe. Un jour, elle en posséderait un, si son père n'avait pas dilapidé la fortune des Cargill avant.

Des pas crissèrent sur le gravier derrière elle. Elle se retourna et poussa un cri de surprise à la vue de Luke.

— Que faites-vous là ?

— Tu peux me tutoyer. Personne ne nous entend.

Il lui prit la main pour l'entraîner sous un grand chêne, le seul à avoir survécu à l'ouragan. La lune éclairait suffisamment la scène pour lui permettre de voir le sourire de Luke. La nuit était assez noire pour leur donner l'illusion d'être seuls.

— Je n'ai jamais dit que j'étais d'accord pour te tutoyer,

dit-elle sans se soucier de logique. C'était un moment d'égarement, tout à l'heure.

— Moi, je trouve qu'on s'est bien amusés.

Sans prévenir, il l'enlaça par la taille et s'adossa au tronc en l'attirant contre lui.

— Amusés ?

— Bien sûr. Comme c'était très amusant de guetter ta sortie des douches et de te suivre. J'avais l'impression de me retrouver en colonie de vacances, sauf qu'à l'époque où je fréquentais le centre aéré, je n'aurais pas eu le cran de suivre la fille qui me plaisait à la sortie des douches. En parlant de courage, j'ai l'impression que je vais en avoir besoin car tu me sembles plutôt furieuse. Mais tant pis. J'ai trop envie de t'embrasser et je ne veux pas m'en priver au risque d'éprouver des regrets plus tard.

Patricia retenait son souffle. Au-dessus d'eux, le vent qui précédait l'orage agitait les branches de plus en plus fort. Luke se pencha vers elle si lentement qu'elle aurait eu mille fois le temps de l'arrêter.

Mais elle ne le fit pas.

Au contraire, elle leva le menton pour lui offrir sa bouche. Ils échangèrent un baiser tendre, presque maladroit, comme deux enfants qui apprennent à s'embrasser en colonie de vacances.

Sauf que Luke était un homme, et un homme qui avait occupé ses pensées toute la journée. Elle s'était fait un sang d'encre à son sujet et c'était tellement bon d'être à présent dans ses bras.

Laissant tomber sa trousse de toilette et sa serviette au sol, elle noua les bras autour de son cou tandis que les mains de Luke remontaient vers sa poitrine.

Sous son T-shirt, elle portait un soutien-gorge pour sportives, en Lycra épais qui lui écrasait les seins. Il y avait plus sexy comme dessous et il risquait d'être déçu.

Toujours en mouvement, les mains de Luke passèrent dans son dos et descendirent lentement jusqu'à ses fesses qu'il saisit pour la plaquer contre lui. Fermement.

Finis, la colonie de vacances et les tâtonnements d'adolescents. Patricia embrassait Luke avec passion en enfouissant les doigts dans ses cheveux encore mouillés de la douche. Plus rien n'existait autour d'eux, ils étaient seuls au monde avec l'orage qui grondait au-dessus de leurs têtes. Personne n'était là pour les juger, ni pour la rappeler à l'ordre, ou lui dire que ce genre de conduite était indigne de Patricia Cargill.

Elle ne prêtait guère attention aux gouttes de pluie. Mais quand un éclair illumina le ciel, ils s'écartèrent l'un de l'autre. Tout le monde savait qu'il ne fallait pas se tenir sous un arbre en cas d'orage.

Ramassant trousse et serviette, Luke lui prit la main pour l'entraîner en courant vers l'abri le plus proche qui se trouva être les douches.

Ouvrant la porte, Patricia passa la tête à l'intérieur. La tente était plongée dans l'obscurité.

— Mesdames, êtes-vous habillées ? Il y a quelqu'un ?

Seul le silence lui répondit.

— Tout le monde est parti.

Luke venait de la rejoindre à l'intérieur quand les cieux s'ouvrirent pour déverser leur fureur. La pluie se mit à marteler la bâche du toit et les flancs en toile de la tente qui, bien qu'arrimée solidement au sol, se mit à vibrer au gré des bourrasques.

L'obscurité était totale, ce qui rendait le déchaînement des éléments encore plus impressionnant.

Et la présence de Luke à son côté plus déstabilisante. Elle le sentait sans le voir, tout près d'elle. Mais le moment de grâce sous le chêne était passé, et elle avait besoin de retrouver son espace personnel.

— Heureusement, tu n'avais pas fermé à clé. Si tu avais passé ne serait-ce qu'une minute à chercher la clé, nous aurions été trempés jusqu'aux os.

— Passe-moi la trousse, dit-elle. J'ai une lampe de poche à l'intérieur.

Aussitôt, un puissant faisceau de lumière perça les ténèbres. Mais c'était la lampe torche de Luke qu'il dirigeait vers le sol, sans doute pour ne pas l'éblouir. À présent, elle voyait son visage qui arborait son habituel sourire amical, et non l'air affamé ravagé de passion qu'elle imaginait. De toute évidence, l'excitation était retombée pour lui aussi. Tant mieux.

— Tu avais une lampe sur toi tout ce temps ? C'était donc ça qui gonflait ta poche… Dire que je croyais que c'était moi qui te faisais de l'effet.

Les joues en feu, elle secoua la tête, atterrée par la plaisanterie grivoise qu'elle venait de faire, une première pour elle.

Luke éclata de rire. Contrairement à chef Rouhotas, il riait parce qu'il trouvait sa remarque drôle, non parce qu'elle était fille de milliardaire et mécène des œuvres des pompiers.

Après tout, il avait raison, c'était amusant de flirter. Tant que cela n'allait pas plus loin.

Elle entrouvrit la porte et, voyant que le déluge s'abattait sur le camp, la referma aussitôt.

— On est bloqués ici pour un bout de temps, dit Luke. Autant nous installer confortablement.

Promenant le faisceau de la lampe autour de lui, il s'avança vers le banc des vestiaires et y étala sa serviette.

— Si madame veut se donner la peine de s'asseoir…

— Eteins cette lampe. Quelqu'un risque de voir la lumière et de se demander ce qu'on fabrique dans les douches à cette heure.

Aussitôt, la tente replongea dans l'obscurité.

— Tu crains que le vigile du camp nous prenne pour des rôdeurs et nous passe les menottes pour nous livrer au shérif ? demanda Luke sur le ton de la dérision.

Il avait raison de se moquer d'elle. Maintenant que la lumière était éteinte, il faisait sombre comme dans un four. Elle aurait beau tâtonner, il était impossible de se déplacer dans ces conditions.

— D'accord, rallume.

Il obéit et alla poser la lampe sur le coin d'un évier afin que la lumière se diffuse dans le local.

— Il n'y a pas un chat dehors par ce temps, Patricia. Le

vigile est à l'abri, sans doute au réfectoire en train de boire un café. Et à supposer que quelqu'un nous voie, nous ne faisons rien de mal. *Tu* ne fais rien de mal. Viens donc t'asseoir.

Elle le rejoignit sur le banc et s'assit, les genoux bien serrés, les yeux fixés droit devant elle, pour attendre la fin de la tempête.

Luke se pencha et son visage entra dans son champ de vision.

— On dirait la cliente d'un dentiste, assise raide comme la justice dans la salle d'attente et qui s'apprête à subir la torture de la roulette. Allez, détends-toi.

Il voulut l'attirer contre elle, mais elle se dégagea. Otant ses tongs, elle posa les pieds sur le banc et tint ses genoux serrés contre elle.

— Au moins, appuie ton dos contre moi, dit-il, son souffle lui caressant la nuque.

— La journée a été longue. Tu dois être mort de fatigue.

— Le jour où je serai trop fatigué pour supporter le poids d'une jolie femme contre mon épaule, il sera temps de rendre mes éperons et mon Stetson et de m'éloigner dans le soleil couchant, sans Jolly Jumper.

Elle ne put s'empêcher de rire.

— N'es-tu donc jamais sérieux, Lucky Luke ?

— Tu sembles supporter plutôt bien mes plaisanteries.

Très lentement, ses doigts lui firent glisser la manche de son T-shirt sur le bras. Il se pencha pour déposer un baiser sur l'épaule dénudée puis il détacha la barrette qui lui retenait son chignon et la posa sur le banc avant de lui embrasser la tempe, le lobe de l'oreille, le cou. Sur la défensive, elle garda les bras verrouillés autour de ses genoux. Elle avait peur de tomber sous son charme, peur de ne pouvoir lui dire non.

Peur de ne pas lui dire oui.

Peur qu'il ne lui demande rien.

Luke était un homme patient, une qualité indispensable chez un cow-boy. Les chevaux ne se dressaient pas en une heure, les pâturages ne devenaient pas verts grâce à trois gouttes de pluie et les bœufs n'engraissaient pas par l'opération du Saint-Esprit.

Comme tout bon cow-boy, il était attentif au moindre changement, que ce soit un bœuf s'éloignant du troupeau, les arbres qui commençaient à bourgeonner ou un cheval qui agitait les oreilles d'un air affolé avant de se cabrer et de s'enfuir.

Après s'être montrée pleine d'audace sous la pluie, Patricia était sur le point de se cabrer à son tour. Quelque chose l'avait effarouchée. Mais quoi ? Il ne la connaissait pas suffisamment pour avoir la réponse.

Tout ce qu'il savait, c'était qu'il lui fallait avancer à pas prudents afin de ne pas la braquer davantage.

En tant que directrice du personnel de *Texas Rescue*, elle croulait sous le poids des responsabilités et se consacrait corps et âme à son travail, en oubliant la femme qu'elle était. Il voulait l'aider à se détendre, à penser à autre chose qu'à son planning et aux problèmes listés sur son maudit bloc-notes. Et, plus égoïstement, il voulait aussi savoir ce qui la faisait vibrer sexuellement.

Au ralenti, il laissa glisser la main sur son bras en appliquant une douce pression afin de savourer le grain de sa peau douce et parfaite. Puis il descendit le long de sa jambe satinée et vint poser les doigts sur sa cheville.

Tournant la tête vers lui, elle lui adressa un timide sourire. Ce contact ne semblait pas lui déplaire.

Sa libido se déchaînait ainsi qu'en témoignait une certaine partie de son anatomie, mais il était décidé à l'ignorer. Pas question de brusquer les choses avec une femme qui s'était refermée comme une huître après l'avoir embrassé. Patience... Pour le moment, il se contenterait de la toucher pour l'aider à se détendre, tel un masseur consciencieux.

— Que fais-tu ? demanda-t-elle au bout de plusieurs minutes de caresses silencieuses.

— J'apprends par cœur la courbe de tes jambes, dit-il en glissant le pouce le long de son mollet. Tu aimes ?

Pour toute réponse, elle poussa un gémissement de plaisir qui l'encouragea à remonter vers l'arrière du genou puis la cuisse.

— Je maintiens pourtant ce que j'ai dit, murmura-t-elle d'une voix un peu tremblante. Je ne veux pas sortir avec un pompier.

— Alors, tant mieux pour nous puisque mon vrai métier est cow-boy.

Un petit rire échappa à Patricia. Voyant qu'il marquait des points, il lui détacha doucement les bras des genoux pour déposer un baiser au creux de sa gorge puis il laissa sa main s'attarder sur le doux renflement de son sein.

— Je porte un soutien-gorge de sport, dit-elle soudain en recouvrant sa main de la sienne.

Nourrissait-elle quelque complexe au sujet de son corps ? Ce n'était pas possible.

— Je ne voudrais pas me vanter, mais je connais la différence entre un soutien-gorge de sport et les petites choses en dentelle. Heureusement que tu portes des dessous de sportive et des chemisettes réglementaires, sinon tu ferais tourner la tête à tout le personnel masculin, moi le premier.

Le sourire de Patricia s'accentua. Elle inclina la tête en arrière pour mieux offrir son cou à ses baisers.

— J'ai une petite robe noire décolletée qui te ferait probablement de l'effet.

— Elle me mettrait K-O, j'en suis sûr.

Il l'était déjà. La vue de ses cuisses, entrouvertes, le mettait au supplice car il avait à présent dépassé le stade de l'excitation. Il était *prêt*. Et puisqu'il ne pouvait assouvir son désir, une douche froide paraissait la seule solution.

S'obligeant à détacher le regard de ses cuisses, il fixa ses pieds. Ce qui ne valait guère mieux. Avec ses jolis orteils aux ongles vernis, ils étaient féminins en diable.

Le vent hurlait à l'extérieur.

— Même tes pieds sont sexy, marmonna-t-il tandis qu'éclatait un nouveau coup de tonnerre.

Sa remarque sonnait comme une accusation. Sa seule excuse

était qu'il se trouvait désormais dans un état plus proche de la douleur que du plaisir.

Patricia tendit une jambe et remua ses orteils.

— Sais-tu comment s'appelle cette couleur de vernis ? Rouge pompier.

Elle cherchait à l'achever. Point besoin de décolleté. Il lui suffisait d'appuyer son doux corps contre lui et de le fixer de ses yeux sombres. Elle sentait le savon et le shampooing, ses cuisses ouvertes formaient un triangle qui l'invitait…

Non, il ne fallait plus y penser.

— Euh… À quoi occupes-tu ton temps quand tu ne diriges pas un hôpital de campagne pour *Texas Rescue* ?

La manœuvre consistant à changer brutalement de sujet était maladroite, mais nécessaire. Et la manière dont elle s'écarta aussitôt lui montra qu'elle avait compris. À présent, il savait qu'elle l'avait tenté intentionnellement.

« Je ne te rejette pas, aurait-il voulu lui dire. N'allons pas trop vite, c'est tout. »

— Tu es forte, musclée même, dit-il en lui touchant le bras. Je m'en suis rendu compte lorsque tu nous as aidés à monter la tente. Pourtant, je ne parviens pas à t'imaginer en train de soulever des haltères dans une salle de sport. Je te verrais davantage sur un court de tennis.

— Il m'arrive de faire une partie lorsque j'y suis obligée…

Étrange réponse.

— Le seul sport que j'aime pratiquer est la voile.

— Moi, je n'ai jamais fait de bateau.

— Cela te plairait, j'en suis sûre. Une fois les voiles gonflées par le vent, c'est grisant de fendre l'eau à toute vitesse sans même causer de remous à la surface. Tous les efforts qu'on a faits en amont sont récompensés au centuple…

Il l'écouta tandis qu'elle expliquait les techniques de la voile en faisant des mouvements avec une main sur un gouvernail imaginaire.

— On ne peut pas contrôler le vent, aussi faut-il essayer de s'en faire un ami, et même lorsqu'il refuse de coopérer, il y a des moyens de l'utiliser à son profit, à condition de se montrer intelligent.

— Tu fais du bateau depuis longtemps ?

— Depuis mon enfance. J'ai appris à… au centre aéré.

Elle se pencha vers lui pour l'embrasser, à pleine bouche, comme elle l'avait fait sous l'arbre, et il ne se fit pas prier pour lui rendre son baiser. C'était un soulagement de savoir son désir partagé.

Brûlant de toute évidence du même besoin que lui, elle s'installa sur ses genoux et le chevaucha. Mais le banc était instable et faire l'amour dans cette position tiendrait de l'exercice d'équilibriste.

— S'il te plaît…, murmura-t-elle contre sa bouche, de toute évidence frustrée.

Elle le suppliait. Une femme comme Patricia ne devrait pas avoir à supplier un homme pour obtenir du plaisir.

Lui saisissant le poignet, elle le guida vers son ventre puis plus bas.

— S'il te plaît. C'est le seul endroit que tu n'as pas touché.

Il s'était exhorté à la patience, mais puisqu'elle voulait brûler les étapes, il se soumettrait à ses désirs. Mais pas sur ce banc.

— Lève-toi.

Elle obéit et tendit le bras pour éteindre la lampe posée sur le coin de l'évier. L'enlaçant par la taille, il glissa la main sous l'élastique de son short puis de son panty pour atteindre la toison bouclée. Il se mit à explorer son intimité, à la recherche de ce qu'elle préférait, mais chaque pression de ses doigts semblait arracher un soupir de plaisir à Patricia. Il accéléra le rythme en faisant de petits mouvements circulaires jusqu'à ce qu'il la sente se raidir et vibrer, et quand elle s'affaissa contre lui, il la serra toute frémissante dans ses bras.

La pluie s'était arrêtée et seul le bruit de leurs respirations haletantes rompait le silence.

Soudain, des voix résonnèrent à l'extérieur.

— Ce sont les vigiles qui font leur ronde, murmura Patricia.

— Ils n'entreront pas ici.

— Pas sûr. Ils doivent en principe vérifier que les portes sont verrouillées et, sinon, entrer pour inspecter les lieux.

Arrachant la serviette du banc, il entraîna Patricia dans l'une des cabines de douche dont il referma la porte. Les voix passèrent devant la tente puis s'éloignèrent.

— De toute évidence, tes vigiles ne font pas bien leur travail.

— Pour une fois, je m'en réjouis. Tu imagines s'ils nous avaient surpris dans cette cabine ?

— Nous ne faisions rien de mal. Il n'y a pas de loi interdisant à deux adultes de s'embrasser.

— Nous faisions un peu plus que nous embrasser… Euh, je suis désolée de ne pas t'avoir… tu sais…

— Non, je ne sais pas, dit-il pour la taquiner.

— Je ne t'ai pas… rendu la politesse.

Il sourit.

— Qu'en termes élégants ces choses-là sont dites… Ne t'inquiète pas, si tu l'avais fait, je n'aurais pas été capable de tenir debout, encore moins de te raccompagner jusqu'à ton dortoir. Nous nous sommes bien amusés, ce soir. On prend le petit déjeuner ensemble, demain ?

— Je ne peux pas. Il faut qu'on arrête de *s'amuser.*

— Rassure-toi, je saurai bien me tenir dans le réfectoire. Si tu veux, je te vouvoierai.

— Je l'espère bien ! Mais il vaut mieux ne pas tenter le diable. Murphy et Zach risquent de se poser des questions en nous voyant à la même table.

— Et alors ? Je m'en fiche. Cela t'ennuierait tant que ça d'être vue en ma compagnie ?

— Essaie de comprendre, dit-elle en lui caressant la joue. C'est déjà assez difficile d'être une femme chef d'équipe sans qu'on vous colle l'étiquette de peau de vache, mais je préfère encore cette dernière à celle que l'on risque de me donner si la rumeur circule que je drague les pompiers durant mes heures de travail. Je compte sur ta discrétion. S'il te plaît…

Sa promesse lui tenait visiblement à cœur.

— Ne t'inquiète pas. Ta réputation ne craint rien avec

moi. Nous nous retrouverons en cachette, ce qui ne fera que pimenter la situation.

Après avoir vérifié que la voie était libre, ils sortirent de la tente.

— Je ne vais pas verrouiller, dit-elle. Les autres femmes me croient partie avec les clés et il est possible que les vigiles aient vu que la porte était ouverte. Il vaut donc mieux la laisser en l'état. De toute façon, il n'y a rien à voler à l'intérieur.

Elle pensait à tout. Et il avait intérêt à faire preuve d'imagination pour leur trouver des lieux de rendez-vous où elle se sentirait suffisamment à l'aise pour accepter de nouveau de l'embrasser, et plus.

Ils empruntèrent ensemble l'allée principale.

— Tu peux me laisser, maintenant, dit-elle quand ils furent en vue des quartiers de nuit des femmes.

— Dors bien, dit-il en se retenant de lui caresser le visage. À demain.

À sa grande surprise, elle lui prit la main.

— Je dormirai bien si je n'entends pas la sirène des pompiers. Fais attention à toi, Luke.

Puis elle lui relâcha la main et s'éloigna vers la tente-dortoir, la tête haute, gracieuse comme une ballerine dans son short et ses tongs.

C'était une femme rare. Et elle s'inquiétait pour lui.

« Profite de ta chance sans te poser trente-six mille questions, mon vieux. »

8.

Patricia se réveilla, fraîche et dispose. Elle avait dormi comme un bébé sur son matelas gonflable.

Non. Pas comme un bébé. Comme une femme satisfaite.

C'était à Luke Waterson qu'elle devait ce sommeil réparateur. S'ils « s'amusaient » tous les jours, pour reprendre l'expression de Luke, elle terminerait cette mission plus reposée qu'elle ne l'avait commencée. Ce qui serait une première.

La voix de la raison la rappela à l'ordre. Batifoler avec Luke hier soir lui avait fait du bien, mais il ne fallait pas en faire une habitude.

Ce matin, elle se garderait bien d'aller prendre le petit déjeuner en sa compagnie. Il lui avait servi de dérivatif, comme Marcel qu'elle avait oublié dès qu'elle avait eu des vues sur Quinn MacDowell. Maintenant que Quinn l'avait laissée tomber, elle devait à tout prix trouver un autre candidat pour le rôle de mari potentiel afin de satisfaire aux exigences de son père.

Luke n'entrait pas dans l'équation. Elle n'avait pas besoin d'un autre Marcel.

Sauf que Luke ne ressemblait pas à Marcel.

Raison de plus pour l'éviter car, sinon, il la distrairait de son objectif et Daddy Cargill aurait gagné.

L'avertissement de ce dernier lui revint à la mémoire.

« Ma chère petite, tu n'espères tout de même pas que je vais laisser mes millions à une vieille fille, lui avait-il dit. Tu n'as ni mari ni enfants, personne à charge, tu n'as pas besoin de cet argent. »

Elle lui avait rétorqué qu'elle saurait investir cet argent plus sagement que lui, de même qu'elle avait récusé son « vieille fille » en lui signalant qu'elle était célibataire par choix et qu'il lui suffirait de claquer des doigts pour trouver un mari.

Il l'avait alors mise au défi de le prouver en trouvant un mari bien sous tous rapports dans l'année. Si elle y parvenait, il lui céderait la moitié de la fortune qu'il avait héritée de son propre père ainsi que la gestion de leur patrimoine.

« Le jour où tu te marieras, je signerai l'ordre de virement à ton nom et tu n'auras pas besoin d'attendre que je passe l'arme à gauche. »

Cette discussion s'était déroulée dans le bureau du directeur de la banque, et Patricia s'était levée, outrée par la proposition de son père. Elle supportait d'habitude ses méchancetés en faisant le dos rond, mais là, il avait dépassé les limites.

Daddy Cargill s'était levé aussi pour lui bloquer le chemin de la porte. Sa taille imposante lui donnait un avantage psychologique sur ses adversaires et elle n'avait eu d'autre choix que de rester à l'écouter lui décrire les qualités qu'il désirait trouver chez son futur gendre.

Sous le masque poli et calme qu'elle affichait toujours en sa présence, elle avait bouillonné de colère. Elle ne serait donc jamais débarrassée, des jeux et des caprices de son père ? De génération en génération, tous les hommes de la famille avaient vécu jusqu'à des âges très avancés, dépassant allègrement les quatre-vingt-cinq ans, et elle en avait donc pour des décennies à devoir supporter cette situation. Or, la perspective de passer une vie entière à devoir amadouer son père et composer avec ses caprices lui était insupportable.

L'idée lui était alors venue d'accepter le défi et d'épouser un homme qui répondrait aux critères de Daddy. Ce ne serait pas difficile d'en trouver un.

En acceptant ce pari insensé, elle s'affranchirait de Daddy et de ses diktats. Argent, liberté… Elle aurait tout à gagner en se mariant.

« D'accord, avait-elle dit à son père. Tope là. »

Son air stupéfait l'avait secrètement fait jubiler. Il s'était vite repris, mais elle l'avait vu. Il ne s'était pas du tout attendu à ce qu'elle le prenne au mot. Sous le regard avide des banquiers qui ne perdaient pas une miette de la scène digne de *Dallas*, ils s'étaient serré la main.

Tout le monde savait qu'un Cargill ne trichait pas, ne revenait jamais sur sa parole lorsqu'il l'avait donnée à la partie adverse, mais voir deux Cargill se serrer la main pour sceller un accord, c'était du jamais vu.

Les conditions étaient posées. Il ne lui restait plus qu'à trouver un mari.

Jeune pompier volontaire, donc pas payé, et cow-boy le reste du temps, ce qui ne valait guère mieux, Luke Waterson n'avait pas du tout le profil requis. Autrement dit, elle perdait son temps avec lui.

Daddy Cargill aurait mis ce beau gaillard sur sa route pour l'écarter de son objectif et l'empêcher d'acquérir son indépendance financière que cela ne l'aurait étonnée qu'à moitié.

Elle enfila son bermuda et sa chemisette puis entreprit de tresser ses cheveux en une natte qu'elle enroula ensuite en chignon en le fixant sur sa nuque à l'aide d'épingles. Une coiffure pratique et élégante. À son image.

Prenant son temps, elle plia son sac de couchage et mit de l'ordre dans son coin de tente. De toute façon, elle se passait volontiers de petit déjeuner. Un café lui suffirait, et elle serait prête à attaquer sa journée de travail.

Contrairement à ce qu'elle espérait, les pompiers se trouvaient encore dans le réfectoire à son arrivée. Elle avait pourtant fait un détour par la tente de l'administration pour prendre son bloc-notes et changer la batterie de son talkie-walkie.

Donc, quand elle entra dans la grande tente, vêtue du ciré jaune qu'elle portait pour faire de la voile, elle vit Luke et ses camarades assis à une table, en train de jouer aux cartes.

Des émotions contradictoires se bousculèrent en elle. Elle éprouvait de la contrariété de n'avoir pu éviter Luke malgré ses efforts, et du plaisir à le voir car cet homme était tout de même un régal pour les yeux.

Il lui jeta un coup d'œil puis reporta son attention sur le jeu.

Il pleuvait, et elle se rendit compte que les pompiers n'avaient pas d'abri où se replier durant la journée hormis leur camion. À la table voisine de la leur, un groupe d'infirmières étaient en train de bavarder autour d'un café. À l'issue de leur garde de nuit, elles décompressaient avant d'aller dormir, et regardaient fréquemment dans la direction des pompiers en leur adressant des sourires.

Le jeune Murphy semblait aussi intéressé qu'intimidé. Il les regardait puis baissait le nez pour tripoter la radio accrochée à sa taille. De toute évidence très à l'aise, Zach étirait les bras au-dessus de la tête pour exhiber ses pectoraux devant ses admiratrices. Quant à Luke, il semblait occupé à la regarder, elle, chaque fois qu'elle tournait la tête dans sa direction.

Ils étaient pourtant convenus de faire comme s'ils ne se connaissaient pas. En la fixant avec tant d'insistance, il allait finir par mettre la puce à l'oreille de quelqu'un.

À grand renfort de fracas métallique, le cuisinier enleva les bacs vides de sa table chaude.

— Mademoiselle Cargill, vous avez raté le petit déjeuner.

— Ce n'est pas grave, Louis. Un café, ce sera très bien.

S'approchant de la table, elle saisit la Thermos géante qui était toujours alimentée en café vingt-quatre heures sur vingt-quatre et se remplit une tasse.

— Je vais vous préparer quelques toasts.

— Ne prenez pas cette peine. J'irai me chercher un sandwich plus tard si j'ai faim.

« Ne m'obligez pas à rester ici plus longtemps que nécessaire. »

Louis, qui voulait décidément la nourrir, ouvrit un compartiment de sa table chaude.

— Il me reste des œufs brouillés. Ça vous dit ? Ils ont plus de goût que la nourriture en sachets lyophilisés que je servirai à déjeuner. Profitez-en.

Ce serait impoli de refuser, songea-t-elle. De toute façon, la politesse était un réflexe chez elle.

— D'accord. Merci, Louis. Je vais essayer de vous obtenir un accès aux cuisines de l'hôpital. Vous trouverez peut-être des denrées non périssables dans leurs locaux, du sucre, du riz, de la farine, ce genre de choses.

Elle alla s'asseoir à une table vide avec sa tasse de café et son assiette d'œufs brouillés. Dos à Luke.

À l'écart. Comme dans la luxueuse salle à manger de la pension de son enfance. Elle était la fille solitaire qui ne s'intégrait pas.

Les souvenirs firent s'envoler son appétit, mais elle s'obligea à avaler quelques bouchées. Après tout, elle avait survécu à la pension Lafayette en gardant la tête haute, tout comme sa mère qui, au retour de ses concours hippiques, trouvait la piscine pleine de jolies naïades… autour de son mari.

Le jour de son arrivée à Lafayette, Patricia avait découragé quiconque de s'asseoir à côté d'elle à la table du petit déjeuner en affichant un air arrogant, comme sa mère, alors qu'en réalité elle mourait de peur. Les autres pensionnaires s'étaient moquées d'elle en lui demandant pour qui elle se prenait. Au déjeuner, les filles l'avaient déjà regardée avec un peu plus de respect car la nouvelle s'était répandue qu'elle était la fille unique de Daddy Cargill, et lors du dîner, elle n'avait eu que l'embarras du choix pour avoir des compagnes de table, s'offrant même le luxe d'éliminer celles dont la tête ou le nom ne lui revenaient pas.

Alors, ce matin, ce n'était vraiment pas un problème de se retrouver seule à table.

— Patricia ! cria Luke. Venez jouer avec nous ! Nous avons besoin d'un quatrième.

Elle était tellement absorbée dans ses souvenirs d'enfance qu'elle releva la tête, choquée que quelqu'un ait osé s'adresser à elle. Le menton levé, elle se tourna vers Luke.

— Dépêchez-vous, je suis en train de distribuer, dit-il.

Quel toupet ! Elle était la directrice. Elle ne s'amusait pas à jouer aux cartes durant ses heures de garde.

— Désolée. Il faut que j'aille travailler.

— Cela ne prendra pas longtemps. Dix minutes maximum. On s'arrête au premier qui marque cent points.

— Vous savez comment jouer à la Dame de Pique, n'est-ce pas ? demanda Zach.

À contrecœur, elle hocha la tête.

— Alors, vous savez aussi que c'est pas drôle à trois..., intervint Murphy. On vous a aidée hier, vous pouvez bien nous aider aujourd'hui.

Tout le monde la regardait, les infirmières, les pompiers... Louis était en train de siffler et la pluie tambourinait sur la bâche. Impossible de refuser sans paraître grossière.

Elle alla s'asseoir à leur table, entre Luke et Zach. En face d'elle, Murphy, tout rougissant, avait désormais les yeux rivés à son jeu de cartes.

Finalement, ce ne fut pas si difficile. Elle commença même à s'amuser après avoir refilé à Luke sa dame de pique, la carte qui causait le plus de dégâts.

— Aïe ! dit Luke en ramassant la carte de sa main droite.

Cette même main qui avait remonté le long de sa jambe, hier soir.

Patricia tenta de cacher son sourire.

À cet instant, la radio fixée à la ceinture de Luke cracha les trois notes stridentes qui annonçaient une urgence. Elles retentirent en stéréo étant donné que les deux autres radios émettaient la même alerte.

Comme un seul homme, ils se levèrent et endossèrent leurs lourdes vestes.

— Oh ! non ! dit-elle. Je ne croyais pas qu'un incendie était possible par ce temps.

Murphy était déjà dehors, mais Luke et Zach qui se dirigeaient vers la sortie se retournèrent vers elle.

— C'est la foudre..., expliqua Zach. Elle peut enflammer des bâtiments ou un silo de céréales même sous la pluie.

— Faites attention à vous, messieurs, dit-elle en posant ses cartes sur la table.

— Zach aime bien ramener sa science, dit Luke. Si ça se trouve, c'est un chat coincé dans un arbre. Quatre-vingt-dix pour cent des appels sont de fausses alertes.

En passant devant la table des infirmières, Zach agita les doigts dans leur direction.

— Avance, dit Luke en le poussant dans le dos.

Quand la porte de la tente se rabattit derrière eux, Patricia rassembla les cartes qui iraient rejoindre le gant dans le tiroir de son bureau.

— Peut-on récupérer le jeu de cartes ? demanda l'une des infirmières. On le rendra aux pompiers.

— Mais certainement.

Cela leur fournirait l'occasion de revoir les beaux soldats du feu et de faire plus ample connaissance.

Zach ne demanderait qu'à faire une partie avec elles. S'il parvenait à surmonter sa timidité, Murphy pourrait apprécier la compagnie de ces dames. Quant à Luke, il lui suffirait de leur servir son irrésistible sourire pour les avoir toutes à ses pieds. Pourtant, elle voulait croire qu'il n'aurait d'yeux que pour elle. Comme tout à l'heure.

Son talkie-walkie en main, elle se leva. Il ne fallait pas se faire d'illusions sur les hommes. Si on commençait à espérer quelque chose de l'un d'eux, on était perdue. Son objectif d'indépendance financière et ses responsabilités à *Texas Rescue* constituaient sa priorité et elle n'avait pas de place dans sa vie pour une amourette avec un cow-boy.

Il était temps de se mettre au travail. Après avoir rempli sa tasse de café, elle remercia Louis pour le petit déjeuner puis prit la direction de la tente de l'administration non sans rabattre sur sa tête la capuche de son ciré.

Pluie oblige, la fermeture Éclair du rabat de la tente avait été descendue. Après l'avoir ouverte, elle entra pour se diriger vers son bureau, son masque de directrice bien en place. Quelques personnes lui dirent bonjour d'un signe de tête, mais la plupart gardèrent le nez plongé dans leurs dossiers avec des mines très concentrées.

Posant son talkie-walkie et son bloc-notes à droite de son ordinateur, elle s'assit. Personne n'osait s'approcher d'elle, et cela lui convenait parfaitement. Si, si…

Luke commençait à en avoir assez d'être discret. Il avait envie de passer par la tente de l'administration pour dire à Patricia qu'il était revenu de leur mission sain et sauf.

Ils s'étaient portés au secours d'un accidenté de la route qui, après avoir perdu le contrôle de son pick-up et versé dans un fossé, souffrait d'un pneumothorax et peut-être d'une ou plusieurs côtes brisées.

Sous les yeux des policiers qui étaient déjà sur place, ils avaient extrait le blessé du véhicule et lui avaient prodigué les premiers soins avant de le ramener au camp où l'un des médecins de *Texas Rescue* l'avait pris en charge. Au moyen d'une aiguille qu'il avait introduite entre deux côtes, l'urgentiste avait drainé l'air qui s'était infiltré dans la plèvre et le blessé avait aussitôt pu recouvrer l'usage de ses poumons. Les radios n'ayant par ailleurs montré aucune trace de fracture, l'homme resterait quelques heures sous observation dans la tente médicale et pourrait regagner son domicile, une ferme des environs, le soir même.

En retrait derrière le médecin, Luke avait assisté à la ponction puis il avait rédigé le rapport d'intervention sous la dictée de Zach qui estimait qu'un « bleu » n'était pas capable de cette tâche.

La sortie avait été simple et sans complications. Ils n'avaient même pas eu besoin d'utiliser leur treuil étant donné que la police avait chargé un dépanneur automobile d'évacuer l'épave du pick-up.

La mission idéale… Ils avaient porté secours à un homme en détresse sans mettre leurs propres vies en danger. Bien sûr, l'excitation — la raison pour laquelle il s'était engagé chez les pompiers — n'avait pas été au rendez-vous, mais il avait eu son compte d'adrénaline quelques jours auparavant.

Comme Patricia avait semblé s'inquiéter pour lui, il voulait la rassurer. Elle s'inquiétait pour tous, bien sûr, pour les médecins, les patients, les brancardiers, les pompiers, la bonne marche de son hôpital, mais il était certain qu'en leur disant ce matin de faire attention à eux elle s'adressait tout particulièrement à lui. Les baisers qu'elle lui avait donnés la veille montraient qu'il ne la laissait pas indifférente, et c'était donc la moindre des choses de prévenir une femme qui l'avait embrassé si passionnément qu'il allait bien.

Mais il était lié par sa promesse de garder ses distances avec elle en public. Elle l'avait supplié de rester discret et il lui avait donné sa parole.

À l'heure du déjeuner, il se contenta donc de l'observer dans la tente-réfectoire. À peine s'était-elle servi trois feuilles de salade qu'elle posa l'assiette pour écrire sur son satané bloc-notes quelque demande que lui soumettait le chef cuisinier. Puis elle alla s'asseoir à une table. Seule. Qu'elle ne vienne pas s'asseoir à côté de lui, soit… Mais pourquoi fuyait-elle la compagnie des autres ? Ce matin, déjà, elle avait joué à la princesse lointaine en restant assise à l'écart des autres.

— Ah, Patricia, vous voilà ! dit une femme en blouse blanche en se dirigeant vers sa table.

Quelqu'un recherchait sa compagnie. Tant mieux… Se détendant un peu, Luke avala une bouchée du pavé de viande brunâtre qui était censé être un hamburger. Il s'était inquiété pour Patricia en voyant qu'elle ne prenait que quelques feuilles de laitue, mais sans doute savait-elle, forte de son expérience avec *Texas Rescue*, que la salade était le moindre mal dans ces cuisines.

— Docteur Hodge…, dit-elle à la femme en blanc. Vous avez besoin de quelque chose ?

— Oui.

Zut. Ce n'était pas pour le plaisir de sa compagnie que ce médecin l'approchait.

Patricia posa sa fourchette pour consulter son bloc-notes et répondre aux questions du Dr Hodge. Apparemment satisfaite, celle-ci s'éloigna avec son plateau pour aller s'asseoir à une table. Dans la foulée, Patricia se leva, jeta son gobelet de café vide à la poubelle avant de sortir de la tente avec, à la main, son assiette creuse en carton contenant sa salade.

Après s'être forcé à manger une autre bouchée de son hamburger insipide, Luke repoussa son assiette et se leva.

— On se retrouve au camion, dit-il.

Zach porta sa radio à son oreille.

— J'ai raté un appel ou quoi ? Où vas-tu ?

— Il est grand temps d'aller chercher ton gant.

9.

La pluie s'était arrêtée et Luke n'eut aucun mal à rattraper Patricia qui, une fois n'était pas coutume, marchait à pas lents.

Peut-être aurait-il dû prendre son temps car, arrivé à sa hauteur, il ne sut que lui dire. Les sujets qu'il souhaitait aborder avec elle ne manquaient pas, pourtant. Il voulait lui dire que son travail de pompier n'était pas dangereux la plupart du temps, qu'il n'aimait pas la voir manger seule, que, contrairement à ce qu'elle croyait, son personnel ne la détestait pas — elle était persuadée d'avoir une réputation de « peau de vache » auprès d'eux — et, enfin, il voulait changer les termes de leur accord. C'était au-dessus de ses forces de faire semblant de ne pas la connaître.

— Salut, beauté…

Elle s'arrêta et jeta des regards affolés à droite et à gauche, de toute évidence pour voir si quelqu'un ne l'avait pas entendu.

— Contente-toi de m'appeler par mon prénom, s'il te plaît.

— J'ai réfléchi, tu sais…

Il ne savait par où commencer.

— Est-ce donc un exercice inédit pour toi ? demanda-t-elle.

Elle était d'humeur mordante, aujourd'hui. D'aucuns auraient mal pris le sarcasme, mais il ne se formalisa pas pour si peu.

— Tu ne crois pas si bien dire. D'habitude, je n'en ai guère le temps, mais ce matin, la sortie était de pure routine. Pas d'incendie ni d'éboulement de terrain. Juste un accidenté de la route que l'on a confié aux soins du Dr Rodgers.

— Rodgers est l'un de mes meilleurs éléments. Parfait…

— Ce que je voulais dire, c'est que tu n'as pas besoin de t'inquiéter chaque fois que tu entendras notre sirène d'alerte.

La plupart de nos interventions ne comportent aucun risque et sont même carrément ennuyeuses.

Ils marchaient côte à côte, en conservant toutefois un bon mètre entre eux.

— Tant mieux. Qu'elles continuent à l'être, c'est tout ce que je te souhaite.

La conversation ne prenait pas le tour qu'il souhaitait.

— C'est agréable de savoir qu'une jolie femme s'inquiète pour vous, et Dieu sait que tu es jolie…

— Bien sûr que je m'inquiète. Je suis responsable de tout le personnel de *Texas Rescue*.

En d'autres termes, elle lui disait qu'elle s'inquiétait autant pour lui que pour le cuisinier ou le Dr Hodge. Ni plus ni moins. Ce qui était un mensonge qu'il ne pouvait laisser passer.

Il se plaça devant elle et croisa les bras. Il lui aurait été facile de la toucher, de l'enlacer pour lui rappeler l'attirance qui les poussait inexorablement l'un vers l'autre. Mais ce n'était ni l'heure ni l'endroit.

Du calme. Il y avait des gens non loin d'eux qui pouvaient les voir à défaut de les entendre.

— Ne me traite pas comme un membre lambda de ton personnel, dit-il tout bas. Dois-je te rappeler qu'hier soir nous avons pratiquement fait l'amour ?

Pas un muscle du visage de Patricia ne bougea. Cette femme avait un contrôle phénoménal sur elle-même.

— Ote-toi de mon chemin, Luke. Je n'aime pas les gens qui essaient de m'intimider physiquement.

— Je n'essaie pas de t'intimider !

Son intention était de lui parler d'eux, et elle changeait de sujet en inventant n'importe quoi.

Sans répondre, elle le contourna et reprit sa route, son bloc-notes dans une main et le bol de salade dans l'autre.

Désemparé, il resta un moment figé sur place avant de la rattraper.

— Écoute, désolé si j'ai fait quelque chose qui t'a déplu, c'était sans le vouloir.

Ils étaient arrivés devant la tente de l'administration et il prit bien soin de ne pas se placer entre elle et la porte.

— Je ne peux pas te parler ici, dit-elle en ouvrant la fermeture Éclair du rabat en toile. Mon personnel finira par se poser des questions.

Deux membres dudit personnel passèrent justement devant eux à cet instant, un homme en jean et une infirmière, qui leur jetèrent à peine un coup d'œil.

— Tu ne ferais pas un peu de paranoïa, par hasard ? murmura-t-il en se retenant in extremis de croiser les bras de nouveau puisqu'elle prenait cela pour une tentative d'intimidation. Crois-tu vraiment que ces gens qui viennent de passer t'ont mal jugée parce que tu étais en train de me parler ?

Elle parut décontenancée par la question.

— Non, bien sûr que non.

— À la bonne heure. Alors, je ne vois pas ce qui nous empêcherait d'afficher notre amitié en plein jour.

— Nous ne sommes pas amis et je ne veux pas que nous le devenions. Des amis, j'en ai déjà.

Faux. « Cite-moi le nom de quelqu'un qui serait ton ami dans ce camp », aurait-il pu lui rétorquer s'il avait été sans pitié. Personne ne bavardait ni ne riait jamais avec elle et tous lui donnaient du « vous ». Sauf lui, lorsqu'ils étaient seuls.

— Ma chérie, je te sens très seule. Tu n'aimerais pas prendre tes repas avec quelqu'un, jouer aux cartes, parler de tout et de rien pour te changer les idées ? Tout le monde sympathise avec tout le monde autour de nous. Nous aussi, nous pourrions faire pareil.

— Ce genre de rapprochements superficiels se produit à chaque mission. Attends un peu que les portables se remettent à fonctionner et tout le monde aura l'œil collé sur son écran de portable, et oubliées, les belles amitiés !

— Entre-temps, Patricia, je veux être ton ami, pas ton secret.

L'air grave, elle le dévisagea.

— C'est gentil à toi, mais nous avons conclu un accord, et je ne croyais pas que tu serais le genre d'homme à vouloir en changer les termes. Tant pis pour moi si je t'ai surestimé. Maintenant, si tu veux bien m'excuser, je vais regagner mon bureau. Cette salade est en train de se flétrir avec l'humidité qui règne dans l'air.

Elle se glissa à l'intérieur de la tente et, une fois de l'autre côté, rabaissa la fermeture Éclair, ce qu'il prit comme un affront. Il ne pleuvait plus. Ce n'était donc pas pour empêcher la pluie de pénéttrer dans la tente qu'elle agissait ainsi, mais pour l'exclure, lui signifier que sa place était au-dehors.

Il se passa une main sur le visage. Franchement, il ne savait plus où il en était. Il se sentait à la fois furieux et désolé pour elle, et la colère l'emporta quand il se rappela qu'elle l'avait accusé de vouloir revenir sur leur accord. Pour un homme d'honneur comme lui, il n'y avait pire insulte.

C'était absurde. Il lui proposait son amitié, tout en respectant bien sûr sa promesse de discrétion, et elle l'accusait de vouloir manquer à sa parole.

Décidé à mettre les choses au clair, il releva la fermeture Éclair et entra dans le saint des saints. Il en profiterait pour récupérer le gant de Zach, et il s'efforcerait de se comporter en parfait gentleman, sans élever le ton ni faire allusion à ce qui s'était passé entre eux la veille afin qu'elle n'ait rien à lui reprocher.

À l'intérieur, la fraîcheur régnait et il faisait presque sombre en l'absence du soleil dont la lumière passait d'habitude au travers de la bâche blanche.

Mais il y avait suffisamment de clarté pour lui permettre de voir le visage de Patricia quand il s'approcha de son bureau. La feuille de salade embrochée sur la fourchette en plastique resta suspendue en l'air tandis qu'elle le fixait d'un air paniqué.

— Bonjour, Patricia. J'ai peut-être laissé un gant ici l'autre jour. L'auriez-vous trouvé ?

Le vouvoiement était pour le bénéfice de la secrétaire, la seule présente dans la tente à cette heure et qui était occupée à taper furieusement sur son clavier.

— En fait, oui, dit Patricia en reposant sa fourchette. Je l'ai rangé dans mon tiroir.

Elle sortit le gant, se leva et contourna la table pour le lui apporter.

— Autre chose ?

Pauvre princesse… Elle passait son temps à poser cette question aux membres de son personnel et à entrer leurs desiderata dans son bloc-notes. Pas étonnant qu'elle n'ait pas d'amis ; ces gens étaient sans cesse en train de lui soumettre des problèmes auxquels elle s'appliquait à trouver des solutions en Superwoman qu'elle était. À sa place, lui aussi préférerait manger seul. À chaque minute supplémentaire qu'elle passait dans le réfectoire, la liste des doléances devait s'allonger.

— Non, tout va bien. Aucun souci avec le camion.

Comment lui dire à demi-mot qu'il comprenait ? C'était impossible devant témoins. Il lui faudrait attendre la nuit tombée, en espérant qu'elle lui laisse une chance de s'expliquer.

— Voilà, j'ai terminé, dit la secrétaire comme si elle venait de gagner une course. Si vous le permettez, mademoiselle Cargill, je vais prendre ma pause maintenant avant que le réfectoire ferme.

— Allez-y, Susie. Et appelez-moi Patricia.

Déjà en chemin vers la porte, la jeune fille n'entendit certainement pas les derniers mots. Le bruit de la fermeture Éclair résonna comme une douce musique aux oreilles de Luke.

Il n'aurait pas à attendre la nuit pour ouvrir son cœur à Patricia. Mais il avait tant de choses à lui dire qu'il ne savait par où commencer.

— Patricia…

Il n'alla pas plus loin.

— Merci de ne pas avoir fait de scène, dit-elle en jetant le gant sur la table et en se perchant sur le bord. En te voyant arriver dans la tente, j'ai craint que tu ne viennes régler quelque compte.

— Je voulais dissiper un malentendu, t'assurer que tu pouvais compter sur ma discrétion.

— C'est pour ça que tu m'as suivie depuis le réfectoire et que tu m'as signifié que je n'avais aucun ami ?

Embarrassé, Luke se frotta le menton. Elle était directe, sa Patricia.

— Non. Je désirais te montrer que tu te trompes en croyant que les gens ont peur de toi…

— Mais je *veux* qu'ils aient peur de moi !

— C'est l'image que tu entretiens, presque par réflexe. La chef intouchable et redoutée… En réalité, ce n'est pas toi.

— Ah bon, tu crois ça ?

Sous la note de dérision, il perçut le léger tremblement de sa voix. Il avait visé juste. Elle voulait être aimée, mais ne savait comment s'y prendre.

— Ce que je vois, c'est que, tout en te craignant, tes employés viennent te soumettre tous leurs problèmes, même les plus futiles, et toi, au lieu de les envoyer promener, tu les écoutes et tu leur trouves des solutions. Pas une fois, tu n'as dû dire non à quelqu'un.

— Si, ça m'est arrivé, quand la personne dépassait vraiment les bornes. Mais il est vrai qu'en général j'essaie de répondre aux demandes. Ce sont pour la grande majorité des bénévoles qui donnent de leur temps, et il est normal de les traiter avec respect.

— Et ils te respectent en retour bien que tu sois persuadée qu'ils te considèrent comme une peau de vache. La vérité, c'est qu'ils sont contents d'avoir une chef aussi efficace que toi.

Il vint s'appuyer au bureau et coller sa hanche contre celle de Patricia. Aussitôt, elle tourna les yeux vers la porte.

— La fermeture Éclair est baissée, dit-il. Le temps que quelqu'un l'ouvre, nous aurons largement le temps de nous remettre au vouvoiement.

Il lui arracha un sourire.

— Tu te trompes, répliqua-t-elle. *J'ai* des amis.

— Je n'en doute pas. Et tu peux m'ajouter au nombre.

Le sourire s'évanouit.

— Je ne sais pas si je pourrai être amie avec toi. Quand tu

étais sur la scène de cet incendie, je me suis rongé les sangs. Je… je me suis rendu compte que je m'attachais à toi, ajouta-t-elle dans un murmure. Et je ne le veux pas.

Que lui était-il donc arrivé pour qu'elle ne veuille plus s'attacher à personne ? Plus tard, quand il la connaîtrait davantage, il lui poserait la question.

— Les gens s'imaginent que les pompiers risquent leur vie à chaque intervention. C'est faux. Tous les risques sont calculés, nous travaillons toujours en équipe et ne commettons jamais d'imprudences. Le pompier qui se jette tout seul dans la fournaise pour sauver quelqu'un, c'est un mythe.

Quand le feu les entourait de toutes parts, il fallait simplement suivre les consignes rabâchées à longueur d'entraînement — longer les murs derrière ses camarades en respirant avec le masque et sortir au plus vite du bâtiment. Jusqu'à présent, il s'en était toujours sorti indemne.

— Si tu as des doutes, tu n'as qu'à venir inspecter notre camion. Nous disposons d'un équipement ultra-perfectionné et nous sommes très bien entraînés. Viens t'en assurer par toi-même.

— Cela paraîtrait bizarre que je vienne inspecter un véhicule qui ne fait pas partie de la flotte de l'hôpital. Chef Rouhotas en ferait une attaque.

— Tu n'auras qu'à lui dire que tu es un garçon manqué qui adore les camions de pompiers. Ce serait plausible car des passants entrent parfois dans notre caserne pour les admirer. Passe donc lors de ta pause, ignore-moi comme tu sais si bien le faire et demande une visite guidée à Murphy. Tout le monde n'y verra que du feu…

La voyant rire de nouveau, il décida de pousser son avantage.

— Tu vois que je fais des efforts pour rester discret. Mais il y a des limites. Si, dans une semaine, tu continues à ne pas vouloir me parler en public et à m'éviter comme si j'avais la peste, les gens vont commencer à se poser des questions. À vouloir trop nous cacher, on va se faire prendre à notre propre jeu. Il est normal que des liens se forment entre les membres d'une même équipe, qu'on s'appelle par nos prénoms, qu'on se tutoie.

— Ces liens sont éphémères, dit-elle en s'écartant de lui. Ils ne durent pas une fois la mission terminée. Même les amitiés qui paraissent indéfectibles sur le camp ne survivent pas au retour à la maison.

— Entre nous, c'est un peu plus qu'une amitié, non ?

Il se rapprocha pour la prendre dans ses bras et poser le front contre le sien.

— Ce n'est qu'une petite amourette d'été, murmura-t-elle. Comme en colonie de vacances. Ça ne durera pas plus d'une semaine.

— Raison de plus pour ne pas perdre de temps, dit-il en approchant les lèvres des siennes.

La fermeture Éclair du rabat crissa et Luke eut juste le temps de ramener les bras le long de son corps tandis que Patricia se tournait vers le bureau pour saisir le gant.

Un bénévole entra, suivi d'un autre.

— Voici votre gant, dit Patricia en le lui fourrant dans les mains.

Elle n'eut même pas besoin de tendre le bras tant ils étaient proches.

— Merci. Ne fermez pas..., lança-t-il à l'adresse des nouveaux venus. Je m'en vais.

Il avait un pied à l'extérieur lorsqu'il se rendit compte qu'il avait oublié l'essentiel. L'inviter à dîner à sa table. Impossible à présent de le faire en ces termes. Et il ne savait pas non plus si elle allait donner suite à sa proposition de passer voir le camion, et de s'engager dans une liaison pour sept jours ou plus. Elle n'avait dit oui à rien.

— Euh... Patricia, connaîtriez-vous par hasard le menu du dîner ?

— Désolée, dit-elle en secouant la tête. Je n'en ai aucune idée.

Elle affichait le même air contrit qu'il lui avait vu lorsqu'elle ne pouvait satisfaire la demande d'un bénévole.

— Je verrai bien ce soir. Passez un bon après-midi.

Comme il sortait de la tente, les trois notes synonyme d'urgence tintèrent sur sa radio. Pourvu que Patricia ne les ait pas entendues.

10.

Déterminée à prouver à Luke qu'elle avait des amis, Patricia entra à 7 heures dans la tente du réfectoire et, ayant pris une salade, elle aperçut le Dr Quinn MacDowell assis à une table devant son plateau de dîner. Non sans quelque appréhension, elle se dirigea vers lui.

Lors de leur dernière entrevue, ils s'étaient quittés en termes un peu froids et Quinn pourrait très bien rejeter sa main tendue.

« Désolé, ce siège est pris », lui dirait-il poliment afin de lui signifier qu'il ne voulait pas de sa compagnie.

Qui ne risquait rien n'avait rien.

— Puis-je m'asseoir en face de toi, Quinn ?

— Bien sûr, dit-il après une brève hésitation.

Ils mangèrent en silence pendant quelques minutes puis leurs voisins de table se levèrent et partirent. Était-ce à cause d'elle ?

Mais non, elle se faisait des idées. Et puis, de toute façon, elle voulait parler en tête à tête avec Quinn.

Visiblement guère d'humeur bavarde, il gardait son nez plongé dans son assiette.

Elle s'était mal comportée envers Diana, sa petite amie, en la snobant et en l'excluant de son cercle d'amis dans l'espoir que Quinn se rende compte que sa douce et tendre ne faisait pas partie de leur monde. Non seulement Diana n'était pas issue de la haute société, mais elle n'exerçait aucune profession médicale ou qui ait un lointain rapport avec la médecine. Diana était bénévole dans un refuge pour animaux abandonnés.

L'entrée en matière était toute trouvée.

— As-tu vu les chiens que nous avons sauvés du refuge d'Aransas ? Comme les bâtiments du chenil étaient détruits, nous avons dû louer des enclos dans les fermes des environs pour y répartir les animaux…

Sans répondre, Quinn l'observait, se demandant de toute évidence où elle voulait en venir. Il ne lui faisait plus confiance, et il ne trouvait plus sa conservation divertissante.

Patricia en était attristée. Il avait été son ami le plus proche lors des précédentes missions qu'ils avaient effectuées ensemble pour *Texas Rescue*. Contrairement aux autres, il ne s'était jamais laissé intimider par son statut de riche héritière. Jamais il ne l'avait traitée comme une bête curieuse, fruit du croisement d'une légende texane et d'une belle de la haute société.

Son ami lui manquait. Elle se languissait de retrouver leur complicité.

— Ta petite amie aurait pu nous être fort utile…

Il lui en fallait, de l'assurance, pour continuer à parler alors qu'il la fixait d'un air méfiant.

— Si tu pouvais la convaincre de revenir, je la mettrais en relation avec plusieurs associations de protection animale de la région et elle pourrait nous aider à trouver des familles adoptives pour les chiens.

L'expression de Quinn se radoucit.

— Patricia Cargill, aurais-tu par hasard quelque chose à te faire pardonner ?

Elle jeta un regard à la ronde pour s'assurer que personne ne les écoutait.

— Vas-tu encore me punir longtemps en refusant de me parler ? Je veux que nous redevenions amis.

— Il va d'abord falloir que tu m'expliques pourquoi tu étais si remontée contre le fait que je sorte avec Diana.

— Je voulais me marier.

— Avec moi ? dit-il, semblant tomber des nues.

— Toi ou un autre qui aurait eu le même profil, répliqua-t-elle en toute franchise. C'est un peu long à t'expliquer… Pour résumer, c'est une idée de mon père qui menace de me spolier de mon héritage si je n'épouse pas un homme bien sous tous rapports, c'est-à-dire ambitieux, intelligent, éduqué, influent, ayant mon âge, et issu de notre milieu, bien entendu. Dans mon entourage, tu me semblais le candidat le moins horrible…

— Le moins horrible… Merci du compliment. Et j'étais censé dire amen et t'épouser ?

— J'aurais fait une bonne épouse, tu sais.

— Tu aurais certainement tenu à la perfection mon carnet de rendez-vous.

La remarque la blessa plus qu'elle n'aurait voulu l'admettre.

— Écoute, Patricia, au nom de notre vieille amitié, je vais te dire une chose avant que tu l'apprennes par la rumeur : je compte demander Diana en mariage dès mon retour à Austin.

— Déjà ? Vous ne vous connaissez que depuis un mois !

— Je n'ai pas besoin de cent sept ans pour savoir que c'est la femme de ma vie.

Puisqu'il avait pris sa décision, elle l'aiderait afin de lui prouver qu'elle ne nourrissait ni rancune ni jalousie envers l'élue de son cœur.

— J'ai entendu dire que le courant était revenu dans le McDo d'Aransas. Karen Weaver est rentrée de ses courses avec un milk-shake aujourd'hui. Tu sais ce que cela signifie ?

Quinn lui sourit enfin.

— C'est le signe qu'on n'aura plus besoin de nous pour très longtemps. Quand une ville a son McDo qui tourne de nouveau, on peut faire nos valises.

— Bref, je ne vois pas pourquoi je te retiendrais ici après samedi puisque tu as une mission de la plus haute importance qui t'appelle à Austin.

Le sourire de Quinn s'accentua.

— Avec un peu d'avance, je te présente mes félicitations…, ajouta-t-elle.

Le reste de sa phrase qui tenait à l'assurer de son amitié passa à la trappe car Luke venait d'entrer dans le réfectoire.

Il la vit et, en violation flagrante de leur accord, lui adressa un clin d'œil avant de mettre le cap vers elle. Avait-il donc perdu la tête ?

Arrivé à leur table, il donna une tape sur l'épaule de Quinn.

— Comment ça va ?

Quinn leva les yeux vers lui.

— Bien. Et toi ?

Sous les yeux médusés de Patricia, ils se serrèrent la main.

— Ça roule. Comment va ta mère ?

— Mieux. Merci d'avoir fixé cette barre d'appui dans sa salle de bains.

— De rien.

Après lui avoir adressé un petit signe de tête poli comme si elle n'était qu'une vague partenaire de rami ou de bridge, Luke s'éloigna pour prendre sa place dans la file d'attente.

Pendant que Quinn finissait son steak et sa purée lyophilisée, Patricia s'efforça de reprendre contenance.

— Tu connais ce pompier ? demanda-t-elle.

— Qui ? Luke ? C'est quelqu'un de bien. Jadis, j'arbitrais les matchs de foot de la ligue junior où il jouait.

Ce n'était pas possible ! Quinn et elle avaient le même âge. Trente-deux ans. Si Quinn avait été arbitre, quel âge avait Luke quand il jouait comme junior ? Dix ans ? Quinze ans ?

Pas étonnant que Luke dégage un charme juvénile ! Il était jeune ! Beaucoup plus jeune qu'elle.

« Mon Dieu, je suis devenue une couguar. »

En digne fille de son père, elle avait jeté son dévolu sur quelqu'un de très séduisant et de très jeune. Mais comment résister aux yeux bleus et aux baisers de Luke ? songea-t-elle en l'observant de dos. Car il savait embrasser comme un homme expérimenté.

— Il semble t'intéresser, dit Quinn en suivant son regard. Avoue qu'il te plaît.

Pas question de l'avouer, même à Quinn. Elle ne supporterait pas qu'on se moque d'elle en disant « tel père telle fille ».

— De qui parles-tu ?

— De Luke. Tu ne le trouves pas mignon ?

— Mignon ? dit-elle en adoptant un ton méprisant. Ce mot ne fait pas partie de mon vocabulaire.

— Alors, pourquoi le regardes-tu sans cesse ?

Prise la main dans le sac, elle reporta son attention sur Quinn et le fusilla de son regard le plus féroce, celui qui faisait trembler les banquiers et les hommes d'affaires.

Quinn éclata de rire.

— C'est un concours de grimaces ? Comme à la maternelle ?

Elle plissa les yeux de son air le plus méchant pour enfoncer une perceuse imaginaire entre les deux yeux de Quinn et pulvériser son minuscule cerveau d'homme.

— Allez, je t'autorise à le regarder, poursuivit Quinn. Tu n'as pas envie de savoir auprès de qui il va s'asseoir ? Oh ! Il se dirige vers une table pleine de jolies filles…

— Ce n'est pas vrai !

Mais elle regarda. Et vit Luke rejoindre ses camarades pompiers à leur table habituelle au fond de la salle.

— Idiot…

— Merci. Tu as ma bénédiction. Ces chipies qui te servent d'amies ne sont pas là et je vais devoir les remplacer pour les commentaires. *Il est trop canon*, poursuivit-il avec une voix ridiculement haut perchée. *Ce mec, c'est de la bombe.* N'est-ce pas ainsi qu'elles s'expriment, comme des ados, alors qu'elles ont toutes trente ans bien sonnés ?

— J'en ai assez, je m'en vais. Je pensais que nous pourrions redevenir amis, mais tu ne songes qu'à te moquer de moi.

— Comme un frère.

— Un frère insupportable, dit-elle en jetant sa serviette sur la table et en se levant pour mettre sa menace de partir à exécution.

Quinn lui saisit le poignet.

— Assieds-toi, petite sœur. Les frères insupportables sont tout de même des frères. Souviens-t'en.

Patricia n'avait ni frère ni sœur, sauf si on comptait la fille de Hillary, l'épouse numéro deux de Daddy, que celle-ci avait eue d'un précédent mariage. Et voilà que Quinn, qui ne lui avait pas parlé depuis des jours, lui disait qu'elle pouvait le considérer comme un frère.

Au moment où elle commençait à sentir une boule lui

monter dans la gorge et les larmes lui picoter les paupières, il lui adressa un sourire diabolique.

— Qui est le petit chéri de Tricia ? C'est Lukey…, chantonna-t-il.

Elle aurait dû s'en douter.

— Dire que je songeais à t'épouser à une époque !

— Ce siège est-il libre ?

C'était Luke, debout à côté d'elle.

Pile au pire moment. Il ne pouvait qu'avoir entendu.

Hilare, Quinn se leva aussitôt.

— Prends mon siège et tiens compagnie à mon amie Tricia. J'allais partir, de toute façon.

Dans les règles de l'art, il lui prit la main pour l'effleurer de ses lèvres.

— Au revoir, gente dame.

— File ! Je t'ai assez vu !

Il s'en alla en riant.

Dédaignant le siège de Quinn, Luke s'assit à côté d'elle et rapprocha sa chaise jusqu'à ce que son épaule touche la sienne. Puis il attaqua avec appétit son pavé de viande hachée décongelée.

Les joues en feu, Patricia joua du bout de la fourchette avec une tomate cerise égarée dans sa salade. Puis, incapable d'attendre qu'il veuille bien dire quelque chose, elle ouvrit le feu.

— Alors, comme ça, tu connais le Dr MacDowell ?

— Pas aussi bien que toi, de toute évidence.

Elle empala la tomate sur sa fourchette et la vit se vider de son jus. Très calme, Luke déchira un sachet de ketchup avec les dents et versa le contenu sur son steak.

— Etiez-vous fiancés ?

Elle n'avait pas averti Quinn du marché conclu avec Daddy. Et elle ne voulait pas que Luke apprenne son lien de parenté avec le magnat du pétrole. Pour lui, elle était juste Patricia, la chef du personnel, et il l'aimait — espérait-elle — pour elle-même.

Devant son silence, il reprit la parole.

— Je te pose la question car, en m'approchant de votre table, je t'ai entendue lui dire que tu voulais l'épouser.

— Il y a prescription, désormais. Il en aime une autre. Cela te pose-t-il un problème ? poursuivit-elle en baissant la voix. Y a-t-il une règle entre hommes qui vous empêche de sortir avec les laissées-pour-compte des autres ? Et que fais-tu de notre accord et de ta promesse de garder tes distances en public ?

— Puisque Quinn a eu la gentillesse de nous présenter, répondit-il, lui aussi à voix basse, tu peux bien m'admettre à ta table sans que cela nuise à ta réputation. Regarde-moi, Patricia, lui ordonna-t-il comme elle évitait de croiser ses yeux. Je vais prendre la mine de celui qui te parle de la pluie et du beau temps pour te dire quelque chose de vraiment important.

Elle le fixa.

— Le fait que tu aies voulu te marier avec Quinn et qu'il en ait préféré une autre ne change rien aux sentiments que j'éprouve à ton égard. Je suis fou de toi, Patricia. Je pense à toi tout le temps et j'attends avec impatience la nuit dans l'espoir de pouvoir te toucher de nouveau. Et pour ta gouverne, sache que tu ne seras jamais la laissée-pour-compte ni le second choix de personne. Tu es une femme exceptionnelle sur tous les plans, belle à l'intérieur comme à l'extérieur…

Il était sincère, elle le voyait dans ses yeux. Jamais elle n'avait reçu plus beau compliment. Il lui avait fallu attendre trente-deux ans…

— J'ai le même âge que Quinn. Trente-deux ans.

— Et alors ? Pourquoi as-tu l'air de quelqu'un qui avoue un meurtre ?

Patricia promena son regard alentour. Heureusement, la salle s'était vidée car elle avait de plus en plus de mal à soutenir cette conversation en chuchotant.

— Quel âge as-tu ? Quinn m'a dit qu'il avait arbitré les matchs où tu jouais en ligue junior.

— Tu as peur d'être accusée de détournement de mineur ? J'ai vingt-huit ans, vingt-neuf en novembre, si tu veux m'offrir une fête pour mon anniversaire.

Quatre ans de moins qu'elle. C'était acceptable.

Elle se rappela les conditions édictées par Daddy Cargill. « Tu n'auras pas un sou si tu épouses un homme qui a déjà un pied dans la tombe ou un jeunot. Puisque tu prétends qu'il te suffit de claquer des doigts pour que les prétendants se pressent à ta porte, trouve-toi quelqu'un de ton âge. Crois-moi, ce n'est pas facile d'amener quelqu'un de jeune à vous épouser pour votre argent. Tu vas en faire l'expérience car tu n'es plus toute jeune ! »

« Quelqu'un de ton âge », avait-il dit. Vingt-huit ans, le compte n'y était pas.

De toute façon, Luke ne répondait à aucun autre des critères de sélection de son père, alors, pourquoi s'inquiéter de son âge ?

Pour le candidat au mariage, il lui faudrait trouver quelqu'un d'autre. Si elle décidait de donner rendez-vous à Luke ce soir, ce serait juste pour le plaisir.

— Moi, ça m'excite de sortir avec une femme plus âgée que moi, reprit-il en salant tranquillement ses haricots verts. Quand on pourra enfin sortir de la clandestinité, je crierai à la face du monde que tu es plus vieille, beaucoup plus vieille que moi ! J'ai toujours eu envie de savoir ce que cela faisait d'être un gigolo.

Le monstre… Il se moquait d'elle.

— Je te déteste, Waterson. Avant que je t'étrangle, dis-moi comment vous vous êtes rencontrés, Quinn et toi.

— Nous avons travaillé dans le même ranch plusieurs étés de suite. On passait nos vacances à rassembler le bétail, à marquer les veaux au fer rouge.

— Mais je ne comprends pas, il est cardiologue. Et toi…

— Je travaille toujours dans un ranch.

Ce qui ne semblait guère l'enchanter. Le travail devait être dur, et la paie maigre. La dernière fois que Patricia avait fréquenté un cow-boy, le salaire journalier tournait autour de cent dollars.

Elle avait eu dix-huit ans et l'envie de s'émanciper du carcan paternel. Quand Daddy avait eu vent de son idylle, il avait proposé mille dollars au cow-boy pour la quitter. Elle revoyait encore la scène, les billets de cent dollars disposés en éventail dans sa main. Jack, c'était le nom du cow-boy, avait refusé l'offre, et Patricia avait eu le frisson de sa vie. C'était la preuve que Jack tenait vraiment à elle.

Daddy, qui ne s'avouait jamais vaincu, lui avait alors proposé dix fois plus. Dix mille dollars. Jack avait empoché le chèque et elle ne l'avait plus jamais revu. À l'âge de dix-huit ans, Patricia avait appris qu'elle valait dix mille dollars, ce qui avait détruit ses dernières illusions.

Aujourd'hui, elle aurait dû se réjouir de valoir beaucoup plus. Daddy avait décrété que celui qui l'épouserait disposerait au bas mot d'un million de dollars en liquidités immédiatement disponibles. Ce qui n'était qu'une broutille à côté du reste, les exploitations de pétrole, les terrains, les immeubles, les dividendes des actions et les revenus des nombreux investissements que ses aïeuls avaient fait fructifier au fil des siècles, et qui reviendraient tous à Patricia à la mort de son père.

Combien de temps tiendrait un cow-boy si Daddy lui offrait un million de dollars pour la laisser tranquille ?

Soudain, elle comprit les intentions réelles de son père. Il avait passé un marché de dupes avec elle. Quand elle lui présenterait le candidat idéal réunissant toutes les qualités, il ferait tout pour que le mariage capote et, au besoin, il offrirait un million de dollars au fiancé pour disparaître dans la nature.

Pourquoi ? Parce qu'il ne pouvait se permettre de la perdre. Elle avait le sens des affaires des Cargill — le gène avait dû sauter une génération avec Daddy — et le pouvoir de transformer en or tout ce qu'elle touchait. Daddy Cargill n'était là que pour la représentation ; en réalité, c'était un homme de paille, un pantin avec une veste blanche dans sa Cadillac à cornes. Celle qui tirait les ficelles dans l'ombre et qui dirigeait l'empire Cargill, c'était Patricia. Plus intelligent qu'elle ne le croyait, Daddy l'avait compris et il ne la laisserait pas partir. Elle lui était beaucoup trop précieuse.

Pour la première fois, un Cargill reviendrait sur la parole

donnée. Si ses soupçons se vérifiaient, la poignée de main de Daddy ne vaudrait rien.

Luke se leva et lui donna une tape amicale sur le bras, sans doute pour le bénéfice des quelques personnes qui restaient encore dans le réfectoire.

— Ravi d'avoir pu bavarder avec vous, mademoiselle Cargill. Je ne sais ce qui te rend si triste, ajouta-t-il en baissant la voix, mais je te promets de te faire oublier tous tes soucis cette nuit. Viens me retrouver sur l'aire de pique-nique.

Puis il s'éloigna en sifflotant.

11.

Luke Waterson savait embrasser comme personne. Allongés sur une table de pique-nique, ils contemplèrent la voûte céleste et parlèrent étoiles et constellations, celles qu'on apercevait en sillonnant la prairie à cheval, et celles qu'on voyait en pleine mer depuis le pont d'un voilier.

Puis, enfin, ils s'embrassèrent, en prenant tout leur temps car ils avaient la nuit devant eux. Patricia s'attendait à ce qu'il aille plus loin que la dernière fois dans les douches.

Les hommes étaient ainsi faits qu'il leur fallait du sexe, et, jusque-là, elle avait sacrifié à cette obligation avec tous ses partenaires tout en gardant des relations très civilisées. Elle savait les hommes frivoles et elle estimait que le comble du mauvais goût était de pleurer quand votre amant vous quittait pour une autre. Parfois c'était elle qui partait la première, parfois c'était lui, mais elle était restée en bons termes avec la plupart de ceux qui avaient partagé son lit.

Luke la surprenait. Ses baisers n'étaient pas chastes, loin de là, et, plus d'une fois, il glissa la main sous la bande élastique de son soutien-gorge, mais, contrairement à l'autre soir, il ne s'aventurait pas en dessous de la taille. Ils restèrent donc enlacés, à échanger des baisers et à chuchoter sous les étoiles.

Le fait de temporiser signifiait qu'il appréciait sa compagnie. Il n'était pas pressé de coucher avec elle puis de passer à la suivante. Et elle s'en sentait flattée, tellement flattée que c'en était inquiétant.

Cet homme-là ne serait pas facile à quitter.

Mais inutile d'y penser maintenant. L'argent des Cargill, les roueries de son père et les candidats au mariage pouvaient attendre. Elle vivait le moment présent au maximum en espérant que la nuit prochaine serait tout aussi magique.

Luke et ses camarades furent appelés sur la scène d'un accident de la circulation le lendemain. C'était Patricia qui avait reçu l'appel radio. Une voiture s'était retournée sur la route, causant un carambolage et des blessés légers.

À l'issue de l'intervention des pompiers, seule une personne, la conductrice de l'automobile responsable de l'accident, dut être évacuée par hélicoptère vers l'hôpital de San Antonio et tous les autres blessés furent amenés au camp pour être soignés par les médecins de *Texas Rescue*.

Patricia espérait que Luke viendrait la voir à son retour, mais elle attendit en vain. Sans doute était-il occupé à faire le *debriefing* de l'opération avec chef Rouhotas.

À l'heure du dîner, elle ne le vit pas non plus dans le réfectoire, mais sachant que l'équipe de secouristes était rentrée indemne, elle ne s'inquiétait pas outre mesure.

Puisqu'il ne venait pas à elle, elle irait à lui, décida-t-elle après avoir fait sa tournée du soir dans les tentes de soins puis à la pharmacie. Mais elle ne pouvait pas l'attendre près du camion des pompiers ni devant le dortoir des hommes. Malgré l'insistance de Luke pour lui faire lâcher du lest, elle se refusait à afficher au grand jour leur relation.

La seule solution était de l'intercepter près des douches. Aussi alla-t-elle se cacher derrière un arbre, à distance respectable de la tente. Au bout de quelques minutes, elle vit Luke et ses camarades arriver, la serviette sur l'épaule, et disparaître à l'intérieur.

Patience…, songea-t-elle. Il n'y en avait pas pour longtemps. L'écorce du tronc était rugueuse sous ses paumes et la peau de ses bras et de ses jambes nus frémissait sous la brise. Ce soir, elle portait le short très court qu'elle mettait pour la nuit et un ample T-shirt sous lequel les mains de Luke n'auraient aucun mal à progresser. Elle faisait tout pour lui faciliter la tâche car elle ne doutait pas qu'il partageait son désir d'aller plus loin que la veille.

La porte s'ouvrit et Luke sortit, les cheveux mouillés. Sur le point d'avancer à découvert pour lui faire signe de la rejoindre, Patricia vit Zach sortir à son tour pour s'approcher de Luke. Zut…

Ils discutèrent un instant puis Zach s'éloigna. Au lieu de le suivre, Luke ôta la serviette de son cou pour s'essuyer les cheveux.

C'était maintenant ou jamais. Patricia se dirigea vers lui.

— C'est moi, dit-elle en surgissant des ténèbres.

— Je vois ça, dit-il avec un petit sourire.

Lui prenant la main, elle l'entraîna vers l'aire de pique-nique. Cette fois, ce fut elle qui prit l'initiative en nouant les bras autour de son cou et en se cambrant contre lui pour plaquer son corps contre le sien. Elle lui offrit ses lèvres et il n'eut qu'à se pencher pour l'embrasser.

Mmm, que c'était bon ! Après une journée de travail, de rigueur et de discipline, elle se détendait enfin et pouvait laisser libre cours à ses émotions.

Il l'embrassa tendrement, mais sans approfondir le baiser, ce qui la déçut un peu. Pour la première fois de sa vie, elle désirait vraiment un homme, et elle voulait lui appartenir.

Avait-il peur d'aller trop vite et de l'effaroucher ?

— Ce soir, je suis tout à toi, murmura-t-elle à son oreille pour le rassurer. Tu peux faire de moi ce que tu veux, je te fais confiance.

Il la relâcha.

— Pas ici, Patricia. Je ne crois pas que nous devrions…

— Ce n'est pas assez confortable pour toi ? Tu préfères notre lit ?

Leur lit, c'était la table de pique-nique avec vue imprenable sur la Voie lactée.

Elle l'y conduisit et, debout devant la table, se blottit de nouveau contre lui pour lui signifier son désir. Qui était partagé, elle en eut aussitôt confirmation.

Il s'empara de sa bouche tout en enfouissant les mains dans ses cheveux, provoquant l'écroulement de son chignon, ce dont elle n'avait cure. Elle inclina la tête en arrière pour offrir son cou et sa gorge à ses baisers.

Soudain, il se figea, les mains toujours dans ses cheveux, la tête penchée contre son cou, haletant comme s'il venait de courir un marathon.

Le doute n'était plus permis. Il la repoussait. Une main glacée étreignit le cœur de Patricia.

— Patricia, je suis désolé, je ne peux pas te faire l'amour ici.

— Tu ne peux pas ? répéta-t-elle froidement.

Malgré son désarroi et sa frustration, elle redressait le menton, prête à l'affrontement. Cela lui apprendrait d'avoir, pour une fois, montré ses émotions et abandonné toute retenue.

— Il me semblait pourtant que tu en avais envie.

— C'est vrai, ma chérie. Mais je veux autre chose pour notre première fois.

— Qu'est-ce qui te gêne ? Le fait que nous soyons à l'extérieur ?

— Non. Je n'ai pas la tête à ça, c'est tout. L'intervention que nous avons faite aujourd'hui n'était pas facile, et je ne parviens pas à la chasser de mon esprit.

— Tu t'es arrêté de m'embrasser parce que tu pensais à un accident de la circulation ?

— Je me suis arrêté parce que je ne voulais pas t'utiliser pour l'oublier.

— C'est l'intérêt du sexe… Il permet de tout oublier pendant un instant.

Il fronça les sourcils. Jamais elle ne lui avait vu un air aussi grave.

— Les gens font l'amour pour toutes sortes de raisons, mais pour moi, tu n'es pas un dérivatif, et je me refuse à faire l'amour avec toi dans ces conditions.

La colère de Patricia disparut brusquement. Elle commençait à y voir plus clair.

— Alors, ce soir, il ne se passera rien entre nous…

Elle le disait de manière résignée, comme une enfant placée en pension à qui on annonce que sa mère viendra la voir, mais pas cette semaine.

— Je ne me rendais pas compte de la gravité de l'accident. À la radio, mon urgentiste disait que tout était sous contrôle.

Cette fois, ce fut lui qui lui prit la main pour l'entraîner vers le banc. Ils s'assirent côte à côte.

— Sais-tu pourquoi les pompiers sont appelés sur la scène d'un accident de la route ?

— Au cas où la voiture prendrait feu ?

— C'est pour désincarcérer les passagers du véhicule. Dans notre camion, on a tous les instruments qu'il faut pour découper le métal.

— Vous vous en êtes servis aujourd'hui ?

— Je ne suis qu'un pompier bénévole. Seul chef Rouhotas et Zach sont habilités à utiliser la scie hydraulique, et ils ont travaillé pendant une heure avant de parvenir à dégager la conductrice...

Comme il s'appuyait contre elle, elle passa un bras autour de ses épaules.

— C'était une jeune femme. Inconsciente, blessée à la tête. L'hélicoptère qui s'était posé dans un champ attendait qu'on la désincarcère.

— Était-elle seule dans la voiture ?

— Non. Sa fille de trois ans se trouvait sur la banquette arrière, heureusement solidement sanglée dans un siège pour enfant car la voiture reposait sur le toit après le tonneau qu'elle avait fait. Chef Rouhotas m'a chargé de veiller sur la petite et de l'empêcher de regarder sa mère pendant que lui et Zach démantelaient la voiture. Alors, par la vitre brisée, je me suis faufilé à l'arrière du véhicule afin de lui bloquer la vue.

— Oh ! Luke.

Elle l'attira contre sa poitrine.

— Des enfants de trois ans ne comprennent pas pourquoi leur maman ne leur répond pas. Je ne cessais de lui répéter que tout allait bien alors que la scie découpait la tôle autour de nous. J'avais des bouchons antibruit dans ma poche, mais ils n'étaient pas à la taille d'un enfant en bas âge, et j'ai dû lui couvrir les oreilles de mes mains.

— Oh ! Luke…, répéta-t-elle, laissant les larmes couler sur ses joues.

La dernière fois qu'elle avait pleuré et essuyé sa joue du revers de sa manche, c'était à son arrivée à la pension Lafayette, lorsqu'elle avait compris qu'elle habiterait désormais là et qu'elle ne retournerait plus jamais chez sa maman. Rien de ce qu'il lui était arrivé ensuite n'avait pu se mesurer au désespoir de ce moment-là.

— Une fois la mère dégagée de la carcasse, ce fut facile de sortir la gamine. Elle n'avait aucune blessure, pas une égratignure. Quand j'aurai un enfant, je m'assurerai de l'attacher dans un siège comme celui-là avant d'insérer la clé dans le contact.

Quand j'aurai un enfant…

Il le disait comme s'il était sûr d'en avoir. Heureux enfant qui aurait un père aimant et protecteur. Elle préférait ne pas analyser les émotions qui faisaient rage en elle.

— J'espère que la mère s'en est sortie, poursuivit Luke. Elle n'a repris conscience à aucun moment durant l'intervention. Sans doute souffrait-elle d'un traumatisme crânien.

C'était elle, la conductrice qu'on avait transportée par hélicoptère jusqu'au CHU de San Antonio. Patricia sécha ses larmes.

— Suis-moi…, dit-elle en se levant et en prenant la direction de la tente de l'administration.

Luke lui emboîta le pas.

— Les portables ne fonctionnent toujours pas, mais j'ai accès à un téléphone satellite pour appeler San Antonio en cas d'urgence. Tu vas pouvoir avoir des nouvelles de première main et dormir tranquille.

Si les nouvelles étaient bonnes, bien entendu, mais au moins, il saurait.

Laissant Luke à l'entrée de la tente, elle entra, salua d'un signe de tête les trois femmes qui composaient l'équipe de nuit, et sortit le téléphone satellite de sa valise orange sans que personne ose contester son droit de le faire.

Elle s'était toujours refusée à utiliser le matériel de *Texas Rescue* pour l'usage personnel de ses collègues, a fortiori pour le sien, même en cas d'urgence familiale, mais pour Luke, elle consentait une exception. Si Karen trouvait à y redire, elle lui opposerait que *Texas Rescue* s'était chargé de l'opération de sauvetage et qu'elle avait besoin de connaître l'état de la patiente pour son rapport. Ou que les urgentistes voulaient savoir ce qu'il en était afin de pouvoir perfectionner leurs techniques de sauvetage. Ou que…

Oh ! et puis zut ! Elle enverrait Karen sur les roses si elle lui faisait des difficultés, et pour la prochaine mission, elle achèterait son propre téléphone satellite afin de n'avoir de comptes à rendre à personne.

Elle composa le numéro des urgences de l'hôpital de San Antonio et posa des questions concises et brèves au médecin chef. Celui-ci l'informa sur l'état général de la patiente avant de lui passer la surveillante de garde qui lui donna des renseignements plus détaillés.

Quelques minutes plus tard, après avoir rangé le précieux téléphone dans sa valise, elle rejoignit Luke à l'extérieur.

— Tout va bien, lui dit-elle d'emblée afin de le rassurer. La mère a été opérée à son arrivée à l'hôpital car le traumatisme crânien avait causé un hématome sous-dural qui menaçait de se rompre et de causer une hémorragie dans le cerveau. Elle s'est réveillée en salle de repos et est à présent sous surveillance constante aux soins intensifs. Sauf complications, elle sera transférée demain dans le service de neurologie. Le médecin m'a affirmé qu'elle ne conserverait aucune séquelle.

— Dieu soit loué !

— Comme l'infirmière en chef était d'humeur bavarde, je lui ai demandé s'il existait une maison des familles dans l'enceinte de l'hôpital afin que la petite fille puisse voir sa maman tous les jours.

— J'étais à la porte de la tente, je t'ai entendue. Tu aurais fait merveille dans la diplomatie, Patricia Cargill. L'air de rien, tu sais négocier, manipuler ton interlocuteur…

— Je n'en ai pas eu besoin. L'infirmière m'a dit que le mari et la petite fille étaient sur place et qu'ils dormiraient dans une aile de l'hôpital réservée aux familles. Il paraît que les patients opérés récupèrent bien plus vite lorsque leurs proches sont à leurs côtés.

Luke l'attira entre les tentes, dans une zone plongée dans l'obscurité.

— Merci, ma chérie. Tu ne peux savoir comme je suis soulagé. L'idée que cette petite fille grandisse sans sa mère m'était insupportable.

Pourtant, le métier de pompier devait l'obliger à assister à bien des drames. Elle lui découvrait une sensibilité qu'elle ne soupçonnait pas. Luke n'était pas seulement un bel homme qui souriait et plaisantait en permanence, il avait une âme, et de la compassion pour ses semblables, et il n'hésitait pas à la montrer.

— Ça va aller ?

Il lui répondit par un baiser qui lui coupa les jambes, mais elle n'eut pas peur de tomber. Elle n'avait plus peur de rien. Luke était heureux, et c'était tout ce qui comptait.

12.

Le samedi matin, après avoir vérifié le matériel du camion, Luke découvrit que son téléphone portable fonctionnait, et il appela aussitôt le contremaître qui le remplaçait au James Hill Ranch durant ses missions chez les pompiers.

Le ranch appartenait pour un tiers à ses parents qui, avec les revenus qu'ils en tiraient, finançaient leurs voyages en Amérique du Sud — ils s'étaient découvert récemment une passion pour la Patagonie et ses grands espaces —, pour un tiers à son frère, James, qui n'y habitait plus depuis une décennie, et Luke possédait le dernier tiers. La plus mauvaise part puisqu'il lui appartenait de faire tourner le ranch, et l'élevage bio de poulets de sa mère, été comme hiver… Pour le meilleur et pour le pire, il était enchaîné à ces terres et à ces enclos, et, comme son bétail, cela le démangeait d'abattre les clôtures.

C'était pour assouvir sa soif de liberté qu'il s'était porté volontaire chez les pompiers. Il fallait être fou pour préférer la lance à incendie au lasso, et les maisons en feu aux hectares verdoyants du ranch, mais c'était sa récréation à lui. Hélas, elle ne durait jamais longtemps et il finissait toujours par rentrer au bercail. Il connaissait chaque centimètre carré de son ranch, chaque tête de bétail. Il était un cow-boy, qu'il le veuille ou non.

Mais plus question de s'occuper des poulets de sa mère.

— Tu sais ce que tu vas faire de ces maudits gallinacés, Gus ? dit-il à son interlocuteur au téléphone. Tu vas les vendre.

Alors que Gus était en train d'approuver chaudement l'idée, Luke tourna la tête vers l'hôpital et il aperçut une silhouette qui lui fit oublier les histoires de notes de vétérinaires et de clôtures à réparer. Patricia Cargill était en train de se diriger vers lui, habillée de la même tenue réglementaire que d'habitude et, pourtant, complètement différente.

Ses cheveux étaient libres.

Luke savait qu'ils étaient longs. Il avait enroulé une mèche mouillée autour de son doigt lorsqu'ils s'étaient cachés dans la cabine de douche. Mais il ne les avait encore jamais vus en plein soleil, dorés, épais, encadrant son visage et dansant sur ses épaules à chaque pas. Patricia n'était pas une princesse. C'était une star de cinéma.

Une chose était sûre : il ne jouait pas dans la même catégorie. Il détourna le regard, comme si elle l'éblouissait, et recouvra petit à petit ses esprits. Si elle venait le trouver en plein jour, c'était que quelque chose n'allait pas.

— Patron, z'êtes là ? demanda Gus au bout de la ligne.

— Oui. Tu n'as qu'à faire comme on a dit.

Il mit fin à la communication et descendit du camion pour aller au-devant de Patricia.

Un fol espoir s'empara de lui. Avait-elle décidé de jeter la discrétion aux orties et d'afficher leur relation au grand jour ? Non, il ne fallait pas croire aux miracles. Sans doute venait-elle pour le travail.

— Que se passe-t-il ? dit-il en s'arrêtant à un mètre d'elle.

Pas question de lui caresser la joue, a fortiori de la prendre dans ses bras puisqu'il savait que Zach, Murphy et chef Rouhotas se trouvaient dans le coin et qu'ils risquaient de les surprendre.

— Les portables marchent de nouveau, dit-elle.

— Je sais.

Sans rien ajouter, elle croisa et décroisa ses mains, la mine clairement embarrassée.

— Patricia, que se passe-t-il ?

Le bruit des compresseurs et des pistolets à scellement remplissait l'air. Une équipe d'ouvriers était à pied d'œuvre depuis hier pour remplacer le toit de l'hôpital.

— Notre travail ici sera bientôt terminé, annonça-t-elle d'un air triste.

— Le courant n'est toujours pas revenu, dit-il pour lui offrir quelque espoir.

— L'hôpital possède son propre groupe électrogène — les ouvriers se sont branchés dessus. L'établissement était fermé uniquement à cause du toit, et maintenant que le problème est en passe d'être résolu, mes médecins, infirmiers et moi allons bientôt regagner nos pénates.

Il crut deviner ce qui la chagrinait.

— As-tu le temps de faire une petite promenade en ma compagnie ?

— Non. J'aurais trop peur de pleurer.

La réponse le prit de court. La franchise de Patricia le surprendrait toujours.

— Je voulais juste te voir, ajouta-t-elle en enfonçant les mains dans les poches de son bermuda.

— Pour me dire que les portables marchaient.

— C'est idiot, n'est-ce pas ?

Comme lui, elle n'avait visiblement aucune envie de retourner à sa vie de tous les jours, et quelque chose lui disait que ce qui attendait Patricia était pire que la corvée de nourrir les poulets ou de conduire les bêtes au pré.

— Chef Rouhotas vient vers nous. Ce soir, ce sera peut-être notre dernier tête-à-tête, ajouta-t-elle rapidement. Les premières équipes, dont le personnel administratif, partiront sans doute demain.

— Alors, nous profiterons au maximum de notre dernière soirée.

« Et j'essaierai de découvrir pourquoi tu as tellement peur de rentrer chez toi… »

Comme tous les jours, en l'absence d'appel d'urgence, Luke et ses camarades passèrent la matinée à nettoyer le camion. Et à échanger les taquineries d'usage.

— Alors, comme ça, Luke, Mlle Cargill est venue flirter avec toi tout à l'heure ? dit Murphy.

— Ah, la jeunesse ! s'exclama chef Rouhotas d'un ton réprobateur. Aucun respect pour l'argent !

— Quel argent ? demanda Murphy. Celui de Luke ou celui de Patricia ? Au moins, Luke gagne le sien à la sueur de son front sur le ranch tandis qu'elle, elle passe son temps assise derrière un bureau à se faire les ongles !

L'accusation était tellement injuste que Luke eut envie de défendre Patricia. Bien entendu, à voir ses vêtements de yacht-club, elle avait de l'argent, et seuls les riches pouvaient se permettre de faire de la voile — un sport qu'elle pratiquait assidûment, lui avait-elle dit. Ce qui le mettait en colère, c'était que Murphy ne reconnaisse pas le travail de Patricia, et il avait envie de lui donner une bonne leçon.

— Dis donc, Murphy, durant toute cette semaine, tu étais content de dormir au chaud et au sec, bien à l'abri sous la tente, de faire trois repas par jour, de prendre une douche chaude tous les soirs ? Eh bien, c'est à Patricia que tu dois tout cela. Alors, ne l'oublie pas. Et, entre nous, je ne l'ai jamais vue se faire les ongles…

— Bien parlé, dit chef Rouhotas en tapant Luke dans le dos.

Mais Murphy ne s'avouait visiblement pas vaincu.

— Évidemment que Patricia a un faible pour Luke, il possède un ranch.

— Elle ne sait pas que je possède le ranch où je travaille.

Pour une raison qui lui échappa, chef Rouhotas se mit à rire aux éclats.

— Si vous croyez que Patricia Cargill fait les beaux yeux à Luke pour son ranch, vous avez tout faux. Son père possède la moitié du Texas, des maisons en veux-tu en voilà, des puits de pétrole…

— C'est la fille de Daddy Cargill, le magnat du pétrole ? demanda Zach. Bon sang, je n'avais pas fait le rapprochement !

Luke tombait de haut, lui aussi. Décidément, il ne jouait vraiment pas dans la même catégorie que Patricia.

Quelques années auparavant, il avait vu Daddy Cargill donner le coup d'envoi du match qui opposait les Spurs de San

Antonio aux Lakers de Los Angeles. Habillé d'un costume blanc, les mains couvertes de bagues, il avait descendu les gradins, entouré de pom-pom girls, et s'était fait prendre en photo avec elles.

Il ne ressemblait pas du tout à Patricia.

— Ce camion est un cadeau du roi du pétrole, poursuivit chef Rouhotas. Je me souviens encore du jour où il est arrivé à la caserne dans sa Cadillac blanche, avec une meute de photographes à ses trousses, pour nous faire un chèque d'un million de dollars afin de nous permettre de renouveler notre matériel. Et à votre avis, pourquoi s'est-il fendu d'un million pour les pompiers ? Parce que sa fille travaille pour *Texas Rescue* ! Alors, je vous défends de dire du mal de Mlle Patricia, Murphy. Il suffit d'un mot d'elle à son père pour qu'on ait de l'argent ou pas… Alors, quand elle nous demande de monter une tente en plein soleil, on le fait, et avec le sourire. Compris ?

— Chef ? dit Luke.

Emporté par son élan d'orateur, celui-ci ne l'entendit pas.

— Si elle veut draguer Luke, c'est son bon plaisir. Et si elle veut coucher avec lui, on leur installera un lit et on gonflera les oreillers pour eux !

— Il me semble que j'ai quand même mon mot à dire, chef ! dit Luke en criant aussi fort que chef Rouhotas pour se faire entendre. Et je trouve que vous dépassez les bornes.

— Désolé, Luke, dit le chef. Je me suis laissé un peu emporter, et c'était une manière de parler. Ce que je voulais dire, c'est qu'il faut ménager Mlle Cargill.

Patricia était la fille de Daddy Cargill.

Luke avait beau se le répéter, il ne parvenait pas à y croire. Il n'allait certainement pas attendre la tombée de la nuit pour la voir ! Elle devait lui donner des explications, et tout de suite !

— Je vais chercher du café, dit-il en claquant la porte du camion.

— Moi aussi, intervint Zach qui se tourna vers chef Rouhotas. Dites, chef, faites-moi savoir si les filles Rockefeller cherchent un pompier pour égayer leurs après-midi. Je serais content d'aider nos bonnes œuvres.

— Bonjour, papa.

Assise à la table de pique-nique, Patricia attendit que ce dernier réponde. Il avait décroché, mais elle entendait d'étranges bruits au bout de la ligne, comme des draps qu'on froissait. Sans doute était-il dans son lit, en train de se redresser contre ses oreillers — un exercice que son surpoids rendait de plus en plus difficile.

— Bonjour, petite fille. Un moment…

Elle imaginait la scène. Après avoir posé l'affreux combiné en or et ivoire à côté de lui, il tentait de se redresser. Toute la décoration de la villa était à l'image de ces téléphones victoriens : clinquante, criarde, dégoulinant d'or et d'argent. En milliardaire texan qui se respecte, Daddy aimait en mettre plein la vue, mais grand bien lui fasse. Ils avaient un accord. Elle lui laissait son palais du mauvais goût et il lui laissait la maison du lac.

— Ça y est, tu peux me parler, mais fais vite. J'ai de la compagnie, et je l'ai envoyée me chercher quelque chose à grignoter.

— Tu n'as pas signé les chèques du mois. Seulement celui de Melissa.

Melissa, l'épouse numéro trois, vivait en Argentine. Tous les trimestres, Daddy lui versait une pension alimentaire de sept chiffres. Afin qu'il n'oublie pas Melissa ni les autres, Patricia remplissait les chèques et Daddy n'avait qu'à y apposer son paraphe. Or, ce matin, le relevé qu'elle avait consulté sur la banque en ligne n'affichait toujours pas le débit des autres chèques.

Il se mit à rire.

— C'est le plus important. J'aime garder mes femmes heureuses.

— Moi, je suis ta fille, et j'aimerais bien avoir de quoi

payer l'entretien de la maison du lac ainsi que les employés de *Texas Rescue*.

Il n'y avait pas que des bénévoles. Les gens qui travaillaient dans les bureaux d'Austin étaient salariés.

— Accessoirement, l'un de mes bateaux a besoin d'un nouvel enrouloir pour ferler et ça fait des mois que j'aurais dû les mener au bassin de radoub.

— Épargne-moi ton jargon de voile, tu sais que je n'aime pas ça.

— On a besoin de mettre les bateaux en cale sèche pour repeindre la coque et le fond. Ça fait partie de leur entretien annuel et le tout te coûtera moins cher qu'un seul des bracelets que tu achètes chez Tiffany's pour tes petites chéries.

— Personne ne voit le cul d'un bateau, petite fille, c'est du gâchis. Paie-toi plutôt quelque chose pour toi-même… Pourquoi pas un lifting, une liposuccion ou un rabotage de tes fesses puisque tu veux te trouver un mari ?

Même si elle était habituée aux mufleries et à la vulgarité de son père, elle reçut la remarque comme une gifle. Mince et svelte comme elle l'était, elle n'avait besoin de liposuccion nulle part, encore moins de rabotage ; quant à son visage, il ne montrait aucune ride. Mais Daddy, qui évoluait dans un monde factice où toutes les femmes avaient recours à la chirurgie esthétique, avait depuis longtemps perdu contact avec la réalité. Il ne savait plus à quoi ressemblait une silhouette naturelle.

— Au fait, tu avais un an pour relever le défi…, reprit-il d'un ton goguenard. Alors, il est où, cet homme parfait qui doit être mon futur gendre ?

Patricia ne put en supporter davantage.

— La connexion est mauvaise sur la côte, j'entends ta voix par intermittences. Je vais raccrocher…

— La côte ? Que fais-tu là-bas ?

— L'ouragan, papa. Il y a eu un ouragan dimanche, tu t'en souviens ? Signe les chèques que j'ai laissés sur ton bureau. S'il te plaît…

Elle mit fin à la communication et posa le portable face

contre la table. Saisie par le découragement, elle mit les bras sur la table pour y poser la tête. C'était impossible de continuer à vivre ainsi, suspendue au bon vouloir de Daddy. Il lui fallait à tout prix trouver un mari.

Le banc ploya soudain sous un poids.

Elle ne connaissait qu'un seul homme capable d'ébranler ainsi un banc. Un bras frôla le sien. Une hanche se colla contre sa hanche.

Un seul homme oserait s'asseoir aussi près d'elle.

Relevant la tête, elle cligna des yeux, éblouie par le soleil, et la beauté de Luke.

Comment allait-elle pouvoir lui dire au revoir ? Et pourtant, il le faudrait, dans un jour, deux tout au plus.

Luke était décidé à réclamer des explications à Patricia, mais arrivé devant elle, il ne sut plus quoi dire.

Cela commençait à devenir une habitude de courir derrière elle puis de se retrouver comme frappé d'amnésie.

— Re-bonjour, Luke. As-tu oublié de me dire quelque chose tout à l'heure ?

Il recouvra ses esprits.

— C'est plutôt toi qui as oublié de me dire l'essentiel. Chef Rouhotas nous a appris que tu étais la fille de Daddy Cargill.

— Ah… Je me doutais qu'il le savait, bien qu'il n'en ait jamais rien dit.

— Comment t'en doutais-tu ?

Elle laissa échapper un rire un peu amer.

— À la manière dont il me regarde, comme si j'étais un distributeur à dollars.

— Moi, je ne te regarde pas ainsi.

— Non, c'est vrai. Tu ne m'as encore jamais demandé de t'acheter quoi que ce soit.

La remarque le choqua. Il avait l'impression d'avoir en face de lui une Patricia qu'il ne connaissait pas, désabusée, cynique.

— Je n'accepte jamais de cadeaux des femmes. Ce n'est pas ton argent que je veux, Patricia.

— Alors, que veux-tu ?

Les mini-explosions des compresseurs d'air et des pistolets à scellement rompaient la quiétude de l'aire de pique-nique. Leur idylle se terminait.

Il se refusait à l'accepter.

— Il faut que je te parle dans un endroit tranquille. Pour une fois, demande à Karen de prendre la relève et va dîner plus tôt. Il est hors de question que j'attende la nuit pour te revoir.

13.

Après avoir tous deux dîné de bonne heure, Patricia et Luke se rendirent au bord de la mer dans un pick-up qu'il avait emprunté à un secouriste.

Assis côte à côte sur le sable, ils restèrent un long moment silencieux, à regarder les vagues mourir sur la grève.

Patricia ne savait par où commencer. Elle n'avait pas coutume d'exposer ses sentiments, mais il fallait que Luke sache ce qu'elle éprouvait à son égard.

Les mots avaient du mal à sortir.

— Tu vas me manquer, dit-elle enfin. Tu es un homme bon et c'est très dur de te dire au revoir.

— Nous ne sommes pas obligés de nous dire au revoir.

— C'est notre dernière soirée ensemble, Luke. Nous n'appartenons pas au même monde.

— Patricia, nous habitons tous deux Austin. Mon ranch est à l'extérieur de la ville ; bien sûr, il te faudra faire un peu de route, mais ce n'est pas le bout du…

— Je ne peux pas t'avoir, je n'en ai pas le droit !

Elle avait crié, ce qui ne lui arrivait jamais.

— Que veux-tu dire ?

— Pour conserver mon droit à l'héritage, je dois me marier dans l'année à un homme qui aura l'approbation de mon père.

— Et sinon ?

— Daddy Cargill fera de ma vie un enfer.

— Seras-tu en danger physique ?

— Non, bien sûr. Mais il ne me laissera jamais vivre comme je l'entends. Je suis une riche héritière, un sort qui paraît enviable au commun des mortels, mais cet héritage est une épée de Damoclès au-dessus de ma tête. Depuis des années, j'essaie de protéger mon père en limitant ses largesses envers ses maîtresses — il distribue des rivières de diamants et des bracelets comme on offrirait des chocolats —, mais Daddy n'en fait qu'à sa tête. Et maintenant, il menace de me dépouiller si je ne respecte pas notre accord.

— Où est ta mère ?

— Elle est partie depuis longtemps pour s'installer en Argentine où elle dirige un ranch de dressage de chevaux pour le polo. Comme le monde est petit, la troisième femme de Daddy est allée s'installer à quelques kilomètres d'elle, et elles fréquentent les mêmes cercles d'éleveurs.

— Quel âge avais-tu lorsqu'elle est partie ?

— Onze ans. Daddy m'a placée en pension, et c'est là que j'ai commencé à jouer mon rôle d'héritière.

— Puisque tu sembles fatiguée de ce rôle, tu pourrais décider d'être quelqu'un d'autre…

— Qui ?

— La femme d'un cow-boy, pour changer.

Si seulement c'était possible. Elle désirait plus que tout être aimée par un homme comme Luke, et les mots qu'il avait prononcés lui serraient le cœur.

Ils avaient encore une nuit.

Le vent salé lui piquait les paupières et malmenait ses cheveux qui lui fouettaient le visage.

Il tendit la main pour lui caresser la joue puis ôta sa veste — il s'était mis en uniforme pour être prêt en cas d'alerte — qu'il étala sur le sable. Ils s'y allongèrent et s'embrassèrent à perdre haleine.

Ce soir, Patricia voulait appartenir à Luke et elle n'avait plus peur. Ils se déshabillèrent, avec les étoiles pour seuls témoins. Les caresses de Luke devinrent plus intimes.

Malgré le désir qui l'embrasait, elle s'efforça de garder l'esprit pratique.

— As-tu pensé au préservatif ?

Il hocha la tête puis reprit passionnément sa bouche.

— C'est toi que j'aime, Patricia, murmura-t-il contre ses lèvres. Pas tes millions.

Comment pouvait-elle en être sûre ? Et pourquoi avait-il fallu qu'il lui dise cela au moment où il s'apprêtait à lui faire l'amour ?

— Ton passé ne compte pas pour moi, poursuivit-il. Rien ne changera le fait que je pense à toi jour et nuit.

— D'autant plus maintenant que tu sais que je suis riche.

Elle n'avait pu s'empêcher de le dire.

— Patricia, Patricia, la vie t'a rendue dure, méfiante... Je n'ai aucune envie de parler de ton argent. Je t'aime, ma belle Patricia aux cheveux d'or, pour toi-même, et je vais te faire l'amour comme jamais on ne te l'a fait afin que tu te souviennes de moi pour toujours.

Elle fit semblant de le croire tandis qu'il reprenait sa bouche. Marcel aussi lui avait fait de beaux serments d'amour, et elle savait ce qu'ils valaient.

Peut-être existait-il une chance sur mille que Luke fût sincère, mais elle ne pouvait courir le risque de le croire et de lui avouer qu'elle l'aimait aussi.

Son corps exulterait et elle conserverait à jamais dans son cœur le souvenir de leur nuit d'amour sous les étoiles, ce qui serait déjà beaucoup pour Patricia Cargill.

Une semaine plus tard, de retour à Austin, Patricia se préparait à assister au gala annuel de l'Association des éleveurs de bétail du Texas qui réunissait les plus grosses fortunes de la région. Elle savait que ce serait sa dernière chance d'y trouver le candidat idéal pour le mariage, l'homme qui lui permettrait de s'affranchir enfin de Daddy.

Pas un jour ne s'était passé sans qu'elle pense à Luke, et elle commençait à croire en la sincérité de son amour. Il l'avait appelée tous les jours et, lors de leur dernière conversation au téléphone, il lui avait fait une surprenante proposition.

« Renonce à ton héritage, lui avait-il dit. C'est un poison

qui te pourrit la vie. Épouse-moi et nous vivrons heureux au ranch. »

Si cela pouvait être aussi facile…

En tout cas, c'était la preuve irréfutable que Luke ne courait pas après ses millions. Si elle n'avait pas été une Cargill, elle aurait accepté sa proposition, mais cela signifierait renoncer à tous ses droits sur la fortune de ses ancêtres ainsi qu'aux privilèges et aux moyens qui lui permettaient de collecter des fonds pour *Texas Rescue*.

Avec sa paie de cow-boy, Luke n'aurait évidemment pas les moyens de l'aider à financer le fonctionnement de *Texas Rescue*.

Non, c'était une chimère que d'espérer pouvoir l'épouser un jour et vivre à son côté.

Il fallait être raisonnable, pragmatique, et c'était la raison pour laquelle elle avait dressé une liste des célibataires bien sous tous rapports qui assisteraient au gala. Ils n'étaient que trois. Et possédaient tous des ranchs.

Sa limousine franchit les grilles du luxueux domaine où se tenait la soirée une heure après le début des festivités car Patricia avait décidé de faire une entrée remarquée. Elle avait revêtu pour l'occasion une robe en lamé bleu qui ferait un merveilleux contraste dans un océan de smokings noirs. Tout en étant flamboyante et audacieusement fendue à la cuisse, sa tenue n'était pas vulgaire. Patricia cherchait un mari, pas un partenaire pour la nuit.

Son entrée se déroula comme prévu. En descendant le grand escalier surplombant la salle de bal, elle se rendit compte que tous les regards étaient braqués sur elle.

Bien entendu, Daddy Cargill assistait à la fête, reconnaissable de loin dans son costume blanc.

À peine eut-elle atteint le bas des marches que ses trois candidats se pressèrent autour d'elle.

L'heure de la vengeance avait sonné.

« Oui, papa, c'est moi. Regarde comme c'est facile d'attraper un homme. »

Elle accepta une coupe de champagne de l'un de ses admirateurs, rit élégamment au toast qu'il proposait puis trempa les lèvres dans les bulles dorées en s'efforçant de pétiller autant qu'elles.

Comme elle trinquait avec les autres, son regard accrocha deux yeux bleus.

Luke.

Que faisait-il là ?

Patricia alla se cacher dans la salle de bains. La couture sur le côté de sa robe venait de lâcher et la fente censée s'arrêter à mi-cuisse montait de plus en plus haut, grignotant du terrain à chacun de ses pas. Elle allait devoir retirer son panty.

« Et je serai vraiment le genre de filles dont Daddy Cargill recherche la compagnie. »

Cet incident lui ouvrait les yeux. Si elle avait tant voulu relever le défi de Daddy, ce n'était pas tant pour obtenir son indépendance financière ni pour soutenir *Texas Rescue*, mais pour gagner l'approbation de son père. Au bout de trente-deux ans, elle se rendait compte que son père n'aimait qu'un type de femme. Dont elle ne faisait et ne ferait jamais partie.

Son père ne l'aimerait jamais.

Le problème, c'était que Luke, qui lui vouait un amour sincère, allait cesser de l'aimer après l'avoir vue parader, triomphante, entre trois hommes. Il ne pouvait deviner les efforts qu'il lui avait fallu faire pour se rabaisser ainsi au niveau des créatures entretenues par son père.

Ce n'était pas le moment de pleurer. Elle aurait tout le temps de le faire durant les années à venir. Pas question que son hôtesse la trouve sanglotante dans la salle de bains.

Comme elle se penchait vers le miroir pour passer un pinceau de blush sur ses pommettes, la fente s'agrandit encore.

Quelqu'un frappa à la porte.

— C'est occupé, dit Patricia.

Étonnant. Sa voix ne tremblait même pas.

— Patricia, c'est Diana. Quinn m'envoie vous demander si tout va bien.

Quinn. Il était présent à la soirée en tant que propriétaire avec ses frères du MacDowell's River Mack Ranch. Sans doute était-ce lui qui avait amené Luke.

— Tout va bien, Diana, je vous remercie. J'en ai pour une minute.

— Vous ne voulez pas me laisser entrer ?

Patricia se regarda dans la glace. Elle méritait ce qu'il lui arrivait pour s'être montrée méchante et mesquine envers Diana, et avoir essayé de lui voler son fiancé.

Elle ôta le verrou et Diana passa la tête dans la salle de bains, un gentil sourire aux lèvres.

— Oh ! vous avez déchiré votre robe ! dit-elle aussitôt. J'ai quelques épingles à nourrice dans mon sac, on va arranger ça. En les fixant de l'intérieur, on n'y verra que du feu. Voulez-vous que je le fasse ?

— Non, merci, dit Patricia en prenant les épingles. Je saurai me débrouiller.

Cette fille était un vrai rayon de soleil. Quinn avait bien de la chance.

En un éclair, Patricia se rendit compte que son rayon de soleil à elle, c'était Luke.

— Diana…, dit-elle comme celle-ci s'apprêtait à sortir de la pièce, Quinn et vous, vous formez un très joli couple, et je vous souhaite beaucoup de bonheur.

— Merci. Dépêchez-vous de nous rejoindre dans la salle de bal.

Luke attendait, dos à la terrasse, résistant à l'envie de défaire le nœud papillon qui lui étranglait le cou. Il gardait son Stetson noir, celui des grandes occasions, à portée de main car il ne comptait pas s'éterniser. Dès qu'il aurait vu Patricia et qu'il lui aurait dit ce qu'il pensait d'elle, il ficherait le camp d'ci.

Quelques heures auparavant, il pensait qu'ils avaient encore une chance d'être heureux. Mais maintenant qu'il l'avait vue se comporter comme une Cargill, il ne donnerait pas cher de leur couple, et il refusait de la voir se sacrifier pour se conformer aux exigences de Daddy Cargill.

Enfin, il la vit se diriger vers lui, moulée dans sa robe de sirène, élégante et sensuelle.

« Je suis disponible, avait-elle semblé annoncer en descendant le grand escalier tout à l'heure. Commencez les enchères, messieurs. »

La nausée le disputait en lui au désir. Daddy Cargill n'aimerait jamais sa fille, mais sa fille n'aurait de cesse de vouloir obtenir son affection.

— Bonsoir, Luke. Je te trouve très beau.

Comme elle levait la main pour lui ajuster son nœud papillon, son regard glissa vers le badge agrafé au revers de son smoking.

— Tu représentes le James Hill Ranch ?

L'étonnement se lisait dans ses yeux.

— Je ne comprends pas, poursuivit-elle. Je te croyais simple cow-boy…

— Je *suis* un cow-boy, qui possède le ranch, avec mes parents et mon frère.

— Est-ce que tu m'aimes toujours ?

Elle n'avait pas son pareil pour sauter du coq à l'âne, et malgré la colère qu'il éprouvait en ce moment à son égard, il lui dit la vérité.

— Je suppose que je t'aimerai toujours, d'une manière ou d'une autre.

— Mais pas suffisamment pour m'épouser et m'aider à vaincre la malédiction des Cargill ?

Dieu sait qu'il voulait l'épouser. Mais pas pour l'aider à remporter ce stupide pari qu'elle avait fait avec son père.

— Si tu veux combattre le mal par le mal, trouve-toi quelqu'un d'autre. Bonsoir, ma belle.

Il prit son Stetson et s'éloigna sans un regard en arrière. Parfois, un homme devait avoir le courage de s'en aller.

Comme tous les ans au mois d'août, *Texas Rescue* tenait son camp d'entraînement sur le parking voisin des quartiers généraux de l'association. Quinn MacDowell avait convaincu Luke de participer à l'opération en lui disant que Patricia n'était plus la directrice du personnel. Et Luke tentait de se convaincre qu'il était soulagé à l'idée de ne pas la croiser entre les tentes.

En se dirigeant vers celle du personnel administratif, il comprit que Quinn lui avait menti.

Assise à une table, elle était en train de cocher les noms sur la liste d'appel. Plus belle encore que dans ses souvenirs.

— Votre nom, s'il vous plaît ?

Elle n'avait pas l'air de plaisanter.

— Luke Waterson.

— Vous vous occuperez du camion des pompiers.

— Sans blague ?

— Et la directrice générale de *Texas Rescue* aimerait vous voir dans son bureau le plus vite possible, dit-elle en montrant le bâtiment en pierre. Comme les pompiers ne font pas d'exercices aujourd'hui, je peux vous y conduire maintenant.

— Je trouverai le chemin.

— Laissez-moi vous y conduire, *s'il vous plaît.*

Ce fut le « s'il vous plaît » qui le fit céder.

Patricia était si nerveuse qu'elle se sentait à deux doigts de défaillir.

— Assieds-toi, dit-elle en désignant à Luke la chaise en face du bureau.

— Alors, tu as pris du galon…, répliqua-t-il en s'asseyant.

— Karen Weaver a été renvoyée pour incompétence et j'ai postulé, passé des entretiens qui m'ont mise en concurrence avec trois autres candidates, et obtenu le poste.

— Mes félicitations… As-tu finalement trouvé un mari ?

— Non, dit-elle, laconique à dessein.

— Qu'en pense ton père ?

— Je ne sais pas. Il est allé s'installer à Houston chez des cousins à lui. Je me fiche complètement de son opinion. Il ne m'a jamais aimée.

— Mais toi, tu l'aimais ?

— Oui, bien sûr. Mais il y a des choses auxquelles il faut savoir renoncer.

— Et ton héritage ?

— Daddy n'a pas mis sa menace à exécution. Et s'il s'y décide un jour, je n'en ferai pas une maladie. J'ai désormais un travail à plein temps qui me permet de subvenir à mes besoins.

Luke ne semblait pas impressionné par sa nouvelle indépendance.

— En ce moment, j'ai un autre problème qui me préoccupe, reprit-elle, suivant la ligne qu'elle s'était fixée jusqu'au bout. J'ai très envie de séduire l'un de mes bénévoles, mais, en tant que directrice, je risque d'être accusée de harcèlement sexuel. Alors, si tu veux bien me signer cette décharge pour notifier ton consentement, cela m'arrangerait.

Elle poussa vers lui un stylo et une feuille de papier où était écrit en lettres majuscules : « Veux-tu m'épouser ? »

Une seconde plus tard, Luke avait pris le stylo et signé au bas de la feuille. Puis il contourna la table pour prendre Patricia dans ses bras.

— J'ai eu tellement peur que tu refuses, Luke ! Je t'aime d'un amour inconditionnel et total et j'espère que tu me laisseras te le prouver.

— Avec le plus grand plaisir, dit-il en l'embrassant avec passion.

Le baiser fut très agréable, mais elle y mit fin. En Cargill qui se respecte, elle voulait faire les choses dans les formes.

— On va conclure un pacte. Tu m'aimeras pour le restant de tes jours et, moi, en retour, je t'aimerai jusqu'à mon dernier souffle.

— Ça me va, madame Waterson.

Puis ils scellèrent leur accord par un fougueux baiser.

BLANCHE

HARLEQUIN

Retrouvez prochainement,
dans votre collection

BLANCHE

Un prince aux urgences, d'Alison Roberts - N°1571

SÉRIE : NOËL ROYAL À L'HÔPITAL - 1/4

Le Seattle Hospital est en effervescence depuis que le roi d'Isola Verde a été admis aux urgences, dans le plus grand secret. Mais pour le Dr Emilia Featherstone la surprise ne s'arrête pas là. Alors qu'elle se tient prête à prodiguer ses soins orthopédiques à son illustre patient, elle découvre avec stupeur que le fils de ce dernier travaille à l'hôpital. Domenico di Rossi, son talentueux confrère, qu'elle connaît depuis la fac de médecine où ils étaient rivaux, est un prince !

Le secret du Seattle Hospital, de Traci Douglass

SÉRIE : NOËL ROYAL À L'HÔPITAL - 2/4

Neurochirurgien de renommée mondiale, le Dr Max Granger est appelé à Seattle pour sauver la vie… d'un roi ! Habitué à exercer son art, il l'est moins à devoir le faire dans la plus grande discrétion et sous le contrôle de la responsable des relations publiques de l'hôpital. Ayanna Franklin semble déterminée à suivre chacun de ses mouvements, ce qui a le don de l'agacer et de le troubler en même temps. Car cette femme est la plus belle qu'il ait jamais rencontrée !

Un baiser au goût de neige, de Tina Beckett - N°1572

Le Dr Dexter Chamblisse a *toujours* un plan. Or en cette veille de Noël il n'avait pas prévu de retrouver aux urgences de l'hôpital où il travaille Maura Findley. Maura, son amour de jeunesse qu'il n'a pas su garder autrefois. Travailler à son côté se révèle bien plus difficile que prévu. Les souvenirs affluent, les bons comme les mauvais. Mais surtout c'est le désir qui resurgit, aussi vivace qu'autrefois. Ou peut-être même davantage encore…

Une pédiatre à Amsterdam, de Becky Wicks

Amsterdam. Voilà où le Dr Freya Grey exercera son métier de cardiologue en pédiatrie durant six mois. Si elle redoute les souvenirs sombres qui pourraient l'assaillir dans cette ville qu'elle a quittée autrefois, elle est ravie de rejoindre la clinique *Happy Hearts*. Dès son premier jour, Freya est conquise par son équipe, ses petits patients et surtout par le talentueux Dr Lucas Van de Berg… Mais elle le sait, elle doit veiller à ne pas trop s'attacher, car elle n'est que de passage ici…

Leur mission : sauver des vies.
Leur destin : trouver l'amour.

BLANCHE

Le souhait de Liz, de Susan Carlisle - N°1573

Noël approche, et pourtant Liz Poole n'a pas le cœur à la fête. Jusqu'à sa rencontre avec le Dr Carter Jacobs et son adorable petit garçon. Soudain, elle a l'impression que tout est plus beau et sa vie saupoudrée de magie. Alors qu'elle se croyait fermée à l'amour, se pourrait-il que Carter lui soit destiné et qu'ils puissent fonder ensemble... une famille ?

Conquis par une patiente, d'Annie Claydon

Chef de la clinique Lakeside, le Dr Ross Summerby soigne avec passion les sportifs blessés. Il connaît son métier et, s'il y a une chose qu'il déteste par-dessus tout, ce sont les patients récalcitrants, ceux qui ne suivent pas ses conseils et traitements. Or la belle Laurie Sullivan, championne d'aviron et médecin elle-même, semble résolue à mettre en péril sa rééducation. Agacé, il la menace de l'exclure de son établissement... tout en ignorant le trouble qu'elle éveille en lui.

Amitié... ou passion ?, de Sue MacKay - N°1574

Exilée au Laos, Ellie y retrouve avec surprise Luca, son ancien colocataire, qu'elle n'a pas vu depuis quatre ans ! Luca, qui est toujours aussi pétillant qu'autrefois et plus beau que jamais. Troublée par l'attirance irrépressible qu'elle éprouve pour son ami, Ellie s'interroge : est-elle prête à vivre une nouvelle histoire d'amour ? Et, surtout, peut-elle prendre le risque de briser une si belle amitié ?

Nouveau départ pour le Dr Isabella, de Melanie Milburne

Ce remplacement temporaire dans un centre médical australien a paru à Izzy une bonne occasion de se changer les idées ; surtout après une difficile rupture amoureuse. Pourtant, dès son arrivée, elle comprend que sa nouvelle vie n'aura rien de paisible : non seulement elle commet un fâcheux impair auprès de Zach Fletcher, l'officier de police de la ville, mais en plus ce dernier fait naître en elle un trouble qui la bouleverse...

HARLEQUIN

Leur mission : sauver des vies.
Leur destin : trouver l'amour.

HARLEQUIN
www.harlequin.fr

BLANCHE

Dans les bras du Dr Glenn Bartlett, d'Abigail Gordon - N°1575

De retour à Glenminster, Emma se sent plus seule et désemparée que jamais. Heureusement, elle travaille aux côtés de Glenn Bartlett, un séduisant médecin-chef aux yeux bleus, dont la présence rassurante l'aide à renouer avec la ville de son enfance. D'ailleurs, la tendresse que Glenn lui témoigne lui fait un bien fou, et Emma doit constamment lutter contre l'envie de se blottir dans ses bras. Mais cette histoire a-t-elle un avenir ?

Pour le bonheur d'une famille, d'Emily Forbes

Lorsque le Dr Quinn Daniels fait la rencontre d'Alisha Jansson à un congrès médical, il est ébloui. Pourtant, malgré la puissante attirance qui les pousse l'un vers l'autre, Quinn garde ses distances : père célibataire de jumelles de neuf ans, il sait que ses filles ont besoin de lui. Il ignore alors que sa sage résolution va être mise à l'épreuve, car sa nouvelle collègue dans le cabinet médical où il vient d'accepter un poste n'est autre qu'Alisha !

HARLEQUIN

Leur mission : sauver des vies.
Leur destin : trouver l'amour.

HARLEQUIN
www.harlequin.fr